KB118708

비창

나남
nanam

나남창작선 141

비 창

2017년 7월 5일 발행
2017년 7월 5일 1쇄

지은이_ 李炳注
발행자_ 趙相浩
발행처_ (주) 나남
주소_ 10881 경기도 파주시 회동길 193
전화_ (031) 955-4601 (代)
FAX_ (031) 955-4555
등록_ 제 1-71호 (1979. 5. 12)
홈페이지_ http://www.nanam.net
전자우편_ post@nanam.net

ISBN_ 978-89-300-0641-5
ISBN_ 978-89-300-0572-2 (세트)

책값은 뒤표지에 있습니다.

나남창작선 141

이병주 장편소설

비 창

나남
nanam

작가의 말

　역경 속에서도 구슬같이 영롱한 영혼을 지니며 살아가는 남녀를 그리고 싶었다.　남자는 구인상, 여자는 명국희로 될 것이다.

　좋은 환경 속에서 자라고 약간의 천품을 타고났는데도 타락의 시궁창에 빠지는 남녀도 그려 보고 싶었다.　남자는 기병열, 여자는 이미숙이 될 것이다.

　불행하게도 젊은 나이로 죽은 한문수와 그가 죽은 후에도 변함없는 사랑을 간직한 방화의 스토리는 해방 후의 혼란, 6·25의 참변으로 병든 우리의 생활 주변에 어쩌다 기적처럼 남아 있을지 모르는 비화를 모방해 본 것이다.

　작품의 첫머리에 나타나는 고진숙은 스스로를 희생해 가면서 남자의 출세를 돕고 나서 배신을 발견한 여자이다.　이 여자의 자살미수와 마지막에 있는 이미숙의 자살은 하나의 콘트라스트가 된다. 고진숙의 자살미수는 너무나 순수한 감정은 병들기 쉽다는 예화(例話)가 될 것이고, 이미숙의 자살은 자기 재능에 대한 환멸이 방탕으로 되어 드디어는 자기가 자기를 용서할 수 없는 궁지에 몰렸기 때문에 취한 길이다.

아무튼 나는 1년 동안 이들 작중 인물과 사는 동안에 인생에 대한 생각을 보다 깊게 한 것은 사실이다. 인류의 교사라고 할 수 있는 남자도 초년의 실의(失意)로 인해 일시적인 타락을 할 수 있는데, 하물며 감수성이 예민한 여자가 자기 재능을 환멸한 탓으로 타락했기로서니 그것을 어떻게 비난할 수 있느냐고 구인상이 한 말은 바로 나 자신의 생각이다.

소설은 어떤 교훈적, 계산적 목적으로 쓰여선 안 되는 것이지만, 어떤 소설에서건 작자는 뭔가의 소망을 담게 된다. 나는 이 소설에선 특히 운명을 감당하여 사람으로서의 품위를 잃지 않을 의지를 강조하고 싶었다. 사실 인간이란 운명의 파도 앞엔 연약하기 짝이 없는 미물(微物)과 다름이 없지만, 이것을 어떻게 감당하느냐에 따라 숭고한 인격으로 화할 수 있다. 그런 소망으로 이 소설의 종말이 "마지막 강의"로 된 것은 불가피했던 작위(作爲)라고 하겠다.

구인상을 경제적으론 비교적 부유하게 설정한 것은 그 가혹한 운명의 부담을 되도록이면 덜어 주기 위해서였다. 자기의 반생을, 자기 아버지를 죽였다고 해도 과언이 아닌 사내의 성(姓)을 쓰고 지내온 것이라고 하면 누구건 견딜 수 없는 고민과 갈등을 겪기 마련이다. 평생의 과업으로서 생각하던 대학교수의 직을 그 마음의 부담 때문에 포기해야만 할 때 그 슬픔은 오죽하겠는가.

그러나 구인상은 분석해도 모자랄 처지에 있으면서도 아내의 배신마저 용서하고 새로운 인생을 시작하려는 것이니, 이제 그가 독자들 사이로 혼자 걸어가야 하는 마당에 작자로서의 감상(感傷)이 없을 수가 없다.

등장인물들과 더불어 독자 여러분의 인생을 진지하게 생각하는 계기가 되어 주면 작가로서 이 이상의 행복이 없을 것이다.

1984년 1월

李 炳 注

이병주 장편소설

비 창

차 례

시든 꽃다발

어둠을 꿰뚫어 열차는 달리고 있다.

그 억센 박력에 편승하고 있으면 시름도 가락과 빛깔을 달리한다. 이윽고 사고(思考)의 차원(次元)마저 달라진다.

구인상은 열차를 타게 된 것을 지극한 다행이라고 생각했다. 만일 이 열차를 타지 않고 집에 눌러 있었더라면 기필코 한바탕 파란이 일었을 것이고, 그 파란은 수습하지 못할 결말로 되었을 것이었다. 관용하기 위해선 그 자리를 피해야 했다.

'나는 관용할 수 있으리라.'

서글픈 빛깔이었으나 그의 마음은 느긋했다.

가끔 멀게 가깝게 불빛이 명멸하기도 했지만 바깥은 칠흑의 밤이다. 바람이 회오리를 일으키고 있거나 차가운 공기가 얼음처럼 서려 있을지도 모르는데 열차 안은 훈훈했다. 그래서 열차는 특권이고 문명일지 모른다.

구인상은 책을 펴 들다가 말고 아까부터 마음에 걸려 있는 꽃다발 쪽으로 시선을 돌렸다. 그것은 구인상의 자리로부터 통로를 사이에 두고 대각선을 이룬 좌석 위의 짐칸에 놓인 꽃다발이었다. 노랑과 흰색의 국화꽃, 핑크색으로 짐작되는 카네이션, 거기다 풀잎과 안개꽃을 곁들인 꽤 부피가 큰 꽃다발은 열차의 진동에 따라 쉴 새 없이 떨고 있는데 바로 그 아래에 꽃다발의 주인인 젊은 여자는 긴 머리칼과 등을 이쪽으로 보이곤 열차를 탔을 때의 자세 그대로 꼼짝도 않고 앉아 있었다.

그 여자가 열차에 오른 것은 발차 직전이다. 한 아름 꽃을 안고 밤 열차를 탄다는 사실부터가 의아스러운데 화려한 꽃다발과는 어울리지 않는 초라한 행색이 우선 호기심을 끌었다. 얼굴의 윤곽은 20대의 초반을 넘지 않은 것 같았지만 표정엔 이미 세파에 지친 듯한 그늘이 있었다. 추운 겨울의 나들이옷으로선 얇아 보이는 코트에 궁색이 있었다. 그러나 언뜻 보아서는 결코 천한 인상은 아니었다. 비록 사내를 무작정 반하게 할 매력까진 없다고 하더라도 시궁창에 버리기엔 아까운 그 무엇인가가 있었다.

'여자가 혼자 여행하는 것만으로도 뉴스거리가 된다.'

저널리즘을 해설한 어느 책에서 읽은 기억이 났다. 그 사고방식을 연장해서 구인상은 다음과 같이 풀이했다.

'저 여자에겐 만만찮은 드라마가 있다.'

그렇게 생각했다고 해서 구인상이 그 여자와의 로맨스를 구상해 본 것은 아니다. 그런 여자와 상대하는 것은 그의 자존심이 허락하지 않을 뿐 아니라 그는 어떤 여자와의 상관(相關)도 일체 단절하고 싶은 마음이었다.

그런데도 그녀에게 마음이 쏠렸다. 좀더 정확하게 말하면 관심의 초점은 그녀 자체가 아니라 꽃다발이겠지만 그녀를 제외하곤 꽃다발에 아무런 의미가 없을 것이니 결국 그녀에 대한 관심인 셈이다.

'저 꽃다발은 어떻게 된 꽃다발일까. 누구에게 갖다 줄 꽃다발일까. …'

'저 여자의 드라마는 무엇일까.'

이런 상상을 하다가 구인상은 자기가 도피한 갈등을 뇌리에 그리고는 남의 드라마에 관여할 처지가 못 되는 스스로를 새삼스럽게 깨달았다.

추풍령을 지났을 무렵 구인상은 가지고 온 위스키를 한 잔 따라 마셨다. 전신이 노곤해진 구인상의 뇌리에 어느 외국 시인의 시(詩)가 펼쳐졌다. 구인상이 시를 좋아하는 편은 아닌데 감동적인 시만은 몇 개쯤 기억하고 있는 터였다.

너는 아직 젊으니까 위스키 같은 술은 마시지 않는 게 좋을 거다. / 영국의 소설가 콜린 윌슨이 하나의 가설(假說)을 세웠다 / 말[馬]이 말로 되기 위해선 / 1천 3백만 년이 걸렸고 / 상어[鮫]가 상어로 되기 위해선 / 1억 5천만 년이 걸렸는데 / 사람이 사람으로 되기까진, 놀라지 말라, 겨우 1만 3천 년 / 그런데다 가장 격심한 변화는 / 과거 1만 년 동안 / 머리 좋은 침팬지로부터 로댕의 생각하는 사람에 이르기까지

어째서 / 인간의 신상에 진화(進化)라고 하는 변화가 일어난 것일까 /

BC. 8천 년에 / 인간이 알코올의 발효법을 고안해 낸 이래 / 그런 변화가 있었다는 것이 윌슨 씨의 가설인데

너는 아직 젊으니까 / 위스키 같은 술은 마시지 않는 게 좋을 거다 / 아직까지 말은 말을 죽인 적이 없고 / 상어는 상어를 죽인 적이 없다. / 그런데 어째서 사람은 사람을 죽이는가. 어째서 사람은 사람을 사랑하는가.

'그런데 어째서 사람은 사람을 죽이는가' 하고 마음속으로 되풀이하는 동안 구인상은 눈물을 흘렸다. 와락, 자기가 이 세상에서 가장 슬픈 사람이란 자각이 분노가 되어 가슴속에서 치밀어 올라 목구멍을 막았다.

'아내는 지금쯤 집에 돌아와 있을까?'

'순아는 지금쯤 잠들어 있겠지.'

구인상은 두고 온 가정을 생각했다. 북구풍으로 지붕을 다듬은 조그마한 집, 아침이면 참새가 떼 지어 모여오는 작은 뜰. 서재의 창은 남으로 열렸고, 순아의 재롱소리는 구슬이 구르는 듯 영롱하기만 한데… 구인상은 그 집을 피해 나와 열차의 질주에 이렇게 몸을 맡기고 있다.

요컨대 살의(殺意)의 현장에서 피신한 것이다.

"말은 말을 죽인 적이 없고 상어는 상어를 죽인 적이 없다. 그런데 어째서 사람은 사람을 죽이는가."

이 대목에서 구인상은 마음 깊은 곳에서 꿈틀거리는 스스로의

살의를 확인한 셈으로 되었다. 하지만 곧 이 고비를 넘겨야 한다는 결의가 솟아나기도 했다. 사람이 사람으로 되기 위해서 1만 3천 년이 걸렸다 하는데 사람이 사람이기 위해선 가장 견디기 힘든 감정을 겪어야 하는 것이 아닌가. 가장 견디기 힘든 감정이란 무엇이냐? 그것은 질투이다.

창 쪽으로 얼굴을 돌렸다. 밤의 바닥을 배경으로 거울처럼 되어 있는 유리창에 구인상의 스산한 얼굴이 있었다.

동대구역에 도착했을 때, 나오면서 보니 꽃다발이 짐칸 위에 그대로 남아 있었다. 못 본 체할 수 없었다. 서울에서 대구까지 가져온 꽃다발이면 분명히 중요한 의미를 가지고 있을 터인데 깜박 잊고 내린 그 여자는 지금쯤 당황해할지도 모른다는 짐작이 들었다. 한 손에 가방을 들고 다른 한 손에 꽃다발을 든 채 개찰구를 빠져나와 꽃다발의 주인을 찾았으나 보이질 않았다.

역사(驛舍)에서 나와 택시를 잡으려고 두리번거리는데 저쪽 편 가로등 아래에 호젓이 서 있는 그림자가 그 여자였다.

"이것 잊으셨더군요."

"그건 버려도 되는 건데요."

하면서도 여자는 꽃다발을 받았다.

먼 곳에서 보고 있는 사람이 있었으면 기묘한 광경이었을 것이다. 밤에 역 앞에서 꽃다발을 주고받는 광경이. 버린 꽃다발을 애써 주워 와서 선심을 쓰는 꼴이 되었다는 것이 메스꺼웠으나 일단 말해 보지 않을 수 없었다.

"어딜 가실 겁니까? 지금 택시 잡기가 수월찮을 테니 같이 타고 갑시다. 나는 아무 데나 호텔 가까운 곳에 내리면 되니까요."

여자는 말이 없었다.

가까스로 택시를 잡았다. 여자를 먼저 태우고 구인상은 운전기사 옆자리에 탔다.

"교통이 편리한 곳에 있는 호텔에 날 내려 주고 저 아가씨를 모셔다 드리세요."

"전 선생님 내리시는 곳에 내리면 돼요."

아무렇지 않게 하는 말이었으나 그것은 숙녀의 대답이 아니었다. 께름칙했다.

구인상이 운전기사에게 거듭 말했다.

"아무 데나 좋으니 교통이 편리한 호텔에 데려다 주세요."

"손님은 대구가 처음이신가요?"

운전기사가 물었다.

10분쯤 지났을까. 택시가 섰다. H호텔이란 간판이 눈앞에 있었다. 결국 같이 택시에서 내리게 되었다. 여자가 택시요금을 내려는 것을 말리고 구인상이 치렀다.

미묘한 순간이었다. 잘 가시라고 하고 호텔 안으로 들어서 버리면 끝날 일이었지만 너무나 박절하다는 느낌이 들었고, 게다가 호기심이 겹쳤다. 그러나 말은 이랬다.

"그 택시로 가시면 될 텐데."

"제 걱정은 마세요. 전 대구의 지리를 잘 아니까요. 아직 시간이 10시밖엔 되지 않았구요."

여자는 걸음을 옮겨 놓으려고 했다.

"그럼 커피숍에서 차나 한잔 합시다."

여자는 머뭇머뭇하다가 따라 들어왔다. 구인상이 프런트로 가서 방을 정하고 짐을 벨보이에게 맡기고 커피숍으로 왔다.

"차보다도 식사나 합시다. 이 근처에 식사할 곳 없을까요?"

여자는 말없이 일어서서 바깥으로 나왔다. 구인상이 그 뒤를 따랐다. 호텔 뒷골목엔 음식점이 즐비했다. 한산한 집을 골라 들어가 구석진 곳에 앉았다. 곰탕을 주문하고 소주 한 병을 청했다. 술이 있어야 대화가 순탄할 것 같았다.

"꽃다발은 어떻게 된 겁니까? 사실을 말하면 아까부터 그게 궁금했습니다."

여자는 눈을 아래로 깔고 말이 없었다.

"말씀하시기 싫으면 굳이 묻지 않겠습니다만, 서울에서부터 가져 오신 꽃다발을 버려도 좋았다는 게 이상하게 느껴졌구요."

여자는 역시 말이 없었다.

"난 꽃다발만 보면 그 뭐라고 할까요? 알레르기라고까진 말할 수가 없지만 왠지 불길한 기분이 듭니다. 꽃다발에 관해서 민감한 게죠."

소주가 왔다. 구인상은 여자의 잔에 먼저 술을 따르고 자기 잔도 채웠다.

"자, 우리의 이상스런 만남을 위해서!"

잔을 들었지만 여자는 술잔에 손을 대려 하지 않았다. 침묵이 흘렀다. 구인상은 잔을 단숨에 비우고 다시 잔을 채우곤 여자를 응시했다. 가까이서 보니까 여자는 20대의 후반쯤은 넘은 것 같았다. 세상에 지쳤다는 인상은 아까 열차에서 느낀 그대로였다.

따분한 생각이 들어 구인상은 다음과 같이 말을 꾸몄다.

"꽃다발을 준다는 건 꽃이 대신 말하게 하라는 것 아니겠어요? 못다 한 위로의 말을 꽃다발이 하게 하고 못다 한 기쁨의 말을 꽃이 하게 하고… 사람이란 그 많은 말을 갖고 있으면서도 위로의 말과 축하의 말엔 궁색하니까요. 속에 있는 말을 죄다 하려면 새삼스럽게 되고 말구요."

여자가 얼굴을 들었다. 얼굴빛이 창백했다. 형광등 탓만은 아닐 것으로 느껴졌다.

"선생님은 슬픈 분이죠?"

여자의 말은 조용했으나 구인상은 찔끔했다. 너무나 뜻밖인 물음이었다.

"그렇게 보입니까, 제가?"

"오해했으면 용서하세요. 기차에 오르면서 선생님 앉은 모습을 슬쩍 보았는데 어쩐지 슬프게 느껴졌어요. 제 감정이 반영된 건지 모르죠. 아아, 나 외에도 슬픈 사람이 있구나 싶었으니까요."

구인상은 지금 자기 앞에 앉아 있는 여자가 결코 평범한 여자가 아니란 사실을 깨달았다. 그렇게 지적을 당하고 보니 열차에 앉았던 자기 몰골이 처량했을 것이란 짐작이 갔다. 애인과 더불어 외박하고 돌아오는 아내를 만나기가 무서워 서재와 딸이 있는 집을 피해 나온 사내의 몰골이 처량하지 않을 수 있었겠는가.

"어떻습니까. 한잔 하시죠."

구인상이 술잔을 들어 상대방이 잔을 들 것을 종용했으나 고개를 저었다.

"저는 술을 못해요."

"요즘의 젊은 여성들은 술을 꽤나 하는 모양이던데요."

"전 요즘의 여자가 아녜요."

나직했으나 단호한 어조였다.

곰탕 두 그릇이 나왔다. 구인상이 숟가락을 들었으나 여자는 가만히 있었다.

"식사까지 못하시진 않겠죠?"

여자는 겨우 숟가락을 들었으나 곧 들었던 숟가락을 놓았다.

구인상도 3분의 1을 먹지 못하고 숟가락을 놓았다. 식욕이 전혀 없었다. 이렇게 되면 일어설 수밖에 없다. 그러나 미련이 남았다.

"끝끝내 꽃다발 얘긴 안 하시는군요."

"그 얘기를 해보았자 선생님 슬픈 마음에 위로가 되진 않을 겁니다."

"나는 위로를 구하는 건 아닙니다. 궁금할 뿐입니다."

"궁금하기로 말하면…."

여자는 말꼬리를 흐려 버렸다. 그리곤 일어섰다.

"가 봐야겠어요."

"집이 대구에 있습니까?"

"그렇습니다. 그러나 오늘 밤엔 집으로 갈 생각이 없습니다. 친구를 찾아갈 참이에요."

여자는 그 집 음식값만은 기어이 자기가 내겠다고 했다. 바깥으로 나와 호텔 앞까지 와서 여자가 말했다.

"내일은 주일입니다. 큰성당으로 오세요. 성당에 오시면 위안이 있을 겁니다."

"천주교 신자시구먼요."

이 말엔 대답도 않고 다음과 같이 말을 보탰다.

"미사가 끝나고 나면 만나 뵐 수 있을지 몰라요. 그때 꽃다발 사연을 혹시 얘기할 기분이 될지 모르겠어요."

여자는 구인상의 대답을 기다리지 않고 어둠 속으로 사라졌다.

그날 밤 구인상은 잠을 이루지 못했다. 복잡한 상념이 얽히고설킨 탓도 있었거니와 꽃다발의 여자로부터 받은 인상이 너무나 야릇했기 때문이기도 했다.

그 여자는 자기의 슬픔도 한량이 없어 보였는데 되레 구인상을 걱정했던 것이 분명했다. 구인상이 버려둔 꽃다발을 챙겨 그녀에게 갖다 준 마음의 동기엔 동정과 호기심이 있었다. 그런데 그 여자가 구인상과 같이 택시를 탄 것은 구인상에게서 느껴진 슬픔 때문이었으리라.

아무런 전제 없이 성당으로 나오라는 것은 당돌한 얘기다. 구인상은 성당은 물론이고 교회에도 나가 보지 않은 사람이었다. 그는 무신론(無神論)을 당연한 것으로 생각했다. 그렇다고 해서 신앙의 기능까지 부정하지는 않았다. 그러나 그것은 어디까지나 교양의 문제이지 신앙의 싹이 있지는 않다. '내일 성당에 가 봐야지' 한 것은 꽃다발의 궁금증을 풀기 위한 행동일 뿐이라고 풀이했다.

일단 이와 같은 결론을 내리고 두고 온 집을 생각했다.

'아내는 돌아와 있을까?'

'순아는 잠들어 있을까?'

'내가 두고 온 쪽지를 보고 아내는 어떤 표정을 지었을까. 무슨 생각을 했을까?'

구인상은 집을 떠나며 남긴 쪽지에 다음과 같이 적었다.

나는 내가 누구인가를 찾기 위해 대구로 가오. 내 성이 구가가 아니고 다른 성일지 모른다는 의혹은 벌써부터 있었지만 내 일신의 안온과 가정의 평화를 지키기 위해 묵과하고 지내려고 했소.

그런데 지금 가정의 평화를 지키기가 어렵게 되었고 따라서 내 일신의 안온은 거의 파괴되었다고 할 수 있소. 그럴 바에야 나는 내가 누구인가를 찾아야 하겠다는 충동을 느꼈소. 평지에 풍파를 일으키기가 싫어 그 충동을 억제했던 터인데, 이마 풍파가 일고 있는 이 마당에선 그런 걱정이 필요 없게 되었소. 모든 것이 당신 덕분이오.

나는 당신의 자유를 존중할 뿐이지만 순아가 큰 문제로 남아 있소. 방학 동안을 대구에서 버텨 볼 작정이오. 방학이 끝나면 일단 집으로 돌아가리다.

'양 떼에 섞인 악마!'

이런 죄책감 때문에 구인상은 마음이 편치 않아 미사 도중에 빠져나와 버렸다. 꽃다발 여자가 와 있는지조차 확인할 수 없었다.

추운 날씨여서 한 군데 서 있을 수는 없었다. 성당 앞길을 왔다 갔다 했다. 이윽고 회중(會衆) 가운데 꽃다발 여자가 보였다. 그 편에서도 구인상을 본 모양이었다. 주변의 몇 사람과 인사를 나누더니 빠른 걸음으로 구인상 쪽으로 다가왔다.

"오셨군요."

살큼 미소를 띠었지만 그 얼굴은 어젯밤보다도 침울한 느낌이었다.

"가까운 데 커피숍이 없을까요?"

"약전 골목으로 가면 있을 거예요."

여자가 앞장섰다. 어느 2층 커피숍으로 여자가 들어섰다. 구인상이 그 뒤를 따랐다.

"오늘 성당에서 느끼신 것 없으세요?"

"양 떼에 섞인 악마 같은 기분이 들어 미사 중간에 나와 버렸습니다."

여자는 슬픈 얼굴이 되어 말했다.

"저는 선생님을 위해 열심히 기도했어요. 슬픔을 덜으시라구요."

"감사합니다. 그런데 어째서 나를 자꾸만 슬픈 사람이라고 합니까? 내가 보기엔 아가씨의 슬픔이 더 크게 느껴지는데요."

"제 슬픔은 커요. 그러나 제겐 천주님이 있어요. 그런데 선생님은 슬프기만 하고 천주님이 옆에 계시질 않아요."

"나에겐 천주님은 없지만 의지가 있습니다. 설혹 나에게 슬픔이 있다고 해도 나는 내 의지로써 그것을 극복할 겁니다."

"가능할까요?"

"가능하지 않으면 결판을 내죠. 죽는 겁니다. 죽으면 슬픔도 같이 없어질 것 아닙니까?"

이 말은 구인상이 그 여자의 반응을 보기 위해 꾸민 것이었다.

여자는 가슴에 십자를 그었다. 그 동작이 끝나길 기다려 구인상이 장난스럽게 물었다.

"약속하신 대로 꽃다발 사연이나 얘기하십시오."

여자는 고개를 숙이고 한참을 생각했다. 그리고는 얼굴을 들어 구인상을 똑바로 보며 입을 열었다.

"천주님껜 부끄러운 얘깁니다만, 결혼식이 있었어요. 제게는 대단히 중요한 사람이었어요. 저와 결혼할 사람이었어요. 그 사람을 위해선 하는 데까지 했어요. 그 사람 때문에 제 동생의 학자금을 대 주지 못했거든요."

"그 사람은 뭣하는 사람입니까?"

"고등고시에 합격했어요. 대학을 졸업하고 병역을 치르고, 세 번 낙방도 하구. 작년에 겨우 합격했지요."

"그동안의 뒷바라지를 아가씨가 한 거로군요."

"그까짓 거 문제될 것 없어요. 제가 하고 싶어서 한 일이니까."

"하지만 배신이 아닙니까?"

"배신이랄 것도 없지요. 저보다 좋은 상대가 나타났으니 마음이 그편으로 쏠린 건데… 그게 세상이치 아녜요?"

"대단히 너그러우신 말씀이군요."

"결혼하고도 좋은 상대 나타나면 이혼까지 하는 세상인데, 약혼쯤이야 파약할 수 있지 않겠어요?"

"사실은 그렇겠지만 어떻게 그처럼 수월하게 생각할 수 있겠습니까?"

"그러니까 제 마음이 편하지 않은 겁니다."

"그 결혼식은 어제 있었던 거로군요. 꽃다발을 안고 그 결혼식에 가셨습니까?"

"축복해주러 간 겁니다. 제게 미안해 할 것 없다, 잘 사시오, 하는 뜻으로 꽃다발을 주려고 했는데…."

여자는 손수건을 꺼내 콧등을 눌렀다.

"그랬는데 왜 그 꽃다발을 그냥 가지고 오셨죠?"

"겁이 나서요. 제 진정이 그냥 통하지 않고, 빈정대는 뜻, 아니면 저주하는 뜻으로 받아들여질까 봐 겁이 난 거예요. 식장에 들어서지도 않고, 아니 들어서기가 겁이 나서 바깥에 우두커니 서 있다가 돌아왔어요."

"그 사람이 아가씨의 그런 섬세한 심정에 합당한 사람이었으면 다행이었을 텐데…."

구인상이 무심결에 한숨을 쉬었다. 여자는 멍한 눈으로 되었다. 구인상은 위로의 말을 하지 않을 수 없었다.

"견디기 힘든 일을 견디는 게 지혜라고 들었습니다. 아무쪼록 마음 단단히 먹으시구…."

"제겐 걱정이 없습니다. 천주님이 절 도와주시니까요."

'천주님'이란 말이 튀어나오는 바람에 구인상이 약간 반발을 느꼈다. 자기 의지력으로 견디고 해결해야 할 고통이나 문제를 천주님이라는 허구를 통해서 처리하려는 심성에 공감할 수 없었기 때문이다.

"대구에 오래 계실 건가요?"

"방학이 끝날 때까지 있을 작정입니다. 그러니까 약 한 달쯤."

"쭈욱 호텔에 계실 건가요? 비용이 많이 들 텐데요. 하숙할 생각은 없으세요?"

"하숙도 좋지만 졸지에 어디 좋은 하숙을 구할 수 있겠습니까?"

"수세식 화장실이 있고, 목욕탕이 있고, 조용한 방이면 되지 않겠어요?"

"그런 조건이 갖추어진 곳이라면 좋겠죠. 그보다 못한 조건이라도 책을 읽을 수 있고 글을 쓸 수 있는 곳이면 되지만… 어디 그런 좋은 하숙이 있습니까?"

"저의 집에서 하숙을 치고 있어요. 구체적으로 말하면 아버지는 일종의 무능력자예요. 그저 사람만 좋을 뿐입니다. 어머니가 하숙을 쳐서 생계를 꾸려 나가는 형편이에요."

"어디쯤입니까, 댁이?"

"삼덕동이란 곳입니다. 여기서 그리 멀지 않아요."

"참, 아가씨는 뭘 하고 계시죠?"

"서울에서 개인병원 간호사를 했어요. 앞으로 대구에서 일자리를 구해 볼까 합니다."

멍청한 눈빛으로 되더니 다음과 같이 덧붙였다.

"앞으로 동생을 위해 노력할 참이에요. 동생한테 미안해서요."

배신한 사내를 돕느라고 동생을 돌보지 않았다는 사실에 대한 뉘우침이라고 짐작할 수 있었다.

"마침 전근한 은행원이 쓰던 방이 비어 있어요. 선생님이 좋다고 하시면 고칠 데 고치고 도배도 새로 하겠어요."

삼덕동의 골목길을 걸어 들어가며 구인상은 그 하숙집을 보고 난 연후의 의견과는 상관없이 그 집에 있을 것이란 짐작을 했다.

이곳저곳 낙서가 지저분한 시멘트벽이 달갑지 않았으나 대문에 들어서니 느낌이 달라졌다. 비좁은 뜰인데도 양편으로 화단이 있고, 화단엔 짚으로 싸맨 화목(花木) 몇 그루가 있었다. 꽤 깔끔하게 화단을 가꾼다는 인상이었다.

화단 사이로 블록을 깐 보도가 있었고, 7, 8미터의 보도가 끝난 곳에 현관, 현관을 들어선 곳에 응접실로 쓰이는 것 같은 방이 있었다. 구인상은 권하는 대로 소파에 앉았다. 맞은편 벽에 어린 예수를 안은 마리아의 초상이 걸려 있었다. 한마디로 가톨릭의 분위기가 물씬했다.

"우리 어머니예요."

초로의 여인이 단정한 차림으로 들어왔다. 손에 든 로사리오가 눈에 띄었다. 구인상이 일어서서 공손히 인사했다.

"서울 분이시라고?"

카랑한 말소리였다.

"본적은 대구입니다."

"아아, 그러세요. 그럼 친척이 계시겠네요."

"있는지 몰라도 저는 모릅니다. 한두 번 와서 호텔에서 묵고 간 적은 있습니다만, 오랫동안 체류할 작정으로 온 것은 이번이 처음입니다."

"대학교수라고 하셨다는데."

구인상은 명함을 꺼냈다. 초로의 여인은 명함을 찬찬히 들여다보곤 황송하다는 시늉을 했다.

"명문대학의 교수님이시군요. 귀한 분을 어떻게 이런 누추한 집에…."

이어 초로의 여인은 의례적인 질문을 했다.

"아버지가 하시는 일은?"

"철강회사를 하십니다."

"아버지 사업을 이을 생각은 없으셨어요?"

"제 동생이 계승하기로 되어 있습니다."

뭔가 석연치 않다는 표정이었으나 초로의 여인은 고개를 끄덕끄덕하곤 딸아이를 돌아보았다.

"마음에 드실지 어떨지 방을 보여드려라."

방은 그다지 넓지도 좁지도 않은 온돌방인데 창이 서쪽으로 나있었다. 방 가운데 앉아 보니 차분한 기분으로 되었다.

"좋습니다. 내일 모레쯤 옮겨 오죠."

구인상은 삼덕동 그 집을 나왔다. 여자는 골목 어귀까지 따라나와 전송했다.

"길 잃지 말고 잘 찾아오세요."

구인상은 초로의 여인을 가톨릭이 피가 되고 살이 된 여인이라고 보았다. 그러나 경건한 신앙인에게 있을 수 있는 인자함이라든가 관용이 있을 것 같진 않았다. 어려운 살림을 꾸려 나가는 데 따른 인색함이 몸에 뱄다는 느낌도 없지 않았다. 무능력한 남편을 모시고 그만큼 깔끔하게 살려면 도리 없이 몸에 배는 특수한 버릇도 있을 것이었다.

구인상은 우선 책상과 전등 스탠드를 사야겠기에 번화가로 나갔다. 날씨가 다소 풀린 때문인지 사람들로 번화가답게 붐볐다. 지나가는 아가씨들의 억센 대구 사투리가 귓전을 울렸다.

책상과 스탠드를 사더라도 처치할 수가 없다고 생각한 구인상은 호텔로 발길을 돌리다가 도중에 '음악과 차'라는 간판이 붙은 음악실로 들어섰다. 어둡게 조명장치를 한 넓은 홀에 손님들이 심해어(深海魚)처럼 잠자고 있는데 곡명을 짐작할 수 없는 심포니가 울려 퍼지고 있었다.

구인상은 소철나무가 얹힌 베란다 풍의 칸막이 근처에 자리를 얻어 홍차를 시켜 놓고 눈을 감았다.

'나는 정녕 광기로 해서 몸부림쳐야 하는데도 이처럼 태평하게 낯선 도시의 음악실에서 음악을 듣고 있다. …'

구인상은 눈을 떴다. 어둠에 익숙해지자 바로 건너편 좌석에 머리를 서로 의지하고 밀착한 자세로 앉은 젊은 남녀를 식별할 수 있었다. 사랑의 원초적 장면이란 상념이 뇌리를 스치고 대구에도 사랑이 있구나 하는 익살 섞인 감정으로 되었다. 그들의 사랑은 뜻밖에도 진실된 사랑일지도 모르고, 몇 순간을 겨우 지탱할 뿐인 장난과 같은 것일지도 몰랐다. 이렇건 저렇건 시들한 것임엔 틀림이 없었다.

'시든 꽃다발로 해서 알게 된 그 여자의 사랑도 한때는 진실했을 것이고, 나를 배신한 아내도 한때는 나를 진정 사랑했을지 모른다 … 그런데 그것이 지금 어떻단 말인가?'

구인상은 와락 자기혐오를 느꼈다. 감정을 폭발시키지 못하는 스스로에 대한 혐오였다. 그 혐오는 아까 하숙집 주인이 구인상이 장남인데도 부모와 별거하고 있고 아버지의 사업을 왜 동생이 계승하느냐 하는 점에 의혹을 느낀 데에 있다. 그 의혹은 자연스러운 것이었다. 학문을 버리고 철강회사를 맡을 생각은 추호도 없었지만 일반의 상식으로선 아버지의 사업은 장남이 맡아야 하는 것이고, 부모를 차남이 모신다는 것은 사리에 어긋난다. 구인상은 구모(某)의 장남이 아니면서도 호적엔 장남으로 되어 있다. '장남이 아니면서도' 정도가 아니라 구인상은 철강회사 사장 구모와는 아무런 핏줄기 연관도 없을지 몰랐다.

이 문제의 언저리를 어렴풋이 알게 된 것은 꽤 오래 되었다. 그러나 구인상은 군이 그 문제를 파고들지 않으려 했다. 가능하다면 영원한 수수께끼로서 무덤까지 가져가고 싶었다. 이미 수정할 수 없는 과거를 들춰내서 무엇을 하겠다는 말인가.

그런 까닭에 자기지분의 재산을 주식 형식으로 동생에게 증여했을 때도 당연하게 생각했고, 부모와 따로 살아야 한다는 통고를 받았을 땐 오히려 다행스럽게 받아들였다. 그러나 이젠 문제가 달라졌다.

'내가 누구냐?'하는 것을 따지기 위해 구인상은 대구를 찾은 것이다. 아내와의 파탄을 마무리 짓기에 앞서, 아직 그 파탄을 완전하게 하기 위해 대구를 찾은 것이다.

'과연 나는 누구일까?'

역사철학에 앞서 이것이 구인상의 제1문제가 되어야만 했다.

구인상은 음악실에서 나왔다. 낭만적인 동굴에서 산문적인 겨울풍경으로 나온 기분이었다. 약간 쌀쌀하긴 하나 걷는 데 고통을 느낄 정도는 아니어서 동성로 일대를 걸어 보기로 했다.

구인상의 바로 앞을 맵시 좋은 아가씨와 억지로라도 맵시가 좋다고 할 수 없는 아가씨가 나란히 걸어갔다. 구인상은 천천히 그들 뒤를 따랐다. 맵시 좋은 아가씨는 감색 슬랙스 위에 오렌지색 반코트를 입고 초콜릿 색 머플러를 한 바퀴 반 돌려 머플러의 한쪽 끝이 오른편 어깨 뒷면으로 처져 있었다. 가볍게 웨이브를 먹인 머리칼이 머플러에 싸여 있는 모양까지 매력적이었다.

한쪽의 여자는 회색 울 스커트 위에 밤색 털외투를 입고 수달피 머플러를 했는데 짧은 다리의 종아리가 살색 스타킹 빛깔로 툭 튀어나와 있었다.

그 여자들에게 말을 걸어 보고 싶은 충동이 솟아났다. 낯선 거리를 헤매는 나그네가 길 가는 여자에게 말을 걸어 본다고 해서 실례 될 것은 아니라는 마음이었다.

구인상은 걸음을 빨리해서 그 여자들과 어깨를 나란히 했다.

"길 좀 묻겠습니다."

여자들의 네 개의 눈동자가 구인상에게 쏠렸다.

"외국 서적을 파는 서점을 찾는데요."

못 생긴 편의 여자가 되물었다.

"외국 서적이라면?"

"영어 책, 프랑스어 책 같은 것 말입니다."

두 여자는 고개를 갸웃했다.

"일본어 책 파는 집은 중앙로에 있는 것 같던데."

잘 생긴 편인 여자의 말이었다.

구인상이 걸음을 빨리해서 그들과 헤어지려고 하자, 못 생긴 여자가 물었다.

"손님은 객지 분입니까?"

이 질문이 계기가 되어 못 생긴 여자와 구인상 사이에 말이 오가게 되었다. 자연 같이 걸을 수밖에 없었다.

"서울에서 왔습니다."

"서울은 춥지예?"

"그렇지도 않습니다. 되레 대구가 서울보다 추운 것 같은데요."

"대구 추위는 유명합니더. 오늘은 퍽이나 포근한 편입니다. 그런데 손님은 어디에 묵고 계십니까?"

"H호텔입니다."

"일본어 책 집이 H호텔 근처에 있어요. 대구엔 오래 계십니까?"

"한 달쯤 있을 작정입니다."

두 여자가 섰다. 못 생긴 여자가 턱으로 간판을 가리켰다. '청마'(靑馬)라고 쓰여 있는 살롱의 간판이었다.

"심심하거든 놀러 오세요."

못 생긴 여자가 핸드백에서 명함을 꺼내 건넸다.

"이건 제 명함이 아니구, 이 마담의 명함입니다."

명함엔 '살롱 청마 명국희(明菊姬)'라고 쓰여 있었다. 잘 생긴 여자가 생긋 웃었다. 사뭇 사람을 호릴 수 있는 웃음이구나. '경국지미'(傾國之美)라는 말이 구인상의 뇌리를 스쳤다.

"한번 놀러 가겠습니다."

구인상이 가볍게 고개를 숙였다.

구인상은 걸음을 재촉했다. 명국희란 이름이 그 화사한 얼굴과 더불어 구인상의 망막에 어른거렸다.

구인상이 호텔로 돌아와 샤워를 마치고 트렁크에서 책을 꺼내 들고 보료 위에 비스듬히 누웠다. 그 책은 에드워드 기본(Edward Gibbon)의 《로마제국 흥망사》였다. 장대한 로마제국이 흥하고 망하는 과정을 읽고 있으면 하찮은 자기 슬픔쯤이야 소화될 수 있지 않을까 해서 그 방대한 부피의 책을 가져 왔다.

그러나 구인상의 마음에 잡념이 섞이기 시작했다. 배신한 아내는 죽여 마땅한 것이 아닌가. 공연히 있지도, 있을 수도 없는 인간의 품위니 위엄을 들먹여, 이 낯선 땅의 여사(旅舍)에서 견디기 힘든 고민으로 몸부림칠 까닭이 없는 것이 아닌가.

구인상은 보료 위에 일어나 앉았다. 살의(殺意)가 서울로 향해 달렸다. 금방이라도 짐을 챙겨 서울로 떠날 마음의 동작이었다.

짐을 챙기다가 말고 멍청히 담배를 피워 물었다. 어둠이 스며들기 시작했다. 시든 꽃다발의 여자가 뇌리를 스쳤다. 대구에 온 목적이 의식 속에 떠올랐다. 일단 하숙을 옮겨 놓고 볼 일이었다. 살의에 완급(緩急)이 있을 수가 없다. 극한적인 일은 가능하다면 연기하는 것이 현명하다.

구인상의 의식은 자꾸만 살의의 언저리를 맴돌았지만 그는 파리 한 마리 죽일 수 없는 성격인 스스로를 너무나 잘 아는 터이기도 했다. 이 세상엔 죽음을 당할망정 죽이지는 못하는 사람이 있다. 구인상이 그런 위인이었다.

옷을 챙겨 입고 식당을 찾았다. 스테이크는 케첩에 이겨 놓은 톱밥 같은 맛이고 빵은 솜을 씹는 맛이었다. 배는 고팠으나 식욕은 이처럼 결락(缺落)되었다. 커피에 우유를 듬뿍 타서 마셨다. 커피 맛도 아니고 우유 맛도 아니었다. 문득 '청마'가 생각났다.

스페인 음악의 강도를 한풀 꺾으면 기막힌 무드로 스민다. 구인상이 청마에 들어섰을 때 고즈넉한 기분으로 된 것은 그 음악 때문이었다. 〈그라나다〉가 미풍처럼 불어오는 것이 사막 속에서 춘풍을 맞은 느낌이었다. 그러고 보니 청마는 대구라고 하는 사막 속에서의 춘풍이 될지 모른다는 감상이 괴기조차 했다.

대구 여자들은 이상하다. 손님이 홀에 들어섰는데도 아무런 인사가 없다. 홀 이쪽저쪽에 서성거리는 여자들은 백치의 가면을 쓴 것처럼 표정에 움직임이 없었다. 도로 나가 버릴까 하고 망설이는데 아까 거리에서 말을 나눈 여자가 나타났다. 구인상을 당장 알아보았다.

"애, 너희들 뭣 하노? 손님 모시지 않고!"

누구를 나무라는지 분간 못할 투로 말하면서 구인상을 벽 쪽에 있는 자리로 안내했다.

"누군가 와서 주문을 받아야제."

해 놓고 카운터 쪽으로 가서 앉았다.

음악 〈그라나다〉의 미풍과는 너무나 어긋나는 접대방식이어서 어리둥절할 수밖에 없었는데 이것이 대구식이라고 생각하면 그다지 어색할 것도 없었다.

초저녁이어서 그런지 손님은 드문드문 있었다. 가끔 억센 말소리와 웃음소리가 터져 나오긴 해도 시끄러울 정도는 아니어서 호 젓한 나그네의 감상을 달랠 수는 있었다.

음악은 영화 〈부베의 연인〉의 주제음악으로 바뀌어져 있었다. 〈부베의 연인〉은 구인상이 좋아하는 가락이었다. 접객(接客) 매 너는 돼먹지 않았지만 음악이 엮어내는 분위기는 좋다고 느끼면 서, '명국희'란 이름의 마담이 보이지 않는 것이 궁금했다.

그가 '청마'를 찾은 것은 술에 갈증을 느낀 때문도 아니고, '바'(bar)를 필요로 하는 기분 탓도 아니고, 명국희의 용모에 끌린 때문이었다. 그런 여자를 앞에 두고 얼마간의 시간을 지냈으면 하 는 그저 그 정도의 마음이었지만, 그 여자의 내력에 대한 호기심 도 있었다. 그처럼 잘난 여자는 무얼 생각할까. 과연 교양과 맵시 가 균형을 이루었을까. 만약 그렇다면 두고두고 호기심의 대상이 될 것이고 그렇지 않다면 별 볼 일 없는 여자로 치고 지나쳐 버릴 것이었다.

위스키에 소다수를 탄 하이볼(highball)을 담은 잔은 거의 바닥 이 나 있었다. 명국희의 얼굴도 보지 못하고 떠난다는 것이 왠지 언짢은 기분이었다. 그렇다고 해서 명국희에 관해서 물어 볼 수도 없고 명국희를 불러 달랠 수도 없었다.

그냥 일어서려는 판인데 안쪽에서 손님들이 우르르 몰려나왔 다. 홀 저편에 특별한 룸이 있는 모양이었다.

너덧 명의 손님들은 그 풍채들이나 '사장님', '회장님'이라고 서 로들 말을 건네는 것으로 보아 대구에선 손꼽히는 사업가들이란 짐작이 들었다. 그들 틈에 섞여 있는 호스티스들도 나름대로 뽐낼 수 있는 용모와 스타일이었다.

그 일행의 맨 끝에 명국회가 있었다. 구인상을 보는 눈엔 약간 반기는 듯한 기색이 있었지만 말은 없이 손님들을 전송하려 가게 입구 쪽으로 갔다. 한창 시끄러운 인사가 도어 쪽에서 있은 연후 명국회가 구인상의 자리로 왔다.

"오셨군요!"

인사와 더불어 맞은편에 앉곤 빈 술잔을 보고 물었다.

"한 잔 더 하시겠지요?"

분명히 서울말은 아닌데 경상도 사투리의 모가 달려있어 독특한 말씨였다.

"한 잔 더 하죠. 마담도 한잔 하시죠."

"저는 술을 안 합니다."

마담은 구인상의 술만 주문했다.

"헌데 마담은 왜 술을 안 하십니까? 손님에겐 술 마시게 하고 자기는 마시지 않는다면 모순 아닙니까?"

"제 방침입니다. 저는 술을 마시지 않고 술을 팔아 보겠다고 방침을 세웠답니다."

마담의 얼굴은 암록색으로 물든 조명 속에서 더욱 화사했다.

"술을 전혀 못하십니까?"

"술을 하기는 하죠. 제 가게에선 마시지 않겠다는 것뿐입니다. 첫째, 자기 가게 술을 마시면서 손님에게 돈을 내게 하는 것이 쑥스럽구요. 둘째, 가게에서 술을 마시면 한량이 없을 것 같아 건강이 걱정되구요. 셋째, 술 마시지 않는 술장사를 해보겠다는 결심이구요."

"대단히 논리적인데요."

"논리적이 아니라 자기보호적이겠죠."

그 말에 마담의 지성이 반짝했다.

"억지로 술을 먹이려고 드는 손님은 없습니까?"

"가끔 있죠. 말을 강가에까지 데리고 갈 순 있어도 억지로 물을 마시게 할 순 없다는 말이 있잖아요. 하물며 사람인데요. 말만도 못해서야 되겠어요?"

"그래서 이 집 이름이 '청마'입니까?"

"그런 건 아닙니다. 제가 인수하기 전에 이 집 이름이 청마였어요. 1년 전 이름째 인수한 겁니다."

단둘이 되고 보니 약간 어색한 기분이 고였다. 마담이 구인상의 담뱃갑에서 담배 한 개비를 꺼내며 물었다.

구인상이 라이터를 들어 마담의 담배에 불을 붙였다. 담배 연기를 조심스레 뿜어내며 마담이 물었다.

"선생님은 사업하시는 분이 아니시죠?"

"그렇습니다. 학문을 좋아하는 편이죠. 현실생활엔 아무런 쓸모도 없는 학문을 하고 있습니다."

"그럼 서울에 있는 대학교수?"

"그렇습니다."

구인상이 새 하이볼 잔을 들었다. 마담은 조용히 지켜보았다.

"대구엔 무슨 일루 오셨나요?"

"알아볼 일이 있어서요. 방학 동안 대구에서 지낼 작정입니다."

입구 쪽이 시끄러워졌다. 마담은 그쪽으로 시선을 돌려 보았을 뿐 일어서진 않았다. 대단치 않은 손님이라고 치는 모양이었다. 구인상이 그런 태도를 이상하다고 생각했다. 장사를 할 양이면 어떤 손님이건 반갑게 맞이해야 하는 것이 상식 아닌가.

마담이 뚜벅 물었다.

"별 볼일도 아닌데 대구에 오신 건 아닙니까?"

이렇게 질문을 받고 보니, 구인상은 별 볼일도 없이 대구에 왔다는 생각이 들었다. 자기의 뿌리가 뭣인가를 알아보겠다는 마음이 간절하긴 했지만 대구에 무턱대고 왔다고 해서 그것이 찾아질 리는 없었다. 그러니까 막연한 마음으로 대구에 온 셈이다. 막연한 마음으로 왔다면 별 볼일도 아닌데 대구에 온 셈 아닌가.

"그럴는지도 모르지요."

마담은 고개를 끄덕끄덕했다.

"헌데 어째서 그런 데 관심을 갖습니까?"

"우리 집에 오신 손님이니까요."

이번에 고개를 끄덕끄덕할 차례는 구인상이었다.

마담이 자세를 고쳐 앉으며 물었다.

"무슨 고민이 있습니까?"

"어떻게 그리 느끼셨습니까?"

종업원이 와서 마담에게 무언가를 속삭였다. 마담이 일어섰다.

"어떤 고민이라도 시간이 해결하는 거예요. 마음 급하게 먹지 말고 앞의 시간을 보세요. 2년 후쯤에 살고 있는 요량으로 하세요. 놀다가 가세요. 대구에 있는 동안 가끔 오세요."

마담이 남기고 간 말이었다. 하늘에서 떨어진 벼락과 같은 말이었다. '2년 후쯤에 살고 있는 요량으로 하세요'하는 말에서 구인상은 '나는 언제나 2년 후를 살았다'고 한 나폴레옹의 말이 떠올랐다. 나폴레옹이 토해 낸 숱한 명언(名言) 중에서도 이처럼 강력한 말은 없다는 것이 구인상의 의견이었는데, 바로 그 말이 명국희의 입으로 나왔으니 놀랄 수밖에 없었다.

'2년 후를 앞질러 보았다'는 말과 '나는 2년 후를 살았다'는 말은 뜻은 같을지 몰라도 뉘앙스는 전혀 다르다. 앞의 말은 정략가의 따분한 자기만족의 표현이고, 뒤의 말은 영웅의 선포이다. 그러고 보니 명국희가 2년 후쯤에 살고 있는 요량으로 하라는 것은, 구인상더러 영웅이 되라는 말과 같았다.

이렇건 저렇건 좋은 말이었다. 대개의 고통은 2년 동안이란 세월에 바래지면 격심한 슬픔의 빛깔을 잃을 것이었다. 그렇다고 해서 구인상이 짊어진 숙업(宿業)이 사라지지는 않겠지만, 아내 때문에 비롯된 고민의 선풍은 재울 수 있으리라.

'2년 후쯤에 살고 있는 요량으로 하라!'

좋은 말이다. 그런데 궁금한 것은 이 말이 명국희의 지혜에서 나온 것인지 나폴레옹으로부터 배운 것인지 하는 점이다. 명국희를 불러 물어보고 싶은 마음이 갈증을 닮아 있었지만 구인상은 스스로의 경솔을 나무랐다.

호텔에 돌아와 누웠다. 묘한 여운이 남았다. '청마'에서 들은 음악의 흐름에 섞여 명국희로부터 받은 인상이 여운처럼 끌고 있는 것이다. 작곡가와 곡의 이름이 뇌리에 떠올랐다. 브루크너의 교향곡 제 7번.

구인상은 천장을 멍청히 쳐다보고 누워 사라져 간 그 교향곡의 흐름을 찾았다. 바그너를 닮은 힘찬 음류(音流)에 정신을 맡겨 놓고 있으면 편하기 짝이 없다.

그러나 쉴 새 없이 의식은 흐른다. "나는 언제나 2년 후를 살았다"는 나폴레옹의 말과 "2년 후쯤에 살고 있는 요량으로 하세요"한 명국희의 말이 얽히고설켜 마음속에 파문을 일으켰다.

그러는 동안 구인상은 명국희와의 로맨스를 상상했다. 당치도 않은 소리란 부정에 이어, 어떤 가능성을 찾는 마음의 빛깔이 애달팠다. 불현듯 생각나는 말이 있었다.

'질투의 불길을 끄기 위해선 애인을 새로 만들어라!'

"질투는 반드시 사랑에서 비롯된 것은 아니다. 사랑을 가장한 에고〔利己〕의 발작일 경우도 있다. 그러니까 그 에고의 방향을 다른 대상에게 돌리도록 노력하면 된다."

그날 밤 구인상의 꿈에 명국희가 등장했다.

아침을 맞으니 지난밤의 일들이 센티멘털한 페인트 그림처럼 바랬다. 명국희는 로맨스의 여주인공으로부터 바의 마담으로 전락했고, 꿈의 궁전의 밀실 같은 방은 애써 엑조티시즘(exoticism)을 간직한 술집에 불과했고, 애상이 분홍 빛깔로 물든 감회는 기실 몇 잔의 술이 빚어 낸 지극히 산문적인 생리작용의 반영에 불과했다.

전화벨이 울렸다. 시든 꽃다발의 여인이었다.

"언제쯤 오시겠습니까?"

"오후 1시쯤 가겠습니다."

구인상은 호텔 체크아웃 시각과 점심시간을 감안하고 이렇게 말했다.

"제가 도와드릴 일은 없겠어요?"

"트렁크와 가방뿐인데요, 뭐."

"길은 기억하시겠어요?"

이렇게 물어 오니 갑자기 자신이 없어졌다. 우물우물하는 눈치를 알아차렸던 모양이다.

"12시 반쯤 해서 호텔로 가겠어요."

낮 12시에 프런트로 내려가 계산하고 커피숍에 가서 커피를 마셨다. 그 아가씨가 나타났다.

"내 이름은 벌써 알고 계시겠지요. 아가씨의 이름을 알아 두고 싶은데요."

"고진숙이라고 해요."

"가기 전에 책상과 스탠드를 사고 싶은데요."

"그렇게 하시죠."

둘은 중앙로로 나가 책상과 스탠드를 샀다. 스탠드는 들고 가기로 하고 책상은 운반해 달라고 일렀다. 가구점이 있는 거리의 뒷골목에서 점심을 먹고, 정확하게 말하면 먹는 듯 마는 듯하고 택시를 잡았다.

'이제 또 엉뚱한 생활이 시작된다.'

택시 탈 때 구인상의 뇌리에 괴인 감상이다. 인생이란 실로 묘하다. 어떤 필연으로 택시를 타고 대구의 거리를 누비게 되었는가 말이다. 고진숙에게 물으면 틀림없이 천주님의 이름이 등장할 것이다 싶어 구인상의 입언저리에 웃음이 번졌다.

　고진숙은 그 웃음을 보고도 묻질 않았다. 운전기사의 뒤통수 머리칼에 실밥 같은 것이 묻어 있는 것을 보며, 구인상은 시든 꽃다발의 사연이 대단한 것이라고 되뇌었다.

어느 지옥의 풍경

대구시 삼덕동 고진숙(高眞淑)의 집 하숙객이 되어 첫날밤을 맞은 구인상은 잠을 이룰 수 없었다. 도망자란 관념이 그의 머릿속을 어지럽혔다. 아무런 장식도 없이 책상 하나만 덩실하게 서창 앞에 놓인 방은 영락없이 도망자의 방인 것이다.

'나는 누구로부터 도망하고 있는가?'

'나는 어느 곳에서 도망하고 있는가?'

어린 딸 순아 생각이 났다.

'나는 순아로부턴 영원히 도망치지 못할 것이다. 그런데 지금 나는 순아로부터도 도망치고 있는 것이 아닌가?'

책을 펴려고 했으나 펴들 용기는 없었다.

구인상은 눈을 감았다. 억지로라도 잠을 청할 참이었다. 그런데 알랭(Alain)의 글귀가 머리에 떠올랐다.

'도망치는 것, 그것도 성실한 작업이다.'

세상에 그럴 수가 있을까. 도망치는 것이 어떻게 성실한 작업이 될 수 있는가. 어느 나라를 전복하려는 혁명가의 경우이면 또 몰라도.

이런 상념 속을 헤매고 있을 때였다. 유리창에 뭔가가 와 닿는 소리가 있었다. 귀를 기울였다. 유리창 바깥을 모래 같은 것이 치고 있었다. 어쩌면 빗소리를 닮아 있었다. 다시 모래가 뿌려진 느낌이었다. 그리고는 조용해졌는데 이젠 말소리가 들렸다. 소리를 죽인 말소리.

"여보소, 여보소."

분명히 사람의 목소리였다.

구인상이 일어서서 창문을 열었다. 창문이래야 그 앞에 책상을 놓은 서창뿐이다. 찬바람이 와락 들이닥쳤다. 아찔하는 기분인데 어둠의 바닥에 무언가가 움직이는 기색이 있었다.

"여보소, 문 좀 열어 주소."

"당신 누구요? 누군데 밤중에 문을 열라는 거요?"

"쉬잇, 나는 이 집 주인이오. 그럴 사정이 있소. 대문 좀 열어 주소. 여편네 모르게 살짝 열어 주소."

구인상은 창문을 닫고 방의 전등을 켰다. 그리고 재킷과 바지를 입고 뜰로 내려갔다. 그의 방에선 현관을 통하지 않아도 뜰로 내려갈 수 있는 문이 있었다. 안채는 모두들 잠이 들었는가 보았다. 시계추 움직이는 소리만이 들렸다.

대문의 빗장을 뽑았다. 외투를 입은 사내가 들어오더니 손짓을 했다. 구인상더러 들어가라는 시늉이었다. 그러나 구인상은 혹시

나 하는 마음으로 지켜보고 서 있었다. 노인은 빗장을 지르곤 구인상의 등을 밀다시피 하며 방으로 들어왔다.

"새로 들어온 손님이구나."

노인은 외투를 벗어 방바닥에 놓고 공손히 인사했다.

"나는 고제봉이라고 하요."

"저는 구인상입니다."

이렇게 자기소개를 하며 구인상은 노인을 관찰했다. 일흔 가까운 나이로 보였다. 반백의 머리는 태반의 숱을 잃고 있었다. 주름은 져 있으나 얼굴의 윤곽은 선명했다. 눈빛은 선량했다. 약간 술기운이 있는 것 같았다.

"초면의 손님에게 실례가 되었소."

"어떻게 된 겁니까? 이렇게 밤늦게."

"우리 집사람헌테 나는 쫓겨난 신세랍니다."

구인상이 뭐라고 할 말을 잃었다. 그러자 노인이 책상 위의 술병을 보았다.

"저것 술 아니오? 한잔 줄 수 없소?"

구인상이 술병과 물 글라스를 노인 앞에 밀어 놓았다.

"같이 한잔 하십시다."

노인의 말은 그랬으나 글라스는 한 개밖에 없었다.

"저는 좋습니다. 노인 혼자 드십시오."

'노인?' 하더니 병마개를 뽑아 술을 글라스에 따라 놓고 말했다.

"나는 노인이 아니오. 이제 겨우 예순 살을 넘긴 사람을 보고 노인이라니."

아무래도 일흔 살을 넘었거나 일흔 살에 가까워 보였다.

"나이보다 늙어 보인단 말이지? 여편네 등쌀에 그리 된기요."

노인은 큰 글라스에 가득 채운 술의 3분의 1쯤을 단숨에 마셨다.

"독한 술을 그렇게 마셔도 되겠습니까?"

"술이 독하다니, 세상에 독한 술이란 건 없어. 독한 건 사람이야. 사람 가운데도 여자요, 여자."

구인상은 잠자코 있었다.

노인은 다시 글라스의 3분의 1쯤을 마시곤 구인상을 자세히 보는 눈이더니 뚜벅 말했다.

"영판 닮았어!"

"누굴 닮았단 말입니까?"

"손님을 닮은 사람이 있었소."

"그게 누군데요."

"글쎄, 그 이름이 아무래도 생각나질 않아. 아까부터 생각해 내려고 하고 있는데."

"그런데 어떻게 닮았다고 합니까?"

"하여간 손님을 닮은 사람이 있었어. 나와 친한 사람은 물론 아니지만. 그러니까 이름이 떠오르지 않는기라. 그러나 닮았다는 것만은 확실해. 그 사람도 손님을 닮아 미남이었거든. 기막힌 미남이었지. 헌데 그가 누구더라?"

구인상은 노인의 말에 관심을 두지 않기로 했다. 주정뱅이 노인이 함부로 지껄이는 소리를 귀담아 들을 필요가 없는 것이다.

노인은 자꾸만 '닮았다, 닮았어'하는 소리만을 되풀이하며 이윽고 글라스를 비우고 말았다. 술병에 술이 조금 남았을 뿐이어서 구인상은 노인이 그것마저 다 마시려고 할까봐 염려했는데 다행히도 '실례했다'면서 일어섰다.

"내 방엔 불도 때지 않았을 기라."

중얼중얼하며 안방 있는 쪽으로 비틀거리며 걸어갔다.

노인의 방은 구인상이 묵고 있는 방의 다음다음쯤에 있는 모양이었다. 미닫이를 여닫는 소리가 가까이에서 났다.

불을 끄고 다시 자리에 누운 구인상이 아까 노인이 한 말을 되씹었다. '분명히 나를 닮은 사람이 있다고 했는데, 그것이 사실이라면 그 닮은 사람을 어떻게 해서든 찾아야겠다'고 마음을 먹었다.

'혹시 그 사람이 내 진짜 아버지일 수가 있을지 모른다'는 기대감은 구인상을 흥분케 했으나 주정뱅이의 괜한 소리로 쳐 버리는 것이 현명할지 모른다는 마음이 뒤따랐다.

이튿날 아침, 세면장으로 가는 도중에 구인상은 이상스런 대화를 엿듣게 되었다.

"이 망령든 영감탱이, 뭣 때문에 기어들어왔어!"

분명 고진숙의 어머니였다.

"내 집에 내가 들어온 건데 그게 어떻단 말이냐."

중얼중얼하는 것은 고제봉이었다.

"천주님을 두려워할 줄 모르는 사람, 이 집엔 소용없어, 당장 나가요."

"여편네가 남편을 쫓아내는 죄를 짓고도 천당 갈 생각을 해?"

"남편도 남편 나름이지. 당신은 남편이 아니고 악마다 악마! 웬수다 웬수!"

구인상은 더 들을 수 없어 세수를 끝내고 방으로 돌아왔다. 고진숙의 어머니는 구인상이 첫인상에서 느낀 그대로의 사람이었다. 남편이 아무리 잘못했기로서니 그럴 수는 없는 것이다.

가정부가 밥상을 가지고 왔다. 어젯밤에도 바깥에서 식사를 했기에 그 집에서 밥상을 받아 보는 것은 처음이었다. 밥상의 풍경은 하숙집 밥상이면 으레 그러리란 관념을 실증이나 하는 것 같았다. 소량의 콩나물, 역시 소량의 김치, 너비 두 치쯤으로 토막을 낸 명태찜 두 토막, 미역국이 있었다는 것이 처음 맞은 하숙객에게 대한 유일한 배려일지 몰랐다. 다행인 것은 빈약할망정 깨끗하다는 사실이었다.

그러나 저러나 식욕에서 멀어진 구인상에겐 그런 밥상은 문제도 아니었다. 도망자가 도피처를 얻었으면 그만일 것이었다.

안방에서의 싸움이 어떻게 되었는지 궁금증으로 몇 숟가락 밥을 뜨고 젓가락을 몇 번 놀렸을 뿐으로 밥상을 물렸다. 그때 고진숙이 바깥에서 인사했다.

"찬이 마음에 드셨어요?"

고진숙이 아침 인사에 덧붙인 말이다.

"난 아무거나 먹습니다. 그런 덴 신경 쓰지 마십시오."

구인상은 신앙에 철저한 고진숙이 음식 같은 덴 신경 쓸 사람이 아닐 것이라 짐작했다. 아까 밥상을 받았을 때 그녀의 성의를 의심하는 막연한 불만을 느꼈는데 그것이 터무니없었다고 스스로 뉘우쳤다. 구인상은 음식보다도 진숙의 아버지에게 대한 호기심으로 권했다.

"들어오시지요."

머뭇거리는 눈치더니 진숙의 말이 있었다.

"저는 손님방에는 들어가지 않기로 하고 있어요. 죄송합니다. 어머니의 엄명이기도 해요."

진숙의 미안해 하는 말투가 더욱 구인상의 신경을 자극했다.

"하실 말씀이 있으면 응접실로 나오세요."

등 뒤에 진숙의 말이 있었다. 대꾸할 필요가 없을 것 같았다.

그는 가방을 끌어당겨 그 속을 뒤졌다. 기본의 책을 다시 읽을 마음이 나질 않아 다른 책을 찾을 참이었다. 7, 8권 가지고 온 책 가운데서 볼프강 레온하르트의 자전(自傳)을 꺼냈다. 《그 혁명은 아이들까지 도망치게 했다》는 책명이다.

구인상은 잡념을 없애려고 애를 쓰며 책을 읽고 있는데, 방 밖에서 기침소리가 났다. 노크 대신의 신호일 것이다.

"들어오세요."

노인이 미닫이를 열고 들어왔다. 어젯밤에 본 것보다도 더 늙어 보였다. 노인은 방바닥에 손을 대 보다 물었다.

"이 방은 따시고나. 내 방은 냉방하고도 시베리아인데. 어젯밤은 잘 주무셨소? 담배 한 개비 피웁시다."

구인상이 노인 앞으로 재떨이와 담배를 밀어 놓았다.

담배에 불을 붙여 맛있게 연기를 뿜어내곤, 책상 위에 펴 놓은 책을 넘겨다보더니 노인이 말했다.

"영어 책을 읽고 계시는군요."

"이건 영어 책이 아니고 독일어 책입니다."

말할 필요가 없었지만 구인상의 입에서 말이 미끄러졌다.

"허어, 독일어 책이라. 나도 한때 독일어를 배운 적이 있지만 지금은 다 잊어버리고, 지금 외고 있는 독일어는 구텐 모르겐, 노이에 츠와이트, 리이베 멧첸? <u>흐흐흐.</u>"

비굴하다고나 할까, 자조(自嘲)가 섞였다고나 할까, 그 웃음은 뭔가 대꾸하는 말이 없고선 너무도 서글플 것 같았다.

"꽤 많은 단어를 아시는군요."

"그러나 그까짓 것 뭣에 쓰겠소. 외국어라고 하는 건 철저하게 배우지 않으면 사람을 경박하게, 건방지게 만들기 알맞은 건데."

그 말엔 뜻밖에도 지적(知的)인 박력이 있었다. 구인상은 노인, 즉 고제봉을 허투루 봐선 안 될 인물이라고 느꼈다.

이때였다. 바깥에서 '여봇!' 하는 날카로운 소리가 들려왔다.

안주인의 소리였다. 노인이 보기에도 흉하게 움츠러들었다.

"나와욧, 빨리!"

노인이 엉금엉금 기어나가 듯했다. 미닫이가 닫히기 바쁘게 안주인의 앙칼진 소리가 있었다.

"그래 당신은 손님까지 내쫓아 우릴 골탕 먹일 작정이오?"

고제봉이 무슨 소릴 하는 것 같았지만 들리지 않고 안주인의 말만 쨍 울렸다.

"다시 손님방에 들어갔다 봐라. 그땐 가만 안 둔다."

도리가 없었다. 구인상이 미닫이를 열고 말했다.

"저는 어른과 얘기하고 싶습니다. 제 방에 종종 놀러 오시도록 하세요."

"그건 안 됩니다. 이 영감은 망령이 들어도 단단히 들었어요. 오냐오냐 해 놓으면 부뚜막에 오르는 개처럼 될 영감이오."

안주인은 영감을 끌고 안방으로 들어가 버렸다.

구인상이 다시 책상 앞에 앉았으나 싫어도 안방에서 벌어진 실랑이 소리를 듣지 않을 수 없었다.

옷을 챙겨 입고 바깥으로 나왔다. 쌀쌀했다. 그러나 견디지 못할 추위는 아니었다. 한길로 나와 어슬렁어슬렁 걸었다. 택시를 만나면 달성공원에나 가볼 요량이었다.

저편에서 고진숙이 무언가를 싼 꾸러미를 들고 걸어온다. 구인상을 보더니 어딜 가느냐고 물었다.

"달성공원에나 가볼까 합니다."

"저도 같이 가도 될까예?"

고진숙이 서울말을 쓰던 것이 대구 사투리로 변했다.

"저는 별 상관 없습니다. 같이 가셔도."

구인상이 이렇게 말한 것은 아침에 무안을 당한 기분이었기 때문이다.

"그럼 이것 집에 갖다 두고 오겠습니다."

구인상이 그 자리에 서서 기다릴 수밖에 없었다. 바로 길 건너에 '새마을금고'라고 쓴 간판이 걸려 있는 건물이 있고 그 건물옥상에 '새마을'이라고 새겨진 깃발이 흐린 하늘을 배경으로 축 처져 있었다.

고진숙이 나타났다. 달성공원까지 걸어가기로 했다. 산책할 요량이고 무슨 바쁜 일이 있지도 않으니 동행자와 함께 걸어가는 것도 나쁘질 않다고 생각했다. 같이 걸으면서도 고진숙의 표정은 침울했다. 걸음걸이 자체가 침울했다.

구인상은 생각했다.

'지금 이 여자는 같이 걷는 사람이 딴 여자와 결혼한 그 사내였으면 좋을 걸 하는 마음에 젖어 있는지 모른다. 물론 딴 여자와 결혼하지 않은 상태로….'

그러나 일부러 상처를 건드릴 필요는 없었다. 그녀의 아버지에 관해 묻고 싶었지만 그것도 그녀의 약점을 건드리는 결과가 될지 몰랐다. 그렇다고 해서 벙어리처럼 걷고만 있을 수도 없었다.

"하숙객의 방에도 들어가지 못하도록 하는 어머니가 하숙객과 같이 달성공원에 가는 것은 허락하실까요?"

"어머니는 엄격해요. 그리고 그런 어머니의 태도는 옳다고 생각해요. 달성공원에 가는 것도 아시면 허락하시지 않을 거예요."

진숙의 말은 어느덧 서울 말투로 바뀌었다.

"어머니가 허락하시지 않는 짓을 해서야 쓰겠수?"

"나쁜 짓을 하는 게 아니니까 전 괜찮다고 생각해요. 지리에 서툰 사람의 길잡이를 해주는 게 나쁠 까닭이 없잖아요?"

"댁에 다른 식구는 없습니까?"

"큰 오빠는 다른 집에서 살고, 동생은 집에 있는데 직장 때문에 아침이 이르고 밤은 늦어요. 진학을 시킬 참인데 사정이 어려워요. 제가 대구에서 취직만 하면….."

　그녀의 아버지 고제봉에 관한 얘기를 유도하려고 화제를 이것 저것 바꿔 봤으나 진숙의 입에서 고제봉의 얘기가 나오지 않은 채 달성공원에 도착했다.

　꽤 정돈되어 있었으나 공원은 황량한 겨울 풍경이란 느낌이 짙었다. 상화시비(尙火詩碑) 앞에 섰다.

　본명이 이상화(李相和, 1901~1943)라고 하는 이 시인의 존재를 알게 된 것은 고등학교 때의 국어 선생이 반쯤이나 이 시인에게 미쳐 있었기 때문이다. 달성공원에 그의 시비가 섰다는 얘기도 들었다.

　언젠가 한 번쯤은 와 보리라고 마음먹었던 터이기도 했다. 그러나 이처럼 처량한 처지일 때 이 시비 앞에 설 줄이야 꿈엔들 상상 했던가.

　마돈나
　밤이 주는 꿈
　우리가 엮는 꿈
　사람이 안고 궁그는 목숨의 꿈이
　다르지 않으니
　아, 어린애 가슴처럼 세월 모르는
　나의 침실로 가자
　아름답고 오랜 거기로

　이미 새겨져 버린 글귀를 두고 시비할 그 무엇이 있겠는가 하는 마음이 없진 않았지만 구인상의 가슴에 불만의 찌꺼기가 괴었다.

구인상은 이상화의 시를 좋아하면서도 그 비에 새겨진 구절을 빼내온 〈나의 침실로〉라는 시만은 좋아하지 않았다. 구인상의 견식으로선 이상화의 시 가운데 가장 시답지 않은 시가 그 시비에 새겨진 것이다.

"어디 기분 나쁘신 것 아니세요?"

"이 비에 적힌 시가 마음에 안 드네요. 진숙 씬 어때요?"

"저는 별 생각 없어요."

"이상화의 시엔 좋은 것이 많아요. 가령 〈빼앗긴 들에도 봄은 오는가〉 같은 것도 있지요."

구인상은 그 시의 한 절을 낮은 소리로 읊어보았다.

"지금은 남의 땅, 빼앗긴 들에도 봄은 오는가. 나는 온몸에 햇살을 받고 푸른 하늘 푸른 들이 맞붙은 곳으로 가리마 같은 논길을 따라 꿈속을 가듯 걸어만 간다. … '가리마 같은 논길', 좋지 않습니까?"

"좋아요. 선생님은 이상화 시인을 개인적으로 알고 계셨어요?"

"내가 이 세상에 나기도 전에 돌아가신 분을 개인적으로 어떻게 알겠습니까?"

"그렇겠군요. 이상화 시인은 해방 전에 돌아가셨으니까요."

"해방 전에 돌아가셨다는 걸 진숙 씨는 어떻게 아셨습니까?"

"아버지로부터 들어서 압니다."

"아버지로부터요? 그럼 아버진 이상화를 잘 아셨나요?"

"잘 아세요. 이상화 씨가 조선일보 경북총국(慶北總局)을 경영하실 때 함께 일하셨다고 했어요."

"그럼 친구였던가요?"

"나이가 열다섯 살이나 차이가 나는데 친구일 수가 있었겠어요? 아버지가 그분을 모시고 있었던 거죠."

고진숙의 아버지 고제봉이 화제에 오른 것은 다행이었다. 구인상은 자연스럽게 고제봉에 관한 얘기를 물어 볼 수 있게 되었다.

"이상화 시인과 꽤 오래 같이 일했나요?"

"듣기론 이상화 씨는 신문사를 1년쯤 하다가 그만두었대요. 그러나 아버지는 총독부의 탄압으로 신문사가 없어질 때까지 계속 신문 일을 보셨다고 들었어요."

"신문사 일을 보시기 전엔 무슨 일을 하셨던가요?"

"일본에서 학교엘 다니셨는가 봐요. 무슨 사건에 걸려 학교를 그만두고 놀고 있을 때 이상화 씨의 권유로 신문사에 들어갔다고 들었어요."

"신문사를 그만두시곤?"

"별로 하신 일이 없으신 것 같아요."

"해방되고 20여 년이 지났는데 아무 일도 안 하셨어요?"

고진숙의 얼굴에 곤혹의 빛이 있었다. 자기 아버지 얘기는 되도록이면 하기 싫다는 마음의 움직임을 보는 것 같았다. 그렇다면 굳이 물을 필요가 없다고 느껴 구인상은 상화시비 앞을 떠나 동물원 쪽으로 걸음을 옮겼다.

고진숙이 구인상과 나란히 걸으면서 뚜벅 말했다.

"아버지는 참으로 딱한 어른이에요. 불쌍하기도 해요."

"아버지가 불쌍하단 말인가요?"

"진짜 불쌍한 건 어머니예요. 살림을 꾸리고 우리들을 키우신 분은 어머니니까요. 아버지는 어머니 애만 태웠어요."

해방 이후 줄곧 놀고만 먹었다면 아내의 애를 태운 것은 사실일 것이었다. 그러나 고제봉을 변호하고 싶은 마음이 일었다.

"남자가 뜻을 펼 수 없으면 가족들의 짐이 되는 경우가 있습니다. 그럴 땐 가족들이 알아서 대접해야죠. 내가 보니 어머니가 아버지를 너무 구박하는 것 같습니다."

"어머니는 아버지가 돈을 못 번다고 탓하는 것도 아녜요. 다만, 천주님께 대한 신앙만 돈독하면 받들어 모시겠다는 게 어머니의 진정이에요. 그런데 아버지는 신앙을 가지질 않고, 가끔 천주님의 신성을 모독하는 말을 함부로 해서 어머닌 그 점에 질색하시는 겁니다. 저도 그래요. 우리 아버진 참으로 딱해요."

아내와 딸의 비위를 거스를 정도로 천주의 신성을 모독하는 고제봉도 딱한 인간이지만, 그렇다고 해서 남편과 아버지를 배척하는 것을 당연하다고 여기는 고진숙과 그 어머니의 사고방식도 딱하다고 말하고 싶었으나 구인상은 그만두었다. 남의 일에 비집고 들어설 만한 마음의 여지가 그 자신에겐 없었다.

내친걸음으로 그곳까지 가본 것이지 동물원에 호기심의 대상이 있을 까닭도 없었다. 구인상은 달성공원에서 나오면서 공원 한가운데 울연한 모습으로 서 있는 회화나무를 되돌아보았다. 달성공원은 그 한 그루 나무로 인해 위신을 차리는 것이 분명했다.

"집으로 돌아가시겠소?"

"선생님은 또 가실 곳이 있어요?"

"난 거리를 쏘다니다가 들어가겠습니다. 쏘다니다 보면 대구에 정이 들 것 같아요."

구인상은 고진숙이 간 반대편으로 걸었다. 비로소 해방된 기분이었다. 낯선 거리를 홀로 걷는 기분엔 해방감에 따른 적막감이 있다. 적막감에 해방감이 묻어 있다는 것이 더 정확한 표현이 될지 모르지만.

'너는 어디에서 온 누구의 자식인데 이처럼 겨울의 대구 거리를 쏘다니느냐?'

두고 온 서울이 한없이 먼 이국처럼 느껴졌다. 지금은 주인이 없는 서재가 4천 권의 책으로 침묵하고 있을 텐데, 그곳은 떠난 지가 수십 년 전의 일처럼 느껴졌다. 그 서재는 구인상의 성(城)이었다. 그의 보금자리였다. 그 서재는 그의 고향이었다. 모든 인정과 단절하고 살 수는 있어도 그 서재와는 단절할 수 없는 것이 구인상의 숙명이었는데 그는 지금 이 대구 거리를 헤매고 있다.

순아의 얼굴이 떠올랐다. 동시에 '아차!' 하는 후회가 솟았다. 달성공원의 그 조용한 시간에 고진숙에게 사정해서 서울의 집에서 순아가 어떻게 지내는지 살펴달라고 부탁했더라면 하는 생각이 뒤늦게 떠올랐다. 그러나 곧 그 생각도 허황되다고 느꼈다. 고진숙은 지금 자기의 슬픔도 감당 못할 처지에 있다.

서울을 떠날 때의 결심은 방학이 끝나 학교로 돌아갈 때까진 일체 자기의 소식을 알리지도 않고 집안의 소식을 알려고도 하지 않겠다는 것이었다. 그런데 1주일이 채 지나지도 않았는데 구인상의 마음이 흔들렸다. 그것은 아내에 대한 미련이 아니고 순아에

대한 거의 본능적인 부성애(父性愛)였다. 정부(情夫)와 놀아나는
여자에게 충전한 모성애가 있을 까닭이 없다는 짐작은 구인상의
마음을 더욱 초조하게 했다.

　그날 밤 12시가 가까웠을 때였다. 구인상이 책을 읽고 있는데
대문 쪽이 소란스러웠다. "문 열어!" 하는 것은 고제봉의 소리이
고, "못 들어와!" 하는 것은 안주인의 목소리였다.
　바람이 일고 있었다. 외풍으로 방 안이 썰렁한 것으로 미루어
바깥은 꽤나 차가울 것이었다.
　구인상이 대문 쪽으로 나가 진숙의 어머니에게 공손히 말했다.
　"아주머니, 날씨가 대단히 춥습니다. 게다가 시간도 오래 되었
습니다. 주인어른을 들어오지 못하게 하면 어디로 가실 겁니까.
들어오게 하십시오."
　"손님은 잠자코 방에 가 계시오. 저 영감은 갈 곳이 많아요. 젊
었을 땐 고사하고 육십이 넘어서도 이 여자, 저 여자 집적댄 인간
이오. 왜 갈 데가 없겠소. 젊었을 땐 달고 늙으면 써졌는가, 그년
들헌테나 가소, 빨리…."
　"천주님은 관용하라는 천주님 아닙니까. 용서하라는 것이 천주
님의 가르침 아닙니까?"
　"나도 용서할 줄 압니더. 용서할 줄도 알고 관대할 줄도 압니더.
그러나 천주님을 저주하는 사람에겐 관대할 수가 없습니더. 저 영
감은 천주님을 비방하다가 모자라 저주까지 하는 인간입니더. 그
런 인간을 아무 표적 없이 회개도 받지 않고 용서한다는 건 천주님

을 배신하는 노릇입니더. 안 됩니더. "

결국 그 소란을 수습할 사람은 구인상이었다.

구인상은 기진맥진한 노인을 끌다시피 방으로 데려와선 아랫목
에 눕혔다. 그리고는 담배를 피워 물고 책상 앞에 앉았다. 가슴속
에 중얼거리는 소리가 있었다.

'지옥의 풍경!'

그러나 구인상의 처지는 남의 인생을 슬퍼하거나 비판하거나
할 것이 못 된다. 남편과 아내 그리고 어린 딸로 구성된 단출한 가
정의 건강과 평화를 유지하지 못하는 형편에 남의 인생에 관심을
쓸 여유는 없는 것이 아닌가.

'고진숙의 집안이 건강과 평화를 유지하지 못하는 것은 참을성
의 부족에 있는 것처럼 내 가정이 건강과 평화를 지키지 못하는 것
은 결국 나에게 참을성이 없기 때문이다. 그렇다. 산다는 것은 참
는다는 것이다. …'

구인상은 내일이라도 서울로 올라갈까 하는 마음의 충동을 느
꼈다. 보아서 안 될 것이면 보지 말아야 한다. 들어서 안 될 얘기
면 듣지 말아야 한다. 말해서 안 될 말이면 하지 말아야 한다. 뿐
만 아니라 보아도 본 척 안 하고, 들어도 들은 척 안 하고, 알아도
알은 척 안 하면 억지로라도 평화가 유지될 것이 아닌가.

'만일 이것이 불가능하다면…' 하고 구인상은 생각했다.

조용하게 부드러운 말로 이혼을 제안하면 어떨까. 인생을 새로
시작해 볼 수도 있지 않을까 하는 이유를 들어서 상대방을 비방하
는 말은 일체 하지 않고.

'그럴 경우 내 딸 순아는 어떻게 될 것인가. 내가 키우는 경우면 가정학과를 나온 마음씨 좋은 아가씨를 비싼 월급으로 채용할 수도 있겠지만, 끝내 어미가 순아를 고집한다면 나는 과연 그 고통을 견딜 수 있을까? 이혼 문제를 순조롭게 해결하려면 이편에서 모든 것을 양보해야 하는데, 순아까지 양보할 마음의 준비가 되어 있어야 하는데….'

이러한 상황은 이미 몇 번이나 생각했던 일이다. 그 고민에 지쳐 대구에까지 내려와 또 하나의 지옥 풍경을 목격하게 된 것 아닌가. …

이때 등 뒤에서 소리가 있었다.

"아무리 봐도 닮았소."

바로 조금 전까지 미친 듯이 서두른 사람으로선 너무나 태평한 소리여서 구인상이 어리둥절했다. 상대할 기분이 되질 않았다.

"닮았어, 참으로 닮았소. 그런데 그게 누군지 생각이 나질 않는단 말이야."

구인상은 웃음이 끓어올랐다.

"이제 막 그 난리를 겪고 그런 태평한 기분이 됩니까?"

"그런 일이 있었다고 나쁜 기분이 계속된다면 난 벌써 죽었을 거요. 태풍일과(颱風一過)이면 강산정(江山靜)이란 말이 있지 않소."

"영감님은 소싯적에 동경유학을 하셨다죠?"

구인상이 화제를 바꿀 양으로 입을 열었다.

"그게 뭐 유학이랄 수가 있겠나. 엉터리 대학의 전문부에 2년쯤 다닌 것이."

"왜 도중에서 그만 뒀습니까?"

"실속도 없이 일본놈들 욕하다가 경찰에 덜미를 잡혔지."

"말하자면 독립운동하다가 붙들린 거로구면요."

"독립운동? 그런 낯간지러운 소리 하지도 마시오. 일본놈 욕하다가 경찰에 붙들렸대서 독립운동한 것으로 된다면 2천만 동포 가운데 독립운동 안 한 놈 한 놈도 없을 게요."

"일본에서 무슨 공부를 하셨습니까?"

"정치경제학과에 다녔지. 나라를 빼앗긴 주제에 정치경제는 배워 무엇 할라고 했는지 지금 생각해도 얼굴이 붉어질 판이오."

나라를 빼앗겼다는 말에 선뜻 뇌리에 비치는 것이 있어서 구인상이 물었다.

"영감님께서 시인 이상화와 같이 일하셨다면서요?"

"같이 일을 하긴. 모시고 기생집에나 돌아다녔지."

"영감님이 언론계에 계실 때…."

"또 웃기는 소리 하는구면. 언론계가 다 뭐요. 신문사 지국에서 10여 년 빈둥거린 것뿐인데."

"아무튼 한때나마 이상화 선생과 일하신 건 사실이 아닙니까?"

"그분이 신문을 한 건 1년도 채 못 되었을 거요. 친구들과 어울려 매일 술이나 마셨지. 난 말석에 앉아 심부름이나 했지. 이상화 선생의 귀염을 받은 편이었소. 호탕하고 활달하고 향락주의자 같으면서도 준엄한 데가 있고, 시는 일품이었는데 아깝게도 일찍 돌아가셨지. 2년만 더 살았으면 해방을 볼 수가 있었을 긴데… 좋은

사람은 빨리 죽는 기라. 허기야 그 뒤의 꼬락서니 보지 않고 돌아
가신 기 다행일지 모르지."

노인의 말이 영탄조로 되었다.

"해방 후엔 무슨 일을 하셨습니까?"

병에 남아 있는 마지막 술을 따르며 구인상이 물었다.

"정치운동을 했지."

"어떤 정치운동입니까? 좌익인가요, 우익인가요?"

"난 좌익 해 본 적은 없어."

노인의 눈이 돌연 반짝했다.

"오오라! 좌익운동의 선봉에 섰던 사람이었어. 그 사람이 손님
을 닮았더라 이 말이오. 반탁, 친탁의 집회가 따로 있었는데, 그
시위행진이 대구역 광장에서 부딪쳤다오. 그때 저편 선두에서 행
진하는 사람 가운데 키가 크고 귀족형으로 생긴 청년이 있었소.
군중 틈에서도 눈에 띄었으니까 대단한 미남이었지. 저런 사람이
어째서 좌익을 하나 생각한 것이 더욱 짙은 인상이 되었을지 모르
지. 그 사람이야 그 사람! 손님을 보았을 때 선뜻 생각한 건."

"이름이 뭔데요?"

"그걸 알 까닭이 있나. 그 후 두세 번 길거리에서 지나친 적은
있지만 그땐 서로 원수지간이었으니까 이름을 알려고도 안 했지.
내 기억력이 나빠 그 사람의 이름을 생각해내지 못한 게 아니라 숫
제 이름을 몰랐던 기라."

"그 사람, 지금 어떻게 되었을까요?"

"글쎄, 열렬한 좌익투사로 보였으니까 10월 폭동 때 죽었거나

6 · 25 때 죽었거나 감옥에 있거나 아니면 이북에 갔겠지. 당시 경상북도 공산당 우두머리는 '배철'이었는데 살았다면 지금 북한에 있겠지. 손님을 닮은 사람은 미남일 뿐 아니라 관상도 좋던데, 그런 좋은 관상을 가진 사람은 무참하게 죽진 않았을 거라. "

노인의 이런 말을 들어도 실감나지 않았지만 자기를 닮았다는 사람이 있었다는 말을 들곤 설레는 마음이 없을 순 없었다.

"해방 직후 대구에서 좌익세력의 횡포가 심했다지요?"

"아무렴, 대구를 '남한의 모스크바'라고 떠들어댔으니까. "

"그 후엔 어떻게 되었나요?"

"뿌리째 뽑혀 버렸지. 내가 생각하기론 말짱 머저리라. 정치는 현실인데 우찌 그처럼 정세판단이 서툴렀단 말인가. 대구의 좌익들은 휘발유 통을 지고 불에 뛰어든 꼬락서니라. 지내 놓고 보니 아까운 사람들도 더러 있었어. 좌익 하는 사람들은 내일이라도 빨갱이 천국이 될 것처럼 서둘더니만 모두 비참한 꼴이 되었지. 한순간 생각의 잘못으로 일생을 망친다는 것은 안타까운 일이오. 그렇지 않소? 손님. "

구인상은 이 대목에서 빙그레 웃지 않을 수 없었다. 아내의 구박을 받아 집에서 쫓겨날 신세인 노인 자신의 처지를 생각해서였다. 술이 끝났을 때 화재(話材)도 끝났다.

바깥의 바람은 자고 사위는 적막했다.

슬픈 무늬의 로맨스

구인상이 대구에 온 지 그럭저럭 2주일이 되었다.

고진숙은 취직하려고 분망히 돌아다니는 모양이지만 뜻대로 안 되는 것 같았다. 가끔 구인상의 방에 와서 땅이 꺼져라 한숨을 짓곤 했다. 하숙인 방엔 들어오면 안 된다고 들었는데 어떻게 된 일이냐고 물어보고 싶은 심술이 났으나 구인상에겐 남을 당황하게 하는 버릇이 없다.

일요일이 다가왔을 때 진숙이 성당엘 가자고 구인상에게 권했다. 산책을 겸해 한두 시간 성당에서 지내는 것도 무방하다는 생각이 들었지만, 그것을 그녀가 설득에 보람이 있었다고 친다면 난처하게 되겠다 싶어 거절했다.

구인상은 오늘 밤엔 '청마'에 가 볼 작정이다. 기왕에도 몇 번 가고 싶었으나 삼덕동에서 나오기가 귀찮아서 흐지부지 미뤘던 터이다. H호텔 식당에서 양식으로 가벼운 식사를 하고 구인상이 '청마'에 나타난 건 9시경. 그런데 홀엔 손님의 그림자라곤 없고 호스티스들만이 한구석에 모여 앉아 있었다. 형형색색의 드레스를 입고 일루미네이션을 닮은 조명 속에 모여 앉은 호스티스들의 모양이 커다랗게 만든 꽃다발의 그 농도가 짙은 꽃들을 풀어 헤쳐 놓은 광경과 흡사했다. 카운터의 추녀도 보이지 않았다. 뜻밖에도 환멸의 예감은 컸다.

웨이터가 권하는 좌석을 피하고 스탠드에 자리를 잡았다.

"오랜만에 오셨네예."

처음에 왔을 때 당번이었던 미스 안이 옆에 앉았다.

오랜만이건 아니건 그녀와 할 말은 없었다. 하이볼을 주문해 놓고 미스 안에겐 뭐든 내키는 대로 한 잔 하라고 일렀다.

"마담은 어디로 갔소?"

"마담은 극장에 구경 갔어예."

"무슨 영화길래 장사하는 시간인데 극장엘 갔을까?"

"무슨 음악회라 하대예. 서울에서 큰 악단이 왔다고 하대예. 오늘 하룻밤만 한답니다. 그래 마담 언니와 카운터 언니가 부랴부랴 간 거라예."

"어지간히 음악을 좋아하는 모양이지? 그러나 손님이 없는 걸 보니 가게 비워 놓고 가도 무방하겠구먼."

"아니라예. 손님들은 참 이상합니다. 언니가 없을 땐 우찌 아는지 손님이 통 오지 않아예. 왔다가도 퍼떡 가 버리고예. 덕택으로 녹아나는 건 우리라예."

명국회 마담이 돌아온 것은 오후 10시를 조금 지나서였다. 구인

66

상이 하이볼 다섯 잔째를 마시고 마악 일어서려던 참이다.

"바깥엔 눈이 대단해."

명국희가 들어섰다. 그리고 코트를 벗으려다 말고 구인상 쪽으로 달려왔다.

"오셨군요."

인사에 뭐라고 말할 수 없는 정감이 있었다. 코트를 벗어 종업원에게 주고 미스 안이 비켜난 자리에 앉으며 바텐더에게 시켰다.

"내게도 하이볼 한 잔 줘."

"술은 안 마신다고 들었는데."

"평생에 한 번, 아니 1년에 한 번쯤은 저도 술을 마실 때가 있어도 되잖을까요? 더욱이 바깥엔 눈이 오는데."

"기분 좋으신 일이 있었던 모양이죠? 음악회가 좋았군요."

"음악회완 관계가 없어요. 이유는 방금 생겼어요. 구 선생님이 거기 앉아 있는 걸 보니까 단번에 기분이 좋아지네요."

"제가 한턱 단단히 내야겠네요."

"천만에. 제가 하겠어요. 오늘밤의 파티는."

"얼떨떨합니다."

마담은 담배를 달래서 피워 물고 소리의 톤을 낮춰 말했다.

"오늘은 오실까, 오늘은 오실까 하고 기다렸어요."

"기다릴 이유라도 있었습니까?"

"우리 집에 온 손님은 말예요, 처음 만났을 때 내가 그처럼 서비스하면 대구에 계시는 한 그 이튿날 밤 꼭 오게 돼 있거든요. 그런데 구 선생님은 오시지 않았어요. 그럴 까닭이 없다고 생각해 기다린 겁니다. 기다려도 안 오시기에 서울로 가신 줄 알았지요. 사흘째는 기다리다 호텔에 전화까지 했답니다. 안 계신다고 하대요. 하숙으로 옮기신다고 들었기 때문에 그래도 기다렸어요."

"죄송합니다. 기다리게 해서."

"죄송할 것까지 없습니다. 제 자존심의 문제니까요. 처음 온 손님에게 어느 정도 서비스를 하면 골 빈 남자들은 꼭 오게 되거든요. 그런 자신감이 제겐 있었답니다. 그런데 그 자신이 빗나갔으니 자존심이 상할 것 아녜요."

"자존심을 상하게 했다는 게 미안한 점 아닙니까?"

"아닙니다. 선생님의 골은 비어 있지 않았다는 증거가 된 겁니다. 제가 '청마'를 시작한 이래 처음 있은 케이스예요."

"명 마담, 그건 우연입니다. 난 그 이튿날 밤에도 달려오고 싶었으니까요. 하숙으로 옮기느라고 내 마음대로 못한 겁니다. 그러니 나도 그 골 빈 사내들 축에 끼워 주십시오."

마담의 눈이 반짝했다.

"그건 그렇고 마담께선 음악을 퍽이나 좋아하시는 모양이지요?"

"애써서 좋아하려고 해 보는 거죠. 제겐 좋아하는 게 없어요. 이 세상에 살면서 좋아하는 게 없다고 해서야 너무나 쓸쓸하지 않아요? 그래서 가장 쉬운 걸 선택한 겁니다. 음악은 듣기만 하면 되니까요. 그런데 그게 만만치가 않아요."

"오늘 음악회에선 무슨 음악을 들었습니까?"

"베토벤의 심포니 제3번과 비제의 조곡(組曲) 〈아를르의 여인〉, 그리고 모차르트의 피아노 협주곡 20번을 들었어요."

"모처럼 서울에서 교향악단이 내려와서 레퍼토리에 피아노 협주곡을 끼웠다는 게 이상하네요."

"방상기 씨가 같이 왔기 때문인가 합니다."

방상기란 이름을 듣자 구인상의 가슴이 철렁했다. 방상기는 구인상의 아내 이미숙이 음악대학에 다니던 시절의 교수이며, 결혼 후 안 일이지만 한때 아내와 연인관계였던 피아니스트였다.

구인상이 마음을 진정하고 물었다.

"방상기의 피아노 좋았어요?"

"글쎄요, 그 사람 괜히 허명만 높은 것 같아요. 제자들이 많으니까 그저 떠받들려 있는 게 아닐까 해요."

"그러나 허명만으로야 어떻게?"

"기량이 그 정도인 사람은 대구에도 몇은 있을 겁니다. 제 감상력은 형편없지만 저는 그 사람 피아노를 수준 이하라고 봐요."

방상기에 대한 명국회의 신랄한 비평은 구인상의 마음을 흐뭇하게 했다. 아내의 옛날 애인이었대서 그런 마음이 되었다는 것은 따지고 보면 스스로의 옹졸한 품성을 나타낸 것이지만, 한편 어쩔 수 없는 감정이기도 했다.

"난 음악을 잘 아는 편은 아닙니다만, 명연주가가 되려면 인격적으로도 고상해야 하는 것 아닙니까?"

구인상의 이 말은 방상기에 관한 마담의 비판을 좀더 듣고 싶기 때문에 해본 수작이었다.

"그렇지도 않겠지요. 그러나 비열하고 타락한 인간이 명연주자가 될 순 없을 겁니다. 하지만 방상기 정도의 연주가를 두고 인격

문제까지 끄집어 낼 것은 없겠네요. 그 사람은 아무리 폼을 잡고 제스처를 써도 타이프라이터를 두드리는 거나 같으니까요. 그런 정도의 피아니스트가 어떻게 음악교수를 하는지."

스스로 형편없는 감상력이라고 겸손했지만 명국회는 만만찮은 음악 소양을 가지고 있었다. 다음과 같은 말까지 했다.

"모차르트의 피아노 협주곡 20번은 베토벤을 감격시키고 그것이 또한 베토벤을 만드는 데 큰 자극이 되었다는 곡인데, 오늘 밤의 연주를 만일 베토벤이 들었더라면 베토벤은 모차르트가 능욕을 당했다고 분개했을 겁니다. 그 책임이 방상기에게 있었다고 해도 과언이 아녜요. 그따위 연주회에 가는 것보다 집에서 레코드를 듣는 게 몇 곱절 좋았을지 몰라요."

그리곤 종업원에게 말했다.

"귀 청소를 해야겠다."

토스카니니가 지휘한 뉴욕 교향악단 연주의 모차르트 피아노 협주곡 20번을 틀라고 시켰다.

4분의 4박자의 알레그로가 흘러나왔다. 현악기의 싱코페이션에 얹혀 첼로와 콘트라베이스가 모티브를 암시하곤 이어 피아노가 이 모티브를 화려하고도 강력하게 울렸다. 이를테면 황홀함으로의 초대이다. 다음 솔로 피아노의 섬세한 음률이 오케스트라와의 대화를 엮어 나가는데, 솔로 피아노의 독백을 현악기가 이어받는 정서, 그것이 바로 로맨스를 이루었다. 그리고 그, 피아노가 현란한 분산화음을 펼치며 질주하는 듯한 중간부!

이윽고 3악장은 2분의 2박자의 론도 소나타. 피아노가 슬기롭게 노래 부르면 현악기는 흐느끼며 이를 반복하는데 어느덧 현악기는 배경으로 사라지고 목관(木管)이 요요하게 호소한다. 그리고 맑은 D장조로 오케스트라와 피아노가 얽히고설켜 찬란한 클라이맥스를 이루곤 피날레에 이르렀다.

그 동안 30여 분, 구인상은 꼼짝 안 했고 명국희도 꼼짝 안 했는데 구인상이 보니 명국희는 눈물을 흘리고 있었다. 그만한 경도(傾倒)였기에 장사를 버리고 명국희는 음악회에 나간 것이라고 구인상이 짐작할 수 있었다.

"결국 모차르트 20번을 듣기 위해 음악회에 가신 거로군요."

명국희는 보일 듯 말 듯 고개를 끄덕거리곤 중얼거렸다.

"그런데 그 방상기란 자의 솔로 피아노가 기분을 잡쳤어요."

"혹시 모차르트의 20번에 맺힌 사연이라도 있습니까?"

"그런 고상한 사연을 가진 사람으로 보여요?"

명국희는 웃었다.

일행 서너 명의 술꾼들이 들어왔다. 바의 일각이 시끌덤벙하게 되었다. 아마 2차 3차로 들른 손님들인 것 같았다. 명국희는 그런 것엔 아랑곳없이 종전과 다름없는 자세로 앉아있었다.

"마담 좀 봅시다아."

"내 잠깐 갔다 올게요."

속삭이듯 이 말을 남기고 마담이 일어섰다.

"손님이 왔으면 얼굴이라도 보여야지 원, 우린 손님 축에도 들지 않는다 이건가? 이래 봬도 우린 '청마' 단골인데, 안 그렇소?"

손님 하나가 떠들어 댔다. 소리에 술 냄새가 묻어 있었다.

"눈이 와서 그래요. 지금 바깥엔 눈이 내리고 있지요?"

마담의 말이다.

구인상은 그곳의 대화에 귀를 기울이는 기분으로 되었다.

"눈이 오면 손님도 단골도 안중에 없다는 말인가요?"

"비 오면 마음이 가라앉고 눈 내리면 마음이 들뜨고 그래요."

등 뒤의 동정에 신경이 쓰이는 스스로가 시답잖아 구인상은 바텐더에게 모차르트의 바이올린 소나타 제24번이 있는가 물었다.

"왜 없겠습니까만, 모차르트는 마담의 분부 없인 못 틀게 되어 있습니다."

"그 또 이상한 일이군. 까닭이 뭘까?"

"글쎄요, 마담은 특히 모차르트를 소중히 여기는가 봅니다."

이런 말을 주고받고 있을 때 마담이 돌아와 아까의 자리에 앉았다. 구인상이 모차르트에 관한 얘기를 꺼냈다.

"모차르트는 마담의 명령이 있어야만 틀게 되어 있다는데, 무슨 깊은 이유라도 있습니까?"

"천박한 인간들이 있는 시간과 장소에선 모차르트를 모독하는 것 같아서 그렇게 하는 거지 별다른 이유는 없습니다."

"그렇다면 베토벤도 매한가지 아닙니까?"

"베토벤은 달라요. 그는 이미 능욕당한 사람이니까요."

"그 또 무슨 말씀이신데?"

"베토벤의 〈환희의 송가〉가 히틀러 유겐트의 단가(團歌)로 쓰였대요."

이것 또한 이상한 말이었다. 구인상에게 명국희는 자꾸만 불가사의의 여인으로 되어갔다.

구인상은 명국회가 겪어 온 인생의 역정(歷程)을 알고 싶었다. 우선 모차르트와 어떻게 만났는지 그 사연부터 알고 싶었다.

"술집 하는 계집이 모차르트를 좋아한다는 게 이상하단 말이지요? 처음엔 반발이었고, 다음엔 허영이었고, 지금은 신앙이 되어 버린 겁니다."

구인상은 그 다음의 설명을 기다렸으나 명국회는 그 문제에 관해선 더 이상 말하지 않았다.

"그걸 듣고 싶군요. 굳이 이유를 말하라고 하면 눈이 내리는 밤이니까 라고밖에 할 수 없습니다."

구인상은 아까 마담이 손님들에게 눈을 들먹인 사실을 따라한 것이다. 마담은 손님들의 떠들썩한 자리를 힐끔 보더니 물었다.

"눈 좋아하십니까?"

"눈 좋아하지 않는 사람이 있을까요?"

"우리 눈 속을 걸어 보지 않겠어요?"

시각은 오후 11시를 살큼 넘어 있었다. 마담이 코트를 입고 목도리를 두르며 일렀다.

"내 눈 속을 걸어 집으로 갈게."

"눈길이 미끄러울 텐데."

카운터 앞에 섰던 뚱뚱한 여자가 찌푸린 얼굴로 따라 나서려고 했다. 마담이 잘라 말했다.

"언니는 곧바로 집에 가 있어요. 난 이 손님허구 단둘이서 걸어야겠어. ”

　바깥으로 나왔다. 어두운 하늘에서 눈발이 휘날려 내리고 있었
다. 구인상이 외투의 깃을 세웠다.

　“이쪽으로 가면 좋아요. 자동차도 다니지 않고. ”

　앞장선 마담과 구인상이 어깨를 나란히 했다. 얼만가를 걷다가
마담이 입을 열었다.

　“대구에 오신 이유를 물어도 될까요?”

　“별 볼일도 없는데 대구에 왔을 거라고 처음 만났을 때 마담은
꿰뚫어 말하시지 않았습니까?”

　“별 볼일 없이 어느 곳에 갔다, 또는 왔다, 이게 사실은 중대한
일이라고 생각해요. 볼일이 있어서 왔다 갔다 하는 것은 일상사일
뿐이구요. ”

　“인생을 달관하신 말씀입니다. ”

　“인생? 거창한 말입니다. 그러나 눈 속을 걸으면서 쑥스럽지 않
은 말이군요. ”

　“나는 놀랐어요. 마담의 말 한마디 한마디가 철학입니다. ”

　“아무렇게나 하는 말이 철학이라면 세상에 철학은 흔한 것이겠
군요. ”

　“전에 저에게 2년 후에 살고 있는 요량을 하라고 하셨지요?”

　“그런 말을 내가 했나요?”

　“그런데 그 말이 나폴레옹의 말을 닮았다 이겁니다. 나폴레옹은
언제나 2년 후를 산다고 했습니다. 대단한 자신감 아닙니까. ”

　“나폴레옹이 그런 말을 했다면 그건 자신감에서 했다기보다 슬

픔과 설움을 이겨 내기 위한 비장한 말일 겁니다."

"왜 그렇게 해석합니까?"

"2년 후에 사는 요량을 하라는 말은 내 경험이 시킨 말입니다. 하도 억척같은 일을 당하고 생각한 겁니다. 어머니가 돌아가시고 2년이 지나고 보니 어머니를 여읜 슬픔이 말쑥하게 가셔 있었어요. 어머니를 여의었을 때의 슬픔마저 노을이 낀 봄날 저녁나절의 경치처럼 물들어 있었지요. 어머니를 잃은 슬픔이 그런 정도라면 지금의 이 슬픔도 2년 후쯤이면 사라질 것이라고 짐작한 겁니다. 내가 보건대 선생님은 심각한 고민을 안고 계시는 것 같아요. 그래서 드린 말입니다. 2년 후에 사는 요량을 하라구요."

"그런데 내 경우는 그러질 못하니까 약간 난처합니다. 과거로 되어 버린 일이면 혹시 그럴 수도 있겠지요. 그런데 내 고민은 해결해야 할 문제로서 내 앞에 다가서 있는 겁니다. 내 경우는 슬픔과 설움의 문제가 아니라 피투성이가 될 각오를 하고 대결해야 할 문제를 안고 있는 겁니다."

이렇게 말한 구인상은 명국희의 이야기가 음미해 볼 만한 말이라고 생각하고 귀를 기울였다. 명국희의 말은 계속되었다.

"10분 앞, 아니 1분 앞을 볼 줄 알기만 해도 차에 치여 죽는 사람은 없을 것 아녜요. 10년 앞을 내다본다느니 보라느니 하는 말은 말짱 헛것입니다. 하루 앞쯤을 보려고 노력하고 1분 앞에 있을 일을 대강 짐작하며 산다는 것, 이게 극히 중요한 일 아닐까요?"

명국희는 '내가 너무 떠벌렸나?'하며 수줍은 표정인 것을 어둠에 익숙한 구인상의 눈이 설명(雪明)으로 보았다.

"이제 마담이 말한 그것이 역사철학의 대주제와 유관하다는 것을 깨달았습니다. 역사철학이 불모(不毛)의 공론(空論)만을 펴고 있는 것은 요컨대 시간이 지난 의미를 파악하지 못하는 데 있다고 할 때 마담의 의견은 실로 대단한 겁니다. 역사철학은 인과관계나 법칙성을 찾아내기에 바빠 한 치 앞을 어둠에 가려 놓고 사는 인간들이 모여 역사의 주체가 된다는 사실을 망각하는 거죠."

"눈길을 걸으며 그런 어려운 얘기를 해야 하나요?"

"마담처럼 총명한 사람의 말은 언제나 쉽게 알아들을 수 있는데, 나처럼 머리 나쁜 사람이 하는 소리는 언제나 어려운 겁니다."

"그렇게 비비 꼬아야 직성이 풀립니까?"

"꼬는 게 아니라 사실입니다."

다시 침묵 속에 걸었다. 눈이 밟히는 소리가 사뿐사뿐 났다.

"기온이 내려간 모양이죠? 눈 밟히는 소리가 나죠? 기온이 내려가니까 눈의 표면이 어는 겁니다. 그러니까 소리가 나죠."

"역시 총명하십니다."

구인상이 감탄했다.

"총명하단 말은 빼세요. 눈길을 걷는 재미가 잡쳐져요."

구인상은 할 말을 잃었다. 어디까지나 산문적인 인간은 기껏 해 본다는 말이 남의 빈축을 살 뿐이다.

삼덕동으로 가려면 택시를 타야 할 텐데 하는 생각과 지금 택시를 잡을 수 있을까 하는 걱정이 겹쳤다. 가로등에 시계를 비춰 보았다. 명국희의 말이 있었다.

"시계는 왜 보시죠?"

"시간이 너무 늦은 것 같아서⋯."

"나와 함께 밤새 눈 속을 걸어 볼 마음 없으세요? 각오하세요. 평생에 이렇게 눈 속을 걸어 보는 게 몇 번이나 있을 줄 아세요?"

"좋습니다. 각오하겠습니다."

"그런데 오늘 밤 꽤나 춥군요?"

"그런 것 같습니다."

"그럼 어떻게 하죠?"

명국희가 말을 멈췄다. 둥근 문등이 환히 비치는 어느 집 앞이었다.

"잠깐 들어가시죠. 내 집입니다. 따뜻한 차 한잔 하고 나와요."

명국희는 장난스럽게 웃었다.

문을 열어 준 사람은 '청마'의 카운터를 맡고 있는 그 뚱뚱한 여자였다. 그녀는 마담 뒤에 구인상이 따라 들어오는 것을 보자 찔끔 놀라는 기색이었다.

"언니, 차 한잔 하러 왔어요."

"어디서 오는 길이니?"

"오늘 밤, 구 선생허구 밤새 눈 속을 걷기로 했거든요. 그렇게 되면 너무 추울 것 같아 커피 한잔 하고 설야의 산책을 즐기려고 들렀어요."

명국희는 소녀처럼 쾌활하게 지껄이며 코트와 머플러를 벗었다. 그리고는 구인상의 외투도 벗겼다.

여자의 노려보는 눈이 있었다.

"미쳐도 단단히 미쳤지."

국희는 구인상에게 스토브에 가까운 소파를 권했다. 오일 스토브가 활활 타고 있었고 스토브의 물주전자는 호기 있게 김을 뿜어 내고 있었다. 훈훈한 공기 속에서 구인상은 이곳저곳에 시선을 보냈다. 여자들만의 살림살이에 있기 쉬운 요란스런 장식품이란 없고, 눈에 띈 것은 육중한 부피를 지닌 오디오였다.

"몇 번을 뵈었는데도 성함을 몰라서."

구인상이 여자에게 새삼스러운 자기소개를 하자 명국희가 여자 대신 말했다.

"추 마담이에요. 가을 추(秋) 하는 추 마담인데 본인의 요량으론 추할 추(醜), 추 마담인가 봐요. 그런데 그걸 본인의 겸손으로 알면 큰 오해예요. 추엔 미가 가질 수 없는 독특한 생명의 빛이 있다고 뽐내고 있으니까요."

"하모 하모, 넌 잘났다, 잘났어. 그러나 구 선생님 들어 보세요. 국희는 나와 나란히 있으면 더욱 잘나 뵈지요? 나는 국희의 광을 내기 위한 들러리랍니다. 나 같은 들러리가 있고 없고에 국희의 미가 얼마나 달라지는가를 짐작해 보세요. 반면 같이 있기만 하면 나는 자꾸 추물이 되고요."

추 마담은 혀를 끌끌 찼다.

"언니, 연설은 그만 하고 커피나 한잔 주이소. 우찌 손님 대접할 줄도 모르노."

국희의 말이 대뜸 경상도 말투로 바뀌었다. 추 마담은 커피를 만들 준비를 시작했다. 그동안 국희의 말이 있었다.

"오늘 밤 하숙으로 돌아갈 순 없을 테니 전화하셔야죠."

구인상이 시계를 보았다. 자정 5분 전이었다.

"다시 바깥에 나가지 않으렵니까?"

구인상이 물었다.

"나가긴 나가되 날이 새고 나거든 나가기로 해요. 날씨가 너무 차가운데 산책한다는 건 건강상 좋지 않을 것 같아요."

구인상이 다이얼을 돌렸다. 전화벨이 몇 차례 울리고 난 뒤 고진숙의 음성이 나왔다. 구인상이 오늘 밤엔 못 돌아간다는 내용의 말을 간단히 했다.

밤은 깊어만 갔다.

"눈이 또 오기 시작하네."

추 마담이 커튼을 젖혀 보더니 중얼거리곤 하품을 했다.

"언닌 먼저 자요."

명국희의 말이 떨어지기가 바쁘게 "그래야겠다"며 도어 저편으로 사라지는데 추 마담의 등 뒤를 향해 국희의 말이 있었다.

"나도 그 방에서 잘 테니까 내 잘 곳 만들어 놔요."

"알았다, 알았어" 하는 대답에 빈정대는 느낌이 묻어 있었다.

시계 종이 오전 1시를 울렸다.

"선생님, 말하고 싶은 게 없으세요?"

"글쎄요."

"나는 남의 고민 같은 건 듣고 싶어 하는 여자가 아녜요. 그런데 이상하지. 선생님의 고민이 뭘까 하는 건 어쩐지 알고 싶어요. 외람된 일일까요?"

구인상은 이 여자 앞에선 모든 것을 털어놓고 싶은 충동을 느꼈다. 그러나 마음의 한구석에 제동이 걸렸다.

"자연스럽게 얘기할 때가 있겠죠."

"지금은 자연스럽지 않아요?"

"얘기하려면 모든 것을 다 털어놓아야 할 거고 그러기 위해선 우리가 알게 된 시간이 너무나 짧구."

"나는 이 시간이 지나면 선생님의 고민이 뭣이건 듣고 싶지 않게 될지도 몰라요."

'눈 오는 밤이다. 서로 상대의 정체가 뭣인지도 모르는 사이인데도 애인처럼 눈 속을 걸었다. 그리고 지금 활활 스토브가 열기를 뿜고 있는 방에 앉았다. 바깥에선 눈이 계속 내리고 있다. 남자는 심각한 고민거리를 안고 있다. 여자는 그것을 알고 싶어졌다. 알아서 어떻게 하겠다는 작정도 계산도 없이 그저 눈 내리는 밤의 에피소드. 말하자면 이런 시간이기에 가질 수 있는 호기심. 이 시간이 지나고 나면 태양에 이슬이 마르듯 없어져 버릴지 모르는 그런 호기심.'

"그렇다면 이렇게 합시다. 내 얘긴 오늘 밤이 지나고 나서도 마담의 가슴속에 호기심이 계속 남아 있다는 것을 확인했을 때 하기로 합시다. 어떤 고민이건 고민은 말하는 사람에게도 고통이며 듣는 사람에게도 고통입니다. 눈 내리는 밤의 센티멘털리즘으로선 감당하긴 힘들 것 같으니까요."

"좋은 말씀이네요."

국희는 자리를 뜨려고 하지 않았다. 구인상도 잠이 올 것 같지 않았다. 그래서 그는 이런 말을 해보았다.

"마담은 아까 모차르트와 친숙하게 된 이유로서 반발, 허영, 신앙이라고 했는데 그것을 구체적으로 설명할 수 있을까요?"

"설명하지 못할 바 없지요. 그러나 그것은 내 생애를 설명하는 것으로 됩니다. 선생님이 선생님의 고민을 이 시간에 털어놓을 수 없는 꼭 그와 같은 심정으로 나도 그걸 털어놓을 수가 없네요."

둘이는 다시 침묵으로 빠져들었다. 거의 오전 2시가 가까웠을 때 국희는 일어섰다.

"목욕하세요. 모든 준비가 다 되어 있을 겁니다."

아침, 구인상이 눈을 뜬 것은 호화로운 침대 속에서였다. 두터운 커튼이 드리워져 방 안은 어두웠으나 시계종 소리로 오전 10시가 넘었다는 것을 알 수 있었다.

커튼을 젖혔다. 은세계였다. 햇살이 부시게 눈을 반사하고 있었다. 옷을 주워 입고 응접실로 나갔다. 단정한 치장을 하고 국희가 앉아 있었다.

"잘 주무셨어요?"

"예."

세수를 하고 커피와 토스트로 아침식사를 했다.

"곧바로 하숙으로 돌아가실 참예요?"

"그럴 수밖에 없잖습니까?"

"급한 일이 없으시면 어젯밤 못다 한 산책을 했으면 하는데."

국희가 구인상의 눈치를 살폈다.

"좋습니다."

"우리 달성공원에 가요. 눈 속의 달성공원을 걸어 봅시다. 달성
공원엘 갔다 와서 점심식사를 합시다. 추 마담이 그 준비로 저자
에 갔어요. 모처럼 손님을 모셔 놓고 식사대접도 없이 보낼 수야
없잖아요?"

"좋습니다."

명국희의 뒤를 따라 구인상이 그 집을 나섰다. 거리에서 택시를
잡아 달성공원으로 갔다.

공원 안엔 아무도 없었다. 국희가 환성을 올렸다.

"우리가 공원을 독점하게 되었군요."

눈으로 말쑥하게 치장한 공원은 형용할 수 없을 정도로 아름다
웠다. 오직 청아하다는 표현이 있을 뿐이다.

조류들이 있는 새장 앞으로 해서 상화시비 앞에 섰으나 국희는
말이 없었다. 동물원 쪽으로 갔으나 거기서도 말이 없었다.

둘은 공원을 한 바퀴 돌곤 회화나무 가까이로 와서 벤치의 눈을
털고 앉았다. 가지마다에 눈을 얹고 있는 회화나무는 오늘따라 더
욱 장엄하고 다정하고 청아하기까지 했다.

구인상이 입을 열었다.

"나무에 관한 얘기가 하고 싶군요. 명국희 씨와 이렇게 앉아 있
으니 더욱 나무에 관한 얘기가 하고 싶군요."

"이 나무 때문이 아니구요?"

"물론 이 나무 때문이죠. 그러나 그것만은 아닙니다. 이 나무의
자극 때문이겠지만 어떤 나무 얘기라도 좋아요. 해인사 일주문 옆

82

에 서 있는 나무라도 좋고, 이름도 잊어버린 어느 고갯마루에 서 있는 정자나무라도 좋고, 미국 미네소타의 시골길에서 본 나무도 좋고, 프랑스의 남부에서 본 가로수도 좋고, 서울 창덕궁에 있는 몇 그루 나무도 좋습니다."

"무슨 나무에 관해서도 좋아요. 얘기하세요."

"큰 나무가 있다는 건 좋지 않습니까. 백 년을 못다 사는 인간이 오백 년, 천 년을 지낸 나무를 바라볼 수 있다는 것은 좋은 일이 아닙니까?"

구인상은 어느덧 흥분하고 있었다. 이상하게도 그는 큰 나무 앞에 서기만 하면 갈등을 느끼는 버릇이 있었다.

"말씀 계속하세요."

돌연 말을 중단해 버린 구인상을 명국희는 근심스러운 표정으로 바라보았다.

"숲을 보고 있으면, 그러니까 많은 나무죠. 그런 건 보고 있어도 아무렇지 않은데, 들 가운데 있는 한 그루 나무, 이를테면 속리산 법주사에 가는 길에 있는 정일품 소나무 같은 걸 보면 왠지 견딜 수가 없어요."

"속리산 법주사…."

명국희는 나직이 중얼거렸다. 그리곤 표정이 얼어붙었다. 그 변화를 구인상은 본능적으로 감지했다.

"속리산 법주사에서 무슨 일이 있었습니까?"

구인상이 이렇게 물어 보지 않을 수 없었다.

"먼 훗날 아니면 오늘밤에라도 얘기할 기회가 있을지 모르죠.

그러나 그런 것 상관 말고 나무 얘기나 계속하세요."

"명 마담, 그런데 나의 성향과 꼭 같은 시를 어느 외국의 시집에서 발견한 겁니다. 그걸 들려드리고 싶은데 번역이 시원치 않아서….'"

구인상은 가슴속 깊이 보물처럼 간수하고 있는 일련의 시(詩)를 피력하려다 망설였다.

"지금 나의 기분은 선생님의 음성으로 되어 나오는 것이면 모든 것이 음악으로 들릴 것 같아요."

명국희는 손을 뻗어 구인상의 외투포켓에 넣었다. 거기엔 구인상의 오른손이 있었다. 다소곳한 악수. 그것은 밀실에서의 키스를 닮아 있었다. 구인상의 가슴이 급격하게 뛰었다.

"그 시를 읊어 보세요."

그 속삭임의 정감이 너무나 강렬해서 구인상이 명국희 쪽을 보았다. 그녀의 눈은 감겨져 있었다. 구인상이 조용히 또박또박 건조한 목소리로 외웠다.

들은 끝간 데 없이 펼쳐져 있는데 다만 한 그루 나무가 서 있다.

그런 나무에 관해 너와 얘기가 하고 싶다.

고립되어 있으면서도 고독하지 않은 나무, 우리들 눈엔 보이지 않는 깊은 곳에 생명의 원천이 있어, 무수한 뿌리로 갈라져 원색(原色)으로 빛나는 암흑의 세계로부터 유백색(乳白色) 지하수를 끊임없이 빨아올려, 그 큰 손으로 투명한 수액(樹液)을 가꾸어선 하늘과 땅을 이등분으로 분할하곤, 태양과 별과 새와 바람을 지배하는 커다란 나무, 그 나무에 관해서 나는 너와 얘기하고 싶다.

　너무나 고독하게 보이는 고독한 나무라도 그 고독은 인간의 고독과는 전혀 이질적인 것이다. 가령 너의 눈에서 물 같은 것이 흘러내렸다고 해도 한 그루 나무처럼 하늘과 땅을 분할할 도리는 없다. 그래서 나는 너와 얘기하고 싶은 것이다.

　이렇게 끝나자 명국희는 다시 한 번 그 시를 읊어 달라고 했다. 구인상이 되풀이했다.

　"참으로 좋은 걸 들었어요."

　한숨을 쉬고 명국희는 중얼거렸다.

　"난 시를 좋아하지 않아요. 그래서 상화시비 앞에서도 아무런 감동도 없었던 겁니다. 그런데 나무의 고독과 사람의 고독이 이질적이라고 한 그 시는 기가 막히네요."

　무풍 속에 거수(巨樹)는 가지에 하얀 테를 달고 흑백의 무늬를 삭여 침묵하고 있을 뿐이다. 구인상이 뚜벅 말했다.

　"내가 전공하는 역사철학이 이 한 그루 나무의 지혜를 표현하지 못한다는 생각을 가끔 해 봐요."

　"나무에 무슨 지혜가 있겠어요? 인간의 어리석은 감상일 뿐일 겁니다."

　국희는 소리 없이 웃었다.

　"난 나무에 웅변(雄辯)의 침묵을 느낍니다. 침묵의 웅변이라고 해도 좋지만."

　"그러니까 아무튼 인간의 감상일 뿐이라니까요."

"무엇이 있기에 감상이 촉발되는 것 아니겠습니까?"

그래도 국희는 살래살래 고개를 흔들며 아직도 구인상의 외투 포켓에 넣은 채 있는 손에 국희는 힘을 주었다.

"나무는 그저 저렇게 존재할 뿐입니다. 의미는 사람이 만드는 것뿐입니다. 그리고 보니 선생님의 감정은 너무나 섬세한 것 같아요. 섬세한 감정은 병들기 쉽습니다. 조심하세요."

구인상이 잠잠해졌다.

"추위 오네요. 기온이 내려간 모양입니다. 추위 속엔 시(詩)도 얼어붙는 모양입니다."

둘이는 달성공원에서 나와 택시를 탔다. 국희가 말했다.

"어디 따뜻한 곳으로 가요. 갑자기 얘기하고 싶어요."

"난 대구에선 아는 데가 없습니다. 마담 좋으실 대로 하세요."

"집으로 돌아가도 좋지만 집에선 얘기할 수 없을 것 같아요."

국희는 운전기사에게 중앙로로 가자고 일렀다. 오전 11시 가까운 시간의 찻집은 한산했다. 그런데 경음악이 울려 퍼지고 있었다.

"적당한 소음입니다."

국희는 구석진 곳에 자리 잡고 차를 주문해 놓곤 입을 열었다.

"모차르트를 좋아하게 된 것은 반발에 의한 것이라고 말한 적이 있었지요? 그 까닭을 알고 싶다고 하셨지요?"

구인상이 고개를 끄덕였다.

"내 어머닌 기생이었어요. 특히 창(唱)에 뛰어났고, 가야금에도 능했구요. 어릴 때 그런 분위기 속에서 자랐습니다. 할머니와 골방에서 지내면서, 손님이 오면 말입니다. 어머니가 부르는 시

조와 흥타령, 판소리 등에 귀를 기울였어요. 나는 그 뜻을 모르면서도 혼을 사로잡혔어요. 초등학교에 다닐 때 교실에서 공부하고 있어도 귓전엔 어머니가 부르는 가락이 흘렀으니까요. 지금 생각해도 어머닌 기생이기에 앞서 기막힌 예능인, 아니 예술가였어요. 그러나 생활은 기생이었어요. 대접은 기생으로서 받았어요. 일상생활에선 아무도 어머니를 예술가로서 대접하지 않았어요. 뿐만 아니라 적지 않은 사내가 어머니를 짓밟고 지나갔어요. 그 사실을 안 것은 철이 들어서였지만. 그래서 나는 창의 세계에 맹렬한 반발을 느낀 겁니다. … 판소리에 사로잡힌 나 스스로를 해방시켜야겠다고 작심해 처음엔 베토벤을 택했다가 모차르트를 만난 겁니다. 그러나 그게 쉬운 일이 아니었습니다. 판소리의 마력은 그만큼 강한 것이라고 할 수 있으니까요. 그런데 지금은 창의 세계에서 완전히 벗어났습니다. 단지 돌아가신 어머니를 그리는 심정을 닮았을 뿐입니다."

명국희의 이 말은 스페인 음악 〈그라나다〉를 배경에 깔고 있었는데 그 상황이 어울린다고 구인상이 느끼며 물었다.

"허영이란 건 또 뭡니까?"

"알지도 못하면서 모차르트를 아는 듯 설쳐댔다는 뜻이지요. 용돈이 생기는 대로 레코드판을 사고, 그걸 듣고 다니며 말입니다. 하나의 전신(轉身)을 이루기 위해선 허영도 또한 중요하다는 것을 깨달았습니다. 착한 척 행동하면 이윽고 착해지고, 좋은 척 행동하면 이윽고 좋아지기 마련이란 이치를 알았지요. 이를테면 나는 허영심을 통해 모차르트를 내 나름대로 알게 되었다고 할 수 있지요."

모차르트가 신앙이란 말에 대해선 물어 볼 필요가 없었다. 허영심이 진짜의 감정으로 바뀌면 거기엔 신앙심이 생겨날 수도 있는 것이다.

"모차르트를 알았다 싶었을 때가 언제였습니까?"

"대학 2학년 때죠."

"실례가 안 되면, 서울 어느 대학인가요?"

"졸업도 안 한 대학의 이름을 들먹여 뭣하겠습니까. 대학을 갔건 안 갔건 별로 중요한 문제가 아니라고 생각해요. 대학 졸업장은 자신 없는 사람들이 내두르는 어쭙잖은 간판, 사람을 채용하기 위해 우선 편리한 척도, 기껏 그런 정도 아닐까요?"

"그야 그렇겠죠."

"하기야 남자들에겐 대학이 중요할지 모르지요."

"남자 여자를 구별하는 걸 보니 마담은 구식이군요."

"구식이건 신식이건 남자와 여자는 다르지 않아요? 그렇다고 해서 남자가 여자보다 우위에 있다고는 생각하지 않습니다."

"그럼 여자가 우위에 있다는 말인가요?"

"그런 것도 아닙니다. 나는 남녀 간의 우열(優劣)엔 일반론이 있을 수 없다고 봐요. 남자보다 나은 여자도 있고, 여자보다 나은 남자도 있고….."

"그야 그렇지만 여권론자란 것이 있지 않습니까?"

"난 공연한 짓이라고 생각해요. 남자와 맞설 것이 아니라 남자를 이용해서 편리하게 살 수도 있는데 왜 어려운 투쟁을 해요?"

"남자를 보다 효과적으로 이용하기 위한 여권론이란 것도 있을 겁니다."

"그러나 난 그런 것엔 흥미 없어요. 나는 남자문제에서 졸업한 셈이니까요."

"이것 또 해괴한 말씀이군."

국희의 짜릿한 눈빛이 있었다.

"여자가 남자문제를 졸업했다면 해괴한 일이 되지 않겠습니까?"

구인상이 애매하게 웃었다.

"구 선생의 얘기대로라면 가톨릭의 수녀들이나 절의 비구니들은 모두 해괴한 존재로군요."

"수녀나 비구니라고 해서 모두들 남자문제를 졸업했을까요? 개중엔 물론 졸업한 사람이 있겠지만 내가 짐작건대 대부분 남자문제를 피한 거지 졸업한 것은 아니라고 봅니다."

이 말엔 수긍하는 듯 국희는 보일 듯 말 듯 고개를 끄덕였다. 구인상이 한 걸음 앞으로 다가서는 기분으로 물었다.

"명 마담이 남자문제를 졸업했다는 것은 수녀들처럼 비구니들처럼 남자문제를 처리한다는 겁니까?"

"그런 뜻은 아닙니다."

국희는 이마를 한 손으로 짚고 뭔가를 궁리하는 듯하더니 웃곤 그 이상 더 말하려 하지 않았다.

"괜히 쑥스러운 소릴 해 갖고."

구인상은 명국희의 내력을 알 수 있는 모처럼의 기회를 놓칠 것 같아 투덜댔다.

"이제 겨우 본론에 들어갈 즈음에 얘기가 끊어지면 어떻게 되는 겁니까?"

"나도 좀더 긴 얘길 할 참이었는데…. 해괴하다는 소릴 듣고 나니 맥이 풀어지네요. 사실 해괴하기도 하니까. 여자가 남자문제를 졸업했다면 해괴할 수밖에 없지요. 그러나 그런 여자도 있는 겁니다. 수도원에 가지도 않고 절에 가지도 않고 사내들이 들끓는 유혹의 시장 한복판에 앉아 남자를 졸업해 버린 여자가 있는 겁니다. 나처럼 말입니다. 해괴하다! 선생님 썩 좋은 말을 하셨어요. 해괴한 여자가 더러는 있습니다."

"어찌 들으면 빈정대는 것 같은데요?"

"절대로 빈정대는 건 아니에요. 아무튼 이곳에서 나가요. 얘기를 계속할 수 있는 분위기가 낡아 버렸어요."

구인상과 국희는 그곳에서 나와 중앙로를 걷는데 어느새 국희의 팔이 구인상의 팔에 끼워져 있었다. 누가 보아도 그건 다정한 연인끼리의 포즈였다. 지나가다 멈춰 서서 되돌아보는 사람은 아마 명국희를 알고 있기 때문일 것이었다. 그런 사람을 여럿 만났다. 그런데도 명국희 자신은 일체 아는 척하지 않고 더더욱 구인상에게 매달리듯 걸었다.

사람들의 수가 조금 뜸한 지점에서 구인상이 물었다.

"나는 좋습니다만 이런 식으로 걸어가다간 명 마담 아는 사람도 많을 텐데 사업에 지장이 있지 않을까요?"

"걱정 마세요. 그런 일은 없을 겁니다. 손님들은 나를 요조숙녀라고 보고 '청마'에 오는 게 아니거든요. 애인이 없을 거라고 믿고 오는 것도 아니구요. 만일 나를 아는 사람이 있었다 합시다. 그래도 긴가민가했을 거예요. 이편에선 전혀 아는 척을 안 했으니까요. 오늘 밤에라도 '청마'에 나타나 묻겠죠. 오늘 낮 중앙로를 같이 걸은 사내가 누구냐고. 그럴 경우, 난 전혀 딴전을 피우죠. 이상도 한 일이네요? 감기 기운이 있어 하루 종일 꼼짝도 않고 집에 누워 있다가 이제 겨우 나왔는데….."

요컨대 명국희는 움직일 수 없는 증거가 있는데도 상대방을 아는 체하지만 않았을 경우엔 이편에서 딱 잡아떼기만 하면 남자의 확신은 동요하기 마련이란 것이었다.

"그럴 경우 너무 기를 쓰고 부정하면 못 써요. 내 말을 믿건 안 믿건 그건 당신의 자유다 하는 식으로 아무렇지 않게 행동하다가 슬쩍 그 자리를 피해 버리는 거예요. 그러면 세상엔 닮은 사람도 있는 거니까 하고 남자는 스스로 납득할 재료를 찾게 되는 거죠. 남자란 대강 그런 거예요. 내가 남자 문제를 졸업했다는 말은 그런 정도의 것입니다. 그 이상도 그 이하도 아닌….."

구인상은 명국희의 말에 적잖은 충격을 받았다. 그 까닭은 4년인가 5년 전의 일이 생각났기 때문이다. 구인상은 어떤 호텔 로비에서 외국인 친구를 기다리는데 바로 눈앞으로 아내가 어떤 사내와 함께 지나갔다. 순간 아내와 구인상이 눈을 맞추었다. 그런데도 아내는 아는 체를 안 하고 그 사내와 함께 엘리베이터 속으로 사라졌다. 그리고 그날 밤 늦게 구인상과 아내 사이에 시비가 벌어졌다.

아내는 그 시간 그 호텔에 간 적은 절대로 없다고 버티면서 자기는 친구 집에 있었다며 그 친구 집에 확인해 보라고 했다. 그리곤 욕실로 가 버렸다. 그 후 아내의 행실로 미루어 그때 어떤 사내와 엘리베이터를 탄 여자가 아내임에 틀림없다고 느꼈지만 당시엔 아내의 말을 믿었다.

'어떻게 그게 아내 같으면 나를 보고 모른 체했을까!'

'설혹 당황해서 모른 체했다고 치더라도 어떻게 내가 보고 있는 눈앞에서 엘리베이터를 탈 수 있었겠는가 말이다. …'

'아냐, 코트가 바로 아내의 코트던데? 아냐, 같은 코트는 얼마라도 있을 수 있는 일이니까….'

'어쩌면 그처럼 닮았을까. 닮은 사람이 없을 수야 없지. …'

말하자면 구인상은 그때 자기를 그렇게 납득시켰던 것이다.

명국희는 그때의 상황을 구인상에게 설명해 준 셈이 되었다. 이 것도 무슨 운명의 일치일까 하는 생각도 들었다.

"그래 명 마담은 거짓말을 할 작정으로 내 팔을 끼고 있는 거요?"

"구 선생이 묻기에 한 가지 예를 들어 보았을 뿐예요. 누가 물으면 사실대로 말할 기분이 될 수도 있었죠. 이렇건 저렇건, 누가 뭘 해도 신경 쓰지 않겠다는 거고 사업엔 지장이 없다는 말을 하고 싶었을 뿐예요."

주택가에 들어서면서부턴 명국희는 팔을 풀고 앞장을 섰다. 구인상이 묵묵히 그 뒤를 따랐다.

한참을 가다가 골목의 어느 고빗길에서 걸음을 늦춰 구인상이 나란히 서길 기다리더니 명국희가 속삭였다.

"지금 선생님이 뭘 생각하는지 알아요. 이 백여우 같은 년을 지금 따라가는데 이게 옳은 노릇인가 공연한 짓인가, 구실을 꾸며 돌아설까 잠자코 따라갈까 이걸 생각하시죠?"

실로 아찔한 기분이었다.

"대강 맞습니다. 그런 생각을 하고 있었소. 그러나 백여우 같은 년이란 대목은 없었고…."

구인상은 더듬더듬 이렇게 말하며 그 언젠가, 아니 꿈속에선가 이런 장면이 있었지 않았나 하는 기묘한 상념에 사로잡혔다.

"그 대목을 빼셨다면 의미가 없어요. 날 백여우라고 생각하셔야 합니다. 이게 지극히 중요한 대목입니다."

농담으로만 여길 수 없는 정색을 하고 명국희는 이렇게 말했다. 구인상은 그저 애매하게 웃었을 뿐이다.

명국희의 집에선 벌써 식사준비가 되어 있었다. 점심과 저녁을 곁들인 밥상은 순 한국식으로 차려진 겸상이었다.

"이런 밥상을 깔끔하다고 하나요, 조촐하다고 하나요. 우리 추마담의 솜씨는 알아 줘야 해요."

명국희는 장 종지 크기보다 폭이 넓은 놋그릇 잔에 청주를 따랐다. 아롱사태의 찜은 부드러웠고, 대구찌개의 국물은 담백하면서도 고춧가루의 악센트가 식욕을 돋우었다. 구인상은 서너 잔의 청주에 벌써 노곤한 기분이 되었다.

하숙집의 식사엔 물론 견줄 바 못 되고, 서울에서의 일상(日常)인 반양식의 식탁에선 느끼지 못하는 민족의 식사를 찾은 기분이어서 역사철학은 식사철학을 곁들여야 한다는 엉뚱한 아이디어가 일기도 했다.

"맛있어요?"

명국희의 질문에 정말 맛있다고 대답할 수밖에.

"추 마담의 솜씨도 솜씨려니와 달성공원을 한 바퀴 돈 공덕도 있어요."

술에 노곤히 취한 탓도 있어 구인상이 익살을 부렸다.

"아까 백여우 같은 년 운운하셨는데 그 백여우의 사상을 알아봅시다. 어째서 백여우라고 생각해야 하는 거죠?"

"백여우 좋잖아요? 여자는 백여우다. 이 사상이 내 마음에 들었어요. 그래 나는 백여우가 되길 작정한 여자예요."

"그것까진 좋소. 헌데 그걸 미리 가르쳐 주는 사상은 뭐요?"

"호의겠죠. 구 선생에게 실망을 안겨 주지 않으려는 호의죠. 뒤에 가서 구 선생이 그 여자는 백여우였구나 하고 판단하는 것과 미리 백여우로 알고 사귀는 것과는 약간 차이가 있지 않겠어요? 백여우란 걸 알고 있으면 실망도 환멸도 없을 것 아녜요?"

"명 마담은 누구에게나 자기가 백여우란 사실을 선언하시우?"

"천만에요. 내가 백여우란 사실을 사전에 실토한 건 구 선생뿐입니다."

"그 이유를 알고 싶군요."

"이유는 없어요. 그저 기분이에요. 구 선생을 처음 만났을 때 짚이는 게 있었죠. 이 손님은 여자 때문에 깊은 상처를 입은 사람이라고."

구인상은 깜짝 놀랐다. 그 표정이 그냥 질문이 되었다. 명국희는 조용히 말을 엮었다.

"사업에 실패한 사람이 아니란 건 어느 모로 보아도 알았고, 사상적 정치적으로 고통을 느끼는 사람이 살롱 같은 데서 술을 마실 까닭이 없고, 부모 형제에 관해 고민하는 사람이 타관까지 와 방황할 까닭이 없고… 그런데도 깊은 고민이 체취처럼 풍겼으니 자연 알게 될 것 아녜요? 아직도 젊고 준수하게 생긴 학자풍의 어른이 고민한다면 그건 여자 때문일 것이라고. 그래서 백여우의 근성을 한번 발휘해 볼까 했던 겁니다. …"

흔히 '두 손 바짝 들었다'는 표현이 있지만 구인상의 심정이 바로 그러했다.

"그러나 백여우가 되어볼 작심을 정작 하게 된 것은 어젯밤 눈속을 걷고 있을 때였어요. 이처럼 순수한 사람을 괴롭히는 원인이 뭘까. 그 여자가 누구일까. 이 남자를 위해 내가 백여우 노릇을 해서 그 고민의 원을 덜어 줄 수 없을까, 그런 생각을 한 겁니다. 그리고 그 다짐을 굳게 하기 위해 달성공원까지 간 거고, 여기 이렇게 같이 식사하는 거구요."

"그렇다면…."

구인상이 정색을 했다.

"내 걱정일랑 마십시오. 나는 약한 사람이지만 내 고통은 내 스스로 처리할 수 있습니다. 그리고 고통이라지만 지금은 고통이랄 것도 아니고 풀어야 할 문제일 뿐입니다. 내게 필요한 건 내 스스로의 용기이지 남의 힘이 아닙니다. 그런 점 때문에 마담이 신경 쓰실 건 없습니다."

"하기야 남의 일에 신경을 쓸 필요는 없는 거지요. 그러나…."

명국회의 말을 막고 구인상이 다음과 같이 말했다.

"내가 안고 있는 문제, 그리고 명 마담이 안고 있는 문제는 서로 건드리지 말고 우리 친구로 지냈으면 합니다. 대구에 와서 내가 얻은 것은 명국희 씨의 우정이다, 대구엔 명국희란 내 친구가 있다는 흐뭇한 기분으로 될 수 있게 말입니다. 만일 명국희에게 애인이 있다면 그 애인과의 관계에 지장이 없는 범위 내에서 서로 친구가 되자는 얘깁니다."

"내겐 애인이 없어요."

"그래도 앞으로 혹시…."

"앞일은 장담할 수가 없겠죠. 그러나 우리가 서로 우정을 가꾼다고 할 때 그 우정에 방해되는 인간관계를 내가 맺는 일은 절대로 없을 겁니다."

"그렇다면 더 이상 바랄 것은 없습니다. 나는 이 세상에 마담 같은 여성이 존재한다는 사실을 안 것만으로도 만족입니다."

"그런 말씀은 싫어요. 나는 어디까지나 백여우가 된 여자일 뿐이에요. 창부(娼婦)라고 하기엔 내 스스로가 너무 측은하고, 창부가 아니라고 하기엔 경력이 너무나 복잡하구요. 이런 처지의 여자로서 최상의 길을 걸어가려는 마음뿐입니다. 나는 앞으론 남자를 이용가치 이외론 절대로 보지 않으려고 작정해요. 남자의 마음을 너무나 잘 알고 있으니까요. 남자가 술집 하는 여자를 어떻게 보느냐 하는 그 견해에 따라 나도 남자를 그렇게 보겠다는 겁니다. 사랑이니 뭐니 하는 감정을 일체 배제하고 살자 이거죠. 남자

문제를 졸업했다는 말의 뜻은 바로 그겁니다. "

이 말을 할 때의 명국희는 이제까지의 그 활달한 여자는 아니었다. 왠지 처량한 느낌이 들었다.

"동정을 받아야 할 사람은 내가 아니고 마담인 것 같습니다. "

구인상의 입에서 저절로 나온 말이었다.

"난 동정 같은 것 싫어요. "

명국희의 말투가 강했다.

"나도 마찬가집니다. "

구인상이 말했을 때 둘이는 같이 웃었다.

"구 선생의 고민, 아니 해결해야 할 문제란 어떤 것이죠?"

"내겐 심각해도 남이 들으면 쑥스러운 얘기일 뿐입니다. "

"그러니까 말씀 못 하시겠다는 뜻이구먼요. "

"쑥스럽기만 한 얘기를 해서 뭣합니까. 그러나 언젠간 자연스럽게 말씀드릴 기회가 있겠죠. "

"선생님의 사정을 들으면 나도 내 살아온 경로를 말하려고 했는데 결국 그만두어야 하겠어요. "

"호기심이 없는 바는 아닙니다만 굳이 듣고 싶지는 않습니다. "

그러나 명국희는 벙그레 웃으며 "싱거운 사람"이라고 했다.

"내가 생각해도 난 싱거운 사람입니다. "

구인상이 그러니까 여편네가 다른 남자와 놀아나게 되었다고 덧붙이려다가 말았다.

식사보다는 얘기를 더 많이 했기 때문에 국물이나 반찬이 식어버렸다. 다시 데워와야겠다며 약간의 수다가 있었지만 그럭저럭

식사가 끝났다.

낮술에 식사를 겸하니 온몸이 나른했다. 커피를 가지고 온 추 마담에겐 빨리 가게에 나가보라고 이른 명국희가 권했다.

"잠깐 누워 눈을 붙이시죠."

지금 이 시간에 하숙으로 돌아가 봤자 어중간할 뿐이어서 구인 상은 국희의 권유에 따라 침실로 들어갔다. 추 마담이 나가는 듯 했고, 욕실 쪽에서 물을 트는 소리가 들려왔다. 구인상은 어느덧 잠에 빠져들었다.

꿈길은 맥락 없이 계속되었다.

C호텔의 로비가 나타났다. 아내와 어떤 사내가 로비의 한구석 에 있는 소파에 같이 쓰러졌는데 다음 순간 침실이 나타났다. 아 내의 탐스런 허벅다리가 있었다. 아내 위에 올라타 있는 사내는 방상기였다. 살짝 문을 닫고 나오려는데 쳐다본 사내는 방상기가 아니고 다른 사내였다. 어떤 영문인가 구인상의 손에 칼이 쥐여 있었다. 칼을 휘두르려는 찰나 아내의 얼굴이 클로즈업되더니 무 서운 형상으로 무슨 소리인가를 외쳤다. 그러나 그 말을 알아들을 수는 없었다. 구인상이 고함을 질렀다.

자기 고함에 놀라 구인상이 잠을 깼다. 두터운 커튼이 쳐져 있 는 방 안과 어두운 천장을 보았다.

'여기가 어디인가?'

그곳이 명국희의 방이란 걸 깨닫기까진 얼마의 시간이 필요했 다. 전신이 식은땀에 젖어 있다는 것을 깨달았다. 소리도 없이 열린 방문으로 빛이 쏟아져 들어오고 그 빛을 배경으로 네글리제 바람의 명국희가 서 있었다.

"무슨 일예요? 고함소리가 들리는 듯했는데요."

대답은 않고 구인상이 팔을 국희 쪽으로 뻗었다. 그것은 홉사 물에 빠진 사람이 구원을 청하는 포즈를 닮아 있었다. 구인상은 국희의 손이 잡히자마자 자기 쪽으로 끌어당겼다. 구인상의 당기는 힘이 뜻밖에도 강했다. 국희는 빨려들어가듯 구인상 옆에 몸을 뉘었다.

실로 황당한 시간이었다. 구인상이 정신을 차리지 못했다.

"왜 이러죠?"

국희가 속삭였다. 구인상이 잠자코 얼굴을 국희의 가슴팍에 묻었다. 명국희는 구인상의 헝클어진 머리를 쓰다듬었다.

육체가 마음을 끌고 간 것인지 마음이 육체를 끌고 간 것인지 굳이 분간할 필요는 없었다. 서로 정열을 가진 남자와 여자가 밀실에서 만났을 경우 어떠한 정황이 펼쳐질 것인가. 이를테면 극히 자연스러운 일이 있었을 뿐이다. 그런데 그것은 각기 이성 경험을 지닌 그들로서도 감당키 어려운 감동을 피차에게 안겨 주는 기막힌 향연이 되었다.

얼만가의 시간이 흘렀다. 구인상은 이제 막 자기가 한 행동을 되뇌어 보는 의식으로 되었다. '황홀한 피곤'이라고도 할 수 있는 기분 속에서도 의식은 너무나 선명했다.

'아아, 이 여자와 동행이 될 수 있다면, 앞으로도 계속 친구일 수 있다면 아내 문제 같은 건 수월하게 해결할 수 있으리라' 하는 감회가 서렸다.

국희는 오랫동안 육체의 감응을 가누지 못하는 듯 가쁜 숨을 몰아쉬며 몸을 떨더니 가까스로 큰 한숨을 내쉬고, 구인상의 가슴팍을 파고들며 속삭였다.

"사랑하진 않을래요."

구인상은 뭐라고 대답할 수 없었다. 국희의 그 말이, 사랑한다는 고백 이상으로 들리기도 했고, 정작 사랑하진 않겠다는 선언같이도 들렸기 때문이다.

'아무렇거나 무슨 상관이랴.'

구인상은 국희를 안고, 안은 팔에 힘을 주었다.

"아아" 하는 신음소리와 함께 다시 ―

"사랑하진 않을래요."

"나도 그렇소."

구인상이 겨우 한마디 했다.

"우리 의견은 언제나 일치하네요."

"그러니까 우리의 만남은 기적이지."

국희의 몸에 격동이 경련처럼 일었다. 구인상의 정열도 이에 비례해서 고조되었다. 다시 얼마인가의 시간이 흐른 후 국희는 눈을 감은 채 속삭였다.

"사랑하진 않을래요."

"나도 그렇소. 사랑보다 더한 것을 했으면 했지 사랑은 않을 거요."

국희의 팔이 뻗어와 구인상의 목을 안았다.

오리온의 언저리

'명국희란 여성이 내 인생에 등장했다.'

하숙으로 돌아와 구인상이 일기장에 이렇게 써넣었다. 그리고는 책상 위에 턱을 괴고 멍청히 상념에 잠겼다. 인생도 역사도 결국은 우연의 산물이다. 인생도 역사도 운명이 이끄는 대로 흘러갈 뿐이다.

"운명은 이에 순종하는 사람은 태우고 가고, 이에 항거하는 사람은 끌고 간다."

세네카의 말이 만 근의 무게를 갖고 다가선다.

구인상은 아내 이미숙이 그의 인생에 처음으로 등장했을 무렵을 회상했다. 무르익은 봄철의 어느 날 이미숙은 연분홍 바탕에 나비가 수놓인 원피스를 입고 나비처럼 나타났다. 큰 눈동자는 꿈결에 있는 듯 조용히 빛났고, 피아노 전공이라는 그녀의 손은 피아노의 음색에 알맞게 청아했다.

미국과 유럽을 합쳐 약 5년간 유학생활로부터 돌아온 구인상은 이러한 아가씨가 고국에서 다소곳이 자기를 기다리고 있었구나 하는 생각에 감동했다.

그때 구인상이 느꼈던 것도 숙명이었다. 운명이었다. 우연이 만들어 내는 일종의 조화에 승복해야 한다는 감정의 속삭임이 있었다. 상대방의 마음을 헤아려 볼 겨를이란 없었다.

혼전교제의 기간은 극히 짧았다. 지금 되돌아보면 그것이 비극의 원인이었다. 줄잡아 석 달쯤의 유예기간이 있어도 구인상은 이미숙의 성향과 그 마음의 상황, 그리고 약간의 경력을 알 수 있었을 것이었다. 맞선을 본 그 이튿날 자기의 의견을 묻는 어머니에게 "상대방만 승낙한다면 저는 이견이 없습니다" 하고 간단히 결혼을 승낙했다. 한 달 후에 결혼식이 있었다. 전도양양한 청년 학자와 역시 전도가 촉망되는 음악계의 신인과의 결합이라고 해서 주위의 축복을 받았다.

명색이 장남인데도 구인상은 부모를 모시지 않아도 좋았다. 고급 아파트에서 신혼의 나날은 꿈처럼 흘렀다. 아파트 생활 1년 만에 현재의 집을 신축해서 옮겼다. 구인상의 희망과 조건을 모조리 참작하여 2층 전부를 서재로 하면서도 모든 일상생활을 2층만으로도 감당할 수 있게 지은 한양(韓洋) 절충의 집이었다.

그 집을 짓는 데 구인상의 어머니는 모든 성력(誠力)을 다했다. 그런데도 어머니는 단 하룻밤도 그 집에서 지내려고 하지 않았다. 그 사실을 수수께끼로 생각하게 된 것은 훨씬 뒤의 일이다.

신혼의 나날은 꿈처럼 흘렀다고 했지만 그건 구인상의 관념이었을 뿐이란 것도 뒤에야 알았다. 구인상은 신혼생활에도 학자적인 일상을 엄격하게 지켰다. 그의 생활의 중심은 2층의 서재였고 아내와의 교환(交歡)도 규칙적이었다.

그렇게 함으로써 구인상은 학자의 생활에서도 결혼생활에서도 만족했다. 이윽고 여자아이가 태어났다. 딸 이름을 아버지로부터 얻으려고 했으나 "네 딸의 이름은 네가 지어라"는 어머니의 분부가 있었다.

"순아"라고 지었다. 순할 순(順) 자와 아담하다는 아(雅) 자이다. 이 이름을 지어 놓고 흐뭇했던 것은 여자의 품성으로서 순하고 우아하면 그만이 아니겠느냐는 나름대로의 여성관이 그 이름에 담겨져 있다고 생각한 때문이다.

"우리 이 아이를 순하디 순한 여성으로, 그러면서 그지없이 우아한 아이로 키웁시다."

구인상이 아내에게 한 말이었다.

"남자의 노예로서 부족이 없도록 순하게, 남자의 노리개로서 부족이 없도록 우아하게 만들란 말인가요?"

이미숙이 빈정대는 투가 되긴 했지만 그로서 언쟁이 되었던 것은 아니다.

구인상은 순아를 하루 두 번씩 보는 것이 기쁨이었다. 아침에 보고 저녁 식사 때 본다. 대학에 출강하는 날이 아닐 땐 서재로 데리고 가서 한나절쯤 같이 지낼 때도 있었다. 다행인 것은 좋은 유모를 구했다는 사실이다. 음악 지망의 어머니에게 결여된 육아지식과 기술을 그 유모가 보완하게 되었으니 순아를 키우는 데 걱정하지 않아도 되었다. 구인상은 행복했다.

순아가 돌을 지난 어느 날 사건이 발생했다. 그 사건을 계기로 그는 자기의 행복이 모래 위의 성(城)이며 환상의 더미였음을 돌연 깨달았다.

어느 새벽이었다. 구인상은 바쁘게 논문을 마무리 짓느라고 2층 서재에서 밤샘을 하고 있었다. 담배를 피워 물고 의자에 기댄 채 한시름 놓고 있을 때였다. 순아의 울음소리가 들려왔다. 방음을 배려하고 지은 집인데 아래층에서 우는 아이의 울음소리가 2층에까지 들려온다는 것은 주위가 너무 조용한 탓이기도 하겠지만 그 울음의 강도를 짐작케 했다.

좀처럼 울음소리는 멎지 않았다. 내려가 보았다. 아내는 보이지 않았고 불이 붙은 듯 매섭게 우는 순아를 안고 유모는 어찌할 바를 몰라 했다. 이마를 짚어 보았다. 대단한 열이었다. 부랴부랴 단골 의사에게 전화를 걸고 아내를 찾았다.

"안 계십니다."

"안 계시다니 어딜 갔는데요? 이 새벽에."

"어젯밤 10시쯤에 나가셨어요. 전화를 받고 나가셨는데 아침 일찍 돌아오시겠다고만 하시구…."

유모는 말꼬리를 흐렸다.

순아는 여전히 보채며 울었다. 유모의 품으로부터 순아를 옮겨 받았다. 몸이 불덩어리 같았다.

"언제부터 이랬습니까?"

"조금 전부터예요."

큰 죄나 지은 것처럼 유모는 울상이 되었다. 구인상의 품에서도 순아는 심하게 보채고 울음소리는 높아만 갔다.

속수무책으로 우는 아이를 안고 있는 기분처럼 처량한 건 없다. 우는 아이가 안타까워 죽을 지경이고, 그렇게 안타까우면서도 어떻게 할 수 없는 스스로가 불쌍하기만 해서 우는 아이와 같이 엉엉 울고 싶었다. 그 심정은 경험해 보지 못한 사람으로선 짐작조차 못할 일이다. 우는 순아를 달래는 말이 목멘 소리로 되었다. 그러다가 물었다.

"아이만 두고 밤중에 바깥에 나가는 일이 더러 있었소?"

유모는 대답하지 않았다. 그것으로 미루어 아내의 야간 외출이 이번이 처음이 아니란 사실을 알았다.

구인상은 저녁식사를 하고 아이의 잠자는 얼굴을 지켜보고 나서 2층 서재에 틀어박히면 아내와의 사전약속이 없는 한 이튿날 아침까지 1층에 내려오지 않았다. 이는 생활습관이었다. 그러니 이미숙은 남편 모르게 얼마든지 야간 외출을 할 수 있었다.

20분쯤 후에 나타난 의사는 아이를 이곳저곳 진단해 보더니 심한 체증으로 인한 경기(驚氣)라며 우선 관장을 하고 주사를 놓았다. 순아는 어느 때부터인가 울음을 그치는 동시에 거짓말처럼 잠들었다.

의사를 배웅하고 돌아온 구인상은 잠든 순아를 지켜보고 섰다. 맹렬한 분노가 끓어올라 목구멍이 막혔다.

바깥에선 동이 트고 있었다.

그 새벽에 비롯된 갖가지 불쾌한 사실들을 구인상이 뇌리에서 밀어내려고 안간힘을 썼다. 그러기 위해 자기가 이제 막 써 놓은 "명국희란 여성이 내 인생에 등장했다"는 문자를 응시했다.

'이미숙을 내 인생에서 밀어내기 위해서도 명국희는 절대로 필요한 여성이다' 라는 생각, '사랑하지 않을래요 라고 한 그 여자가 과연 나의 동행이 되어줄 수 있을까' 하는 생각, '화류계 여성의 일시적인 기분에 나는 편승하려는 것이 아닌가' 하는 생각, '스스로 백여우라고 하지 않았던가. 그건 솔직함을 내세워 앞으로의 행동에 대한 변명을 미리 해둔 거나 다름이 없지 않은가' 하는 생각, '오다가다 만나면 그저 심심찮게 사귀는 대상으로 생각했다간 뒤에 가서 서글픈 배신감만을 갖게 될 것이 아닌가' 하는 생각.

그런데 이런저런 생각으로 얽힌 의식의 중심에 구름을 헤치고 나타나는 달처럼 명국희의 정결한 모습이 떠오르는 덴 어쩔 수 없었다. 창부(娼婦) 라고 하기엔 슬프고, 창부가 아니라고 하기엔 과거가 너무나 복잡하다고 스스로 털어놓았는데도 어쩌면 명국희의 모습이 그처럼 정결할 수가 있을까.

아마도 그것은 남달리 뛰어난 미모의 탓일지도 모르고, 총명함이 곁들인 탓인지도 모르고, 모차르트의 음악에 세련된 탓인지도 모른다. 구인상은 모차르트와의 연관에선 명국희를 신용할 수 없었다. 아내 이미숙도 음악으로 세련된 여자가 아닌가. 스스로 악기를 구사해서 지순의 음악경지를 만들어 내려고 노력한 여자가 아니었던가.

그러나 저러나 문제가 되는 것은 명국희에게 얼마만큼한 진실이 있을까에 대한 회의였다. 자신의 말처럼 복잡한 과거를 가진 여자가 서로 안 지 얼마 안 되는 사내에게 진실된 감정을 가질 수 있으리라곤 믿어지지 않았다. 그러면서도 구인상은 명국희로부터 진실에 관한 어떤 보장만 받을 수 있다면 자기의 생애를 걸어도 좋다는 절실한 마음이 되기도 했다.

　'이미 남자를 졸업해 버렸다는 여자, 뭇 남성을 눈썹 하나 까딱 않고 조종하는 여자, 꿀처럼 단 입에 담겨진 독이란 솔로몬의 잠언!'

　그러다가 돌연 구인상은 30을 넘고 결혼생활까지 한 그가 명국희에게 최초의 여자를 발견했다는 사실에 놀랐다. 육체적으로도 처음으로 느껴 보는 황홀이었으며 정신적으로도 처음으로 느껴 보는 감동이었다.

　'과연 이것이 숙명일까?'

　숙명이라면 순종할 수밖에 없었다. 또 하나의 불행을 만드는 씨앗을 뿌리는 한이 있더라도 명국희와의 만남을 없었던 것으로 할 수는 없는 것이다. 다만 물이 낮은 곳으로 흐르듯 자연스럽도록 조심할 뿐이다. 조급하게 행동하지 말고 지레 실망하지 말고 바람이 부는 대로 물이 흐르는 대로 마음을 지녀 나갈 일이다.

　당장에라도 '청마' 명국희 곁으로 가고 싶은 마음을 사흘 동안 참았다. 구인상의 그 인내심의 근거는 철학도(哲學徒)란 사실에 있었다. 철학이란 한마디로 거리를 두고 보려는 인식의 자각이다. 그 거리는 시간일 수도 있고 공간일 수도 있다. 산 위에서 바라보이는 샛노란 유채화 밭은 그지없이 화려한 경색이지만, 그 밭이랑 가까이 가면 지독한 거름냄새로 얼굴을 찌푸리게 된다. 동(同) 시대인에겐 절대적인 권력자가 조금 시간을 두고 보면 째째한 만화로 보인다는 것은 히틀러 하나만의 예로서 충분하다. 이를테면 철학도는 이러한 지혜를 배우려고 수련하는 사람이다.

구인상이 아내의 부정을 알면서도 단번에 이와 대결하려 하지 않고 대구에 내려온 것도 시간과 공간의 거리를 둠으로써 무난에 가까운 해결책을 강구하는 마음의 여유를 가지자는 데 있었다.

명국희와 가졌던 그 황홀한 시간은 너무나 충격적이었다. 그 충격대로 밀고 나가다간 어떤 함정에 빠질지 몰랐다. 객관적인 반성의 여지가 없어질 것 같았다. 부득이 거리를 두고 그 만남의 의미를 살펴봐야겠다고 구인상은 사흘 동안의 유예기간을 스스로 부과한 것이다.

살을 에는 듯한 대구 특유의 추위 속을 걸어 밤 9시에 구인상이 '청마'에 나타났다. 카운터에 앉은 추 마담이 그를 보자 함박꽃 같은 웃음을 웃었다. 추 마담이 그처럼 반길 줄은 기대하지 못한 터라 구인상은 어색하게 웃었다.

스탠드에 자리를 잡자 들어왔을 땐 보이지 않았던 명국희 마담이 어디서인지 나타나 살큼 옆자리에 앉았다.

"오늘 밤까지 소식이 없으면 전화할 작정이었어요."

속삭이듯 명국희가 말했다.

"그동안 별고 없었겠죠?"

구인상이 홀 안을 훑어봤다. 추운 밤인데도 꽤나 손님이 차 있었다. 웅성거리는 소음이 등 뒤에 일었다. 명국희가 물었다.

"그동안 뭘 하셨죠?"

"생각을 생각했지. 생각하는 건 내 버릇이니까요."

"그래도 무슨 테마가 있었을 것 아녜요?"

"'사랑하지 않을래요' 하는 말의 참뜻을 생각했습니다."

나직이 말소리를 낮추며 구인상이 말했다.

"그래 무슨 결론이 나왔어요?"

"운명은 이에 순종하는 사람은 태우고 가고, 항거하는 사람은 끌고 가는 것이니 운명에 순종하기로 했습니다."

"그저 막연한 얘기군요."

"막연하지 않습니다. 아주 구체적입니다. 운명의 이름은 명국희라고 합니다."

명 마담은 조용히 고개를 돌려 구인상의 눈을 쳐다봤다. 어떤 경도(硬度)를 느끼게 하는 차갑고 고요한 눈빛이었다. 그리고 나직이 말을 보탰다.

"너무 성급하지 않으실까요?"

"사흘쯤 생각했으면 성급하단 비난은 모면할 수 있을 겁니다."

"그러나 아무튼 성격이 급한 것 같아요."

"내 의견은 일체 배제할 참이니까요. 운명의 바람대로 운명의 물결대로…."

마음의 탓인지 명국희의 한숨소리가 들렸다. 구인상이 물었다.

"왜 한숨을?"

"내가 나를 믿지 못하게 되었으니까요."

오디오에서 〈부베의 연인〉이란 영화음악이 흘러나왔다.

바깥은 차가운 밤거리, 방 안엔 〈부베의 연인〉, 술 향기, 담배 냄새, 소돔과 고모라의 입구.

"그러고 보니 저 〈부베의 연인〉이란 곡이 대구의 밤에 썩 어울리는 것 같네요."

허튼 소리란 의식을 가지면서도 구인상이 해본 소리다.

가게에선 술을 안 마신다던 마담이, 언젠가의 밤엔 한 잔 술을 세 시간이나 걸려 반밖에 마시지 않았던 마담의 잔이 오늘밤엔 어느새 비어 있었다.

"무슨 고민이 있으세요? 언제나 활달하시던 분이 오늘 밤은 왜 이러시죠? 아무래도 무슨 일이 있는 것 같은데요?"

"아무 일도 없어요."

명국희는 구인상의 귀에 속삭였다.

"내일 백암온천엘 가요."

구인상이 손가락으로 술잔의 술을 찍어 판자 위에 썼다. 'OK!' 왜 하필이면 백암온천에 가자고 했을까. 백암온천은 여름철이 좋다. 겨울은 너무나 황량하다.

하기야 철 지난 해수욕장을 찾는 심정이란 게 있다. 모든 관광객이 지나가고 난 뒤의 명승지를 찾는 심정이란 것도 있다. 그러나 명국희는 다만 구인상과 긴 얘기를 하고 싶은 심정을 가졌을 뿐이다. 그러기 위해선 사람이 적은 한적한 곳을 필요로 했다.

구인상은 명국회가 하자는 대로 백암에 갔다. 명국회는 호텔에 도착하자 방 두 개를 달라고 했다. 그리고는 구인상에게 말했다.

"어쩌다 혼자 있고 싶을 때가 있지 않겠어요?"

"좋은 생각입니다."

구인상이 그녀의 배려에 찬동했다.

온천이란 덴 다른 목적을 갖고 있다고 해도 목욕탕에 드나드는 빈도가 잦을 것인데, 남자와 여자가 같은 방에만 있으면 목욕탕에 가기 직전과 돌아온 직후의 동작에 피차 부자유를 느낄 경우가 있을지 몰랐다. 단순히 그런 뜻에서 구인상은 명국회의 배려를 현명한 것으로 알았다.

백암온천에서 하루를 묵은 다음날은 저녁식사를 구인상의 방에서 했다. 그때 명국회가 뚜벅 이렇게 시작했다.

"구 선생께선 아버지와 어머니가 구존(俱存)해 계신가요?"

구인상이 얼른 대답하지 못한 것은 지금 서울에 있는 아버지를 아버지라고 인정해야 옳은지 망설임이 있었기 때문이었다. 동시에 명국회가 쓴 "구존해 계시는가요?"한 그 구존이란 말이 지닌 고풍(古風)에 약간의 유머러스한 느낌을 받기도 했다.

구인상의 대답이 없으니 얼마 동안 침묵이 흘렀다. 명국회가 다시 물었다.

"양친이 계시지 않은가요?"

"계십니다."

"그런데 왜 대답을?"

"새삼스러운 질문이 돼서요. 게다가 구존이란 말에 약간 놀란 겁니다."

그리고 자기의 심정을 털어놓을까 했으나 그만두기로 했다. 유쾌한 화제가 되지 못할 것이기 때문이다.

"내 성은 송(宋)가예요."

조금 사이를 두곤 명국희는 덧붙였다.

"그런데 난 아버지의 얼굴도 몰라요. 내가 이 세상에 태어나기 직전에 돌아가셨어요. 내 어머니가 기생이었다는 것을 말한 적이 있었죠?"

이어진 말을 간추리면 명국희의 아버지는 장래가 촉망되었던 국악, 특히 판소리의 명창이며 명고수(名鼓手)였다. 어머니 또한 창(唱)의 명창이었다. 같은 취미를 갖고 같은 길을 걷는 사람으로서 두 남녀가 맺어졌다. 그 결과가 명국희였다.

명창인 남자와 명창인 여자의 결합은 자연스럽기도 하고 당연한 것이기도 하지만 기생생활을 하는 여자의 처지로선 여간 힘드는 일이 아니다. 돈을 벌러 나온 기생이 돈 없고 소리 하나만 가진 남자와 사랑에 빠졌을 때 어떻게 되는 것인가는 그 세계의 내막을 모르는 사람은 짐작할 수도 없는 어려움이다. 일종의 비극이다. 그러나 그 비극은 송(宋) 명창의 요절로 막을 내렸다.

"화려한 차림의 기생이 어떤 집에서 나오는가를 챙겨보면 기가 막힐 거예요. 나는 어릴 때 기어들고 기어나는 초가집에서 자랐습니다. 그 좁은 집에서도 신경을 쓰면서 살았어요. 그 비좁은 집에 살면서도 어머니를 만나기가 힘들었지요. 내가 잠들고 나서야 어머니는 돌아오는데 어떤 땐 뒷방에 와서 나를 꼬옥 안아보기도 했어요. 그럴 때면 난 잠에서 깨어났지만 계속 자는 척했지요."

명국희는 말하다가 물었다.

"이런 얘기 재미없지요?"

"재미있고 없고는 여부없이 듣고 싶습니다. 계속하세요."

국희는 다시 시작했다. 그 얘기를 간추리면 다음과 같다.

호적도 없이 자란 국희가 명(明) 씨 성(姓)을 갖게 된 것은 어머니에게 반한 한량이 입양 절차를 밟아 주었기 때문이다. 그러나 그 명 씨와의 관계는 오래 지속되지 못했다. 돈 없는 한량이 기생의 기둥서방 노릇하기란 쉬운 일이 아니다. 명 씨는 국희 어머니의 부담을 덜어 주는 셈으로 국희네 곁을 떠났다.

국희의 나이 열 살이 되었을 때 어머니는 기생을 그만두었다. 기생 나이 서른이면 회갑이라고 하는 그 나이를 두세 살 넘겼기 때문이다. 그래도 국희의 눈으론 그 무렵의 어머니는 무척이나 아름다웠다. 명창의 관록을 가진 미모였기 때문에 돋보였다는 것이 주변 사람들의 얘기이기도 했다.

"그때 어머니는 경주에서 조촐한 술집을 차리는 동시에 안동의 권(權) 씨 성을 가진 부자의 첩이 되었어요. 술집을 차리게 된 것은 그 부자 덕택이었어요. 그분은 나를 자기 친딸이나 다름없이 귀여워했습니다. 기생 딸이란 딱지를 떼 주려고 먼 친척집에 상당한 금품을 주어 위탁했을 정도였으니까요. …"

그 사람 덕택으로 명국희는 여중, 여고에 다닐 수 있었다. 여고를 졸업할 무렵 그 사람이 죽자, 국희는 어머니 곁으로 돌아왔다.

"그때 나는 열여덟 살, 어머니는 마흔 살에 가까웠지요. 기생

딸이라고 해도 좋고, 술집 딸이라도 좋으니 난 어머니 곁에 있겠다고 했어요. 그때 우리 모녀가 얼마나 울었는지 지금도 그 장면을 생각하면…."

국희는 손수건으로 눈을 가렸다.

국희는 어머니가 혼자 살아 줄 것을 바랐다. 어머니의 명성 탓으로 영업이 꽤 잘 되어 남의 도움을 받지 않아도 될 형편이었으니 국희의 바람도 그다지 황당한 것은 아니었다.

그런데 여자가 짊어진 업(業)이란 그처럼 간단한 게 아니다. 국희의 어머니는 자기보다 다섯 살이나 아래인 남자와 사귀게 되었다. 가끔 남이 알 듯 모를 듯 만나는 것이면 또 몰랐다. 기왕에 더러 그런 일도 있었으니까 그런 정도면 참을 수 있었다. 그런데 공공연하게 남편으로 그 사내를 대접하는 것을 보자 국희는 참을 수 없었다.

그 사내는 씻어 놓은 배추 모양 허여멀겋게 생겼다는 것뿐으로 국희의 눈엔 백에 한 가지도 볼품이 없었으니 분격을 넘어 증오심까지 돋아났다.

"하지만 그런 창피를 견딜 수 있었던 것은 얼마지 않아 내가 서울에 있는 대학에 진학하게 되어 그 꼴을 보지 않고 지낼 수 있었기 때문이었어요. …"

국희는 그 사내의 꼴이 보기 싫어 방학에도 고향에 돌아가지 않았다. 그리고 그런 사연을 노골적으로 편지에 쓰기도 했다.

학년이 바뀌는 봄철엔 긴 방학이 있다. 어머니로부터 편지가 왔다. 너를 불쾌한 꼴로 만들지 않을 것이니 잠깐 동안이라도 다녀가라는 간곡한 내용이었다. 국희는 경주로 내려갔다. 2년 만의 모녀상봉이었다.

국희가 집에 돌아와 있을 땐 그 사내는 얼씬도 하지 않았다. 국희는 사내와의 관계를 묻지도 않았고, 어머니도 그런 일에 관해선 일체 언급이 없었다. 국희는 한 달 동안 어머니 곁에서 지내다가 서울로 돌아왔다.

"지금 생각하면 그 한 달 동안에 화근이 생긴 거였어요. "

그 한 달 동안에 사내는 다른 여자를 사귀게 된 것이다. 국희의 표현을 빌리면 세상엔 눈이 먼 여자들만 우글거린다. 백에 하나 볼품이 없는 그런 사내에게 사족을 못 쓰는 여자들이 있으니 하는 소리다.

50길에 들어선 여자의 연하 애인에 대한 집착은 대단했다. 국희의 어머니는 사내가 다른 여자와 사귄다는 사실을 알자 광란의 극에 달했다. 상대 여자를 찾아가 수라장을 벌이는 토막도 있었다고 했다. 이윽고 국희의 어머니는 질투심 때문에 심장병에 걸렸다. 국희가 대학 4학년이 되려는 무렵, 사내와 옥신각신 싸우다 졸도했다. 그리곤 끝내 그 졸도에서 깨어나지 못했다.

부랴부랴 집으로 달려간 국희는 어머니의 시체 옆에 그 사내가 앉은 모습을 보자 칼이라도 있으면 찔러 죽이고 싶은 충동에 사로잡혔지만, 어머니가 그 사내의 손을 잡고 운명했다는 소리를 듣곤 차마 그런 감정을 나타낼 수조차 없었다.

국희는 되도록이면 눈물을 흘리지 않으려고 애쓰면서 어머니의 장례를 끝냈다. 혼백은 근처의 절에 모셨다. 장례가 끝나고 나서도 국회는 서울로 돌아가지 않았다. 49재를 치를 때까지 집에 있었다. 때론 어머니의 유품을 챙겨 보기도 했지만 대부분은 멍청하게 지냈다.

그러던 어느 날 사내가 국회에게 이런 말을 했다.

"어머니의 유언으로 당신 어머니의 재산은 내가 관리하기로 했다. 인장이며 통장 기타 서류는 내가 다 갖고 있다. 49재나 지내고 나서 다시 의논할 작정이지만 미리 알려 두는 것이 좋겠다 싶어 말해 둔다. 당신이 학교를 졸업할 때까지의 학비는 넉넉하게 치를 수 있으니 그 점만은 걱정 말라."

갖가지 고생 끝에 어머니가 모은 재산이 그 사내의 손아귀에 들어갔으니 섭섭하고 억울했지만, 그것도 어머니의 팔자소관일 것이어서 국회는 한마디 대꾸도 않고 듣고만 있었다.

명국회는 조용히 얘기를 엮어 나갔다.

"어머니의 49재가 지난 날 밤이었어요. 절에서 돌아와 피곤한 몸을 뒷방에 눕혔는데 그 사내가 들어왔습니다. 수상한 냄새를 피우기도 해서 언제나 경계하던 참이라 당장 나가라고 고함을 지를까 했는데 긴하게 할 얘기가 있다기에 일어나 앉았죠. 앞으로 학비가 얼마나 들겠느냐, 대학을 나오고도 더 공부할 생각이 있으면 뒷바라지를 해주겠다는 등 시시껄렁한 얘기를 늘어놓았어요. 대꾸하기도 귀찮아 듣기만 했는데 그런 태도에 사내는 어떤 틈을 보았던지 나를 안으려고 했어요."

여기서 잠깐 말을 끊었다가 다시 시작한 국회의 얘기다.

꼭 그럴 경우가 있으리라고 예상한 것은 아니지만 국회는 어머니의 유품 가운데서 발견한 은장도를 품속에 지니고 있었다. 길이 한 뼘이나 되는 꽤 날카롭게 칼날이 세워진 은장도였다. 이 대목에서 국희는 "조선 시대 전설 같은 얘기죠?" 하며 서글픈 웃음을 떠었다.

각설하고, 국희는 사내가 덤벼들자 재빠르게 품속에서 꺼낸 은장도의 칼집을 뽑았다. 사내는 무언가 국희의 귓속에 대고 속삭였다. 그 찰나 국희는 사내의 가슴팍을 찔렀다. "으악!" 하는 외마디 소리를 지르고 방바닥에 쓰러졌다.

"이상하게도 흥분도 없었고, 마음의 동요도 없었어요. 아득한 옛날부터 예정되었던 행동을 드디어 해치웠다는 일종의 만족감이랄까, 안도감이랄까 그런 것을 느꼈어요. 침착하게 옷을 갈아입고 냉정하고 선명한 의식으로 그 방을 나왔지요."

그 길로 국희는 친구 집으로 갔다. 어머니가 없는 집에서 혼자 자려니 쓸쓸해서 견딜 수 없다는 구실로 태연하게 행동했다. 물론 그 사내에 관해서는 그 언저리의 얘기도 꺼내지 않았다.

그때 국희의 걱정은 어차피 재판을 받으면 사건의 진상을 털어놓아야 할 것인데 그런 따위의 인간을 어머니가 그처럼 사랑했느냐고 방청객의 조소를 사지 않을까 하는 점이었다. 불쌍한 어머니란 상념이 새삼스러웠고 여자의 업(業)이란 게 얼마나 두려운 것이냐 하는 인식도 있었다.

"그러나 내가 한 행동에 대해선 추호의 후회도 없었어요. 자살을 잠깐이나마 생각했는데 내가 재판을 받으면 어머니에게 치욕이 될까 하는 고민 때문이었죠. 하지만 곧 자살하진 않겠다고 마음을 다졌습니다. 그따위 인간을 죽였다고 내가 내 생명을 희생할 수 없다고 판단한 겁니다. 정당방위를 내세우면 중벌은 받지 않을 것이란 계산도 있었구요. 하여간 나는 백 번 잘했다는 자신만은 굽힐 수 없었어요. 세상이 그런 자를 용납할 수 없을 것이라면 내가 천벌을 대행한 거나 마찬가지란 자신이 있었기 때문입니다."

구인상이 넋을 잃고 명국희의 다음 말을 기다렸다.

"다음날 안 일인데 그 사내가 몹시 다쳐 병원에 입원했다는 거였어요. 내가 찌른 상처가 치명상이 아니었던 거죠. 그는 정신을 가까스로 차리고 병원으로 간 모양입니다. 그도 사람 가죽을 뒤집어쓴 터라 사건의 진상은 누구에게도 말하지 못했던 것 같아요."

국희는 자기의 행동이 놈에게 치명상을 주지 못한 게 못내 아쉬웠지만, 한편 살인범의 혐의는 벗었다고 안심했다. 아무튼 그 사내는 사건의 진상을 언급하지 않고 열흘 후에 죽었다.

얘기를 끝내고 나서 한참 잠잠하더니 국희는 뚜벅 말했다.

"무서운 여자죠?"

구인상은 아무런 대꾸를 하지 않았으나 마음속에 이런 생각은 있었다.

'사람을 죽였대서 무서운 여자가 아니라, 그와 같은 상황에 휘말리게 된 운명 때문에 무서운 여자다.'

산 속의 밤은 고요했다. 그 고요의 바닥으로 개울물 소리가 흐르고 있었다. 구인상은 그처럼 무서운 숙명을 짊어진 명국희에게 무언가 위로의 말을 하고 싶었지만 말이 되지 않았다.

명국희 옆으로 갔다. 가볍게 어깨를 안았다. 그 무언의 동작이 자극이 되었던지 국회는 급격하게 어깨를 들먹거렸다. 이어 오열이 터져 나왔다. 오열 가운데서 국희는 중얼거렸다.

"누구에게도 말하지 않은 처음의 고백입니다."

구인상이 국희의 어깨를 안은 팔에 힘을 주었다. 국희는 얼른 눈물을 닦고 쾌활을 되찾았다.

"왜 선생님께 이런 고백을 하게 되었는지 모르겠네요."

그래도 구인상은 잠자코 있었다.

"말씀이 없으니까 두려워요."

구인상의 입은 얼어붙은 듯 떨어지지 않았다. 꼭 해야 할 말이 있다면 '죽도록 당신을 사랑하고 싶다'는 것이었는데, 어찌 그런 말을 발설할 수 있겠는가.

포옹을 풀고 구인상이 창가로 가서 커튼을 젖혔다. 구름 사이로 달이 지나가고 있었다.

"어떻게 생각하시건 나는 큰 짐을 벗은 것 같아 후련합니다."

등 뒤에서 한 국희의 말이었다. 구인상이 국희를 일으켜 세워 키스를 했다. 만감이 담긴 길고 깊은 키스였다.

키스가 끝나자 국희는 머리를 구인상의 가슴팍에 묻었다.

"고마워요."

구인상이 대답 대신 국희의 등을 가볍게 어루만졌다. 천상천하에 기구한 운명을 짊어진 두 남녀가 저 외로운 달의 조명을 받고 있다는 감회는 한없이 슬픈 그만큼, 다소곳한 생명의 감동이었다.

'슬픔이 생명감에 아늑한 빛깔이 될 수도 있다'는 것은 큰 발견이었다. 구인상은 그 말만은 해보고 싶었으나 명국희의 그 엄청난 고백의 무게를 존중하는 뜻으로 그 밤만은 일체 말을 하지 않기로 작정했다.

그 대신 몸으로써 가슴으로써 동작으로써 국회에 대한 사랑을 철저하게 표명할 작정을 세웠다. 그런 까닭에 섹스가 신성하다는 사실을 증명이라도 할 듯이. 명국희는 이제 이때까지의 생애에서의 모든 먼지를 전부 털어 버릴 작정을 한 것 같았다.

그 이튿날 밤 명국희는 이렇게 시작했다.

"무서운 여자에겐 무서운 일만 생기나 봐요. 팔자가 세다는 말이 있죠?"

구인상은 국희의 의도를 어렴풋이 짐작하고 말리려고 했다.

"국희 씨, 지난 일을 들먹이는 짓은 그만둡시다. 알건 모르건 나는 국희 씨를 그냥 그대로 긍정하겠고 내 나름대로의 성의를 다하겠습니다. 옛날 일을 알았다고 해서 내가 그 보충을 할 수도 없고 서로 안타까운 마음만 벅차게 될 것이니 지나간 일은 지나간 대로 흘려보냅시다."

"아닙니다."

국희는 정색했다.

"제 얘기를 끝까지 들어주셔야 합니다. 그러고 나서 태도를 정하십시오. 저는 이 얘기를 하지 않고선 배겨 날 수 없어요. 나를 있는 그대로 파악하셔야 해요. 무슨 까닭인지 알 수 없어요. 제 얘기를 마저 듣고 떠나시든지 계속 제 옆에 계시든지 하세요. 그렇다고 해서 제가 선생님의 사랑을 바라는 건 아녜요. 사랑하지 않겠다고 저 자신이 이미 말하기도 했고요. 그러나 굳이 듣고 싶지 않으시다면 좋아요. 저는 선생님의 내력을 알고 싶은데 그 내력을 말하고 싶지 않으시다는 의사표시로 치겠어요."

구인상은 당황했다. 그래서 다음과 같이 더듬거렸다.

"나는 당신의, 사랑할 순 없다는 말을, 우리의 사이는 사랑 이상의 것이란 뜻으로 납득하고 싶었고, 기왕에 있었던 일은 문제도 안 된다고 치고 있습니다. 아직 말할 단계가 아니어서 가만있었을 뿐, 우리에게 중요한 건 현재이고 또 앞날이 아니겠어요? 들으나 마나 지난 일은 내겐 아무 상관없다는 것이고, 그래서 나의 내력도 그렇고 그런 것이어서 나 스스로 해결할 문제이고…."

"저는 다만 서로 모르는 부분이 있어서는 안 된다고 하는 겁니다. 지난 일이 상관없다고 말씀하셨지만 저는 지난 일 때문에 지금도 억눌린 형편입니다. 그 부담을 선생님이 나눠 짊어주셨으면 하는 게 제 소원입니다. 그래도 싫으세요?"

"그렇다면 듣겠습니다."

"미리 말씀드리지만 동정은 싫어요. 동정 갖고 해결될 일은 아니니까요. 왜 꼭 이 얘기를 제가 해야 하는가는 들으시고 나면 아실 겁니다."

구인상은 맹렬한 갈증을 느꼈다. 명국희가 하고자 하는 얘기에 지레 겁을 먹은 탓인지 몰랐다. 구인상은 갖다 놓은 맥주로 목을 축였다. 그리고는 돌아와 명국희 앞에 앉았다.

"언젠가 창부라고 하기엔 슬프고, 창부가 아니라고 하기엔 과거가 너무나 복잡하다고 말한 적이 있었죠?"

아니나 다를까 싶었다. 구인상은 그런 언저리의 얘기는 거의 절대적이라고 할 만큼 듣기 싫었다. 그것은 일종의 결벽이었다. 모르고 지내면 그만일 것을 알았기 때문에 병이 된다는 게 성력(性歷)인 것이다. 그러나 도리 없다고 생각하고 구인상이 명국희의 말을 기다렸다.

"그런 일이 있은 후, 어머니가 가졌던 모든 것을 다 팔았습니다. 서울에 아파트를 하나 사고도 상당한 돈이 남았어요. 대학을 계속하려면 할 수도 있었지만 만사가 싫어지대요. 그 사내를 죽인 것은 백 번 잘 했다고 여기면서도 살인 자체가 무거운 압력이었습니다. 나는 이 세상에서 행복을 바랄 자격이 없다고 생각했지요. 그런 우울한 시간 속에서 열심히 모차르트를 들은 겁니다. 어쩌면 모차르트와 같이 살았다는 것이 옳겠지요. 말로써 표현하지 않고 순수한 음으로만 엮어진 시간이 내 마음의 혼탁을 씻어 주었으니까요. 확실히 음악은 사람을 정화하는 작용이 있다는 것을 깨달았습니다. 나는 도로 살아난 거죠."

그런 생활을 반 년쯤 하고 명국희는 일자리를 구하려고 나섰다. 놀고먹을 수도 있었지만 일종의 모독처럼 느껴졌다. 화려한 직업을 피하기로 한 것은 그녀의 혈관 속에 흐르는 기생의 피에 대한 반발이었는지 모른다. 착하고 가난하게 살아 보겠다고 맹세했다. 명국희는 구로공단의 K공장의 직공을 선택했다. 직공을 자원하게 된 데는 시몬느 베이유의 영향 때문인지 모른다. 마지못한 상황이면 모르되 물질에 여유가 있었고 보니 여공생활은 견디기 힘들 만큼 고통스러웠다. 그래도 참았다.

"다른 여자들이 다 견디는 것을 나라고 해서 왜 견디지 못하느냐하는 마음이었습니다. 그런데 어느 날 그 회사 회장인 노인이 공장에 왔어요. 전에도 종종 순시를 했지만 눈에 띄지 않았는데 그날은 내가 눈에 띄었나 봐요. 한참 동안 내 옆에 서서 내가 일하는 것을 보더군요. 그리곤 일이 서툴다고 하데요. 은근히 기뻤던 것은 이 기회에 파면당할 수 있겠다 싶었기 때문입니다. 내 뜻으로 공장을 그만 두는 건 내 의지의 책임이 되지만 저편에서 그만두라면 내 의지엔 아무런 책임이 없다는 약은 생각이었죠."

아니나 다를까, 그 이튿날이었다. 공장장이 국희를 불렀다. 공장장은 공손한 말투로 일이 힘드냐고 물었다. 힘들다고 솔직하게 대답했다. 공장장은 국희더러 지금 곧 본사 회장실 비서실로 가보라고 했다.

"그만두라면 그만두겠어요, 비서실엔 왜 가요?"

공장장은 회장님의 특명이라면서 간곡하게 권했다.

본사 정문에서 대기하던 중년의 사내가 잘 오셨다는 인사와 함께 회장 비서실로 국희를 안내했다. 회장실엔 회장 외엔 아무도 없었다. 회장은 말없이 뚫어지게 국희를 바라보더니 자기 비서 노릇을 해줄 수 없겠느냐고 물었다. 이때까지 근무했던 비서가 결혼하고 그만두었다고 덧붙였다.

"경험이 없어서 할 수 없다고 거절했죠. 그랬더니 전화나 받고 차 심부름만 하면 되는 것이니 일주일쯤이면 곧 익숙해질 거라며 권하는 겁니다. 70이 넘은 노인의 모습이 처량하게 보였어요. 일

견 건강한 것 같았지만 어쩐지 쓸쓸한 느낌이 따랐어요. K회사는 순전히 그분이 적수공권으로 이뤄 놓은 재벌입니다. 어릴 땐 일본인이 경영하는 공장에서 도제 노릇을 시작으로 오늘날 굴지의 재벌을 이룬 성공 뒤에는 인생으로선 되레 실패한 게 아닌가 하는 생각마저 들더군요. 내가 계속 거절하니까 나중엔 애원하는 투가 되었어요. 나는 고독한 사람이다, 아가씨 같은 사람을 내 옆에 두고 싶다, 낮에 몇 시간 회장실에서만 만날 테지만 아가씨가 이 사무실에 있으면 위안이 될 것 같다는 말이었어요. 그런 말을 듣고는 거절할 수가 없데요. …"

비서실 근무는 공장생활에 비하면 누워서 떡 먹기였다. 회장에게 전화가 올 땐 비서실장에게 연결해주고, 차 심부름이라고 해도 차 끓이는 사람은 따로 있으니 끓여 놓은 차를 날라다 주면 되었다. 명국희는 간혹 마음에 드는 꽃을 사와서 회장 책상 위의 화병에 꽂으면 그만이었다. 그밖에 하는 일이라곤 출근했을 때 회장의 코트나 상의를 받아 걸어 주는 일, 퇴근할 때 도로 그것을 입혀 주는 일뿐이었다.

오후 한가한 시간엔 가끔 말동무가 되어 주기도 했다. 가령 "지난 일요일엔 뭘 했지?"하고 물어올 때가 있어서 영화를 보았다고 하면 그 영화 얘기를 하라고 했다. 국희는 되도록 줄거리를 간추려 얘기하는 것이었으나 흥미로운 부분은 빼 놓지 않았다.

그것이 버릇이 되어 가끔 영화 얘기를 했다. 어느 날 회장은 "영화란 게 그처럼 재미가 있는 것인데 나는 영화를 보러 극장엘 한 번도 가보지 못했다"고 탄식했다. 사업가로선 성공했을지 모르나 인생으로선 실패하지 않았나 하는 국희의 짐작은 적중한 것 같았다. 어느덧 회장에게 대한 동정심이 짙어만 갔다.

회장은 50대에 상처(喪妻)하고 20세나 젊은 여자와 재혼했다고 들었는데, 자세히는 몰라도 행복한 가정생활은 아닌 것 같았다. 전처소생의 딸 둘은 시집갔고, 후처의 소생으로는 미국 유학에서 돌아온 아들이 있었다. 좋은 후계자감을 두었다는 평을 받을 만큼 얌전하고 착실한 청년이었다.

어쩐 일인지 회장은 아들을 탐탁스럽게 생각하지 않는 모양으로 가끔 회장실로 찾아오는 아들을 보는 눈이 언제나 싸늘했다.

그런 사정이야 어떻건 회사는 눈부시게 발전했다. 회사의 발전 그것만이 회장이 사는 보람인 것 같았다. 그리고 명국희와 어쩌다가 나누는 대화가 위안의 전부라고 할 수 있었다.

"전 그런 사실을 느꼈어요. 그래서 성심성의껏 늙은 회장을 모셨습니다. 때론 어리광을 부리기도 했죠. 그러나 회사 밖에서 따로 만난 일은 회장이 병석에 눕기까진 없었어요."

국희가 그 회사에 입사한 지 3년째 되던 어느 겨울날 회장은 병석에 누웠다. 위암이었다. 국희의 근무처는 회장실에서 병원 입원실로 옮겨졌다. 병원까지 따라 갈 필요는 없었고 그런 요구를 한 것도 아니지만 국희는 자진해서 그렇게 했다.

병원에선 위궤양이란 명목으로 수술했다. 수술 후의 경과는 좋았다. 자택치료를 하라는 권고도 있어 회장은 집으로 돌아왔다. 그때 의사가 회장 부인에게 하는 말을 국희는 우연히 들었다. 앞으로 6개월 정도밖엔 생명이 없다고 했다.

집에도 간호사가 따로 있어 명국희는 해방되는 것으로 알았다. 그런데 회장이 애원했다.

"아무리 생각해도 내 생명은 길지 않을 것 같다. 길어 봤자 두세 달? 아니 한 달일지도 모른다. 미스 명, 그때까지 내 옆에 있어 주지 않으련?"

회장 부인도 그렇게 권했다. 회장 부인은 국희가 있어야만 회장과 같이 지내는 시간을 짧게 할 수 있었기 때문이다.

국희의 방을 회장의 병실 옆으로 정하고 국희는 회장 집에서 기거하게 되었다. 간호사와 교대하며 간호했는데 국희가 하는 일은 신문을 읽어 주거나 회장의 회고담을 듣는 일이었다.

일본인의 도제로부터 출발하여 대기업의 총수가 될 때까지의 과정은 고난에 찼다. 사업의 성공에 일시 자랑 같은 것을 느껴 보기는 했으나 인생에 낙(樂)이 있다는 것을 채 모르고 지냈다고 했다. 가끔 "허망하군" 하고 한숨을 쉴 때도 있었다. 뜰에 목련이 활짝 꽃을 피웠을 때 "내년엔 저 꽃도 못 보게 되겠구나" 하고 눈물짓기도 했다.

일체 면회 사절이고 회사일은 사장만 출입을 허가하여 그를 통해서 지시하고 있었다. 그러니 자연 명국희와 같이 있는 시간이 태반이었다. 국희는 진정 회장에게 애착을 느꼈다. 이 죽어 가는 인생의 실패자를 위해선 무슨 일인들 못할까 하는 격한 정념에 사로잡히기도 했다.

그런 만큼 병든 남편에게 너무나 냉담한 젊은 회장 부인에게 미움을 느끼기조차 했다. 회장 부인은 밤낮 어디로 쏘다니는지 거의 매일 집을 비웠다. 아침저녁 가끔 병실에 얼굴을 디밀곤 마음에도 없는 소리를 지껄이다 사라지곤 했다. 아들은 성실한 편이었다. 회사에서 돌아오면 한 시간씩은 아버지 옆에서 지냈다. 국희의 성실한 간호에 감사하는 말도 가끔 했다.

그런데도 회장은 아들에게 쌀쌀했다. 그게 너무 안타까워 어떤 기회에 국희가 아드님을 좀더 다정하게 대하시면 어떻겠느냐고 했더니 회장은 일그러진 얼굴이 되며 "저건 아마 내 아들이 아닐지 모른다"고 신음했다. 청천에 떨어진 벼락이나 다름없는 소리였다. 국희는 누군가 들은 사람이 있을까봐 주위를 살피는 눈이 되었다. 그 순간부터 국희는 회장을 참으로 불쌍한 사람이라고 생각했다.

사건은 그날 밤중에 있었다. "내겐 너밖에 없다"며 노인은 빈사의 병자라곤 짐작할 수 없는 힘으로 명국희를 안았다. 국희는 처녀를 그 노인에게 바쳤다. 그러나 그 행위는 두 번 다시 되풀이되진 않았다. "앞으론 다시 그런 일이 없을 테니 계속 내 옆에 있어 달라"고 한 맹세를 회장은 지켰다.

그 일이 있고 두 달 만에 회장은 숨을 거두었는데 최후까지 그의 의식은 말짱했다. 죽기 하루 전에 이미 얼굴에 사상(死相)이 나타났는데 회장은 국희에게 자기의 베개 밑을 살피라고 했다. 거기서 봉투가 나왔다.

"미스 명, 그걸 가져."

"이게 뭡니까?"

"열어 보면 알 거다. 그러나 나중에 열어 보도록 해라. 빨리 호주머니에 넣어."

시키는 대로 국희는 그 봉투를 품속에 넣었다. 그때 회장의 말이 있었다.

"내 마음만 같아선 내 재산 전부를 너에게 주고 싶지만 세상이 시끄러울 테니 그럴 수도 없구나. 돈만으론 행복할 수 없다는 걸 이제야 알았다만, 너는 그 돈으로 행복하게 살아라."

이것이 회장으로부터 국희가 들은 마지막 말이었다. 회장은 입을 다문 채 하룻밤을 지내고 그 이튿날 아침 숨을 거두었다.

"사실을 말하면 난 죽은 회장을 불쌍하게 생각하고 지금도 가슴이 찡하는 것을 느끼지만 그 회사가 흥하건 망하건 관심이 없어요. 내가 이 얘기를 꺼낸 건 나의 인생을 알아달라는 기분뿐이었어요. 속담에 말하는 팔자가 얼마나 기박한가를 말씀드릴 필요를 느낀 겁니다."

"어째서 그런 필요를 느꼈을까요?"

"이대로, 기박한 팔자인 이대로 나를 이해해 주는 사람이 있으면 얼마나 좋을까 하는 엉뚱한 소망이 생긴 거지요. 특히, 선생님 같은 분이 말입니다. 모든 것을 다 알고 그러고도 나를 감싸주면 얼마나 좋을까, 그런 외람된 생각을 해본 거예요. 나는 불결한 여자예요. 그런데도 불결한 여자 취급을 받기 싫거든요. 더욱이 동정을 받기도 싫구요. 기왕을 죄다 숨겨 놓고 선생님께 안기긴 싫었어요."

구인상은 창밖을 내다봤다. 눈이 내리고 있었다.

"눈이 오는 모양입니다."

구인상이 중얼거렸다. 명국희는 고개를 들어 창 쪽은 보지 않고 구인상의 얼굴을 응시했다. 그런데 그 표정이 심상치 않았다.

"왜 그러죠?"

"내가 한 말에 전혀 관심이 없으시다는 태도인데요?"

"솔직히 말해서 당신의 그런 얘기엔 관심이 없습니다."

국희의 얼굴이 눈에 보이게 헬쑥해졌다.

"국희 씨의 과거가 어떠했건 전혀 관심이 없습니다. 불결 운운한 말씀 천부당만부당입니다. 고민과 고초를 겪으면 사람이 불결해지는 겁니까? 나는 국희 씨의 과거에 참견할 자격이 없는 사람입니다. '청마'에서 처음 만났을 때가 우리 사이의 시작입니다. 국희 씨의 말을 들으니 모든 것이 과거에 끝난 일 아닙니까? 나는 국희 씨를 한 장의 백지로서 보고 싶습니다. 나는 지금 백지를 펴 놓고 앉아 그 백지에 갖가지 꿈을 그려 넣으려 하는데 어째서 국희 씨는 그게 백지가 아니라고 우기십니까? 사람은 스스로 자신을 대접해 주는 데 따라 남의 대접을 받습니다. 당신의 말처럼 나는 당신을 사랑하지 않겠지만 사랑 이상의 감정을 갖게 되었다는 사실은 고백하지 않을 수 없습니다. 난 과거가 싫습니다."

"그렇다면 선생님은 뭣 때문에 고민하시죠? 과거를 끊어 버려야 한다면 선생님도 마찬가지 아녜요?"

"아닙니다. 내 문제는 현재의 일입니다. 해결해야 하니까요."

"그걸 과거의 것으로 돌려버리면?"

"그럴 수가 없으니 곤란하죠."

"선생님이 서울을 떠나신 때의 그 시점을 경계로 해서 과거의 일로 잘라 버리면 될 게 아닙니까?"

"내가 스스로 실종되어 버리면 되겠죠."

"무슨 미련이 많아요?"

구인상은 한동안 생각에 잠겨 있다가 뚜벅 답을 했다.

"미련이 많습니다. 재산이나 지위 자체에 미련이 있는 건 아닙니다. 대학교수란 직함에 연연한 건 아니다 이겁니다. 내 평생의 일은 학문인데, 그것도 아카데미의 세계에서가 아니면 아무런 보람도 없는 것이어서 학문에 대한 미련은 버릴 수 없습니다."

"또 그 밖의 미련은?"

"딸이 있습니다. 네 살 난 딸입니다. 이름을 순아라고 하지요. 그 딸을 버릴 수가 없습니다."

"부인에게 대한 미련은 어떻게 하구요?"

"남 앞에서 할 얘긴 아닌 것 같습니다만 실오라기만 한 미련도 없습니다. 순아의 어머니란 사실 이외엔 아무것도 없습니다."

구인상의 눈앞에 순아의 얼굴이 떠올랐다. 미칠 것만 같았다. 구인상은 팔 속에 얼굴을 파묻었다.

뜻밖으로 심각한 구인상의 동작에 명국희가 놀랐다. 그러나 지켜보는 수밖에 없었다. 한참을 있다가 명국희가 물었다.

"문제의 초점이 순아라는 아이에게 있다는 말 아녜요? 그렇다면 간단하지 않아요. 그 아이가 행복하게 자라도록 모든 조건을 구비할 수 있도록 하면…."

"그런데 그게 간단하지 않단 말입니다."

구인상이 억지웃음을 지으며 이 얘기는 그만 하자고 했다.

명국희는 자리를 고쳐 앉고 말했다.

"기왕 말이 나온 김에 속 시원하게 말씀해 보세요."

"그럴 필요 없습니다. 얘기한다고 해서 해결책이 나올 것도 아니구. 그리고 이 문제는 어디까지나 내가 해결해야 할 문젭니다."

"선생님은 비겁해요."

명국희의 말이 거칠게 나왔다. 구인상이 묵묵했다.

"선생님은 자기 혼자 일이라면서도 그 문제를 끝까지 생각하지 않는 거예요. 문제를 회피하는 거예요. 누구에게도 치사스런 꼴을 보이기 싫은 거예요. 문제의 내용을 알 순 없지만 그러다간 평생 가도 풀리지 않을 거예요. 순아는 불행하게만 되구요. 말씀해 보세요. 혹시 제게서 좋은 아이디어가 나올는지."

"국희 씨의 말씀이 옳습니다. 나는 비겁한 사람입니다. 문제의 본질을 알려고 하지 않고 현실을 바로 보려고 하지도 않고 자꾸 피하려고만 했으니까요."

"피해서 될 일이라면 피해도 좋겠죠. 그런데 피해서 될 일이 아니잖아요? 혼자 생각하시면 중단이 되고 말 테니까 제게 얘기를 하세요. 끝까지 말입니다."

"지금의 내 문제는, 아무리 악한 어머니라도 어린애에겐 어머니가 가장 소중하지 않을까, 어머니 없이 행복한 아이보다 어머니 있는 불행이 낫지 않을까. 요컨대 그 애의 어머니를 있게 하느냐 없게 하느냐, 이것이 지금 내가 당면한 문제입니다."

"어린애는 어머니가 키우는 게 최고겠죠. 좋으나 나쁘나 아마 그게 원칙일 겁니다. 그런데 어째서 그런 게 문제가 되죠? 그 아이의 어머니가 전염성이 강한 나쁜 병에 걸렸나요? 시어머니와의 사이에 갈등이 생겨 한 집안에선 양립 못하게 되었어요?"

"그런 건 아닙니다."

"그런 건 아닌데 어쨌다는 겁니까? 괴롭더라도 말씀해 보세요."

"내 아내는 이상스런 성격입니다. 나비를 닮았다고나 할까요. 이 남자, 저 남자에게로 옮겨 다닙니다. 한 남자와 오래 가지 못해요. 사랑 때문에 외간 남자와 접촉하는 것이라면 문제는 간단합니다. 그 사랑을 확인하고 해방시켜 주면 되는 것이니까요. 딸아이 문제는 그런 전제 위에서 해결할 수도 있는 겁니다. 어미가 죽었다고 치면 되는 것이니까요. 그런데 아내의 경우는 다릅니다. 아내는 사랑으로써가 아니라 기분으로써 남자를 사귀는 것 같아요. 그리곤 곧 싫증이 나는 모양입니다. …"

구인상이 아내에 관한 이야기를 끝냈을 땐 벌써 자정이 넘었다. 얘기 도중 묵묵한 채 한마디 말도 없었던 명국희는 구인상의 얘기가 끝나자 엉뚱한 제안을 했다.

"내일 산에 안 가실래요? 백암산도 올라볼 만한 산일 거예요. 우리 내일 백암산(함백산)에 올라봐요."

구인상도 산을 좋아했다. 바쁜 일이 없는 한 매주 일요일이면 서울 근교의 산에 오르는 것을 기쁨으로 알고 있었다. 그러나 눈이 내린다는 게 걱정이어서 "처음 산인데 눈까지 오고 있으니" 하고 망설였다.

"눈이 오니까 더욱 좋지요. 이 밤은 우리 따로 자기로 해요. 내일 아침 8시쯤에 일어나서 준비하고 9시쯤에 떠나요."

이 말을 남기고 명국희는 미리 잡아 놓은 다른 방으로 갔다.

침대 위에 누웠을 때 구인상은 명국희의 매너에 대해 느끼는 바가 있었다. 아내 얘기를 할 때 한마디 말도 끼우지 않았다는 사실이었다. 만일 국희가 구인상의 말꼬리를 잡아 이런저런 코멘트와 의견을 말했다면 그는 필시 불쾌감을 느꼈을 것이다.

그런데 국희는 그러질 않았다. 새삼스러운 감동이 있었고 그런 얘기를 끝냈을 땐 다소 계면쩍게 되기 마련인데 엉뚱하게도 등산하자고 제안함으로써 그것을 불식시켰다. 연기로 쳐도 대단한 연기이고, 천성의 행동이라면 또한 기가 막혔다. 속에 있던 찌꺼기를 전부 토해 버린 기분으로 구인상은 후련하기까지 했다. 깊은 잠을 이룰 수 있었다.

아침 8시 반쯤에 국희의 방으로 갔다. 국희는 깔끔하게 옷을 갈아입고 탁자 위에 지도를 펴놓고 앉아 연필로 지도 위에 표시를 하고 있었다.

"지금 등산로를 연구 중이에요. 길이 눈에 덮였으니 미리 조사해 두어야 하지 않겠어요?"

그녀는 쾌활하게 웃었다. 두 사람은 이마를 맞대고 지도를 점검하기 시작했다. 그리고 노선의 표적을 찾았다. 그런데 그건 어려운 작업이었다. 바깥의 눈세계를 보며 구인상이 제의했다.

"안내인을 구해 봅시다. 등산로가 눈으로 덮였으니 산에 익숙한 사람이 필요합니다."

"길을 찾으며 가는 게 홍미가 있는 걸요."

명국희는 안내인 없이 가자고 했다.

"산을 얕잡아 봐선 안 됩니다. 낯선 산에 오를 땐 특히 겸손해야 합니다. 만일 나 혼자 간다면 안내인 없이도 갈 기분이 나지만, 국희 씨를 위해서 안내인이 필요합니다."

"아녜요. 저보다 구 선생님은 소중한 사람이니까…."

그녀도 안내인을 데리고 가는 데 동의했다.

안내인은 곧 구할 수 있었다. 산채와 약초 캐기를 직업으로 하는 노인이 안내역을 맡았다. 9시 반쯤 해서 구인상과 명국희는 노인을 앞세우고 호텔을 나섰다.

백암폭포로 해서 능선길에 올랐다.

"이곳을 존질목이라고, 옛날엔 죄인길목이라고 했는디요."

노인은 고개에 이르러 설명했다.

거기서부터 가파른 사면을 기어올라야 하는데 아이젠이 없고 보니 여간 고생이 아니었지만 노인의 익숙한 안내로 무난히 산정을 향할 수 있었다.

출발 4시간 만에 해발 1천 4미터 백암산의 정상에 이르렀다.

노인이 가리키는 대로 북으로 울운산, 금장산의 연봉을 보고, 서쪽으로 장파천 계곡, 오십봉(五十峰)을 비롯한 소백산맥을 보고, 남으로 삼승령(三僧嶺) 칠보산을 바라보았다. 모두 개결한 백설에 햇빛을 받아 장엄하고도 수려한 은세계였다.

동으로 발아래 내려다보인 곳은 울진군 평해읍 김음리라고 했다. 등대가 보였다. '후포 등대'란 이름이라고 한다. 그리고 그 전

134

방은 동해. 한없이 시야에 펼쳐진 바다이다. 그 겨울 바다로 한 척의 기선이 북쪽으로 가고 있었다. 노인의 말은 "울릉도로 가는 연락선일지 모른다"는 것이다.

노인의 설명이 대강 끝났을 무렵 명국희는 자리를 옮겨 서며 남쪽 어느 한 군데를 가리켰다.

"저 골짜기에 아버지 산소가 있다고 들었지요. 가 보진 않았어요. 어머닌 1년에 한 번은 꼭 산소를 찾았어요. 그 지점을 확실히 알았더라면 어머니의 무덤을 그 가까이 모셨을 텐데⋯. 한스럽기는 하지만 어떻게 할 수가 있어야죠."

국희의 그 말이 이상한 감동으로 구인상을 자극했다. 뜻하지 않게 이런 말이 나왔다.

"국희 씬 그래도 다행한 편이오. 아버지가 누구란 걸 알고는 계시니."

국희는 이상한 눈초리로 구인상을 보았다. 말은 안 해도 묻고 있었다. 구인상은 부득이 다음 말을 보탰다.

"난 아버지가 누군지 모릅니다. 살았는지 죽었는지도 모릅니다. 내가 굳이 과거를 거부하는 이유는 바로 그것에 있습니다. 난 되도록이면 과거와 담을 쌓고 살려고 했습니다. 그러나 그게 쉬운 일이 아니었어요. 내가 대구에 내려온 이유는 문제의 아내에게서 잠깐 동안이나마 떠나 있겠다는 것도 있었지만, 혹시 아버지가 누구인가 그 근거를 알 수 있지 않을까 해서입니다. 그렇다고 해서 무슨 노력을 해보는 것도 아니고 오리무중일 수밖에요."

국희는 듣고만 있었다.

"내려가도록 합시다. 요즘 해가 약간 길어졌다고 하지만 오늘과 같은 날은 미리 서둘러야 합니다."

노인의 말이 저편에서 건너왔다. 산을 내려가기로 했다.

내림길은 오름길보다 위태로운 탓도 있어 구인상과 명국희는 서로 손을 붙들고 조심스럽게 걸었다. 그런데 그 손과 손을 잡고 함께 비탈진 눈길을 걷는다는 사실에서 구인상은 일종의 숙명 같은 것을 느꼈다. 눈을 딛고 백암산의 정상에 같이 서 있었다는 감회의 여운과 곁들여 그 길이 마냥 계속되었으면 하는 바람 또한 있었다. 국희도 같은 감정이었던가 보았다. 잡은 손에 힘을 주며 속삭였다.

"언제까지라도 이렇게 걸어갔으면 해요."

산에서 돌아온 그날 밤, 명국희는 구인상더러 서울 집으로 전화하라고 권했다.

"나는 당분간 집에는 연락하지 않기로 했습니다."

"순아가 걱정되지도 않으세요?"

국희는 서울 집 전화번호를 말하라고 했다.

"제가 요령껏 할 테니까 걱정 마세요."

구인상이 반대하지 않았다.

"상대방을 책망하기 앞서 이편에서 반성해야 할 게 없을까요?"

"물론 있겠죠."

구인상이 생각해 보았다. 이상적인 남편이었다고 장담할 수는 없지만 결정적인 결점이 자기에게 있는 것 같진 않았다.

"아주 쑥스러운 질문이지만 솔직하게 대답해 주세요. 부인께서 그런 행동이 있다는 것을 어떻게 알았어요?"

"어떤 사내가 전화로 알려 줍디다."

"그 전화가 혹시 이간시키기 위한 술책이 아니었을까요?"

"술책은 아니었소. 곧 그런 사실을 스스로 확인했으니까요. 뿐만 아니라 전화를 건 사람하고도 그런 관계가 있었다는 것도 알았습니다. 뒤에 안 일이지만 아내의 마음이 딴 남자에게로 옮겨가자 질투심에 못 이겨 내게 그런 전화를 한 것이었소."

"그런 사실을 알고 나서 어떻게 하셨어요?"

"어떻게 하긴, 모르는 척할 수밖에 있겠소? 그러나 지금쯤은 내가 알고 있다는 사실을 본인이 짐작할지 모르지."

"그리고도 부부로서의 생활은…."

"접촉한 적이 없습니다. 말을 주고받은 적도 없구."

하다가 아내와의 성생활을 단절한 날을 상기했다.

피아니스트 방상기와 아내와의 사이에 관계가 있었다는 풍문을 들었을 때부터 구인상은 아내와의 성적 접촉을 끊었다. 지나간 일로 대범하려고 했으나 받아들이기 어려웠다. 그런 감정이 아내에 대한 성적 충동을 막았다. 이래선 안 된다고 다짐도 했지만 그것만은 마음대로 되는 것이 아니었다. 그 후론 한 지붕 밑에 살면서도 남남이나 다름없었다. 남의 눈을 속이기 위해 부부처럼 행세했을 뿐이라는 게 정확한 표현이겠다.

국희가 불쑥 입을 열었다.

"그렇다면 선생님도 반쯤의 책임은 져야 해요. 어디선가 그런 걸 읽은 적이 있어요. 여자의 방종은 대개 남편의 무관심에 그 원인이 있는 것이라구요."

"그럴지도 모르지."

담배를 피워 물려고 할 때 전화벨이 울렸다. 수화기를 들라고 국희가 눈짓했다. 그러나 구인상이 응하지 않았다. 국희가 수화기를 들었다.

"구인상 교수의 댁이시죠?"

"예, 그렇습니다만…."

유모의 음성이었다. 국희가 수화기를 귀에 바싹 대고 있지 않았기 때문에 구인상은 저편의 말을 명료하게 들을 수 있었다.

"구 교수님 계십니까?"

"지금 집을 떠나 계셔요. 누구이신지?"

"구 교수님의 제자예요. 급히 상의드릴 일이 있어서 밤중에 실례를 무릅쓰고 전화를 걸었는데요."

"안 계시니 어쩔 수 없군요."

"무슨 일로 댁을 떠나 계시는지?"

"조용한 데 가서서 논문을 쓰시나 봐요."

"가신 델 알 수 없을까요?"

"전 모르겠습니다."

"사모님이 모르신다면…."

"전 사모님이 아닙니다."

"그럼 사모님을 좀 바꿔 주실 수 없을까요?"

"사모님은 집에 계시지 않습니다."

"몇 시쯤에 돌아오실까요?"

"글쎄요."

"그럼 내일 아침에 다시 전화하죠."

"내일 아침에도 아마⋯."

"그렇다면 다음 기회로 미루겠습니다만, 순아는 어때요."

"순아는 방금 잠이 들었습니다. 그런데 우리 순아는 어떻게 아시죠?"

"전에 선생님 댁을 방문한 적이 있으니까요. 아빠도 엄마도 없으면 순아가 쓸쓸하겠군요."

"그렇지도 않아요. 제가 있으니까요. 그런데 누구시죠? 사모님 돌아오시면 누구시라고 전할까요?"

"명국희라고 하세요. 명국희란 여자로부터 전화가 왔다구요."

전화는 거기서 끊어졌다.

구인상은 황량한 서울 집을 생각했다. 혼자 잠든 순아의 얼굴이 선하게 떠올랐다. 나면서부터 불행을 걸머진 아이란 슬픔이 가슴을 따끔하게 했다.

수화기를 놓고 명국희는 융단바닥에 꿇어 앉아 팔로 구인상의 무릎을 안았다.

"제가 전화한 게 나빴을까요?"

"그럴 까닭이 있겠소."

"제 이름을 댄 것이 혹시⋯."

"그런 데 신경 쓸 필요 없습니다."

구인상의 손이 국희의 머리카락 사이로 기어들었다. 그 부드럽고 섬세한 감촉이 가슴이 저리도록 흐뭇했다.

어쩌면 이 여자와 인생을 시작해야 할지 모른다는 감정의 바닥에 다시 순아의 얼굴이 있었다.

"국희 씨, 나는 순아를 행복하게 키울 수만 있다면 그 밖의 모든 것을 단념할 수 있어요. 무슨 그런 방도가 없을까요?"

국희는 머리칼을 구인상에게 맡겨 두고 엎드린 채 말했다.

"꼭 그러시다면 내일이라도 서울로 가십시오. 같이 있어 주는 게 우선 중요해요."

"그럴 순 없습니다. 방학이 끝날 때까진 대구에 있어야 합니다."

구인상은 "당신과 같이"란 말을 덧붙이려다가 말았다.

찰나의 신(神)

백암온천에서 돌아오는 길에, 명국희는 구인상의 하숙집이 있는 지역을 대강 알아두어야 하겠다며 택시로 구인상을 삼덕동 골목 어귀까지 바래다주었다.

"4, 5일 동안 어딜 좀 갔다가 올 테니까 '청마'엔 나오지 마세요. 돌아와서 전화할게요."

말을 남겨 놓고 명국희는 그 택시를 타고 떠났다.

황량한 밤공기 속에 종소리가 울리는 것을 보면, 오늘이 일요일이구나 하는 생각을 가졌다.

아니나 다를까 하숙에 돌아오니 주인아주머니도 고진숙도 없었다. 가정부가 저녁식사는 어떻게 하겠느냐고 물었다. 식사는 밖에서 하고 왔으니 걱정 말라고 이르고 방으로 들어왔을 때 가벼운 현기증을 느꼈다.

자리를 깔고 누웠다. 감기의 시작이었다. 몸살까지 겹친 모양이었다. 구인상은 오한을 견디느라고 이불 속에서 안간힘을 썼다. 여행 도중에서 발병하지 않은 것이 다행이었다.

밤중에 고제봉 영감이 들어와 머리를 짚어 보더니 열이 대단하다며 병원에 가자고 했으나 구인상은 거절했다. 하룻밤 새워보고 병원으로 가든지 할 작정이었다. 고진숙도 어느새 들어와 열심히 기도를 올리고 있었다. 낮은 소리라서 기도의 내용은 알 수 없었으나 천주님 성모님이란 말은 또록또록 들렸다.

병자가 아니면 느끼지 못하는 평온이란 것이 있다. 다소의 고통이 있기에 그 평온엔 인생을 관조하는 빛깔이 스며든다. 구인상은 새삼스럽게 자기의 인생을 살펴보는 기분이 되었다. 자기가 그 병으로 죽을지 모른다는 생각까진 할 수도, 할 까닭도 없었으나 이대로 죽었을 경우를 짐작해 보는 센티멘털리즘은 있었다.

'내가 죽으면, 뭐니 뭐니 해도 어머니의 충격이 클 것이다' 하는 생각과 더불어, '순아, 문제는 딸이다. 순아가 어떻게 클 것인가 어떻게 살아갈 것인가' 하는 걱정이 절박했고 동시에, '내가 누군지, 누구의 아들인지도 모르고 죽는다는 건 너무나 기막힌 일이다' 하는 상념이 겹쳤다.

"날 닮았다는 사람의 이름이 아직도 떠오르지 않습니까?"

구인상이 옆에 앉은 고제봉 영감에게 엉뚱한 질문을 한 것도 그런 생각 때문이었다.

"늙으면 기억력이 전혀 없어지는 기라. 아무리 궁리해도 생각나질 않아. 눈앞에 그 얼굴이 선하게 떠오르긴 하면서도."

영감은 무슨 큰 죄나 지은 것처럼 사과하는 말투가 되었다.

고진숙의 기도는 아직도 계속되고 있었다. 영감이 물었다.

"그건 그렇고 어딜 갔다 왔소?"

"백암온천엘 갔다 왔습니다. 백암산에 올라갔었습니다."

"이제사 알겠다. 추운 겨울 산에 올랐기 때문에 얻은 병이구먼. 감기 몸살일 끼라. 그러나 폐렴이 안 되도록 조심해야 할 낀디. 감기 몸살엔 한약이 제일인디."

영감의 말엔 정이 서려 있었다.

칩거 닷새째의 저녁나절 가정부가 전화가 왔다며, "되게 예쁜 목소리던데예" 하고 아직껏 들어 보지 못한 농담을 덧붙였다.

명국희의 전화였다. 어젯밤에 돌아왔다고 했다.

"오늘 밤 제 집으로 오세요."

가게로 가지는 말라고 못을 박았다. 필요할 때 걸려온 전화라고 반겼다. 그 무렵쯤엔 어디든지 나가 보고 싶은 충동이 있음직했다. 그런데다 오랜만에 들은 국희의 목소리가 정다웠다.

구인상을 맞이한 국희는 며칠 안 보는 동안에 조금 여위어 보였다. 귀 밑에서 턱으로 흐른 선이 보다 선명하게 나타나 보였기 때문의 느낌이었다. 그런데 국희가 먼저 놀랐다.

"수척해 보이는데 구 선생님 그동안 앓아누우신 건 아니죠?"

"앓아눕긴. 난 건강합니다. 그런데 도대체 어딜 갔다 오셨소?"

"서울에 갔다 왔어요."

백암산에서 돌아와 헤어질 때 명국희는 그저 어딜 잠깐 다녀오 겠다고만 말했던 것이다.

명국희는 장난스럽게 웃었다.

구인상은 고개만 끄덕거리고 찻잔에 손을 뻗었다.

"서울에 뭣 하러 갔는지 궁금하지도 않으세요?"

"무관심할 까닭이 없잖소. 내가 꼭 알아야 할 일이면 말씀하시겠지 하는 심정이죠, 묻지 않는 것은. 알 필요가 없는 것이면 물을 필요도 없는 일이고."

"그런 태도가 구 선생님의 최대 결점이에요. 여자는 그런 태도를 견디지 못해요. 어딜 간다고 해도 묻지도 않고 어딜 갔다 왔다고 해도 까닭을 묻지 않으면 결국 이 남자는 내게 무관심한 게로구나 생각하죠. 여자는 남자의 관심이 자기에게 있길 바라요. 더욱이 사랑하는 남자의 경우일 때는."

일리 있는 말이었다. 그러나 구인상은 웃기만 했다.

"그런 뜻에서 부인 문제는 구 선생님 자신이 책임져야 합니다."

이상한 예감 같은 것이 구인상의 가슴을 스쳤다.

"사실을 말씀드리겠어요. 저 이번 서울 가서 순아를 만나고 왔어요. 예쁜 따님이데요. 그러나 걱정 마세요. 선생님께 누를 끼치는 행동은 하지 않았으니까요."

구인상의 굳은 표정을 불쾌한 감정의 표현이라고 보았던 모양이다. 안절부절 못한 명국희는 구인상 가까이 와선 카펫 위에 무릎을 꿇고 구인상의 무릎을 안았다.

"선생님 화내지 마세요. 저는 정체를 드러내지도 않았을뿐더러 선생님과 제가 안다는 사실을 저편에서 눈치 채지 못하게 조심스럽게 행동했으니까요."

"나는 화를 내는 게 아닙니다. 하도 돌연한 일이라서 놀랄 뿐입니다. 조금 심한 장난인 것 같은데요."

그러자 명국희의 어깨가 바르르 떨렸다.

"저는 장난을 한 건 아녜요. 제 딴엔 최선을 다했어요. 선생님은 고민만 하시고 해결할 노력은 전혀 없는 것 같아 제가 도와드리려 한 거예요. 그러자면 선생님의 부인을 알아야 한다고 생각했어요. 순아란 아이가 보고 싶기도 했구요. 절대로 선생님께 누를 끼칠 짓은 하질 않았어요."

말끝은 울먹거리는 소리로 변했다.

"국희 씨가 미안해 하니 송구합니다. 자, 일어나시죠."

국희를 안아 일으켜 소파에 앉히고 활달하게 표정을 바꾸었다.

"우리 순아를 보니 어때요? 행복하게 자랄 아이 같습디까?"

"복이 있을 겁니다. 순아는 참으로 예쁘고 총명하고…."

"순아하고 얘기를 했습니까?"

"하구 말구요. 그림책을 같이 보았습니다. 꽃 이름을 꽤 많이 알던데요."

"순아 엄마는 뭐라고 합디까?"

"첫날엔 부인을 만나지 못했어요. 순아하고만 놀았죠."

"어떻게?"

"보험 판매원으로 방문했죠. 태극당에서 산 카스텔라를 순아에게 내밀며 말을 걸었지요. 처음엔 머뭇거리더니 곧 활짝 웃으며 아줌마는 어디서 왔느냐고 묻데요. 먼 데서 왔다고 하고 이따 엄마 계실 때 또 오겠다고 했더니 곧 슬픈 표정으로 변하데요. 그러자 유모가 시간이 있으면 우리 순아와 잠깐 놀다 가라고 하잖겠어요. 순아는 사람을 그리워한다면서요. 유모라기보다 진정한 어머니를 발견한 느낌이었어요. …"

구인상은 국희의 말을 들으며, 유모만으로도 순아를 불행하지 않게 키울 수 있으려나 하고 생각해 보았다. 그런 생각이 다음의 말로 되었다.

"불행 중 다행이었죠. 그런 유모를 만나게 된 게. 그러나 유모 유모 하지만 그분은 유아교육과를 나온 처녀입니다."

명국희의 얘기가 계속되었다.

"슬쩍 물어 보았죠. 엄마는 어딜 가셨느냐고. 순아의 대답이 걸작이었어요. 우리 엄마는 나비처럼 예쁘니까 항상 이곳저곳 날아다녀야 한다나요. 그 대답에 놀라 유모에게 누가 가르쳐 준 말이냐고 했더니 그게 아니래요. 순아의 창작이랍니다. 또 슬쩍 아빠는 어딜 갔느냐고 물어 보았죠."

이 대목에 구인상의 신경이 곤두섰다.

"아빠는 공부하러 먼 곳에 가셨다고 하곤 우리 아빠는 아무리 먼 곳에 있어도 마음은 내 곁에 있어요, 라고 하잖아요. 다시 깜짝 놀랐죠. 어느 날 할머니에게 순아가 아빠 어딜 가셨냐고 묻더래요. 그때 할머니가 그렇게 말하셨는데 유모는 그 후 되풀이해서 그 말을 순아에게 들려주었다는 겁니다."

구인상의 눈시울이 뜨거워져 왔다.

"국희 씨 술 한 잔 주슈."

도저히 맹숭맹숭한 얼굴로선 견딜 수 없었기 때문이다.

"사흘을 벼른 끝에 이미숙 씨를 만나게 되었죠."

술과 얼음과 글라스를 탁자 위에 날라다 놓고 국희는 이렇게 시작했다.

"한마디로 귀부인이란 느낌이었어요. 어떻게 왔느냐고 묻기에 보험 권유하러 왔다며 미리 준비한 홍보물을 내놓았죠. 부인은 내 얼굴만 뚫어지게 보더니 당신과 같은 우아한 숙녀가 보험외판원을 하느냐고 물었어요. 우아하다는 말은 빼라고 하고 보험외판원이 나쁜 거냐고 반문했죠. 나쁜 건 아니지만 당신만 한 사람이면 얼마든지 행복할 수 있는 방편을 찾을 것 같아 한 말이라고 하데요. 그래서 내가 말했죠. 나는 과부로서 살지만 죽은 남편에게 정절을 다하는 것만으로 살 보람을 느낀다구요. 그러니까 보험외판원 아니라 무슨 짓을 해도 떳떳하다고 했지요."

"그러니까 뭐라고 합디까?"

"경멸도 아니고 무관심도 아닌 그런 표정을 하고 뜨락을 바라보고 있데요. 그 모습이 너무 처량해서 이처럼 좋은 집에 예쁜 딸과 훌륭한 남편과 같이 살면서도 마음이 쓸쓸할 때가 있느냐고 물었죠. 그랬더니…."

국희는 구인상의 빈 잔에 술을 따랐다.

"그랬더니 부인의 말씀이, 내 남편이 훌륭하다는 걸 어떻게 알았느냐고 하시데요. 사모님도 아시겠지만 젊은 학자로서 명성이 자자할 뿐 아니라 품행이 단정하다는 소문까지 있으니 훌륭한 남편 아니냐고 말했지요. 부인은 피식 웃으며 아무런 말도 않더군요. 그리곤 외출할 일이 있다며 일어서더군요. 보험 얘길 꺼냈더니 보험에 들 생각이 없다고 하데요. 그럼 다시 오겠다는 말을 남겨 놓고 그날은 물러섰죠. "

"아니 하필이면 보험외판원을 가장한 이유가 뭐죠?"

"약간 수다스러워야 상대방의 의중을 떠볼 수 있지 않겠어요? 면회를 강청할 수 있는 배짱을 꾸며 볼 수도 있고요. "

명국희는 장난스러운 표정으로 덧붙였다.

"내 친구가 마침 보험외판원이에요. 그래서 그런 아이디어를 낸 겁니다. "

하기야 어떤 수단을 썼건 관계할 바는 아니었다. 구인상은 명국 희가 자기의 사생활에 너무나 깊숙이 파고든 데 대해 약간 거북한 기분이었다.

그런 눈치를 챘는지 국희는 얼굴을 찌푸렸다.

"문제를 해결하려면 불쾌한 고비도 견뎌야 합니다. 그렇다고 해서 앞으로 선생님을 곤란하게 만들진 않을 겁니다. 다만… 부인에게만 책임이 있는 게 아니라고 말하고 싶었어요. 부인은 음악가로서 촉망받는 사람 아녜요? 그런 사람이 중도에서 좌절했을 경우 보통 사람으로선 짐작할 수 없는 충격을 받는 것 같아요. 사람에 따라선 정신착란을 일으키는 수도 있다고 해요. "

"그게 내 책임입니까?"

"좀더 들어 보세요. 부인이 그런 좌절감 속에 있다는 걸 눈치 채지 못했어요?"

"음악을 단념했기 때문에 결혼할 의사를 가졌다는 말을 들은 적이 있지요. "

"그때 선생님은 무어라고 했습니까?"

"잘 기억이 나질 않는데… 아마 음악은 즐기면 되는 것이지 그 걸 갖고 꼭 두각을 나타내야 한다는 건 아니지 않겠느냐는 말은 했 을 겁니다."

"포기하지 말고 계속하라고 격려했어야 되는 거예요."

"음악을 단념했다는 기정사실을 딛고 오간 말인데 새삼스럽게 격려할 필요가 있었을까요?"

"그게 아니라니까요. 그분은 선생님으로부터 격려의 말을 듣고 싶었던 거예요. 결혼하고서도 음악은 할 수 있다, 당신의 소질은 대단하다, 너무 일찍 단념하는 것은 경솔한 짓이다, 등으로… 세 상 사람들은 등을 돌려도 선생님만은 그분의 음악을 소중히 하겠 다고 위로도 하고 말예요."

"마음에도 없는 소리를 어떻게 합니까. 꼭 한 번 그녀가 연주하 는 쇼팽의 야상곡을 들은 적이 있었어요. 원래 그 곡은 델리케이 트한 것 아닙니까. 그런데 아무리 비위가 좋아도 칭찬할 순 없었 습니다. 그런 소질로는 아마추어 영역을 넘어설 것 같지 않았어 요. 그래서 의례적인 박수만 치고 잠자코 있었지요."

구인상은 이렇게 말하면서 이미숙의 연주를 들은 날 밤의 정경 을 회상했다. 약혼식 다음날 이미숙의 집에 초대받은 자리에서 처 음으로 이미숙의 연주를 들었는데….

그녀의 어머니와 아버지가 앙코르를 청했는데도 미숙은 피아노 를 떠났다. 그리곤 구인상을 피해 구석진 곳에 가서 앉았다. 그때 구인상은 그것을 이미숙의 수줍은 성격 탓으로 알고 별반 개의하 지 않았다.

그런데 그녀의 그때의 눈초리가 눈앞에 되살아났다. 수줍은 눈 초리가 아니고 원망하는 눈초리가 아니었을까 싶은 기억이 났다. 지금의 이 느낌이 진실에 가깝다면 이미숙은 나와 결혼하기에 앞 서 나에게 대한 정열이 식은 것이라고 짐작했다.

"선생님은 결혼 후 한 번도 부인에게 피아노를 연주해 달라는 청을 안 하셨죠?"

구인상이 회상했다.

"그런 일이 없었던 것 같군요."

"그것 보세요. 부인이 얼마나 자존심이 상했겠어요."

"그걸 국희 씨가 어떻게 압니까?"

"짐작으로도 알 수 있지만 부인의 입에서 직접 들었어요."

"그런 말까지 합디까?"

"부인과는 꼭 네 번 만났어요. 처음엔 보험외판원으로서 만났 고, 두 번째는 서로 동정할 처지에 있는 여자로서 만났고, 세 번 째는 흉금을 터놓은 친구로서 만났고, 네 번째는 앞으로 서로 도 와가며 살자고 맹세하기 위해 만났고."

구인상이 할 말을 잃었다.

"부인께선 남편에게 선사할 건 피아노 연주밖에 없다고 생각했 대요. 세상에 이렇다 할 피아니스트 되긴 포기하더라도 남편과 자 녀를 즐겁게 할 수 있는 기량쯤은 가졌다고 자부했는데 그것마저 불가능하다고 느꼈을 때 절망했다고 했어요. 그분은 쇼팽을 연주 할 때 가슴이 떨렸대요. 선생님이 정면에 앉아 있으니 가슴이 떨려 서 손이 제대로 움직이지 않더래요. 더욱이 그분은 선생님의 감상력이 비상하다는 것을 알았던 모양이죠? 만일 그때 선생님의 박수에 정열은 없더라도 감싸주는 듯한 느낌이라도 있었더라면 부인은 리스트를 연주할 작정이었대요. 흥분을 가라앉히고 연주하면 자기의 기량을 충분히 발휘할 수 있었을 텐데, 선생님의 박수에서 부인은 차가운 경멸을, 아니면 연민 같은 것을 느꼈나 봐요. 선생님 눈앞에선 다시는 피아노 앞에 앉을 수가 없게 되었다는 거예요.”

구인상은 이미숙을 둘러싼 안개 같은 것이 걷히는 것을 느꼈다.

“선생님, 이미숙 씨는 피아노에 대한 사랑과 남편에 대한 애착을 동시에 잃어버린 겁니다. 그 마음의 지옥을 선생님은 모르셨죠? 모든 책임은 선생님께 있는 겁니다. 그러나 선생님을 책망하는 건 아닙니다. 본의 아니게 지은 죄인데 어떻게 합니까. 나는 미숙 씨를 부둥켜안고 울고 싶은 충동을 겨우 참았어요.”

명국회는 일어서더니 오디오의 스위치를 넣었다. 곡은 중간에서부터 시작했으나 무소륵스키라는 것을 곧 알아차렸다. 음악을 깔아 놓고 국회의 얘기는 계속되었다.

“나는 이미숙 씨를 이해할 것 같았어요. 그리고 만일 선생님을 몰랐다면 난 선생님을 나쁜 사람으로 쳐 버렸을 겁니다.”

“내가 나쁜 사람일는지 모르지.”

구인상의 말엔 힘이 없었다.

“뜻을 예술에 둔 사람이 자신을 잃으면 지옥이 시작되는 것 아닐까요? 그 마음은 예술에 뜻을 둔 적이 없는 사람으로선 이해할 수 없을 겁니다. 나는 예술가가 아니지만 자기 예술에 실망해서 자살한 사람들의 얘기를 읽은 적이 있어요. 스스로 천재를 자부하던 사람들이 자기가 천재가 아니란 사실을 깨닫곤 자살한 예는 상당히 많으리라 믿어요. 이미숙 씨가 자살 직전의 상황에까지 간 것은 틀림없습니다."

"예술이란 자기의 천분에 응해서 즐기면 되는 것일 텐데… 그것이 예술의 보람인 것을."

"그건 산전수전 겪고 난 후 체념 같은 것이 아니겠어요? 예술이란 처음엔 야심에서 시작되는 것이라고 봐요. 취미의 정도를 넘어 프로페셔널이 되려고 했을 때 말이에요."

"난 이해할 수 없소. 자기의 천분 이상의 것을 바라 스스로 실망을 사는 그런 심리를 나는 이해하지 못하겠단 말입니다."

"그렇다면 물어 보죠. 선생님은 지금 학문을 하고 계시죠? 그런데 갑자기 어느 날 자기에겐 도저히 학문을 할 재능이 없다고 발견했다 합시다. 그럴 때 어떻게 하시겠어요?"

"학문을 하는 덴 재능이 물론 필요하겠지요. 세계적 대학자가 되려면 대재(大才)가 있어야 하지만 보통의 경우 어느 수준의 재능만 있으면 되는 겁니다. 문제는 노력이죠. 자기의 노력만 게을리하지 않으면 자기에게 실망할 겨를은 없습니다. 예술처럼 천재가 필요불가결한 그런 것이 아니고 차근차근 연구를 쌓아올리면 일류가 못 되더라도 이류, 삼류의 학자는 될 수 있지요. 학문 분야엔 그런 이류 삼류의 학자도 저마다 존재이유와 사명을 가지고 있으니까요."

"부인의 심리를 이해하지 못했다고 해서 나는 선생님을 책하는 건 아닙니다. 그러나 좀더 이해심을 발동했더라면 비극은 생겨나지 않았을 건데 싶으니 그게 유감스러워요.”

“나는 내 이해심이 모자랐다고는 생각하지 않는데요. 나는 그녀에게 자기가 자기를 납득할 수 있을 만한 자유를 주었고, 간섭하지 않았으니까. 불쾌감을 참으면서까지 나는 그녀의 자유를 존중했고 그녀의 체면을 세워주려고 애썼고, 결혼 후 그녀를 비난하거나 무시한 일이 전혀 없었으니까요.”

명국희는 오디오에 레코드를 갈아 끼웠다.

“문제는 바로 거기에 있는 겁니다. 부인은 선생님의 그런 태도를 무관심이라고 생각한 것 같아요.”

명국희는 부인의 말이라고 하며 다음과 같이 들먹였다.

— 바로 눈앞에서 다른 남자와 엘리베이터를 타고 호텔 방으로 올라갔는데도 남편은 한마디 묻는 말이 없었어요. 그런 사람을 남편이라고 할 수 있을까요?

— 정해 놓은 시간 이외엔 나와 접촉하질 않아요. 그것도 이쪽에서 원했을 때만이죠. 나도 자존심을 가진 여잔데 매번 그렇게 부부생활을 할 수야 없잖아요? 자연 소원하게 된 거죠.

— 내가 외박하는 일이 자주 있었는데 그 사실을 알게 된 것도 훨씬 뒤의 일이고, 그 사실을 알고서도 아무 말 없는 겁니다. 남편이 그럴 수가 있을까요?

— 내가 다른 남자와 같이 있다는 사실도 남편은 알았을 겁니다. 그래도 남편은 아는 척을 하지 않았어요.

— 매일이 지겹고 허망하기만 해요. 무슨 강한 자극 없인 한 시

간도 지낼 수 없어요. 그렇다고 해서 모르핀 주사를 맞겠어요? 찌 릿한 자극을 찾아 돌아다니는 거죠. 그럴 때 누가 조금이라도 감동적인 말이나 행동을 하면 빠져 버려요. 아니 빠지는 척해요. 그리고 나선 후회하죠. 후회한다고 해서 남편에게 후회하는 건 아닙니다. 나 자신에 대한 후회, 후회라기보다는 미움….

"이런 얘기를 듣고 이혼은 생각해 보지 않았냐고 물었죠. 그랬더니 부인은 생활의 테두리를 바꿔 봐도 내용은 같을 거니 남편이 말을 꺼내지 않는 한 자기가 먼저 문제를 제기하긴 싫다는 거예요. 그래 또 물었죠. 남편이 문제를 제기하면 어떻게 하겠느냐구. 학문에 관심이 있을까 몰라도 가정생활엔 전혀 관심이 없는 남편이 그럴 까닭이 없다고 하데요. 그래 또 물었죠. 당신 남편에게 애인이 생겼다면 어떻게 할 거냐고. 이에 대한 부인의 대답이 멋졌어요. 그렇다면 남편을 존경하겠다고 했어요. 그 말투로 봐선 부인은 선생님이 본질적으로 여자를 사랑할 수 없는 사람으로 보는 모양이던데요."

"그래 국희 씨가 내게 말하고자 하는 결론이 뭡니까?"

심한 피로를 느끼던 터라 구인상은 그런 화제에서 멀어지려고 한 말이었다.

"아직 결론을 말하기엔 일러요. 부인은 자신의 행동이 정상이 아닌 것은 알고 있겠죠. 어린 딸을 위해서도 가정을 정상화하고 남편과 충분한 대화를 가져야 한다고 했더니 예술가 지망생이 자기 예술에 실망하면 모든 것에 대해 실망하는 것인가 보다고 하곤, 딸에겐 어쩐지 정이 안 간다고 하데요. 요컨대 부인은 일종의 성격파탄자가 아닌가 해요. 그러니 선생님은 양자택일을 해야 합니다. 부인의 성격파탄을 고치는 방법을 택하든가, 아예 그런 문제로부터 해방되는 일을 택하든가 어느 편을 택하시건 나는 선생님에게 협력하겠어요."

"당신의 희망을 말해 보시오."

구인상은 고개를 들어 국희를 보았다.

"왜 제 희망을 묻는 거죠?"

국희도 구인상의 눈을 똑바로 보았다.

"앞으로 내 문제가 당신 문제로 될 것 같아서 물어 본 거요."

"꼭 그럴까요?"

국희는 오디오의 스위치를 껐다. 음악이 단절된 시간과 공간은 공동(空洞)을 닮아 있었다. 새삼스럽게 주위를 둘러보게 되는 그런 느낌이었다. 정면 벽에 걸려 있는 한 폭의 그림이 차림을 달리했다.

"담배 하나 줘요."

국희가 손을 내밀었다. 일찍이 보지 못한 모습이었다. 구인상은 담배를 한 개비 꺼내 건네주며 라이터의 불을 켰다. 익숙하지 못한 몸짓으로 연기를 내뿜고 나서 국희가 입을 열었다.

"선생님은 부인이 그 뭐라더라, 어느 피아니스트와 관계가 있다고 듣고부턴 부인과 잠자리를 같이 안 했다고 하셨죠?"

구인상이 고개를 끄덕거렸다.

"그것은 질투였을까요?"

국회의 질문은 날카로웠다. 구인상이 대답하는 데 약간의 시간이 걸렸다.

"질투라는 건 아닐 겝니다. 막연한 생리적 불쾌감, 그런 것이었을지 몰라."

"부인에게 느낀 그 생리적 불쾌감을 나한테도 느끼겠죠?"

"국희 씨에겐 그런 걸 느끼지 않았소."

"이왕 창부(娼婦)라고 치고 접촉한 때문이 아닐까요."

"머리칼에 홈을 파는 그런 얘기는 안 하는 게 좋을 듯한데요."

"이런 쑥스러운 얘기 안 하고 넘어갔으면 얼마나 좋겠어요. 그러나 세상일이란 좋게만 처리되진 않는 거예요."

"그러나 나로선 전혀 불쾌감이 없는 걸 어떻게 합니까. 당신은 순결이니 청결이니 하는 감정 이상의 대상인 걸요."

"부인과 결혼할 적엔 사랑, 사랑까진 아니더라도 사랑의 가능은 믿고 있었을 것이 아녜요? 그런데 부인이 순결하지 않았다는 것으로 되자 부인과 멀어진 것이 아닙니까?"

"나는 아내의 순결을 굳이 요구한 건 아닙니다."

"그런데도 그런 사실을 알게 되자 불쾌감을 갖게 된 것 아녜요?"

"그런 행동이 현재까지 계속되는 데 대한 반발이었겠죠."

"그러나 전 단순하게 생각할 순 없어요. 선생님의 가정문제를 해결하는 데 최선의 협력자가 되긴 하겠지만 나를 끼어 문제해결의 계기로 삼는 건 반대예요. 구체적으로 말하면 나와 결합하기 위해 가정을 청산하려는 덴 반대하겠다는 겁니다. 아셨죠?"

"국희 씨의 의사가 꼭 그렇다면 난 굳이 해결해야 할 문제를 가진 것도 아니오."

구인상이 무뚝뚝하게 말했다.

"부인의 성격파탄을 고칠 의사도 없구요?"

명국회의 물음은 싸늘했다.

"그건 내 능력을 넘는 일이오."

"읽은 적이 있어요. 정신병에 걸린 아내를 정성껏 돌본 어느 시인의 얘기를. 그 시인은 부인이 죽을 때까지 부인을 남의 눈에 띄지 않게 하고 자기 혼자의 힘으로 온갖 시중을 들었더군요. 나는 그 얘기를 읽고 인간이란 아름답다는 것을 느꼈어요. 그 시인에게 존경심이 솟아나기도 했구요."

"그 시인에겐 사랑이 있었겠죠. 사랑은 못할 짓이 없을 테니까. 의무감만 갖고는 그렇게 될 수가 없지요. 나는 이미숙이란 여자에게 사랑을 느끼지 않으니까요. 그리고 당신은 이미숙이란 여자를 성격파탄자라고 합디다만 성격파탄이 아니고 그 여자의 본바탕일지도 모릅니다."

"그건 참으로 엉뚱한 오해예요. 본바탕이 그럴 까닭이 없어요. 자기 예술에 대한 환멸, 거기다 남편의 무관심이 겹쳐 허탈감을 이기지 못해 방황한 것 아니겠어요? 선생님이 만일 그녀를 이해하고 붙들어 주었더라면 그러한 방황은 없었을 것 아닐까요? 결코 본바탕이 그런 건 아녜요."

"자기의 재능에 환멸을 느낀 여자는 전부 그런 꼴로 될까요? 설혹 그 환멸에 남편이 무관심했다고 합시다. 그렇다고 해서 제정신을 가진 여자가 그런 꼴이 될까요? 백만 번 내가 잘못했다고 합시다. 그렇다고 해서 어린 딸의 어미가 아이를 등한히 하고 남자를 찾아 돌아다닐 수가 있을까요?”

“그러니까 성격파탄이라고 하는 것 아녜요?”

“본바탕이건 성격파탄이건 지금에 와선 나에겐 같은 문젭니다. 나는 그 여자를 어떻게 할 수 없고 딸아이를 위해 가장 바람직한 방법을 마련했으면 하는 마음뿐이오. 그 여자는 내가 문제를 제기 않으면 그냥 그대로 있을 작정이라고요? 그렇다면 할 수 없죠. 내 버려둘 수밖엔. 나는 하숙하는 셈 치고 딸아이와 한집에 산다는 사실만으로 그 집에 그냥 있을 수밖에 없겠지요. 그러나 순아가 자라 어미의 행동을 인식하기에 이르면 어떤 결정을 내려야죠. 남편이 아내에게 내리는 결정이 아니라 아이가 어미에게 내리는 결정이 되겠죠.”

“그때까진 방치하겠다는 건가요?”

“국희 씨와 같이 새로운 출발이 가능하지 않을까 싶었을 때 나는 내 나름대로 용기를 낼 참이었소. 그런데 아까 국희 씨가 내 문제에 계기로 되긴 싫다는 말을 듣고 보니 의욕이 시들었다 이겁니다. 국희 씨로선 무리도 아닌 얘깁니다. 내가 지나치게 감상적으로 되었던 거죠.”

“피차 센티멘털한 기분이 된 것은 사실인 것 같아요.”

국희는 일어서서 코트를 입었다.

“우리 ‘청마’로 가요.”

앞장 서는 국희를 따라 걸었다. 구인상은 착잡한 감정이었다.

“내가 지나친 행동을 한 것 같아서요. 순아를 만난 것도, 이미숙 씨를 만난 것도 지나친 행동이었어요. 괜히 들떠서 남의 운명에 경솔하게 뛰어들 것은 아니었어요. 내가 이미숙 씨의 운명에 엄청난 작용을 할 뻔했어요. 이미숙 씨는 불행한 여자예요. 내가 말하긴 쑥스럽지만 낭떠러지 위에 서 있는 사람의 등을 하마터면 내가 밀 뻔했어요. 오늘 밤부터 '청마'의 부지런한 마담이 될 작정입니다. 분수에 맞지 않은 꿈을 버리구. 술집의 마담, 가끔 대구에 내려오는 여행자, 그 사이에서 피어난 로맨스. 그 이상 피지도 않고 시들지도 않는 꽃과 같은 로맨스."

구인상은 명국희의 심리가 돌아가는 방향을 짐작할 수 있을 것 같았다.

"그 정도면 됐죠?"

가로등 빛으로 명국희는 구인상의 얼굴을 살폈다. 슬픔을 닮은 감정이 구인상의 가슴을 스쳤다. 그런데 그런 감정엔 이미 익숙해 있는 그였다. 그때는 아직 사랑의 감정이 남아 있었는데도 다른 남자와 호텔 엘리베이터를 탄 아내의 행동을 목격하고도 참은 사람이 바로 구인상인 것이다.

"우리 그런 사이로 지내요, 됐죠?"

"좋으실 대로."

그런데 이 대답이 명국희의 마음을 약간 상하게 했다. 국희는 아픔을 참고도 피차의 정열을 견제하자고 제안하는 것인데, 국희의 그 마음의 아픔을 짐작할 수 있다면 구인상의 표현은 당연히 달라야만 했다. 그런데 "좋으실 대로"란 너무나 속 편한 대답이었다.

그러나 국희는 그렇다고 해서 구인상을 탓할 순 없었다. 복잡한 얘기를 꺼내 놓은 건 바로 자기 자신이었기 때문이다. '청마' 바로 앞까지 왔다.

"나는 여기서 실례하는 것이 좋겠소."

구인상이 그 자리에 서 버렸다.

"같이 가서 한잔 하시지 왜 그러시죠?"

국희는 짜증스런 표정을 지었다.

"왠지 피곤합니다."

짤막한 말을 남겨 놓고 구인상은 어둠 속으로 사라졌다. 국희의 가슴은 쿵 하고 내려앉았다. 뒤따라가고 싶은 충동이 일었지만 가까스로 참았다. 하지만 구인상의 심정도 감안해 줘야만 했다. 오늘 밤 국희가 한 말은 구인상의 마음을 괴롭게 하고도 남음이 있는 내용과 밀도를 지닌 것이 아니었던가.

평생을 혼자 살겠다고 맹세한 것은 아니지만 명국희의 인생 방향은 대강 그렇게 정해졌다. 마음에 맞는 사람이 있으면 서로 부담되지 않게 정을 통할 수도 있으리란 짐작도 물론 있었다. 그러나 사랑이니 뭐니 하는 감정과는 멀게 있고 싶었다. 가능하다면 다소곳한 로맨스, 그녀가 구인상에게 말한 대로 "그 이상 피지도 않고 시들지도 않을 로맨스!" 그럴 수만 있다면 최상이었다.

그런데 구인상과의 만남은 국희의 마음을 흔들어 놓았다. 어쩌면 사랑이 가능할지도 모르고, 사랑의 화원(花園)을 이룰 수 있을지 모른다는 기대가 돋아났다. 가능성을 위해 그녀는 서울로 가서 순아를 만나고 이미숙을 만났다. 그러나 마음의 표면은 구인상이 문제를 해결하는 데 얼마간의 도움이 되어야 하겠다는 구실을 꾸미고 있었다.

이미숙을 만나 국희가 느낀 첫인상은 경박한 생활태도를 가진 여자에 대한 일종의 경멸이었다. 이런 여자는 불행해져도 도리가 없다는, 아니 불행을 스스로 짊어지고 나온 여자라는 판단이 앞섰다.

그러나 두 번 만나고 세 번 만나는 동안 국희는 미숙에게 여자가 지니는 업(業) 이랄 수밖에 없는 것을 느껴 동정했다. 동시에 그것은 이미숙과 같은 어느 정도의 천품을 타고나지 않은 사람에게선 찾아볼 수 없는 병이라는 것을 짐작했다. 총명하면서도 의지가 총명에 동반하지 못한 경우, 얼마간의 재능과 상하기 쉬운 마음이 동거하는 경우 참으로 명국희와 같은 영리한 여자가 아니고서는 발견할 수 없는 갖가지를 그녀는 이미숙에게서 보고 이미숙을 더 불행하게 할 방향의 행동엔 일체 접근하지 말아야겠다고 각오한 것이다.

그 얘기를 구인상에게 하려던 것이 졸렬한 행동이 되고 말았다. 국희는 '청마'의 분위기 속에서 바의 마담이란 포즈를 재현하곤 그와 같은 뜻을 말하려 했는데, 구인상이 그 기회를 주지 않았다. 못 다한 얘기란 사람을 답답하게 만든다.

'청마'에 들어섰을 때 국희의 마음은 복잡했다. 민감한 추 마담은 국희의 표정만을 보고서도 심상치 않은 일이 있었구나 하고 짐작했다.

"몸이 아프면 집에 있지 왜 나왔노?"

"아픈 건 몸이 아니고 마음이다. 내 술 한잔 묵을라고 나왔다."

상대가 추 마담이면 명국회는 강한 경상도 사투리를 쓴다.

"술 묵겠다는 걸 보니…. 구 선생님은 어떻게 됐노. 오늘 만나기로 한 것 아니가. 무슨 일이 있었나?"

"난 구 선생님에게 큰 실수를 했다."

손님이 그다지 붐비지 않은 것이 다행이었다. 추 마담은 구석진 곳까지 따라와서 물었다.

"큰 실수라니 무슨 실수를 했다 말이고?"

"간단하게 설명할 수가 있다면야 큰 실수랄 수 있겠나. 차차 얘기할 게. 언니는 일이나 봐."

국회는 스탠드로 가서 하이볼을 청했다. 바텐더가 놀랐다.

"어떻게 된 겁니까? 사장님."

"쓸데없는 말 말구 빨리 술이나 줘."

가끔 술잔을 입에 대기는 했지만 명국회가 이처럼 술을 청하는 건 처음으로 겪는 일이었다. 바텐더가 추 마담에게 눈짓했다.

"말을 해봐. 어떻게 된 거고?"

"오늘 밤은 실컷 취하고 싶어."

"무슨 시름이 있대서 술 마시는 년은 속물이라고 욕한 사람은 누구지?"

"나도 속물인 걸, 뭐."

"이럼 안 돼. 손님들이 보고 있는데 홀에서 이럼 안 돼."

"오늘 밤은 나도 손님 하면 될 것 아뇨?"

추마담은 말 대신 한숨을 쉬었다.

"언니, 걱정 말아요. 그런데 한번 들어 봐요. 나는 눈물을 머금고 내 감정을 희생하고 상대방과 그 주변 사람들의 불행을 덜기 위해 생각 끝에 고민 끝에 겨우 제안을 했더니, 돌아온 말이 '좋으실 대로'였다면 내 마음은 어떻게 되겠어요. 내 좋은 대로 하라는 말인데, 내가 한 제안은 내 좋은 대로 한 것이 아니고 상대방을 위해서 한 건데, 그걸 좋으실 대로란 그 한마디로 잘라 버렸을 때 나는 어떻게 하면 좋지요?"

"남의 마음을 자기 마음처럼 쓰려고 하면 안 되는 기라. 그런 걸 몰라서 이제 와서 야단인가?"

"그러나 언니, 걱정 마세요. 이쯤에서 브레이크를 걸 수 있다는 건 다행이었어요. 내리막길에 들어서려는 찰나였으니까 만 번 다행이었어요. 여자를 사랑하기엔 너무나 이기적인 남자. 이성이 너무 발달해서 감정이 메말라 버린 남자. 너무나 습기가 많은 세상에선 그런 남자가 희소가치가 있다고 생각했는데 그것은 희소가치가 아니라 진공이었어요. 마음을 깎듯 해서 한 제안에 대해서, 좋으실 대로가 뭐예요. 만 번 다행이었습니다. 나는 또다시 '청마' 마담이 될 테니까. 언니, 안심하십시오."

이때 손님이 우르르 몰려들었다.

"명 마담 오랜만이군."

환성을 올린 사람도 있었다. 모두들 대구에선 알아주는 소장 사업가들이었다. 그 사람들은 다소 정도와 빛깔의 차이는 있었으나 저마다 명국회에게 얼마인가의 연정을 품고 있었다.

"나도 오늘 밤엔 술 한잔 해야겠어요."

룸에 국회가 들어와서 이렇게 말하자 모두들 놀랐다. 아무리 권

해도 국희가 술을 입에 대는 것을 아직 보지 못했던 것이다.

"누가 우리 여왕의 기분을 슬프게 했을까?"

그렇게 심각한 얘기는 아니니 따질 건 없다며, 국희는 손님들의 잔을 따랐다.

추 마담이 들어와서 국희에게 속삭였다.

"마담을 찾는 사람이 있어. 서울 말씨의 사람들이다."

본능적인 예감이란 것이 있다. 명국희는 그 서울에서 왔다는 사람들이 손님으로서 '청마'를 찾은 사람들이 아니라고 느꼈다.

"내가 명국희입니다. 날 찾았나요?"

무슨 까닭일까 싶었지만 국희는 태연하게 입구에 서 있는 두 사람 앞으로 다가갔다.

"한밤중에 실례합니다. 우리는 서울시경에서 왔습니다. 함병순이란 여자를 압니까?"

함병순이란 서울에서 보험외판원을 하는 명국희의 친구이다.

"압니다. 함병순이가 어떻게 되었는데요."

"당신은 함병순의 이름을 빌려 보험외판을 다닌 일이 있지 않습니까?"

명국희는 어이가 없어서 웃었다.

"웃을 얘기가 아닙니다. 묻는 데 대답이나 하세요."

"우리 술이나 한잔 하며 얘기하시죠."

사내 중 하나가 퉁명스럽게 막았다.

"우린 지금 직무를 수행 중입니다."

보통 일이 아니구나 하고 국희는 정신을 차렸다.

"나는 보험외판을 한 적이 없습니다. 장난으로 해본 겁니다."

형사들의 얼굴에 냉소가 일었다.

"어느 집을 찾아가는데, 전혀 모르는 집이어서 내 이름을 대긴 쑥스럽구 해서 우연히 함병순을 만난 김에 함병순인 척하고 그 집을 찾아간 겁니다."

말을 하다가 보니 자기의 말이 명국희 자신에게도 이상하게 느껴졌다. 아니나 다를까 형사가 뱉듯이 말했다.

"목적이 뭐였소? 남의 이름까지 빌려 그 집을 찾아간 목적이. 사실대로 말하면 당신을 범인으로 지목한 도난신고가 있었소."

형사의 말은 담담했다.

추 마담이 뭐라고 말하려는 것을 제지하고 국희가 물었다.

"신고한 사람은 누구죠?"

"이미숙이란 사람이오."

명국희는 터무니없는 일이라고 생각하면서도 당황하지 않을 수 없었다.

"다이아몬드를 도난당했소. 5캐럿의 다이아몬드가 당신이 가고 난 뒤에 없어졌다는 겁니다."

"그걸 내가 가지고 갔다구요?"

"그렇게 되어 있습니다. 신고는."

형사의 말은 냉랭했다.

"그런데 그 사실을 어떻게 알았을까 하고 궁금하겠지."

다른 형사가 입을 삐죽거리며 말을 이었다.

"꽤 영리한 수법이긴 했소. 그런데 당신은 보험광고와 함병순의 명함을 그 집에 두고 온 것이 큰 실수였소. 우리는 함병순을 끌어다 놓고 이미숙과 대질시킨 결과 당신의 존재를 알게 된 거요. 함병순의 명함만 없었더라면 이 사건은 오리무중으로 되는 건데 당신으로 봐선 천추의 유감일 거요."

형사는 명국희를 자극할 양으로 하는 익살이었겠지만 명국희의 마음은 되레 차분해졌다.

"어떤 사람이 신고만 하면 그 대상자를 당장 범인 취급하게 되어 있나요?"

국희의 말을 얼른 받아 형사가 말했다.

"범인 취급을 하는 것이 아니라 용의자 취급을 하는 거죠. 우린 당신과 입씨름하려고 서울서 여기까지 온 사람들이 아닙니다. 우리는 범죄 사실만 밝히면 그만입니다. 우리는 대강의 심증을 얻었으니까요."

"심증이 뭐예요?"

"함병순의 이름을 빌려 생면부지의 집에 뭣 때문에 갑니까. 그 것도 한 번도 아니고 두 번 세 번 아니 네 번까지."

구인상과의 관계를 설명하지 않고는 도저히 풀릴 수 없는 수수께끼였다. 그런데 명국희의 입장으로선 죽어도 그 얘긴 꺼내기 싫었다. 보험외판원으로서의 견습을 해볼 작정이었다고 우길 수도 없었다. 그 기회에 밝혀진 사실이었지만 명국희는 주위의 사람들이 상상조차 못할 만큼의 재산을 가지고 있었다.

서울에서 온 형사들도 난처했다. 관할 경찰서뿐만 아니라 주위의 유지들이 명국희가 남의 보석을 훔칠 그런 사람이 아니란 걸 강조했기 때문이다. 당연히 다음과 같은 의견이 나오게도 되었다.

'과연 다이아몬드를 도난당했다는 게 사실인가, 그 신고가 정당한 신고일 경우 도난당한 이미숙의 신변에 나타난 사람이 명국희뿐이었던가.'

경찰서장이 명국희의 신병을 확보하겠다는 확약을 받고 서울의 형사들은 서울로 돌아갔다. 그 동안 명국희는 명국희대로 행동할 필요를 느꼈다. 그 사건의 배후엔 뭔가 복선이 있다고 추정하지 않을 수 없었기 때문이다.

하나의 추측은 사립탐정을 시켜 명국희와 구인상의 관계를 안 이미숙이 명국희를 망신시키기 위해 꾸민 연극이 아닐까 하는 것이었다. 그렇지 않고서야 어떻게 터무니없는 다이아몬드 사건이 튀어나오겠는가 말이다.

또 하나의 추측은 실지로 다이아몬드를 도난당하고 이 생각 저 생각 끝에 보험외판원이라며 나타난 함병순을 의심하게 되었다는, 즉 경찰에 신고한 내용 그대로일지도 모른다는 것이었다. 그러나 그것이 사실이라고 하더라도 함병순, 즉 명국희를 신고했다는 사실은 해괴했다. 명국희는 이미숙의 거실에 가 본 적이 한 번도 없다. 이미숙은 명국희를 의심할 아무런 건더기도 갖고 있지 않은 것이다.

국희는 이미숙의 고의(故意)를 느꼈다. 국희를 곤경에 빠뜨려 넣기 위한 고의가 아니고서는 절대로 그런 신고를 할 수 없다는 결론을 얻었다. 그 고의란, 즉 악의이다.

'그런데 이미숙은 내게 대해 무슨 까닭으로 언제부터 악의를 갖게 된 것일까?'

궁리해 보았지만 국희는 아무런 실마리조차 잡을 수 없었다. 악의에 대항하는 건 악의가 있을 뿐이다.

'눈엔 눈으로써, 이엔 이로써.'

국희는 모처럼 이미숙에게 동정하는 마음을 가졌던 스스로의 심정이 가소로운 것으로 느껴졌다.

'나를 함정으로 몰아넣으려는 여자를 나는 동정하고 있었다니. 모처럼 새롭게 인생을 시작해 보려던 꿈을 희생할 각오까지 했는데. 구인상을 붙들고 싶은 충동을 나는 입을 악물고 참았는데. 이미숙을 행복하겐 못 해줄망정 그 이상 불행하지 않도록 나는 구인상에게 간원까지 했는데. 심지어는 우리의 로맨스를 이 이상 키우진 말자고 했는데. 그게 모두 이미숙을 위한 것인데….'

이런 소용돌이 속에 있었으니 국희는 구인상에게 전화를 하지 못했다.

구인상은 구인상대로 왠지 석연치 않은 기분이어서 명국희에게 전화를 망설였다. 그는 서울로 돌아갈까 생각했다. 대학교수로서 신학기 준비도 있었다. 가끔 교무처에 연락해서 불의의 사태에 대비하던 터라 월여를 넘긴 대구 체재가 교수로서의 본분을 어긴 것도 아니어서 대학에 관한 별다른 불안은 없었다.

삼덕동의 하숙은 그냥 그대로 두고 가기로 했다. 방세만 내면 되겠기에 구인상은 여가만 있으면 대구로 내려오기로 작정하고 그대로 두기로 했다. 그 작정의 바탕에 명국희에 대한 배려가 있었던 것은 물론이다. 그로서도 명국희와의 로맨스를 소중히 하고 싶었다.

'이 이상 더 피지도 말고 시들지도 않을 로맨스!'

과연 그런 로맨스가 가능할 것인지 어쩐지는 고사하고 구인상은 명국희의 그 아이디어에 찬사를 보내고 싶은 심정이었다.

모레 서울로 갈 예정을 하고 구인상이 명국희에게 전화했다.

"모레 서울로 가신다구요?"

명국희는 뒷말을 잇지 못했다.

"국희 씨 왜 그러십니까?"

"아녜요, 아닙니다. 조금 생각나는 게 있어서요."

"지금 만나뵐까요?"

구인상이 다급하게 말했다. 언제나 명석한 명국희의 불분명한 응답이 마음에 걸렸기 때문이다. 곧 국희의 말이 차분해졌다.

"모레 몇 시 차로 가시지요? 제가 같이 가도 될까요?"

"여부가 있습니까."

"그러시다면 시간은 제가 정하겠어요. 표도 제가 사겠어요."

"그럴 것까지야."

"그럴 필요가 있습니다. 모레 기차에서 말씀드리죠. 기차는 아마 오후라야 제 사정에 맞을 것 같아요. 구체적인 것은 모레 11시쯤 하숙으로 전화하겠어요."

이상한 뒷맛이 남았다. 아무래도 그 전화에서의 응답이 명국희답지 않았다. 그러나 그런 것에 신경을 쓰고만 있을 수 없었다.

그날 밤은 하숙집의 고 영감과 조촐한 송별파티를 남산동의 노기(老妓) 집에서 하기로 했다.

그 노기를 들먹이며 고 영감은 이런 말을 했다.

"조선 때도 그랬겠지만 일제 땐 한국 여성의 최고도 기생 가운데 있었고, 최저도 기생 가운데 있었소. 오늘 밤 우리가 찾아가려는 노기는 그 최고에 속하는 여성이오. 만나 보면 알 거요."

괄호 속의 세월

어수선한 양풍(洋風)의 건축양식은 그 일각에까지 기어들고 있었다. 긴 골목이 다한 지점에 잊혀 가는 기억처럼 조촐한 한옥이 솟을대문을 앞세우고 있었다.

"이 집이오."

고 영감이 그 앞에 발을 멈추었을 때 구인상은 가슴이 뭉클해지는 것을 느꼈다. 한국인으로 태어났는데도 이런 한국식 집 앞에서 보는 것은 구인상으로선 처음 있는 일이었다.

고 영감이 대문을 두드리자 가정부로 보이는 중년 여자가 문을 열었다. 고 영감을 따라 구인상이 대문 안으로 들어섰다. 비좁은 뜰이었으나 담벼락 가까이에 무궁화가 몇 그루 보였고, 뜰 한구석엔 매화나무가, 뜰 가운덴 기왓장을 모로 세워 둘레를 만든 화단이 있었다. 봄이면 모란과 작약이 피어날 그런 풍치가 느껴졌다.

"어서 오십시오."

회색의 양복천으로 된 치마저고리를 입은 중년 여자가 하얀 버선발을 댓돌로 내려놓는 순간이었다.

구인상은 그분이 주인일 것이라고 짐작할 수밖에 없었는데 그렇다면 고 영감으로부터 들은 말과는 너무나 엄청난 차이가 있었다. 고 영감은 벌써 예순을 넘은 노기(老妓)라고 했는데 구인상의 눈으론 아직 50 전으로 보였기 때문이다.

안내된 방으로 들어가 구인상이 공손하게 인사했다. 고 영감의 말이 있었다.

"이분이 전에 내가 말씀드린 구인상 교수입니다. 젊었는데도 일류 대학의 교수라니 대단한 학자입니다."

"저는 어릴 땐 계향이었으나, 지금은 대덕행으로 불립니다. 변변치 않은데 하도 고 선생님께서 조르는 바람에 선생님을 모시기로 했습니다."

"구 교수, 우리 대구에서 구 교수에게 자랑할 만한 분은 이 계향 씨밖엔 없습니다. 문화재로서도 일류의 문화재인데, 대구 사람으로서도 이분을 아는 사람은 거의 없으니 통탄할 일입니다. 학문하는 사람이면 이런 존재도 알아둘 만하다고 봐서 내가 계향 씨에게 특청한 겁니다. 계향 씨 고맙습니다."

"고 선생님이 저를 기억해 주시는 것만도 감사한데 과분한 말까지 하시니 황송합니다."

그리고는 잠깐 기다리라며 계향은 바깥으로 나갔다. 그 언어와 거동에서 구인상은 옛날의 귀부인을 상상할 수 있었다.

구인상은 찬찬히 방 안을 둘러보았다. 장롱, 서궤 등도 모두 질박한 조선풍이었다. 그 가구에 번질번질한 나전의 세공이 전혀 없는 것이 아취를 돋우었다. 천장에서 드리워진 전등은 초롱식이었고 탁자 위에 놓인 전등은 등잔형에 사산(紗傘)을 씌운 것이었다. 구인상은 자기가 등지고 앉은 병풍으로 고개를 돌렸다. 누문(樓門)과 강, 산이 그려진 풍경화에 시를 곁들인 여덟 폭 병풍이었는데 시대의 이끼가 느껴졌다.

곧 아가씨 둘이 술상을 차려 들고 들어와서, 월녀와 성희라면서 자기소개를 했다.

"계향 씨 지내온 일들 애기를 하시지요. 젊은 학자가 들으면 크게 참고가 될 테니까요."

"제가 겪은 일에 신통한 일이 있겠습니까. 다만 말할 수 있는 것은 요즘 사람들은 너무나 일풍(日風)과 양풍(洋風)에 젖은 탓인지 나이가 든 저로선 이해할 수 없는 것이 한두 가지가 아닙니다. 일제시대만 해도 일본인들의 압박을 받았다고는 하지만 멋이 있는 사람들이 많았던 것 같아요."

이렇게 전제하고 계향은 경찰서 유치장에 붙들려 있으면서도 기고만장했던 몇 사람의 얘기를 했다.

한일합병으로 관찰사(觀察使) 제도가 없어질 무렵 관기(官妓)에게서 태어난 계향은 열세 살 때 달성 권번의 동기(童妓)가 되었다. 뛰어난 미모에 얌전한 품행, 하나를 들으면 열을 알 만큼 총명했지만 결코 잘난 척하지 않았다. 특히, 가무에 뛰어났다고는 할 수 없었으나 계향이 자리에 끼면 그 술자리가 왠지 모르는 기품을 띠게 된다는 데서 상류층의 총애를 받았다.

그러나 계향은 남의 소실이 되진 않았다. 자기 운명에 순종하긴 했으나 그 운명 속에서도 최선을 다해 여성으로서의 품위를 지켰기에 주벽이 심한 사람도 함부로 대하지 못했다는 것이다.

"일제 때 애국지사의 옥바라지를 한 기생으로서 일본 경찰의 박해도 많이 받았지요?"

고 영감이 물었다.

"주석에서나마 상종하던 어른들이 옥고를 치른다고 듣곤 가만 있을 수 없는 일 아니겠습니까. 그러나 옥바라지란 말은 당치도 않습니다. 그저 조그마한 정성을 다했을 뿐입니다."

계향은 겸손했다.

"계향 여사께선 친자식이 없으십니까?"

구인상이 물었다.

"없습니다. 이 아이들이 모두 내 딸입니다. 굳이 친자식이 있어야 한다곤 생각하지 않습니다. 기생에게 자식이 있으면 뭣합니까. 부모가 반팔자란 말이 있듯이 기생의 아들, 기생의 딸로 태어나면 인생의 반을 잡친 상태에서 인생을 시작하는 거나 다를 게 없습니다. 저는 평생 아내 노릇을 해본 적이 없거니와 자식이 없는 것을 상팔자(上八字)로 알고 있지요."

평온한 표정으로 이렇게 말하는 것이었지만 구인상의 마음 탓인지 그 말투엔 비애가 서려 있었다.

"학자님은 무슨 공부를 하시는지요?"

계향이 이번엔 묻는 편이 되었다.

"역사철학이란 걸 공부하고 있습니다만 아직은 애송입니다."

"역사철학이 어떤 것인지 알고 싶군요. 이렇게 늙어도 호기심이 많답니다."

이런 계향의 말이라서 술좌석에선 쑥스러운 줄 알면서도 상대방이 알아들을 수 있게 설명해 주려는 충동을 느꼈다.

"한마디로 말해 역사란 신뢰할 수 있는가 없는가? 또는 어느 부분을 신뢰하고 어느 부분은 신뢰해서 안 되는가, 그런 걸 따져 보자는 게 역사철학입니다. 가령 일제 때 많은 애국자들이 장차 있을 역사의 심판, 다시 말하면 역사가 적당하게 평가할 것이다, 현실에선 패배했지만 역사의 마당에선 승리자가 될 것이라고 믿고 혹은 생명을 버리기도 하고 옥고(獄苦)를 감수하기도 했을 것인데 그런 기대대로 역사가 움직이는가, 아니면 우연의 연속으로 끝장이 나는가, 그것을 알고자 하는 게 역사철학입니다."

"대단히 어려운 학문이네요."

계향의 말은 조용했다. 구인상의 말을 충분히 이해한다는 것은 계향의 눈빛을 보고 알 수가 있었다. 구인상의 말이 끊어지자 계향이 말했다.

"역사라는 것은 결국 인연이 아니겠습니까? 그럼 인연을 중시하는 불법(佛法)에서 얻으실 것이 없을까요?"

"왜 없겠습니까. 역사철학은 불교에서 많은 것을 배웁니다."

"그러시다면 선생님의 학문이 고독할 까닭이 없지 않을까요?"

이건 상당히 날카로운 질문이었다. 구인상은 조심조심 다음과 같이 말했다.

"불교가 인연이라고 치고 넘어가 버린 그곳, 즉 인연의 계기에 역사철학은 어느 법칙을 보려는 겁니다. 불교도 어떻게 해서 그런 인연이 생겨났는가를 살피려고 하지요. 그러나 불교가 살피는 방향은 이를테면 형이상학적으로 되는 것이지만 역사철학은 어디까지나 실증적이어야 합니다. 그러니까 불교에서 배운다고 해도 한계가 있는 겁니다."

"잘 알아듣지는 못하겠습니다만 선생님의 뜻은 알 것 같습니다. 선생님의 말씀을 듣고 있으니 옛날이 생각납니다. 방학이 되면 대학생들이 돌아와 술자리를 벌이는 때가 있었지요. 그럴 때 간혹 술을 마시지 않고 토론에만 열중하기도 했습니다. 무슨 소릴 하는지는 모르면서도 대학생들이 열심히 토론하는 걸 옆에서 듣고 있으면 저도 대학생이 된 기분이 들기도 했어요."

"혹시 그런 사람 가운데 지금도 기억하시는 분이 있습니까?"

"있고말고요. 지금도 눈에 선한 걸요. 불행하게도 요절하신 사람도 많지요. 살아남은 사람은 모두들 훌륭하게 되셨구요."

옛날을 바라보는 듯 계향의 눈이 먼 빛으로 되더니 돌연 구인상의 얼굴을 자세히 응시하는 태도로 바뀌었다.

"아까부터 어디서 뵌 적이 있는 분 같다고만 싶었는데 이제 겨우 알았습니다. 토론에 열중한 대학생들 가운데 꼭 선생님을 닮은 분이 있었어요."

구인상의 가슴이 쿵 소리를 내는 것 같았다. 갑자기 입 안이 말랐다. 옆에 앉은 성희란 아가씨에게 술잔을 채우라고 이르고 잔에 가득 따른 술을 한꺼번에 마셔 버렸다. 그리고 물었다.

"그분 이름이 뭐라고 했습니까?"

"한문수 씨라고 기억해요."

"그래 맞았어요. 나는 구 교수를 보자 한문수 씨를 연상했습니다. 이름은 겨우 뒤에야 생각해 냈지만."

고 영감이 싱글벙글했다.

"어떻게 이처럼 닮으셨을까. 아까 선생님께서 말씀하시는 걸 유심히 듣고 보고 했는데 이제야 깨달았어요. 한문수 씨와 꼭 같은 음성이었어요. 태도도 그렇구, 어쩌면 이처럼 닮으셨을까."

계향은 넋을 잃을 정도였다

"세상엔 별 희한한 일도 다 있는 거여. 수십억 인구 가운데 닮은 사람이 왜 없겠소."

고 영감이 화제를 돌리려는 것을 구인상이 막았다.

"그 얘길 좀 더 해주실 수 있겠습니까?"

"얼굴도 준수했거니와 마음도 준수했어요. 또한 그분은 품행이 단정하기가 그럴 수 없었어요. 제 친구 중에 방화란 기생이 있었는데 얼굴도 썩 잘나고 영리하기도 했죠. 그 방화가 한문수 씨에게 홀딱 반한 겁니다. 그런데 한문수 씨는 친절과 호의 이상을 그 친구에게 보이지 않았어요. 친구들은 한문수 씨를 퓨리탄이니 목석거사(木石居士)니 하고 놀려 댔지만 그분은 항상 웃기만 했어요. 그땐 한창 데카당 풍조가 넘쳤는데 한문수 씨는 그런 경향과는 전혀 달랐죠."

"그분이 좌익운동을 하셨나요?"

구인상이 물었다.

"학생시절부터 좌익사상을 가지고 계셨는가 봅니다. 그 때문에 형무소에까지 가셨죠. 해방과 동시에 출옥했다고 들었어요. 그러니까 그때 형편으론 좌익이 될 수밖에 없었던 거죠. 좌익이 비합법적으로 되었을 때 한문수 씨와 몇 사람들이 우리 집 바로 이 방에서 며칠 지내기도 했지요. 그분들의 좌익운동이 오늘날 북한 김일성 정권 같은 것이라고 예상했더라면 죽었으면 죽었지 좌익할 분들은 아니었습니다. 생각하면 참으로 아까운 분들입니다."

"기생집을 아지트로 해놓고 좌익운동을 했으니 낭만파들이었구면."

고 영감이 웃었다.

"기생집을 아지트로 했다지만 그분들의 행동은 깨끗했어요. 원래의 품행이 단정했지만 한문수 씨에겐 그 당시 열렬히 사랑하는 애인이 있었던 모양이었어요."

"그 애인이 누구인지 알았으면…."

구인상은 자신의 말에 당황했다. 닮은 사람이란 까닭만으론 설명할 수 없는 호기심이었기 때문이다.

그러나 계향은 담담하게 말했다.

"그걸 알 수가 있겠습니까. 아마 한문수 씨는 누구에게도 그 비밀을 말하진 않았을 겁니다. 그러나 혹시 방화는… 방화는 워낙 한문수 씨에게 빠져 있었으니까 그분에 관해서 아는 것이 많으니 알지 모르지요."

방화는 일제 때 한문수 씨가 대구 형무소에 수감되어 있을 무렵 가끔 밤중에 형무소 근처를 서성거렸다고 한다. 해방 후 경찰에 한문수 씨가 붙들렸을 때는 밤마다 경찰서 유치장이 있는 곳을 바라보며 눈물지었다고도 한다.

"그야말로 일편단심이었지요."

계향은 그때를 회상하는 눈빛이 되었다.

"그런 여자의 마음을 몰라주었다면 한문수 씨란 사람도 좋은 사람은 아니군."

고 영감이 빈정거렸다.

"그래도 방화는 한문수 씨를 원망하지 않았으니까요. 그러니까 방화는 한문수 씨에 관해 우리가 모르는 일을 많이 알고 있을 것입니다."

"그분은 지금 어디에 계십니까?"

"서른이 넘어 영천에서 술도가 하는 사람의 후처로 들어가 지금도 영천에 살고 있지요. 만난 지가 벌써 10년이 넘었소."

"혹시 계향 씨도 한문수 씨에게 마음이 있었던 게 아니오?"

고 영감이 주책없이 질문했다. 계향은 미소로 받아 넘겼다.

"방화가 없었다면 혹시 나는 그분을 마음에 두었을지 모르지요. 여자 같으면 그런 분을 보고 다소나마 가슴을 설레지 않을 수 없었을 테니까요."

"한문수 씨의 최후는 어떠했던가요?"

구인상은 되도록이면 그 화제를 끌어가기 위해 이렇게 물었다.

"죽은 건 확실합니다. 즉결처분을 받은 거죠. 세상이 그런 때였으니까 할 수 없었다지만 아까운 사람 죽었지요. 포부도 펴보지 못하고 서른 살도 채 되기 전에 죽다니 너무나 억울하지요. 이 대구에선 그런 사람 많습니다. 살려 두었으면 개과천선하고 나라를 위해 한몫했을 사람들인데 시대의 죄랄 수밖에 없지만."

계향은 말꼬리를 흐렸다.

"무덤이 어디에 있는지 아는 사람이 없을까요?"

"그건 방화가 알고 있을 겁니다. 방화는 한문수 씨가 죽은 후에 한문수 씨 집을 찾아간 일이 있다고 들었습니다. 그러니까 무덤을 알고 있을 겁니다. 영천 술도가 집 후처로 가기 직전 한문수 씨의 무덤에 가서 실컷 울고 왔다고 말한 적이 있었으니까요."

"한문수 씨의 집은 대구에 있습니까?"

"제가 듣기론 의성(義城)에 있다고 하던데요. 방화가 찾아간 곳이 의성이라고 했으니까요."

"부모님도 살아 계실까요?"

"그것까진 모르겠습니다."

"왠지 나를 닮은 분이었다고 하고 30년 전에 돌아가셨다고 하니 마음이 쏠려서 그러는 겁니다. 영천에 사신다는 그분의 주소를 가르쳐 주실 수 있겠습니까?"

"가르쳐 드리죠. 영천 시장통 영천양조장 이영대."

계향이 구인상의 수첩에 써주었다. 놀랄 만한 달필이었다.

구인상은 자기도 어떻게 해석할 수 없는 감동 속에 있었다. 암중모색(暗中摸索)에 한 가닥의 광명을 찾은 기분이라고나 할까.

돌연 유쾌한 기분이 되면서 계향에게 가야금 한 곡을 청했다. 고 영감으로부터 들은 예비지식이 있었기 때문이다.

"너무 오랜만이라 잘 될지 모르겠네요."

장롱 옆에 세워 놓은 가야금을 무릎 위에 얹었다. 월녀가 일어서더니 북을 안고 와서 계향과는 대각선이 되는 위치에 앉았다.

"농가월령가를 하겠습니다."

현에 손을 짚으며 노래하기 시작했다.

'농가월령가'는 노래라기보다 농가의 연중행사를 리듬과 운을 붙여 읊어 내려가는 평판한 가락일 뿐이다. 그런데 계향의 기량과 연주를 통하니 기가 막힌 음악이 되었다. 슬픔은 있으되 슬프지 않고, 한도 있으되 진덕지지 않고, 너그러운 가운데도 절박함이 있고, 절박함 속에 또한 한가함이 있는 사계절을 통한 전원풍경이 다음다음으로 전개되었다.

탄주가 끝났을 때 구인상은 멍청한 기분이 되었다. 서양음악과는 명확하게 그 종류를 달리하면서 서양음악이 추구하는 모든 것이 다 갖추어진 느낌을 구체적으로 느낄 수 있었다. 그러나 서양음악을 통하면 사계절의 전환이 비발디의 '사계'가 되고 우리 음악을 통하면 '농가월령가'가 된다고 할 때, 그 비교의 권내에서 역사의 의미가 밝혀지는 것이 아닐까 하는 엉뚱한 생각도 섞였다.

고 영감이 춘향전을 하겠다고 목청을 골랐다. 그러나 고 영감이 부른 것은 춘향전이 아니고 춘향외전(春香外傳)에 속하는 창이었다. 젊어서부터 기방에 출입한 경력을 증명하는 것 같은 노래이긴 해도 별반 감동은 없었다.

월녀와 성희가 각각 창을 하고, 차례가 구인상에게 돌아왔다.

이럴 경우 구인상은 가장 당황하는 것이지만 이런 자리에서 흐름을 끊는 것은 매너에 있어서 결격(缺格)이 된다. 어떤 선배로부터 배운 흥타령을 한마디 했다.

구인상의 타령이 끝나자 계향이 받았다. 계향이 끝나자 고 영감이 받았다. 고영감이 끝나자 월녀가 받고 월녀가 끝나니 구인상이 안 받을 수가 없었다. 흥타령은 그때그때의 흥에 따라 사설을 만들어 나가면 된다. 그 가운데 계향의 다음과 같은 사설이 구인상의 가슴을 쳤다.

"살아 보니 꿈이건만 깨진 꿈에 묻은 한숨 겨울 밤 서릿발 되어 가슴을 찌르는 듯…."

이윽고 흥타령이 끝났다.

"이렇게 놀아 보는 것도 오랜만이군."

고 영감은 흡족하다는 표정이었다.

"보면 볼수록 한문수 씨를 닮았는데… 선생님을 보고 있으니 그 옛날로 되돌아간 것 같은 착각마저 듭니다. 언제쯤 서울로 가실 겁니까?"

계향이 구인상에게 물었다.

"모레쯤 떠날 예정입니다."

구인상은 영천에 있다는 방화란 사람을 생각했다.

"가시면 또 언제쯤 오시나요?"

"짬이 있는 대로 올 작정입니다. 그래서 고 영감님 댁의 방을 그대로 놔두라고 부탁까지 했으니까요."

"대강이라도 다시 오실 날을 알았으면 하는데요. 구 선생 오시는 날을 알면 방화를 오라고 할까 해서 그래요."

그 말에 구인상의 가슴이 두근거렸다.

"방화는 놀랄 겁니다. 한문수 씨가 되살아난 거라고 기겁할지도 모르지."

　내일이라도 어떻겠느냐고 말하고 싶었으나 구인상이 참았다.

"3월 하순경 내려오도록 하겠습니다."

"그땐 꼭 미리 연락해 주십시오. 나도 방화를 보고 싶은데 오랜만에 그럴 기회를 갖고 싶군요."

　계향은 이어 방화라는 여자가 얼마나 정이 많고 깔끔하며 아는 것도 많다는 등 칭찬을 늘어놓고선 한숨을 섞었다.

"그 사람이야말로 늙는 게 아까운 사람이지. 방화는 일찍 기생 노릇을 그만두어 소문이 나지 않았던 거죠. 게다가 방화는 자기가 좋아하지 않는 술자리엔 나가지도 않았구요. 방화가 기생을 그만둔 건 일본 경찰관이 방화에게 반해서 자꾸 불러내는 바람에 그것이 싫어서 그만둘 만큼 기골이 있는 여자였지요."

"기생을 그만두고 생활은 어떻게 했을까?"

　고 영감의 질문이었다.

"가타쿠라(片倉) 제사회사에 여공으로 들어갔지요. 야학에도 다니며 방화는 그때 공부를 많이 했습니다. 한문수 씨에게 어울리는 여자가 되려고 애를 쓴 거지요."

"계향 씨의 이야기를 들으니 한 편의 순애보(殉愛譜)를 읽는 기분이 되는데."

　그러나 고 영감의 그 말엔 빈정대는 투가 없었다.

"그런 절실한 사랑을 가슴속에 지니고 어떻게 남의 아내 노릇을 할 수 있을까."

　짐짓 그것은 구인상이 물어보고 싶은 말을 고 영감이 대신한 것이었다.

"10년 넘어 세월이 흐른 탓이겠죠. 그런 여자니 마음만 먹으면 좋은 아내가 될 수도 있겠죠."

"여사께선 사회의 하층부터 상층까질 두루 겪으신 어른인데 세상을 어떻게 보십니까?"

구인상이 계향을 여사(女士)라는 호칭으로 불렀다.

"일장춘몽(一場春夢)이라더니 그 말이 옳은 것 같아요. 인생은 꿈이지요, 꿈."

"그 꿈속에서도 깨달으신 게 있을 것 아닙니까?"

"많은 것을 깨달았습니다. 첫째 독한 사람, 극단적인 사람은 끝이 좋지 못하다는 것을 깨달았지요. 돈에 아등바등한 사람이 일시 부자가 되긴 합니다만 오래 가지 못하더군요. 지금까지 부자로 남아 있는 사람은 모두 너그러운 어른들입니다. 명예나 지위에 악착같은 사람도 끝이 좋지 못하데요. 아까 구 선생께선 역사를 믿을 수 있는가를 말씀하십니다만 역사는 몰라도 섭리는 믿을 수 있을 것 같아요. 제가 좌익운동자들을 개인적으로 좋아하면서도 사상적으로 동조하지 않은 것은 모든 악(惡)이나 부정(不正)을 제도(制度)에다 돌리는 그들의 사고방식 때문이었습니다. 제도의 힘만을 들먹이는 사람은 큰 실수를 하는 거예요. 제도야 어떻건 주어진 환경 속에서 최선을 다하는 사람들은 결국 악한 제도이면 그것을 고치기 마련입니다. 인간으로서 자기 자신 최선을 다하진 않으면서 제도만을 고쳐 제도의 덕을 보려고 해보았자 소용없는 일입니다. 기생으로서 최선을 다하는 사람은 기생 신분에서 벗어날

184

수 있을뿐더러 기생제도를 없애는 힘을 가꿀 수 있지만, 기생 팔자를 한탄만 하고 최선을 다하지 않은 사람은 기생 신분을 벗어나지 못하고 끝이 비참하게만 되데요."

"계향 씨는 늦게까지 기생 신분에서 벗어나지 않았는데도 비참하진 않은데요?"

고 영감의 말이었다.

"저는 다릅니다. 저는 남의 소실은 절대 않기로 맹세하고 기생을 천직으로 알고 살아왔으니까요. 기생은 천업(賤業)이고 슬프기도 한 직업입니다만 그런 속에서도 깨끗하게 살려고 애쓰는 가운데 보람을 느끼기도 합니다. 저애들에게 나는 항상 이렇게 가르치지요. 기생이 된 것도 서러운데 더욱더 자신을 욕되게 할 순 없는 것이 아닌가. 진흙에서 연꽃이 피어난다. 너희들은 연꽃이 되라고."

가끔 술잔을 입에 대곤 안주를 먹으면서 계향의 조용조용한 이야기를 듣는 것은 음악을 듣는 기분과 조금도 다를 바 없었다.

장시간 술자리에 앉아 염증을 느끼지 않는 것도 구인상으로선 이상한 일이었다. 마실수록 기분이 좋을 뿐 취하질 않았다. 벽시계가 밤 11시를 울렸다.

"시간이 왜 이리 잘 가노?"

고 영감이 투덜대며 "차타기 힘들지 모르니…" 하고 일어섰다.

구인상은 3월 말경에 다시 찾겠다는 말을 남기고 하직하면서, 그날 밤의 비용이라며 돈 봉투를 꺼내자 계향은 한사코 거절했다.

"내가 손님을 모셨는데, 모신 손님으로부터 돈을 받는 경우가 어디에 있겠습니까."

월녀와 성희에게 주는 화대마저 받으려 하지 않았다.

하숙으로 돌아가자 고진숙이 대문을 열었다.

"아버지 또 술 자셨군요."

"오늘밤 술은 내 탓입니다."

구인상이 변명하자 진숙이 쌀쌀하게 말했다.

"구 선생님께 전화 왔었어요."

전화가 왔다면 명국희로부터일 것이다. 자정 10분 전이었다. 명국희의 집으로 전화했다.

"오늘밤 어딜 가셨었죠?"

"대구의 명소엘 다녀왔습니다. 아마 달성공원보다 더 좋은 명소일 겁니다."

"달성공원보다 더 좋은 명소가 어디죠?"

취기에 곁들여 구인상이 농조(弄調)가 되었다.

"계향이란 분의 초대를 받았소."

"뭐라구요? 계향이면 노기로 계시는 그분 말인가요? 아무도 만나시지 않고 염불 삼매로 계신다고 들었는데."

"그런 분이 나를 초대했으니 영광이 아닙니까."

"그분을 만난 것만으로도 대구에 오신 보람이 있었군요."

"그분을 그렇게 평가하니 허투루 봐선 안 되겠습니다."

"난 그분을 배우려고 하니까요. 모레는 꼭 서울 가실 거죠?"

"지금으로선 그럴 예정인데 어쩌면 마음이 바뀔지 모릅니다."

"대단히 취하신 모양이네요."

"그 댁에 있을 땐 취한 줄 몰랐는데 하숙에 돌아오고 보니 자꾸만 취하는 것 같습니다. 그러나 저러나 이처럼 기분 좋게 취해 본 것은 내 태어나고 처음 있는 일 같습니다."

"기차표를 내일 아침 살 작정인데 빨리 결정하셔야죠."

"기차표 못 사면 어때요. 슬슬 걸어가십시다. 추풍령쯤에 가서 막걸리나 마시구 말입니다."

"참말로 취하셨군요."

"기분이 좋으니까요. 내 인생에 어쩌면 새로운 장(章)이 열릴지도 모르니까요."

이 말을 할 때의 구인상의 뇌리엔 '한문수'란 이름과 '방화'라는 이름이 새겨져 있었다.

구인상이 전화를 끊자 미닫이가 열리더니 고진숙이 냉수를 갖고 들어왔다.

"국회 씨란 분이 누구시죠?"

"그저 좀 아는 사람입니다."

전화를 엿들었다고 판단한 구인상은 불쾌해졌다.

"그 여자가 누군지 뭘 하는 사람인지 말씀하실 수 없어요?"

"남의 일을 알려고 하는 건 좋지 않습니다. 돌아가시죠."

"저는 선생님이 타락하는 걸 보고 있을 수만 없어요."

"타락?"

'이 여자가 내게 엉뚱한 감정을 갖고 있구나.'

"어떤 여자예요? 그것만 알고 싶어요."

"진숙 씨가 알 필요는 없는 것 같은데요."

"그저 아는 사이라면 왜 말을 못하시죠?"

"못하는 게 아니라 하기 싫은 겁니다."

"정말 타락하셨군요."

"그런 말은 안 하는 게 좋겠소."

"양심의 가책 때문인가요?"

구인상은 어처구니가 없어 허튼 웃음을 웃었다.

"왜 웃으시죠?"

"그럼 화를 낼까요?"

"선생님이 타락하는 건 정말 보지 못해요. 그 여자에 관해서 묻는 말이 그렇게 신경에 거슬립니까?"

"그 여자, 그 여자 하지 마십시오!"

"왜요?"

"앞으로 내게 가장 소중한 사람이 될지 모르오!"

진숙은 벌떡 일어나 나갔다.

구인상이 아직 잠결에 있는데 바깥이 발칵 뒤집힌 듯한 소동이 벌어졌다.

"앰뷸런스가 왔다!"

누군가의 고함소리에 눈을 번쩍 떴다. 술에 취한 고 영감이 무슨 탈이라도 났나? 잠옷 바람으로 미닫이를 열었더니 고 영감의 등이 바로 눈앞에 있었다.

"세상에 이런 일이, 이런 일이…."

고 영감은 채 말을 잇지 못했다. 안방 마루 앞에 너덧 명의 사람들이 서성거리더니 고진숙이 안겨 나왔다.

"그년이 독약을 마신 기라. 신음하는 걸 제 어미가 발견한 기라."

고진숙은 실려 가고 차가운 아침공기만 남았다. 구인상은 방으로 들어와 이불을 걷었다. 요를 개려는데 요 밑에 하얀 봉투가 있었다. 봉투 위에 '구인상 교수님께'라는 글씨가 보였다. 가슴이 썰렁했다. 하얀 그 봉투가 무슨 폭발물처럼 느껴졌다. 가느다란 필적이 흉물(凶物)의 흔적처럼 보였다. 한참을 망설이다 열어보았다.

구 선생님 용서하세요. 저는 제 꿈에 취했다가 이제 깨어나서 제 갈 길을 찾았습니다. 천주님의 뜻에 어긋나는 노릇이지만 제 형편을 누구보다도 잘 아시는 천주님은 결국 용서해주실 것으로 믿습니다. 제가 이 편지를 쓰는 것은 제 죽음에 선생님은 티끌만큼도 관계가 없음을 천명하고 싶어서입니다. 사실 저는 선생님을 만난 그날 밤 죽기를 결심했었습니다. 그런데 선생님을 만났기에 그 결행이 한 달 반쯤 지연된 것입니다. 불쌍한 여자라 여기시고 제 잘못을 용서해 주세요. 선생님 같은 분이 이 세상에 살아계신다는 것을 안 것만으로도 제게는 커다란 은총이었습니다.

구인상은 몽둥이로 어깨를 얻어맞은 듯한 충격을 받았다. 원망과 오해가 뒤섞인 구질구질한 사연일 것이라 지레짐작한 자신이 너무나 왜소하고 치사했다는 사실을 확인했다. 고진숙은 나무랄 데 없이 순수한 여자였다.

가톨릭 계통의 병원의 응급실로 갔더니 진숙은 응급처치를 받고 입원실로 옮긴 뒤였다. 위기에서는 벗어난 모양이었다. 고진숙의 병실을 찾을 용기가 나지 않았다.

국회를 찾은 구인상은 고진숙의 자살미수 사건을 털어놓으며 자책했다. 국회는 술을 따라 인상에게 건넸다.

"선생님의 기분, 이해해요."

"주변 사람을 불행하게 만드는 인간…."

"나 같은 사람?"

"당신이 왜?"

"언젠가 말하지 않았나요? 나 때문에 죽은 사람이 둘이나 생겼다구… 그래서 나는 되도록 남과 깊은 접촉을 피하고 싶다구…."

"그건 우연이오."

"그 우연이 두렵단 말이에요."

"국회 씨의 경우는 단순한 우연일 거요. 그러나 나는 출생부터가 불운의 시작이오."

"선생님의 출생이 어떤데요?"

"내 출생의 근거가 모호해. 어머니는 확실하지만 아버지가 누군지 알 수가 없어. 나는 그 문제를 피해 왔지만 어느 때부터인가 그걸 알고 싶어졌지. 아내의 문제도 문제였지만 아버지에 관한 의혹도 문제지. 내가 대구에 내려온 이유도 그런 데 있고. 언젠가 비슷한 얘기를 한 적이 있는 것 같은데."

국회는 잠자코 있었다. 구인상이 혼잣말처럼 중얼거렸다.

"그런데 그 문제의 단서가 어쩌면 잡힐 것 같아. 그런데 막상 진실이 밝혀질 것 같으니 겁이 나는 거야. 사람에겐 묘한 버릇이 있어. 목마르도록 진실을 알고 싶어 하는 마음이 있고, 그 진실이 밝혀지려고 하니까 외면하고 싶은 심정이 되고….”

구인상은 비로소 ‘한문수’란 이름을 들먹이고 고 영감의 말, 계향의 집에서 있었던 일, 그리고 지금 영천에 살고 있다는 방화 얘기를 꺼냈다.

“내 출생은 하나의 불운이었고, 불운한 출생이기에 내 주변의 사람을 불행하게 만드는 요인으로 작용하는 것이 아닐까. 손을 대기만 하면 모든 게 황금으로 변하는 마이다스의 손이란 신화가 있지만, 내 손길, 내 입김이 닿기만 하면 모든 것을 시들게 하는 흉물(凶物)이 곧 내가 아닐까.”

“내 앞에서 출생에 관한 얘기는 안 하시는 게 어떨까요?”

국희는 장난스럽게 구인상을 째려보며 덧붙였다.

“나는 천한 기생의 딸이에요.”

“세상에 천한 게 어디 있겠소. 애매한 게 문제가 되는 겁니다. 자기 출생의 근거가 애매하다는 건….”

구인상은 새로운 상념에 부딪혔다.

“자기신뢰의 기반이 없다는 거나 마찬가지 아니겠소?”

“어머니에 대한 신뢰만으론 자기신뢰의 바탕이 되잖을까요? 선생님은 뜻밖에 남존여비(男尊女卑)이시군요.”

국희는 되도록이면 화제가 심각해지지 않도록 조종할 눈치로 보였다.

“그러나…” 하고 구인상이 생각에 빠져들려고 하자 국희는 비어 있는 글라스에 술을 따라 놓고 단호하게 말했다.

"말만으로 생각만으론 어떻게 될 수 없는 문제를 갖고 신경을 쓰는 건 마음을 썩일 뿐 소용없는 일예요. 생각을 어떻게 한들 출생사실은 변경할 수 없는 것 아녜요. 그러니 선생님, 그런 건 괄호 속에 집어넣고 으슥한 마음의 한구석에 처박아 둡시다. 나는 선생님을 만나곤, 모든 과거지사를 괄호 속에 묶어 버리기로 했어요. 때에 따라선 그 괄호를 풀어 내 생활 속에 용해할 경우도 있겠지만, 때에 따라선 그것을 묶은 채 강물에 집어던져 버릴 각오도 돼 있어요. 선생님도 그렇게 해요."

"아냐, 난 아직 그렇겐 할 수가 없어. 방화라는 여자만은 꼭 만나 보아야 하겠어."

"그렇다면 지금 당장이라도 만나러 갑시다. 영천이라니까 택시로 한 시간쯤이면 넉넉해요."

진실과의 거리, 한 시간이란 상념이 돋았다. 한 시간 저편에 혹시 아버지의 비밀이 있을지 모른다는 상상이 구인상을 긴장케 했다. 아니 당황하게 했다.

"어떻게 하실 거예요? 가시겠어요?"

국희의 말은 진지했다.

"이번엔 그만둡시다."

구인상이 글라스를 들었다.

"왜요? 주저할 까닭이 어디 있어요? 구질구질하게 생각하고만 할 게 아니라 직접 부딪쳐 보는 겁니다. 괜히 엉뚱한 짐작이었다고 여겨질지도 모르는 일 아녜요? 그런 문제야말로 애매하게 방치해 둘 수 없잖아요?"

"내일 서울로 가겠소. 먼저 어머니에게 의논해 보겠소. 거기 설령 진실이 있더라도 난 어머니를 슬프게 할 진실이라면 외면하고 지내고 싶으니까요."

구인상은 금방 눈물이 쏟아질 것 같은 심정이 되었다.

"그 말씀은 훌륭합니다. 아무리 진실이 소중하다고 해도 어머니를 슬프게 할 진실은 피해야 하는 겁니다."

국희는 건너편 자리에서 옆자리로 옮겨 앉으며 팔을 뻗어 구인상의 목을 안고 흐느끼듯 말했다.

"어쩌면 선생님의 심정과 내 성정이 이처럼 같을 수가?"

그러고는 구인상을 끌어 일으켰다.

"방에 자리를 깔아 두었어요. 술은 그만 하고 한잠 주무세요. 자, 갑시다."

구인상이 방으로 들어와 쓰러지듯 누웠다. 국희는 구인상의 양말부터 벗기기 시작했다. 다음엔 넥타이를 풀고 벨트를 풀고…. 어디선가 자정의 시종이 울렸다.

파 문

　서울에 도착한 구인상과 명국희는 일단 J호텔로 갔다. 명국희
가 방을 정하는 것을 보고 구인상은 집으로 갔다.

　예상대로 아내 이미숙은 없었다. 유모가 순아를 이끌고 현관에
나타났다. 순아는 말똥말똥 눈동자를 굴리고 서 있더니 "아빠 어
딜 갔다 인제 와?"하며 눈물을 글썽했다.

　구인상은 순아를 덥석 안았다. 그리고 볼을 비볐다. 눈물이 흘
러내리려는 것을 겨우 참았다. 순아를 안은 채 서재로 통하는 계
단에 올라섰다. 거의 한 달 반가량을 비워 놓은 서재는 썰렁했다.
가정부가 말했다.

　"불을 피우지 않아 추울 텐데요. 잠깐 응접실에 계셔요. 대강이
라도 청소해야겠어요. 순아가 감기 들지도 모르구요. 응접실에
가 계셔요."

　구인상은 순아가 감기 들지 모른다는 소리에 겁을 먹고 응접실

로 내려와 순아를 소파에 앉혔다.

"아빠 없을 동안에 순아는 뭘 했지?"

"유모 엄마와 놀았어. 그림도 그리고 노래도 부르고 소꿉장난도 하구. 아빠, 할머니한테 전화 왔었다."

그러자 유모가 당황하는 투로 말했다.

"아 참, 순아 할머니께서 선생님 돌아오시면 곧 전화하시라고 했어요."

구인상이 곧 어머니에게 전화했다.

"몸이 불편하진 않니? 어미를 그처럼 걱정시킬 게 뭐 있니. 몸 편히 돌아왔다고 하니 반갑다. 내 곧 그리로 갈게, 기다려라."

"예, 어머니. 기다리겠습니다."

전화를 끊고 머리를 들었을 때 유모의 눈과 부딪쳤다. 유모의 눈빛에 불안이 있었다. 집안에 무슨 일이 있었던 거로구나 하는 짐작이 들었지만 물어볼 용기는 나지 않았다.

순아를 유모에게 맡기고 구인상이 서재로 올라갔다. 먼지 냄새가 가시고 훈훈한 온기가 느껴졌다. 사방의 벽을 가득 채운 서가를 둘러보며 스스로의 부재를 확인하는 느낌이 되었다.

어머니가 무슨 말을 할까 하는 것도 불안했지만, 아내와의 대결이 불가피하게 되었다는 사정도 가슴을 압박했다. J호텔의 방에서 무언가를 궁리하고 있을 명국희의 모습이 눈앞에 아른거렸다.

문간에서 귀에 익은 클랙슨 소리가 났다.

순아가 쪼르르 달려가 품 안에 안겼다.

"순아는 할머니가 그렇게 좋아. …"

부드럽고 정다운 목소리였다.

"순아 엄마는?"

"외출중이에요."

유모가 얼른 대답했다.

"서재로 가자."

어머니는 그때야 시선을 구인상에게로 돌리더니 앞장을 섰다. 따라가려는 순아에겐 가볍게 뺨을 만지곤 타일렀다.

"아빠하고 얘기한 뒤 또 만나자."

서재의 안쪽에 놓인 소파에 머플러와 외투를 벗어 놓고 어머니는 앉았다.

"널 만나면 못할 얘기 없이 다 하려고 했더니 이렇게 눈앞에 앉혀 놓고 보니 할 얘기가 말끔히 도망쳐 버리는구나."

"무슨 말씀이건 하고 싶으신 말씀 다 하세요. 저도 말씀 드릴 게 있으니까요."

어머니는 멍청히 아들을 바라보더니 한숨을 쉬었다.

"난 네가 불쌍해서 견디지 못하겠다."

"왜 제가 불쌍합니까. 이래 봬도 당당한 대학교수에다 전도가 유망한 학자인데요."

"그런데도 자꾸만 불쌍한 생각이 드니…."

"순아 어미 때문에요?"

"그것도 있지. 그것도 있지만 네가 대구에 가 있다는 말을 듣고 나는 하루도 편히 잠을 잘 수가 없었다."

"그건 또 왜 그렇습니까?"

이 말엔 대답이 없이 한참을 묵묵히 앉아 있었다.

"그런 얘긴 뒤로 돌리고 순아 어미 문제부터 의논해 봐야겠구나. 순아 어미의 마음은 완전히 너에게서 떠난 모양이다. 마음이 떠난 여자를 붙들고 있어도 소용없다. 시쳇말로 '해방'이란 말이 있지 않느냐. 그 사람을 해방시켜 주어라. 걱정은 순아지만, 순아도 제 어미한텐 정이 떨어진 모양이더라. 얼마 전 사흘 동안 내가 여기에 와 있었으나 엄마가 닷새 동안이나 집을 비웠는데도 찾지도 않더라."

어머니는 한참을 우두커니 앉아 있더니 물었다.

"네 생각은 어떠냐?"

"저는 어머님 뜻에 따르겠습니다."

구인상은 어머니가 결의한 바 있다는 것을 짐작했기 때문에 이렇게 말했다.

"그럼 솔직하게 대답해라. 순아 어미에게 미련이나 동정 같은 감정은 있느냐?"

"전엔 있었습니다만 지금은 그런 감정도 미움도 없습니다."

"미운 감정마저 없다니 말하겠다. 미운 감정도 정이거든. 미운 감정이라도 있다면 다소의 미련이 있는 것으로 된다. 그러나 미운 감정도 없다면 이번 기회에 갈라서는 게 어떻겠느냐?"

"문제는 순아에 있습니다. 순아만 행복하게 클 수 있다면 당연히 이혼해야지요."

어머니는 다시 잠잠해졌다.

방 안에 어둠이 몰려들었다. 구인상이 일어서 전등의 스위치를 켜고 도로 자리에 와 앉았다.

"아까 순아가 어미를 찾지 않더라고 했지만 어미에게 정이 없어서 그런 것은 아닐 게다. 어미와 애비가 갈라선다면 순아에겐 나쁜 일이지 좋은 일일 까닭이 없다. 그러나 어미가 지금의 행실 그대로를 계속한다면 순아에게 불행이 있을 뿐이지 좋은 일은 있을 수 없다. 그러니 이 문제에 관한 한 어미가 그냥 있어도 어미가 없어져도 꼭 같이 불행하다는 얘기가 된다. 문제는 어느 편의 불행을 택하느냐에 있다. 어미가 없게 되었을 때의 보충을 신중하게 배려하고 결단을 내려야겠다. 그럴 용기가 있니?"

"용기고 뭐고 할 것도 없습니다. 순아를 더 불행하게 하지 않으려면 그렇게 하는 것이 도리가 아니겠습니까."

어머니는 깊은 한숨을 쉬었다.

"아마도 내가 죄 많은 년이 돼서 그런가 보다. 나는 너한테 미안해 얼굴을 들 수가 없구나."

어머니의 말이 너무나 처량해서 구인상의 가슴이 막혔다.

"어머니가 저에게 미안해 하실 게 무엇 있겠습니까. 모든 게 제 잘못이고 제 불찰인 걸요."

"아니다. 내가 네 곁에 있어야 했다. 순아 어미에게 시집을 살려야 했다. 그런 것을 나는 엉뚱한 생각을 하고 현재 내가 있는 집을 고집한 것이 탈이었다. 따지고 보면 순아 어미도 그렇게 될 여자가 아닌 것을."

"어머니에겐 아무런 책임도 없습니다. 제 잘못입니다."

"지금 와서 이런저런 생각을 하면 뭣하니. 엎질러진 물인 것을.

이왕 말이 났으니 해둘 말이 있다."

구인상이 긴장했다.

어머니는 말을 그렇게 꺼내 놓고도 망설이고 있었다.

"흥분하지 말고 들어라. 순아 어미가 집을 잘 비우는 줄은 이미 알았지만, 그처럼 무서운 여자라는 건 이번에 비로소 알았다."

어머니는 식어 버린 차로 목을 축였다. 조용한 시간 속에 창틀이 떨었다. 바람이 인 모양이었다.

"열흘 전이다. 종로의 계림당 주인이 5캐럿짜리 다이아를 들고 나를 찾아왔다. 아무래도 낯이 익었다. 3, 4년 전엔가 당신 가게에서 내가 사들인 것 아닌가고 물었더니 계림당 주인도 그렇다는 얘기가 아닌가. 그리고 하는 말이 어떤 브로커가 들고 와서 사라고 하기에 누구한테서 나온 거냐고 물었더니 그런 것 묻지 말고, 이 케이스를 보고 당신 가게를 찾아왔으니 시가의 7할쯤으로 사달라고 하더래. 너도 기억하겠지만 순아를 낳았을 때 하도 고맙고 기특해서 2캐럿의 다이아를 순아 어미에게 선사하고, 5캐럿짜리는 맡아 있으라고 순아 어미에 맡기지 않았나?"

구인상은 그 광경이 눈에 선하게 회상되었다.

"5캐럿짜리 다이아를 순아 어미에게 맡긴 이유는 다음에 얘기하겠다. 그럴 만한 이유가 있었던 거다. 그래서 너를 입회시켜 놓고 맡긴 건데, 그게 계림당 주인의 손에 있으니 놀랄 수밖에. 계림당에게 달리 이런 다이아를 판 적이 있느냐고 물었더니, 5캐럿짜리를 판 것은 내게밖엔 없다는 거다. 내가 부탁했지. 이 다이아로 앞으로 무슨 일이 생길지 모르니 내가 도로 산다는 약속을 할 테니 당분간 보관해 달라고. 순아 어미에게 전화했더니 없더만. 그 이튿날 내가 여기를 왔지. 밤늦게야 돌아온 순아 어미더러 내가 맡겨 놓은 다이아를 내놓으라고 하니까 장롱을 이곳저곳 뒤지곤 도난을 당했다는 것 아닌가. 그렇다면 도난신고를 해야 할 것이라고 일렀는데 그 이튿날 들으니 어떤 보험외판원을 고발했다더구나. 계림당을 시켜 브로커를 추궁하라고 했더니 글쎄 그 다이아는 벌써 네 사람 손을 거쳤더구나. 동대문 시장의 보석상까지 나타났는데 동대문 시장의 보석상은 어떤 예술가 비슷한 사람에게 8천만 원을 주고 샀다는 얘긴데 시가 3억 원이 넘는 걸 8천만 원에 판 그 사내의 행방을 찾을 길이 없어. 경찰에 이편에서 신고할 수는 없어 차일피일하다가 하도 답답해서 순아 어미를 만나 5캐럿짜리를 맡길 때 2캐럿짜릴 선사했는데 그것도 도둑맞았냐고 물었더니 우물쭈물하고 대답을 않더라.”

“보험외판원이라고 지목했다니까 경찰이 추궁해 보면 알 일 아닙니까?”

“그런데 그게 또 묘한 거라. 그 보험외판원은 대구에 사는 여자라는데 형사들이 대구까지 갔는데도 붙들어 오지 못했다는 얘기였다.”

“어떤 이유로 붙들어 오지 못했는가요?”

구인상의 뇌리에 어떤 예감이 감돌았다.

“그게 또 묘한 얘기더라. 그곳 경찰서장이 확실한 증거를 제출하기 전엔 서울로 보낼 수 없다고 들었는데, 뭐라더라 무슨 술집하는 여자인데 그런 도둑질을 하리라곤 상상할 수 없을 만큼 돈이 많기도 하고 대구에선 꽤 신망이 있는 사람인가 보더라. 그러나저러나 그 여자에겐 아닌 밤중에 홍두깨를 맞은 격이겠지. 내 짐작으론 순아 어미가 지닌 패물은 흥청거리고 놀러 다니는 통에 다 날아간 걸 거다. 경찰이 잡다가 혼을 내면 진상이 폭로되겠지만 어디 그럴 수가 있어야지."

"그럼 아직 대구의 그 여자가 의심받고 있는 것 아닙니까?"

구인상의 눈앞이 흐려졌다.

"그럴 테지, 그럴 테지만 순아 어미가 지목했다는 것뿐이지 확실한 증거가 없고 대구의 경찰서가 그 정도로 보장하고 있다니까 그 이상의 화야 있겠나."

구인상은 굳이 자기의 예감을 억누르려고 했지만 쉬운 일이 아니었다.

"어머닌 혹시 그 여자의 이름을 들었습니까?"

"한두 번 듣긴 했는데… 드문 성이었다는 기억밖엔 없다."

"혹시 명국희라 하지 않았던가요?"

"그래그래, 그런 것 같다. 그런데 네가 어떻게 그 여자의 이름을 아느냐?"

구인상은 당황했으나 어머니에겐 어느 정도까지 솔직할 수밖에 없었다.

"그 여자가 하는 술집은 대구에서는 유명한 살롱입니다. 고상하다고 할 수 있습니다. 저도 대구에선 자주 그 집에 드나들었습니다. 그런데 그런 얘기는 전혀 듣지 못했는데요."

"뭐 그게 자랑이라고 손님한테 말하겠나. 설마 그 여자는 자기를 고발한 사람이 네 여편네란 사실은 알고 있지 않겠지?"

"그야…. 그건 그렇고 패물을 몽땅 팔아 어디다 썼을까요?"

"시가 3억 원 하는 것을 8천만 원에 팔아 치웠을 정도니까 뻔한 것 아닌가. 그러나저러나 그 다이아 갖고 시비하지 말자. 위자료를 준 셈으로 칠 수밖에. 순순히 이혼에 합의하지 않을 땐 나는 경찰에 모든 것을 신고하고 계림당을 증인으로 세울 참이다."

"순아 어미의 태도가 어떻건 경찰에 신고해야 하겠습니다."

구인상의 목소리가 떨렸다.

"순아를 봐서 어디 그럴 수가 있나. 행위로 봐선 용서할 수 없지만 순아를 봐서, 또 사돈댁의 체면을 봐서."

어머니는 눈물을 글썽했다.

"우리의 체면만 생각하고 남을 억울하게 만들어 되겠습니까."

구인상은 어느덧 흥분하고 있었다.

"지금 당장 그 사람에게 어떻다 할 것이 아니니 짬을 두고 생각하기로 하고 내일이라도 순아 어미와의 결단을 내도록 해라. 내가 내일 아침 김영복 변호사를 네게 보내마."

어머니는 다시 한숨을 쉬었다.

어머니와 좀더 깊은 얘기를 하고 싶었지만 마음이 바빴다. 구인상은 급히 만날 사람이 있다며 일어섰다.

"네가 없는 집에 내가 남아 있을 까닭도 없구나."

어머니는 순아를 잠깐 안아 보고 구인상을 따라나섰다.

"어디까지 갈 것인지 이 차를 타려무나."

자동차 뒷좌석에 구인상이 어머니의 옆에 앉았다.

"네가 무슨 까닭으로 대구에 갔는가도 대강 짐작한다. 그러나 그 얘긴 순아 어미와의 문제를 해결하고 나서 의논하자."

"어머니, 그 한숨 좀 쉬지 마세요. 듣기가 민망합니다."

구인상이 일부러 퉁명스럽게 말했다.

"미안하다. 그러나 어느덧 버릇이 되어 버렸구나."

또 한숨을 쉬려다가 이젠 얼른 숨을 거둬들였다.

구인상은 가슴이 뭉클했다. 어머니의 말 때문이 아니라 그런 동작 때문이다. 차마 말을 보낼 수 없었다.

그는 어머니가 별세할 경우를 상상했다. 아찔한 느낌이었다. 어머니와 같이 살아 본 적이 전혀 없는 것처럼 느껴진 것이 이상했다. 사실은 어려서부터 대학을 졸업할 때까지 쭈욱 한 지붕 밑에 살았는데도 그다지 접촉은 잦지 않았다. 왠지 어머니는 구인상 앞에선 언제나 풀이 죽어버리는 듯한 눈치여서 구인상 자신이 어머니와 멀리하게 되었던 것이다.

"어머니. 순아 어미 문제 해결하고 나거든, 어머니 저와 같이 삽시다."

"그러지 않아도 그렇게 할 양으로 나는 준비하고 있다."

"준비가 또 뭡니까?"

"차차 알게 될 거다."

자동차가 번화가로 접어들자 어머니는 창밖을 내다보며 뚜벅 한마디 했다.

"서울의 거리도 꽤나 화려하게 되었군."

뉴욕과 파리의 거리를 알고 있는 구인상은 어머니의 그 말엔 동조할 수 없었으나 잠자코 있었다.

"어린 너를 데리고 서울에 왔을 때 그땐 서울 거리는 참으로 삭막했다."

구인상은 어린 눈에 비친 6·25 직후의 서울을 회상했다. 서울의 거리가 화려하게 되었다는 어머니의 실감이 그 언저리에 있었다는 사실을 비로소 깨달았다.

"어머니와 함께 유럽을 비롯해 세계를 한 바퀴 돕시다. 다가오는 여름방학에 해외여행을 합시다. 그렇게 준비하겠어요."

"성미도 급하긴. 아무튼 고맙다."

"성미가 급한 게 아니라 불현듯 그런 생각이 드네요."

오랜만에 모자가 정다운 말을 주고받는 동안에 자동차는 J호텔에 도착했다. 어머니를 커피숍에라도 청하고 싶었지만 명국희 때문에 그럴 순 없었다. 떠나가는 어머니의 차를 향해 깊게 머리를 숙여 절하곤 구인상은 호텔 안으로 들어갔다.

명국희는 검은 외투를 입은 차림 그대로 단정하게 앉아 있었다.

"곧 나오려고 했는데 어머니와 얘기가 길어져서."

변명조로 말하고 구인상은 국희의 건너편에 앉았다.

"전화를 주시면 나오지 않아도 될 텐데."

국희의 표정엔 탓하는 빛이 전혀 없었다. 구인상은 어디서부터 말을 꺼내야 할지 몰라 망설이다가 용기를 냈다.

"국희 씨, 우리 서로 솔직합시다. 조금 전에 안 일이지만 국희 씨에게 이만저만한 화를 입한 게 아니었더군요. 아내가 국희 씨를 고발한 일이 있었더군요. 그런데 왜 저에게 그런 말씀을 하시지 않았죠?"

"쓸데없이 선생님만 괴롭히는 결과가 될 거라고 알고 잠자코 있기로 한 겁니다. 그걸 부인께서 말씀하던가요?"

"아내는 만나질 못했습니다. 어머니로부터 들었습니다."

"어머니가 그 일을 어떻게 아셨을까요?"

구인상이 대강의 사정을 간추려 얘기했다. 국희의 얼굴이 흐려졌다.

"죄송하게 되었습니다. 뭐라고 사과드려야 할지."

"선생님이 제게 사과할 건 없습니다. 내가 서둘러 그런 오해의 씨앗을 만들었으니까요. 제가 그 물건을 훔친 일이 없는 이상 언젠가는 흑백이 밝혀질 것 아녜요? 중간에 선생님이 등장하면 되레 일이 우습게 되니 모르는 양 잠자코 계세요. 이번에 제가 서울에 온 것도 그 일을 밝히기 위해서였으니까요."

명국희는 보험외판원 함병순과의 관계를 말하고 그 함병순이 악착같이 서두른 바람에 대강의 진상이 나타났다고 말을 보탰다.

"진상이 어떻게 된 겁니까?"

"함병순을 내일 만나게 되어 있으니 구체적인 얘기를 들을 수 있겠죠. 얘기를 들어 보고 선생님께 알리든지 알리지 않기로 하든지 결정하겠어요."

"대강이라도 알고 싶은데요."

"이런 문제는 대강 알아서 될 일이 아닙니다. 철저하고 구체적으로 알아야죠. 그보다도 시장합니다. 선생님도 저녁식사는 하시지 않았겠죠? 어디 좋은 데가 있으면 안내해 주세요."

국희는 구인상의 대답을 듣기도 전에 일어서서 탁자 위의 핸드백을 집어 들었다.

호텔을 나서며 구인상이 어디가 좋겠느냐고 물었다.

"오래간만에 명동을 걸어 보고 싶어요. 위쪽 골목에 음식점 많지 않아요? 한 집에서 한 가지씩만 먹고 한 바퀴 돌았으면 해요."

구인상이 명동에서 혹시 학생들을 만나면 어쩌나 싶었지만 입 밖에 낼 수는 없었다.

호텔에서 명동은 지척의 거리이다. 곧 두 사람은 명동의 인파 속에 섞였다. 차가운 날씨인데도 군중의 체취가 서려 후텁지근한 기분이었다.

구인상으로선 실로 오랜만에 걸어 보는 명동 거리이다. 돌연 그는 어떤 환각에 사로잡혔다. 한국이 아닌, 그렇다고 해서 물론 유럽일 수도 없는 이방(異邦)의 거리를 걷는 느낌이었다. 주변의 사람들이 전혀 한국인 같지 않았다. 모두들 분명히 자기들의 생활을 가지고 있을 테지만 탁류에 휘말려 흐르는 나무토막처럼 서먹서먹하고 거품처럼 허황하다는 상념이 뭉게구름처럼 일었다.

국희는 구인상을 군중 속에서 잃고 한참을 찾았다며 구인상의 팔에 자기의 팔을 끼었다. 속삭이는 말이 있었다.

"피차 미아가 되지 않기 위해서요."

첫째 집에선 낙지 한 젓가락과 작은 잔으로 소주 한 잔을 각각 마셨다. 둘째 집에선 빈대떡 한 조각과 소주 한 잔, 셋째 집에선 돼지족발과 소주 한 잔, 넷째 집에선 닭 모래집과 소주 한 잔. 다음 간 곳은 칼국수집. 거북하지 않을 정도로 배는 찼다.

"우리 바에 가 봐요. 최고 일류인 곳으로 가요."

"내가 일류를 알아야죠?"

이곳저곳 눈을 팔며 걷고 있는데 '미넬바'란 네온 간판이 눈에 들어왔다.

"미넬바가 무슨 뜻예요?"

"미넬바는 무슨 뜻인지 모르겠소. 미네르바라면 알고 있지만."

"그럼 저 간판의 표기법이 틀렸다는 건가요?"

"미네르바를 미넬바로 쓴 건가. 그러나 미넬바란 게 달리 있을지도 모르지. 가서 한번 물어봅시다."

지하층으로 통하는 계단이 있었다. 구인상은 지하층에 있는 음식점이나 가게를 싫어했지만 내친걸음이라 계단을 내려갔다. 헤겔의 말이 뇌리를 스쳤다.

'미네르바의 부엉이는 황혼이 되면 난다.'

탁자마다에 램프가 있고 전체는 심해의 해저(海底)를 방불케할 정도로 어두웠다. 웨이터가 이끄는 대로 박스에 가서 앉았다. 오디오에서 허스키한 여성(女聲)이 흘러나오고 있었다. 허스키하고 섹시하고 센티멘털한 음색으로 "투모로우, 메모리"란 단어를 되풀이하고 있었다. 조용한 노래이면서 괜히 마음을 들뜨게 하는 노래이다.

"오늘 어머니와 의논했어요. 내일 변호사를 내게 보내겠답니다. 내가 직접 서두르는 건 쑥스럽다고 여기시고 그런 조치를 하실 모양인데 누구보다도 나는 어머니에게 죄송해요. 그 다음 죄송한 건 당신에 대해서구."

"이혼하면 아이는 어떻게 되나요?"

"유모에게 간절히 부탁해 볼까 해요."

있으나마나한 어미였지만 막상 떠나보낸다고 하면 순아가 어떻게 될까. 구인상은 다시 암담한 마음으로 되었다. 눈치 빠른 국희가 구인상의 마음을 모를 까닭이 없다.

"선생님. 결혼이란 번거로운 거죠?"

"나와 같은 경우가 일반적인 예가 될까요?"

"선생님은 결혼할 자격이 없는 분예요."

명국희가 어떤 잡지의 만화에서 읽은 이야기를 했다.

"책만 읽는 남편을 보고 아내가 나도 책이 되었으면 했대요. 왜 그러느냐고 남편이 되물었겠죠. 항상 당신의 눈앞에 있기 위해서라고 했어요. … 얼마나 답답해서 아내가 그런 말을 했겠어요. 선생님은 책만 읽고 가끔 부인을 상대하면 될 거라고 생각했을 거예요. 그런데 그게 아니에요. 아내는 남편이 항상 자기에게 있기를 원해요. 이번 일이 있었다고 해서 선생님이 버릇을 고칠 까닭이 없으니 앞으로 결혼은 단념하세요."

구인상은 일순 당황했다. 명국희의 거부선언처럼 들렸기 때문이다. 다시 명국희의 말이 있었다.

"순아와 새엄마 사이도 고통스러울 테고 그걸 지켜보는 마음도 고통스러울 테니 재혼은 단념하세요. 그만하면 결혼이란 의미를 알았을 테고 가정의 뜻도 알았을 테니까요."

"결혼은 단념하고 싶어도 단념하기 싫은 여자가 있다면 어떻게 하지?"

구인상이 이렇게 말해 볼 마음의 여유가 겨우 생겼다.

"그 여자가 만일 나라면 그 문제에 관해선 신경 쓰시지 마세요. 나는 어떤 형태로이건 선생님이 원하실 땐 같이 있을 테니까요. 다만 아내니 부인이니 하는 자리는 사양하겠어요. 불행할 줄 알면서 아내의 자리에 앉을 그런 멍청인 아녜요, 나는."

"내가 그처럼 호사스러울 수 있을까요? 벌을 받을 것 같아."

명국희는 고개를 약간 숙이고 눈을 치켜뜬 장난스러운 얼굴이 되었다.

"죄를 받을 것 같다는 그런 말이 선생님이 연구하시는 역사철학의 어떤 문맥 속에 있는 거죠?"

"철학 이전의 동물적인 예감이죠."

"선생님? 결혼이 뭔지 아세요?"

"글쎄요."

"결혼이란 이혼하기 위한 필수조건이래요. 이 해석 재미있죠? 이혼하기 위한 필수조건밖에 안 되는 결혼을 해서 뭣하겠어요."

"그렇겠군."

"실연 안 할 방법이 뭔지 아세요? 가르쳐 드릴까요? 실연하지 않을 방법은 연애를 하지 않으면 되는 거예요."

구인상이 실소를 터뜨렸다.

"이쯤 하고 갑시다."

학생들은 등록 중이었다. 교수회의는 오전 중으로 끝났다. 내키지 않는 걸음으로 구인상은 집으로 돌아왔다. 아내 이미숙은 아직 집에 돌아오지 않았다.

유모가 건네주는 메모는 명국희의 것이었는데 집에 돌아오는 즉시 호텔로 전화해 달라는 내용이었다.

전화를 걸었다. 명국희의 소리가 저편에 있었다.

"불쾌한 일이라도 알 것은 알아야 하지 않겠어요. 내가 받고 있는 혐의도 벗겨야 하겠구요. 바쁘시지 않다면 호텔까지 오셨으면 고맙겠습니다."

전화를 끝내고 나니까 또 전화벨이 울렸다. 어머니로부터 온 전화였다. 변호사를 그리로 보냈으면 하는데 어떻겠느냐고 했다. 구인상은 변호사의 사무실을 가르쳐 주면 오후 3시쯤에 자기가 들르겠다고 했다.

호텔에 도착했다. 국희의 방문을 두드렸다. 국희는 혼자 있는 것이 아니고 어떤 여자와 같이 있었다. 그 여자는 국희와 같은 나이 또래일 것 같은데 생활에 지쳐 있는 분위기였다.

"제 친구 함병순입니다. 병순이가 설명할 겁니다."

함병순의 말을 간추리면 다음과 같다.

열흘 동안을 계속 이미숙의 행방을 추적한 결과 이미숙이 만나는 남자의 정체를 파악했다. 남자의 이름은 '기병열'이었다. 음악을 공부하다가 중도에서 포기한 사람인데 K구 C동에 최근 4층 건물을 매입해서 1층은 세를 주고 2층과 3층에 음악학원을 차리고 4층을 살림집으로 했다. 이미숙은 거기에 살고 있다.

그런데 조사결과 기병열이란 사람은 그런 건물을 살 만한 재력이 없다는 사실이 밝혀졌다. 건물을 살 돈이 이미숙으로부터 나왔다고 짐작할 수밖에 없다.

　설명을 대강 끝내고 함병순이 말을 보탰다.

　"내 짐작으론 그 건물을 산 돈과 도난신고한 다이아몬드와 관계가 있다고 판단되지만 그 사실을 밝히려면 경찰의 힘을 빌려야 합니다. 당연히 엉뚱한 혐의를 받은 피해자인 명국희가 고발해야 하지만 국희는 그러지 않겠다고 합니다. 부득이 선생님이 고발해야 되지 않겠습니까. 국희의 누명을 씻기 위해서라도 말입니다."

　구인상은 홍두깨로 호되게 어깨를 얻어맞은 것 같은 충격을 받았다. 동시에 얼굴이 화끈했다. 분노보다도 부끄러움이 앞섰기 때문이다. 뭔가 불미한 사정이 있으리라곤 지레 짐작했으나 사건의 진상이 노출되고 나니 아연할 수밖에 없었다. 그러나 자기가 고발한다는 것은 엄두도 낼 수 없었다.

　"무슨 다른 방법이 없을까요?"

　구인상의 말엔 힘이 없었다.

　"백번 양보한다고 하고 이미숙 씨가 자기 발로 경찰에 걸어 들어가 도난신고를 취하하는 방법밖에 없겠죠. 선생님이 그렇게라도 이미숙 씨에게 타일러야죠."

　함병순의 말은 단호했다.

　"그렇게라도 해야죠. 그렇게라도 해야죠."

　구인상은 마음의 갈피를 잡지 못했다. 얼굴을 들 기력마저 잃었다. 이때 명국희의 말이 있었다.

　"선생님은 이 사건에 끼어선 안 돼요. 선생님은 사건의 진상을 알았다는 정도로 해 두세요. 병순아, 네가 이미숙 씨를 찾아가서 일러라. 도난신고를 자진 취하하지 않으면 우리가 경찰에 신고하겠다고. 그렇게 하면 무슨 말이 있을 것 아닌가."

"뭣 때문에 우리가 그런 수고를 해? 만일 선생님께서 고발하시지 않는다면 피해자인 네가 고발하면 될 것 아닌가?"

함병순이 성난 투로 말했다.

구인상의 입장은 미묘했다. 당연히 결단을 내려야 하는데도 그럴 수 없었다. 대학교수로서의 체면, 순아를 위한 배려, 그런 것보다도 이른바 남편이 아내를 고발한다는 행위가 그의 상식을 넘어선 일이었다. 그러나 한편 앞으로도 인연을 소중히 하겠다면 명국희의 입장을 위해선 그보다 더한 일도 해야 하는 것이다.

구인상이 이럴 수도 저럴 수도 없는 햄릿적인 우수에 빠져 있는데 옆에서 명국희와 함병순 사이에 입씨름이 벌어졌다. 함병순은 그런 여자는 마땅히 혼내야 한다는 것이고 국희는 그럴 순 없다고 버텼다.

"난 네 심정을 이해하지 못하겠다. 나는 다시 이미숙을 찾아갈 필요가 없고 그러기도 싫다. 나 하자는 대로 하기 싫다면 네가 알아서 해라. 네 일 아닌가, 네 일이니 네 마음대로 하라문."

한참을 옥신각신한 끝에 함병순이 이렇게 말하고 일어서려 할 때 구인상이 결심했다.

"그 건물이 어디인지 약도라도 그려 주시오. 지금 당장에라도 가겠습니다."

말을 하고 보니 앞으로의 문제해결을 위해서 그 방법이 최상일 것으로 짐작되었다. 한 사람이라도 덜 알게 스캔들을 확대하지 않기 위해서도 그 방법이 나왔고, 구구한 잡음을 없애기 위해서도 그렇게 하는 것이 나왔다. 결정적 현장에 서기만 하면 긴 얘기가 필요 없을 것이다. 변호사가 끼어드는 것도 구차한 노릇이었다.

함병순이 약도를 그리는 것을 지켜보며 국희는 애원했다.

"어떻게 그런 곳으로 가시려고 해요? 제 일은 제가 할 테니 선생님은 이 일에 뛰어들지 마세요."

"아닙니다, 국희 씨. 추잡한 현장을 기피하는 태도가 사태를 더욱 추잡하게 만드는 결과가 되기도 해요. 낭떠러지에서 내려 뛸 용기도 있어야죠. 내 걱정은 마시오. 내 일은 내가 할 뿐이니."

약도 옆에 주소를 적어 넣은 함병순의 메모지를 구인상은 포켓에 넣었다. 국희가 매달리려고 했다. 그러는 국희를 밀어 놓고 구인상은 방을 나왔다. 등 뒤에 말을 남겼다.

"국희 씨 기다리시오. 내 곧 돌아오겠소."

K구의 C동이면 서울의 변두리이다.

추잡한 길을 사이에 두고 오밀조밀 집들이 늘어서 있는데 함병순이 화살표를 해 놓은 건물은 시멘트 콘크리트로 된 조잡한 몰골로 서 있었다. '미명 음악학원'이란 간판이 금이 간 벽면에 옆으로 나붙어 있었고 건물 입구엔 세로로 붙인 간판이 있었다. 1층은 약국이었다. 층계는 그 약국을 통하지 않고도 올라갈 수 있게 되어 있었다.

긴장과 더불어 심장의 고동이 급격해졌다. '피아노과'라고 쓰인 방문을 잠깐 쳐다보다가 노크했다. 반응이 없어 도어를 밀었다.

그런데 텅 빈 방이 나타났다. 구석 쪽에 분해하다 만 피아노 한 대가 놓여 있었다. 가까이 가 보니 그 피아노는 어떤 폭력에 의해 부서진 피아노였다.

빈 방에서 서성거리고 있을 수가 없어 3층으로 올라갔다. 3층의 도어 앞엔 '바이올린과'란 표지가 붙어 있었다. 노크도 없이 도어를 열었다. 역시 빈 방이었는데 둥근 의자 몇 개가 뒹굴고 있었다. 난투극 다음의 풍경을 방불케 하는 살벌한 공기의 냄새였다.

그 방을 나와 다시 계단을 올라갔다. 명함 크기만 한 종이에 '내실'이라고 쓰인 것이 문 위에 붙어 있었다. 조심스럽게 노크했다. 반응이 없었다. 두 번째 노크를 했다.

"누구요? 오늘은 아무도 안 만나요. 가시오."

괴팍한 소리에 잇따라 고함소리가 났다.

그래도 구인상은 노크를 했다.

"안 만난다면 돌아갈 일이지 왜 추근거려."

고함이 있었다. 분명히 술 취한 목소리였다. 구인상이 이번엔 주먹으로 도어를 쾅쾅 쳤다.

"도대체 어떤 놈이야?"

하는 소리와 동시에 도어가 안쪽으로 열렸다. 넥타이를 반쯤 풀어버린 채 와이셔츠 바람으로 얼굴을 내민 그 사내, 그에게 구인상은 안면이 있었다. 순아의 세 번째 돌잔치 때 이미숙이 "순아가 조금 크면 이분에게 피아노 레슨을 받게 할래요" 하고 소개한 바로 그 사내였다. 일순 그때의 광경을 상기하며 이자의 이름이 '기병열'이구나 하는 마음으로 쏘아보았다.

기병열은 뒤로 자빠질 듯 물러섰다.

구인상은 방 안으로 들어섰다. 선뜻 네글리제 바람으로 침대에 누워 있는 이미숙이 시야로 들어왔다. 공허하게 눈을 뜨고 구인상을 바라보고도 그녀는 움직이지 않았다. 이윽고 이미숙이 의식을 잃을 정도로 술에 취해 있다는 사실을 발견했다.

구인상은 침착해야겠다고 이를 악물었다.

"기병열 씨라고 하셨죠? 잠깐 나가 있어 주슈. 내 이 사람과 할 애기가 있습니다."

그러자 기병열은 방바닥에 내동댕이쳐져 있던 상의를 주워 입고 바깥으로 나가려고 했다. 그 찰나였다.

"저놈을 놓쳐선 안 돼."

비단을 찢는 듯한 외마디 소리를 지르곤 이미숙이 기병열에게 덤벼들었다. 술 취한 사람으로선 믿기지 않을 재빠른 동작이었다. 이미숙이 기병열의 멱살을 잡고 늘어졌다.

"이놈 가려면 나를 죽여 놓고 가라."

이를 갈았다. 차마 눈 뜨고 볼 수 없는 참담한 장면이었다.

"이 여자가 왜 이래!"

기병열은 자기의 멱살을 잡은 이미숙의 손을 틀어 떼려고 했으나 혼신의 힘으로 매달린 손은 좀처럼 떨어지질 않았다.

구인상은 아내의 그런 형상을 일찍이 본 적이 없었다. 언제나 거만할 정도로 싸늘한 모습만 보아 왔던 터라 광녀(狂女)처럼 날뛰는 그 꼴은 전혀 상상 밖의 일이어서 혹시 다른 여자를 이미숙으로 착각하는 것이 아닌가 하고 눈을 닦고 보는 마음으로 되었다.

명색이 남편으로서 아내가 "죽여 달라"고까지 하며 정부(情夫)에게 매달린 꼴을 계속 보아야 하느냐, 그 자리를 피해야 하느냐 하는 망설임을 가졌다. 동시에 전신에서 힘이 쭉 빠졌다.

'세상에 이런 일이 있을 수 있을까?'

구인상은 이것은 악몽일 뿐이라고 스스로에게 타일렀다. 뒹굴고 있는 의자를 일으켜 세워 그 위에 덥석 주저앉았다.

기병열과 이미숙의 싸움은 아직도 계속되고 있었다. 이미숙은 악을 쓰고 기병열은 발길질까지 섞어 이미숙을 떼어 버리려고 서둘렀다. 4층 건물의 밀실이었기에 다행이지 여염집에서 난 싸움이었다면 벌써 구경꾼이 모여들었을 것이었다.

"이놈! 날 죽여 놓고 가!"

이미숙이 수없이 되풀이했다.

이윽고 기병열의 입에서도 "이년!"이란 말이 나왔다. 아까까지 "이 여자가 왜 이래?"했다. "이년"이란 말이 나오기 시작함과 동시에 기병열의 태도가 난폭해졌다. 멱살을 잡은 이미숙을 벽 쪽으로 와락 밀어붙여 머리를 꽝 하고 벽에 부딪치게 했다.

"으악!"소리와 함께 이미숙이 꺾인 나무처럼 방바닥에 쓰러져 버렸다. 그리곤 입에서 거품을 뿜어냈다.

구인상의 가슴이 오싹했다. 혹시 죽지 않았나 싶어서였다. 기병열은 "이따위 년이" 하고 씩씩거리며 바깥으로 나가려고 했다. 구인상이 본능적인 예감으로 벌떡 일어나 기병열을 막아섰다.

"못 간다!"

"왜 못 가요?"

기병열이 거칠게 나왔다.

"이 여자는 죽었을지 몰라. 아니 죽을지 몰라. 그 책임은 당신이 져야 할 것 아닌가."

구인상이 침착하게 말했다. 기병열의 표정에 냉소가 돋아났다.

"이 여자가 죽어요? 도끼로 토막을 내도 죽을 년이 아니오."

이 말이 구인상을 분격케 했다. 그것은 질투에 따른 감정도 아니고, 모욕에 따른 감정도 아니었다. 구인상이 기병열에게서 결정적인 사악을 본 것이다. 굳이 말하면 의분심(義奮心)이었다. 그러나 말은 조용했다.

"죽었건 말건 당신이 저 모양으로 만들어 놓지 않았나. 저렇게 해놓고 어디로 간단 말이오."

"저 여자가 덤비기에 나는 밀었을 뿐이오. 정당방위를 했단 말이오. 나는 가겠소."

기병열이 구인상의 어깨를 밀고 바깥으로 나가려고 했다.

"안 돼!"

구인상이 기병열을 방 안쪽으로 밀었다. 그는 무력했지만 술 취한 기병열 하나쯤은 감당할 수 있는 완력이 있었다.

"왜 안 된다는 거요? 당신 보지 않았소. 저 여자가 덤비는 걸."

다시 문 쪽으로 걸어 나왔다.

"시비는 나중에 가리고 용태를 한번 살펴보기나 하시오."

뿜어낸 거품을 아직 입 언저리에 붙인 채 실신해 있는 이미숙을 턱으로 가리키며 구인상이 나직이 말했다.

"당신이나 살펴보슈. 당신 부인 아뇨? 당신 부인의 목숨은 당신이 살펴야지. 왜 날더러 그런 소릴 하는 거요?"

기병열의 뻔뻔스러운 말에 구인상이 자기도 모르게 손이 올라갔다. 기병열의 몸이 거꾸러질 정도로 맹렬히 따귀를 갈겼다.

"나를 쳐?"

기병열이 덤벼들 것처럼 태세를 취했다. 구인상이 아랑곳없이 되풀이했다.

"잔말 말구 저 여자를 살펴봐. 당신이 살인자가 될지 안 될지 하는 순간이야."

이 말에 기병열은 겁을 먹은 모양으로 시선을 이미숙에게 돌리다 말고 목청을 돋우었다.

"어떻게 되었건 정당방위란 말요."

"정당방위는 법정에서 할 얘기고 빨리 살펴보란 말이다."

구인상은 짐짓 불안했다. 빨리 손을 써야 할 것이 아닌가 싶어 초조하기도 했다. 그러나 자기 자신이 이미숙의 용태를 살펴볼 마음으로 되진 않았다.

기병열은 무언가를 결심한 모양으로 도어를 등지고 선 구인상을 향해 와락 돌진해 왔다. 불의의 습격을 받고 구인상이 넘어질 뻔했다. 그 틈을 타고 기병열이 도어를 찼다. 열린 도어로 도망치려는 바짓가랑이를 구인상이 가까스로 붙들었다. 기병열이 다리를 버둥거렸다. 하마터면 놓칠 뻔했을 때 열린 도어의 저편에 말이 있었다.

"구 선생님 어디 계십니까?"

함병순의 음성이었다.

"이 사람 못 나가게 해요."

구인상이 소리를 질렀다. 함병순이 기병열을 밀었다. 기병열이 함병순을 밀치고 도망치려 했으나 그땐 구인상이 자세를 고쳐 기병열의 목덜미를 뒤에서 잡아끌었다. 기병열이 도로 방 안으로 끌려 들어왔다.

"혹시나 싶어 와 봤는데 오기를 잘 했군요. 국희도 요 아래 와 있어요. 불러올까요?"

"국희 씨를 오라고 하시오. 그리고 병순 씨는 의사를 빨리 데리고 오십시오. 아무래도 무슨 일이 난 것 같습니다."

구인상이 얼른 말하고 기병열을 방 한쪽 구석으로 밀어붙여 놓곤 도어를 등지고 섰다.

기병열은 눈을 짐승처럼 번득거리며 중얼거렸다.

"누가 뭐라고 해도 정당방위니까."

그런 말엔 아랑곳없이 구인상은 아직도 실신상태에 있는 이미숙에게 시선을 보냈다. 한마디로 처참한 몰골이었다.

명국희는 방 안에 들어오다 말고 멈칫 서 버렸다. 쓰러져 있는 이미숙을 보며 겁먹은 표정으로 바뀌었다. 그리곤 어름어름 구인상의 눈치를 살폈다.

"내가 왔을 땐 한창 사랑싸움을 하던 중이었소."

구인상은 설명할 엄두가 나질 않아 담배를 꺼내 입에 물었다. 사람이 살다 보면 별꼴을 다 본다는 감회가 솟았다.

기병열은 단념한 듯 옷매무새를 고치고 침대에 가서 앉았다.

"참, 국희 씨는 경찰에 연락해야겠소. 만일 미숙이가 죽기라도 했으면 저 사람이 살인범이니까요. 도망치려는 것을 겨우 붙들어 놓았소."

그런데 명국희는 움직이지 않았다. 만일 그 사람이 또 도망치려고 들면 구인상 혼자로선 감당 못할 것 같아서였다.

침착을 되찾은 국희가 미숙이 옆으로 가서 맥박을 짚었다. 그리고 다시 돌아와 "큰일은 없을 것 같아요" 하고 나직이 말했다.

구인상은 극도의 긴장감에서 풀렸다. 만일 미숙이 저 꼴로 죽으면 어떻게 하나 싶어 당황했던 것이다. 그런 긴장감에서 풀려나자 감정이 다른 각도로 부풀기 시작했다. 미움이었다. 미숙의 몸뚱어리를 짓밟아 버리고 싶은 광폭한 미움이 돌연 솟아났다. 담배를 든 손이 와들와들 떨렸다.

"진정하세요, 선생님."

낮은 소리로 속삭였다.

계단을 올라오는 헝클어진 발걸음 소리가 있었다. 함병순이 의사를 데리고 왔다. 대머리가 벗겨진 중년의 의사와 간호사가 들어왔다. 의사는 얼른 미숙에게 가더니 맥박을 짚어 보고 눈꺼풀을 뒤집어 보았다.

"이상 없습니까?"

함병순이 물었다.

이 말엔 대답을 않고 의사는 명령조로 말했다.

"환자를 침대로 옮기시오."

기병열은 침대에서 푸시시 일어나선 벽 쪽을 보고 섰다. 이미숙 쪽은 보기도 싫다는 그런 태도였다.

구인상은 기병열의 도주를 막기 위해서도 움직일 수가 없었다.

함병순과 명국회가 수고할 수밖에 없었는데 무리를 하는 통에 네글리제의 일부가 들어져 올라 미숙의 허연 허벅다리가 나타났다. 구인상은 못 볼 것을 본 것처럼 전신이 움찔했다. 파충류의 음탕한 몸뚱어리를 본 것처럼 징그럽고 추하고 몸서리가 났다.

의사는 미숙의 가슴을 풀어 헤치고 청진기를 갖다 댔다. 그리고는 미숙을 엎어 놓고 등을 쾅쾅 치고 도로 반듯이 눕혀 놓곤 주사를 놓았다.

"약은 먹은 것 같지 않고 술을 많이 마신 모양이군요."

의사는 이렇게 중얼거리곤 가만히 뉘어 놓고 경과를 보라고 했다. 이때 구인상이 말을 꺼냈다.

"혹시 뇌진탕이 아닌지 보아 주십시오."

"의식을 잃은 지가 얼마나 됩니까?"

"거의 한 시간쯤 되었습니다."

구인상의 대답을 듣고 의사는 다시 진찰을 시작했다. 그리곤 고개를 갸웃했다.

"의식을 잃고 한 시간이나 되었는데도 회복되지 않는다면 뇌진탕인지도 모르겠는데요."

"넘어질 때 타박이 심했습니까?"

"그것까진 알 수 없으나 쾅 하고 넘어진 것은 사실입니다."

"계속 의식을 회복하지 못하면 우선 뇌사진을 찍어 봐야할 테니까 큰 병원으로 가야죠."

의사의 말엔 자신이라곤 없었다. 의사는 가방을 뒤지더니 또 한

대 주사를 놓았다. 그래도 미숙은 의식을 회복하지 않았다.

"아무래도 큰 병원으로 가야 할 것 같습니다."

의사가 앰뷸런스를 부르려는 찰나 미숙이 무슨 소리를 외쳤다.

"그놈을 붙들어야 해. 그놈을 붙들어."

눈을 뜨지 않은 것을 보니 잠꼬대가 아니면 헛소리일 것이었다. 완전히 의식을 회복한 것은 아니지만 좀더 기다려 보기로 했다.

구인상이 명국희를 밖으로 데리고 가서 사정 설명을 했다.

"그놈을 붙들라는 소리는 방 안에 있는 기병열을 붙들란 말입니다. 내가 아까 들어섰을 때 미숙은 벌써 술에 곤드레가 되어 있었소. 그랬는데 기병열이 나가려고 하자 못 나가게 잡아끈 겁니다. 나는 그걸 사랑싸움으로 보았는데 막상 그것만은 아닌 것 같소. 음악학원을 차렸다고 했는데 2층엔 헌 피아노 한 대가 부서진 채 있을 뿐이었소. 사정이 어떠하건 미숙이 제정신을 차릴 때까지 저 놈을 붙들어 두어야 하겠는데 어쩌면 좋겠소."

"선생님은 방에 가 있고, 함병순을 내보내세요."

구인상이 들어오고 함병순이 나갔다.

10분쯤 있다가 함병순이 돌아오더니 의사에게 말했다.

"아마 심각한 문제가 있는 것 같습니다. 게다가 아직도 의식을 회복하지 못할 지경이니 중태가 아닙니까. 뇌진탕이 틀림없을 것 같군요. 지금의 상황 그대로 좋으니 진단서를 만들어 주십시오."

"진단서야 만들어 드리죠."

"그럼 지금 병원으로 갑시다. 진단서를 받은 연후에 선생님 병원에 입원시키겠어요."

의사는 소상한 지시를 하고 간호사를 남겨 놓고 함병순과 같이 나갔다.

"4주 진단서만 받아내면 지금 당장 구속할 수 있대요."

의사와 함병순을 전송하는 체 구인상을 바깥으로 나오게 하여 명국희가 속삭인 소리였다.

구인상이 우울한 표정으로 고개를 끄덕였다.

이미숙의 4주 진단서가 나왔다. 함병순이 그걸 갖고 경찰서로 갔다. 경찰에서 형사가 와서 기병열을 일단 연행했다. 기병열이 안 가려고 반항했지만 도리가 없었다.

이미숙을 병원으로 옮겼다. 그리고 구인상이 집으로 전화를 걸어 가정부를 병원으로 오도록 하고 병원에서 나왔다. 한길에서 명국희, 함병순과 헤어져 집으로 돌아간 그는 어머니를 오시라고 해서 오늘 있었던 경위를 보고 했다.

"5캐럿 다이아를 비롯해서 가지고 있는 패물을 팔아 그 돈을 어떤 놈에게 주어 빌딩을 샀다는 사실은 나도 알고 있다. 창피해서 너에게 얘기를 못했을 뿐이다. 그래서 이혼을 서두르게 한 거다. 사돈집엔 변호사를 통해 얘기가 갔을 거다. 그러나저러나 진상이 애비 보기가 부끄럽구나."

'진상'의 아비란 구인상이 아버지라고 부르는 사람을 말한다. 진상이란 인상의 동생이다. 구인상은 기이한 느낌을 가졌다. 종전 같으면 어머니는 "느그 아부지"라고 했을 것인데. 오늘따라 "진상의 애비"란 표현을 했기 때문이다. 그러나 아무렇지 않게 받아 넘기며 한숨을 쉬었다.

"부끄러워도 할 수 없는 일 아닙니까."

어머니는 불쌍해서 못 견디겠다는 눈으로 구인상을 보았다. 구인상은 그 눈초리를 견디기가 힘들었다.

"어머니 너무 상심 마십시오. 이런 일은 세상에 더러 있는 일 아닙니까."

"흔한 일은 아니라도 더러 있는 일이긴 하다. 그러나 네 마음이 어떻겠나 싶으니 마음이 아프구나."

"전 아무 일 없어요. 대강 짐작했던 일이니까요."

"네 마음이 편해야 내 마음이 편할 건데. 너만은 편히 살아야 한다는 게 내 평생 소원이었는데. 불행이 닥치려면 나한테 닥칠 일이지 네가 이런 꼴을 당하다니."

어머니는 이윽고 눈물을 터뜨리고 말았다.

"어머니 왜 이러십니까?"

구인상도 목이 메었다.

"세상에 이런 창피가 어디에 있겠나. 남자나 여자나 결혼에 실패하는 것처럼 불행한 일은 없다. 그러나 어쩌니. 마음을 단단히 가져라. 나는 네가 병들까 겁난다."

"전 괜찮아요. 어머니, 정말 아무렇지도 않습니다."

"그렇다면 됐다. 아무튼 나는 그 집을 나와 너하고 같이 살란다. 네 기분이 그렇게 된다면 외국에 나가서 살아도 좋다. …"

그때야 알았다. 어머니는 어머니의 관념으로서 이미숙의 사건으로 아들이 대학교수 노릇을 할 수 없을지 모른다는 짐작까지 하는 것이었다. 구인상은 실로 뜻밖의 문제에 봉착했다. 그는 이미 숙의 문제와 자기 문제를 분리해서 생각했던 것인데 교육자의 체면이란 것을 생각한 것이다.

"어머닌 제가 이 사건으로 인해 대학을 그만둬야 될지 모른다고까지 짐작하시는 거죠?"

어머니가 고개를 들었다.

"넌 그런 생각 안 했니? 정말 그런 생각을 안 했니?"

"이런 일이 있었다고 대학에서 나가라고야 하겠어요?"

"그럼 대학에서 그런 말이 없다고 눌러앉아 있을 셈인가?"

"차차 생각해 보도록 하죠, 뭐."

"많은 교수들의 눈초리를 어떻게 당해 내려나? 학생들의 눈을 어떻게 당해 내려나? 저 아무개 교수의 여편네는 어떤 놈팽이와 놀아났단다, 저 교수의 여편네가 돈을 빼돌려 간부에게 빌딩을 사 줬단다 하고 빈정대는 눈, 핀잔하는 눈으로 볼 것인데 그걸 어떻게 견디어 낼 수 있을 텐가."

어머니의 말을 듣자 등골이 오싹했다. 만일 주간지 같은 데 그런 기사가 나기라도 하면 만사는 휴의(休矣)다. 설혹 그렇지 않는다고 해도 그것이 엄연한 사실인 이상 자책(自責)함이 있어야 하는 것이다. 구인상은 대학을 그만두는 것이 절박한 문제라고 생각했다. 이혼하기 전에 대학에 사표를 내야 할 것이었다.

"나는 내 아들이 남으로부터 그런 눈으로 보는 걸 참을 수 없다. 교육자의 위신이니 체면이니 하는 것보다 앞서는 문제이다."

"그렇겠습니다, 어머니."

"네가 하고 싶은 학문은 대학에 나가지 않아도 할 수 있지 않겠느냐."

"그건 그렇습니다."

쉽게 말했지만 구인상의 가슴엔 말이 남았다.

'역사철학'이란 학문은 아카데미를 필요로 하는 학문 가운데의 하나라는 사실. 그렇다고 해서 아카데미를 떠나도 못할 바는 아니지만 학술논문을 통해 성과가 발표되는 학문인 만큼 독자적인 역사철학회를 갖고 있지 않은 한국에선 아카데미를 떠나 역사철학을 한다는 건 쉬운 일이 아니다.

그러나 그런 얘기를 어머니에게 해도 소용없는 일이다. 사정이 불가피하다면 그런 이유는 아무런 소용이 없다.

"그래서 혹시 외국에 나가 살 기분으로 되지 않을까 해서 아까 내가 말해 본 거다."

인상은 어머니의 원려(遠慮)에 머리가 수그러졌다.

"내일이라도 사표를 내겠습니다."

"그렇게 해라. 네가 대학을 그만두어도 경제적으로 편하게 살 만큼은 내가 장만해 두었다."

"현재 제가 가진 것만으로도 넉넉합니다. 대학을 그만둔다고 해서 할 일이 전혀 없는 것도 아닐 테구요."

"아무튼 너를 위해 마련한 재산이 있다. 네가 무슨 사업을 해도 될 만한 돈이다. 기죽지 말고 활달하게 행동하도록 해라."

어머니는 구인상의 손을 꼬옥 잡았다.

구인상은 대학에 사표를 제출해야 한다는 사태로서 역산(逆算)하여 자기를 둘러싼 문제의 중요성을 새삼스럽게 느꼈다. 그리고는 찻잔 속의 분란쯤으로 이미숙의 문제를 생각하던 스스로의 인식이 얼마나 얄팍했던가 하고 뉘우쳤다. 실로 구인상의 인생에 있어서 중대한 사건인 것이다.

"에미가 병원에 있다는 것을 사돈집에 연락해야 하지 않을까?"

어머니가 혼잣말처럼 중얼거렸다.

"그렇게 해야 되겠죠."

구인상은 앉은 채로 있었다. 이른바 처가 식구 누구에게 어떻게 전해야 할지 엄두가 나지 않았던 것이다.

구인상은 인자한 장인어른의 모습과 자상한 장모의 얼굴을 떠올렸다. 사건의 진상이 밝혀졌을 때 가장 큰 충격을 받을 사람들이었다. 구인상은 이미숙의 태도에 의혹을 품었을 당초 장인어른과 의논했어야 옳았다고 후회했지만 때는 이미 늦었다.

딸의 음악적 소질을 대견하다고 믿고 미국 유학까지 시킬 정도였으니 장인 장모의 미숙에게 대한 애착이 어떤 것인가는 짐작할 만했다. 문자 그대로 이미숙은 금지옥엽으로 자랐다. 구인상은 결혼 당초 장인 장모가 제시한 조건을 상기했다. 그것은 이미숙의 피아노 수업에 만전의 협조를 해 달라는 부탁이었다.

"그애는 피아노를 생명으로 알고 있다. 이제 피아노보다도 더 소중한 남편을 만나게 된 것이지만 남편에게 대한 사랑과 피아노에 대한 사랑엔 모순이 없을 줄 안다. 뿐만 아니라 부부가 각기의 세계를 갖고 대성할 수 있다면 서로의 영광이 되는 것이 아닌가."

“본인이 원하는 대로 협조를 아끼지 않겠습니다.”

장인의 말에 구인상은 약속했던 것이다.

시집살이를 시키지 않고 살림을 맡겨 둘 가정부가 있고 아이가 있으면 돌볼 유모를 마련할 것이고 생활에 지장이 없을 만큼 경제적 여유가 있고 보니 결혼했대서 이미숙의 피아노 수업에 지장이 있을 까닭이 없었다. 게다가 구인상은 서재인(書齋人)으로서 스스로의 세계를 가지고 있으니 미숙의 피아노 수업에 방해가 되지 않을 것이었다. 그만하면 미숙에게 협조할 수 있는 조건이 갖추어진 것이니 장인에게 한 구인상의 약속은 결코 건성으로 한 것은 아니었다.

그런데 어느 때부터인가 구인상은 이미숙의 피아노 소리를 듣지 못하게 되었다. 그는 자기가 대학에 가고 난 후 미숙이 피아노 연습을 하는 것이거니 하고 대수롭게 생각하지 않았는데 그 후 우연한 기회에 미숙이 피아노를 단념했다는 사실을 알았다.

미숙이 피아노를 단념했대서 구인상이 곤란을 느낄 리가 없었다. 그 이유를 알아보려고 안 한 것은 알아보았자 소용없는 일이라고 판단했기 때문이다.

구인상은 미숙의 오늘의 상황에 자기가 책임을 져야 할 부분이 있는가 없는가, 있다면 어느 정도로 책임져야 하는가를 따져보기로 했다. 그러나 답안은 쉽게 얻어질 수 없었다.

어머니는 한숨만 쉬고 있었다.

갈대의 운명

이미숙이 의식을 회복한 것은 그 이튿날 새벽이었다.

"의식은 회복했지만 혹시 후유증이 있을지 모르니 경과를 좀더 두고 봐야겠다"는 것이 의사의 소견이라고 했다.

가정부는 집으로 돌아오고 미숙의 간병은 친정에서 맡았다. 너무나 엄청난 일이어서 미숙의 부모와 형제는 구인상과 만나길 꺼렸다. "처분대로 하겠다"는 장인의 말을 변호사가 구인상에게 전하면서 물었다.

"이혼수속을 할까요?"

"병상에 두고 이혼할 수야 있습니까? 사실은 이혼한 거나 다름이 없으니 형식문제만 남은 것이 아닙니까? 서두를 필요가 없습니다."

구인상은 이혼수속을 진행하는 것을 연기했다. 이렇게 한 마음의 바탕엔 장인 장모님에 대한 배려가 있었다.

도난신고 문제 때문에 함병순이 병실에 드나들었던 모양이다.

어느 날 명국회가 이런 얘기를 했다.

"허위 도난신고 문제는 피해자인 제가 경찰에 탄원해서 이력저력 해결했어요. 그런데 미숙 씨의 아버지가 기병열인가 하는 사람을 사기죄로 고발한 모양입니다. 소장(訴狀)의 내용은 이러하대요. 미숙 씨가 기병열에게 수차 건넨 돈이 1억 3천만 원인데, 건물을 사서 음악학원을 차릴 작정이었대요. 그런데 기병열은 2천만 원에 낡은 4층집을 전세내고, 우선 5대를 사들여야 할 피아노도 사지 않고 고물 피아노 한 대만 사곤 나머지를 착복했대요. 세상일에 백치와 같은 미숙 씨를 기병열이 속인 거죠. 그날 싸움도 피아노 때문이었대요. 집을 샀는지, 전세로 얻은 건지 챙겨 볼 지식이 미숙 씨에게 없었기 때문에 집은 문제가 되지도 않았는데, 5대 있어야 할 피아노가 고물 피아노 한 대였으니 화가 난 게지요. 돈을 모두 내놓으라고 요구한 모양입니다. 그러자 기병열은 집 사는 데 돈이 다 들었다고 했대요. 화가 난 미숙 씨가 중개사무소에 가서 집을 팔겠다고 했답니다. 그때야 미숙 씨는 기병열에게 속은 줄을 알고 자포자기해서 술을 마시고 사생결단으로 기병열에게 덤벼들고 있을 때 구 선생님이 그 방에 들어갔다, 이렇게 된 겁니다. …"

명국회의 얘기는 좀더 계속되었으나 구인상은 이미 듣질 않았다. 분노보다도 불쌍하다는 감정이 앞섰다. 아내라는 사정을 떠나 인생에 좌절한 여자에 대한 객관적인 동정이 돋아났다.

'미숙은 피아노를 단념하긴 했으나 피아노를 떠나 살 순 없었던 게다. 이루지 못할 꿈을 후배에 대한 기대감으로 바꾸었다. 기병열이 자극했는지도 모를 일이다. 미숙은 일대 모험을 결행하기로 했다. 남편인 내 마음이 이미 그녀를 떠나 있다는 것을 알고서….'

그렇다면 미숙은 미움을 받을 여자가 아니고 보호받아야 할 여자였다. 구인상은 고민 끝에 그날 밤 병원으로 찾아갔다. 미숙은 잠들어 있었고, 미숙의 어머니가 침대 옆 의자에 넋을 잃고 앉아 있었다.

구인상을 보더니 움찔하며 얼굴을 들었다. 병원으로 오는 도중 장인이나 장모를 만났을 경우를 예상하고 갖가지 말을 준비하긴 했는데 구인상의 입에선 아무 말도 나오지 않았다. 그저 멍청한 눈으로 미숙의 잠자는 얼굴을 바라보았다. 돌이킬 수 없는 실수를 하고 어른들로부터 호된 꾸중을 듣다가 잠들어 버린 소녀의 얼굴 같은 흔적이 남아 있었다.

"구 서방 대할 면목이 없구먼."

장모는 시선을 엉뚱한 데 두고 간신히 중얼거렸다.

"대할 면목이 없는 건 접니다. 아내 하나를 온전하게 지키지 못한 제가 어디 사람입니까?"

뜻밖에도 이런 말이 구인상의 입에서 흘러나왔다. 장모가 구인상을 응시하는 눈초리로 되었다. 방금 한 구인상의 말이 진정에 나온 말인가, 건성으로 한 말인가를 따져 보는 것 같았다.

"의사는 뭐라고 했습니까?"

구인상이 조용히 물었다.

"충격이 너무 심해 제정신이 아니라고 하더군."

"언제쯤 정상으로 회복한다고 하던가요?"

"그걸 모르겠대."

"큰 병원으로 옮겨야 할 것 아닐까요?"

"글쎄. 하루만 더 경과를 보라고 하더구먼."

침묵이 흘렀다. 변두리가 돼서 그런지 아직 초저녁인데 주위는 깊은 밤처럼 조용했다. 멀리서 기적 소리가 났다. 이어 바람 소리가 있었다. 알전구의 을씨년스런 광선으로 가득한 병원의 방은 사회에서 완전히 단절된 공간처럼 느껴졌다.

침묵을 견딜 수 없었다.

"제가 지키고 있겠습니다. 바람도 쏘일 겸 잠깐 다녀오시죠."

"난 괜찮네. 내일 학교엘 가야 할 것 아닌가. 편히 쉬어야지."

"그런 걱정은 없습니다. 학교를 그만둘 작정이니까요."

구인상은 후회했다. 안 할 말을 했다는 뉘우침이었다.

아니나 다를까 장모의 얼굴이 일순 핼쑥해졌다.

"대학을 그만두더라도 조금 있다가 그만두게. 이 애에게 한꺼번에 그 많은 벌을 주어서야 되겠는가?"

장모는 이윽고 눈물을 흘렸다.

그때였다. 언제 깨어났는지 미숙의 말이 있었다.

"내게 복수해야겠다, 이 말씀이군요?"

미숙의 이 말은 구인상은 물론이고 그녀의 어머니를 놀라게 했다. 의식이 정상으로 회복된 증거였기 때문이다.

"미숙아, 정신 차렸구나."

장모가 딸의 손을 잡자, 미숙이 그 손을 홱 뿌리치며 횡설수설하기 시작했다. 구인상은 장모에게 시선을 돌리며 말했다.

"어머님, 미안해 하실 것 없습니다. 저 사람이 절 미워하는 이유를 전 잘 알고 있으니까요. 그러나 순아 엄마, 난 복수할 생각은 가지지 않았다. 복수할 건덕지도 없구."

"위선자!"

미숙이 꽥하고 고함을 질렀다. 그리고는 쉴 새 없이 말을 늘어놓았다.

"엄마, 저 사람은 내가 그 짐승 같은 놈에게 얻어맞고 있을 때 싸늘한 눈으로 쳐다보던 사람이야. 여편네가 잘못을 저질러도 나무랄 줄도 모르고 한 대 쥐어박지도 못하면서 남이 제 여편네를 때리는 것을 보고만 있던 사람이야."

"나는 당신이 맞고 있는 걸 본 적이 없었는데?"

구인상은 얼굴에서 웃음을 지우지 않았다. 그건 사실이었다. 넥타이를 조르고 주먹으로 기병열을 치고 때린 건 미숙이었지 기병열은 아니었다. 다만 마지막 판에 기병열이 미숙을 심하게 밀쳤을 뿐이다. 한데 눈 깜짝할 사이에 있었던 일이라서 구인상이 말릴 겨를이 없었던 것이다.

"어머니 앞이라고 해서 함부로 거짓말 마. 짐승 같은 놈에게 얼마나 맞았는지 말도 못해. 엄마 보았죠? 전신에 나 있는 푸른 자국을."

"아마 내가 그 방에 들어서기 전에 맞은 모양입니다."

구인상이 장모에게 변명조로 말했다.

장모는 알고 있다는 듯 고개를 끄덕였다. 그러자 또 이미숙이 엉뚱한 트집을 잡곤 소리를 지르기 시작했다. 구인상은 그 방에서 나와 버리지 않을 수 없었다.

　병원 근처에 있는 목로술집에서 구인상이 소주를 앞에 하고 앉았다. 이미숙이 정신이상을 일으켰다고 일단 단정은 했으나, 엉뚱한 소리에도 넘겨짚는 말에도 어떤 의도가 느껴지는 것으로 보아 정신이 완전히 돌았다고는 할 수 없었다. 모처럼 돋아난 동정의 불길이 찬물을 뒤집어 쓴 꼴이었다.

　차라리 그런 편이 속이 시원할지도 몰랐다. 그러나 처량한 장모의 모습이 눈앞에 아른거리고 순아의 얼굴이 뇌리를 스치자 구인상의 마음은 다시 동요하기 시작했다.

　'그 어머니의 마음이 어떠할까.'

　'순아의 어미가 미쳤다고 하면 순아는 앞으로 어떻게 될까.'

　참기 어려운 것을 참는 것이 참는다는 행위의 진짜이다.

　'저 불쌍한 여자를 구해 줄 사람은 나밖에 없다.'

　'저 불쌍한 여자를 구한다는 것은 그녀의 어머니와 아버지를 함께 구하는 일이다.'

　'모정과 부정은 존귀하다. 그 존귀한 모정과 부정을 위해서도 나는 저 여자를 구해야 한다.'

　소주를 서너 잔 하고 나니 슬픔이 가슴을 메웠다. 구인상은 그 슬픔이 미숙을 통해서가 아니면 어떤 위안도 받아들일 수 없는 슬픔이란 것을 알았다.

　'한 여자조차 지키지 못하는 사내가 역사철학을 한들 그 진리를 깨달을 수 있을까.'

　'한 여자를 두고 사랑을 가꾸지 못한 사내가 역사철학에서 무슨

지혜를 얻겠다는 것인가. '

　대학교수를 그만두어야겠다는 결심이 이러한 의식으로서도 굳
어져 갔다. 체면의 문제가 아니라 진실의 문제인 것이다. 구인상
은 모든 것이 끝난 듯싶은 이 국면에 와서 아내에 대한 사랑을 발
견했다. 구인상은 다섯 잔째의 술을 마시고 마음속에 떠오르는 시
를 소리 없이 읊었다.

　　그처럼 당신은 레몬을 기다리고 있었다.
　　슬프고 희고 밝은 죽음의 자리에서 내 손으로부터 옮겨 받은 한 개
　의 레몬을 당신의 청결한 이빨이 싹뚝 씹었다.
　　토파즈 빛깔의 향기가 물씬했다.
　　그 몇 방울의 하늘의 것인 레몬의 즙은 일순 당신의 의식을 정상으
　로 돌렸다. 당신의 푸르게 갠 눈이 다소곳이 웃었다.
　　내 손을 꼭 쥐어 본 당신의 힘의 건강함이여!
　　당신의 인후(咽喉) 엔 폭풍이 일었지만 그러한 생명의 마지막 순간
　에 당신은 본래의 당신이 되어 평생 동안의 사랑을 그 찰나에 쏟았
　다. 그리곤 얼마 후 옛날 산마루에서 한 것 같은 심호흡을 하곤 당신
　의 기관(機關) 은 그로서 정지했다.
　　당신의 사진 앞에 꽂아 놓은 벚꽃이 꽃그늘에 싱그럽게 빛나는 레
　몬을 오늘도 놓아둔다.

　광녀(狂女) 가 된 아내를 두문불출 7년 동안이나 간호한 외국의
어느 시인이 그 아내의 임종을 읊은 시이다. 아내의 광기(狂氣) 를
누구에게도 보이지 않기 위해 손수 똥오줌을 받아 내고 식사와 빨

래를 도맡아 자기의 예술은 물론 일체 다른 일은 팽개치고 한 여자에의 사랑을 전심전력 관철했다는 이 시인이야말로 사랑의 승리자가 아니었을까.

구인상은 그처럼 할 수 있는 사랑을 가꾸지 못한 스스로를 인생의 패배자라고 칠 수밖에 없다는 마음으로 젖어들었다.

그래도 구인상은 미숙을 용서할 마음으론 되지 않았다. 그러면서도 그의 발은 다시 병원으로 들어서고 있었다. 어떠한 포악한 말도 엉뚱한 중상도 다 들어주리라, 아니 들어보리라 하는 마음에서였다.

병실 도어 밖에서 구인상은 멈춰 섰다. 안으로부터 모녀간의 대화가 들려왔기 때문이다. 남의 대화를 엿듣는다는 것은 구인상의 결벽이 용인하지 않는 일이었지만 안에서 들려온 미숙의 첫마디가 구인상을 그 자리에 붙들어 세운 것이다.

"엄마, 난 손을 찢어 버리려고 했어."

"손을 찢다니 무슨 소리냐?"

"봐요 엄마, 손을 이렇게 쫙 펴도 미국인 친구의 손 너비의 3분의 2밖엔 안 되는 거야. 피아니스트의 생명은 손이야. 적어도 한 옥타브 반쯤은 커버할 수 있어야 해. 그런데 난 어림없었어. 그래 엄지손가락과 가늠지 사이의 이 부분을 잘라 버리려고 했어."

"어머나!"

"병원엘 갔지. 이 부분을 잘라 달라구. 의사가 안 된다고 했어. 나는 울며불며 부탁했지만 의사가 화를 내더라. 그리고 날 쫓아냈어. 결국 나는 2류 피아니스트밖엔 못 될 운명이란 걸 알았지. 2

류의 예술가가 어떤 건지 엄마는 알아?"

"2류면 어떻고 3류면 어떠니. 취미로 익혀 놓은 걸로 치면. "

"난 싫어, 싫었어. 세상에 살맛이 나질 않아. 죽고 싶었지만 용기가 없었어. 엄마와 아빠가 얼마나 슬퍼할까 생각하니 더욱 용기가 나질 않았어. "

한동안 침묵이 있더니 다시 대화가 시작되었다.

"네 자신에게 실망했다고 해서 구 서방까지 실망시킨 건 네 잘못이 아닐까?"

"구 서방에겐 미안했어. 언제나 미안하다고 생각했어. 그러나 미안하다는 마음뿐이야. 도리가 없어. 그는 나를 무시했으니까 나도 그를 무시할 수밖에. "

"구 서방이 어째서 널 무시했겠니?"

"왜 피아노 연습을 하지 않느냐고 한마디쯤 물어봐야 할 게 아냐? 그런데 그 사람은 묻지도 않았어. 그게 무시한 게 아니고 뭐야. 아내는 가슴속에서 피를 흘리며 울고 있는데 그 사람은 언제나 춘풍(春風) 속에 있었어. 엄마, 생각해 봐. 무시당하고 사람이 살 수 있어? 더욱이 남편의 무시는 견딜 수 없어. 난 위로를 찾아다녔어. 내 재주가 아깝다고 아쉬워하는 사람을 찾아다녔어. 당신은 천재인데 왜 피아노를 포기했느냐고 나를 아껴 주고 어루만져 주고 같이 울어 주는 사람을 찾아다녔어. 그래서 죽지 않고 살수 있었던 거야. 엄마, 그래도 내가 잘못했어? 나를 욕해?"

"누가 널 욕하니?"

"잘못했다고는 생각하지. "

"그야 잘못이지, 남편을 가진 여자가 어디….."

"남편이 날 무시하는 데두?"

"구 서방은 원래 말이 적은 사람 아니냐. 게다가 혹시 그런 걸 물으면 네 자존심이 상할까 봐 잠자코 있었는지도 모르구."

그러자 미숙이 꽥 고함을 질렀다.

"엄마도 내 원수야, 그 사람 두둔하는 걸 보니. 그 사람이 날 무시하지 않았다면 어째서 외박한 아내를 가만 두지? 머리채를 휘감아 쥐고 때리지도 않구, 그게 사내야? 남편이야? 사람이야?"

"속이 깊은 남자면 그럴 수도 있지."

장모의 말은 어디까지나 부드러웠다.

"만일 아빠가 그런 짓을 했다면 엄만 참을 수 있겠어?"

"내가 외박을 했대두 네 아빠는 날 믿을 거야. 무슨 불가피한 이유가 있었을 것이라고. 그래서 아무 말 하시지 않을지도 모르지."

"엄마, 거짓말 마. 엄마도 내 형편이 되면 견딜 수 없었을 거야. 구 서방이란 사람은 자기 눈앞에서 아내가 다른 사내와 같이 호텔의 엘리베이터를 타는 걸 보고도 못 본 척했던 사람이야. 그 사람이 로비에 있는 줄을 알고 일부러 꾸민 연극인데 아랑곳하지도 않았어. 심지어는 어떤 놈팽이를 시켜 내가 누구랑 호텔 방에 있다는 것을 알려도 아무런 반응이 없었던 사람이야."

미숙의 말은 히스테릭하게 높아만 갔다.

"미숙아. 너 정녕 그런 짓을 했니? 난 기병열인가 하는 놈에게 속은 줄만 알았지, 어찌 그런 일을 상상이라도….."

장모의 말에 한숨이 섞였다.

"엄마, 엘리베이터를 타고 같이 간 사내완 아무 일도 없었어. 호텔 방에 있는 것을 밀고해 달라고 어느 놈팽이에게 부탁할 때만 해도 아무 일 없었어. 그 사람이 달려올 것이라고 믿었거든. 그런데 그 사람은 오지도 않았어. 묻지도 않았어. 그처럼 철저하게 나를 무시하는 사람을 가만둘 수 있어, 나 혼자 아내 노릇만 하고 있을 수 있어?"

"꼭 그랬다면 갈라섰어야 할 게 아니니?"

"난 내 편에서 이혼하잔 말은 절대로 안 할 작정이었어."

"무서운 애기다. 미숙아, 그 얘기 그만둬라."

"엄마한테 안 하고 이런 얘기 누구에게 하죠? 가슴이 터지려는데 참아요? 그런 모욕을 받고 가만있을 수가 있어?"

"넌 순아의 어미가 아니냐."

"그 가시내는 저의 애비 꼭 그대로예요. 어린 게 벌써 나를 차가운 눈으로 본단 말야."

"네 행동이 그러니 순아인들…."

"엄마는 내 편이다 했더니… 엄마도 내 원수야."

"네 편 내 편이 또 뭐구. 구 서방은 참으로 훌륭한 사람이다. 아까 와서 하는 소리 들어 보지 않았나. 그런 처지의 남편이 다른 사람 같으면 어림도 없다. 어떻게 그런 마음을 쓸 수 있겠냐?"

"날 철저하게 무시하기 위해 온 거야. 혼자만 점잖은 척하고. 그 사람은 철두철미 위선자야."

"구 서방이 대학을 그만두겠다고 하잖던가. 만일 그렇게 된다면 큰일이구나. 네가 구 서방을 망친 결과가 된다."

"나는 벌써 망쳐졌어. 그 사람 때문이야."

미숙의 히스테리는 끝간 데를 몰랐다.

이때 구인상이 노크도 없이 병실에 들어섰다. 모녀가 동시에 구인상을 보았다. 장모는 화석처럼 지친 표정이었고, 미숙의 얼굴은 형용할 수 없이 광기로 이지러져 있었다.

'아아, 이 여자는 정말 미쳤다. …'

순간 구인상은 그렇게 느꼈다.

구인상이 미숙의 침대로 가서 그녀의 손을 잡았다.

"순아 엄마."

나직이 불러 보았다.

미숙의 눈에 공포에 가까운 빛깔이 돌았다.

"순아 엄마."

다시 한 번 불렀을 때 미숙은 자기 손을 잡은 구인상의 손에 사정없이 이빨을 세우려고 했다. 얼른 손을 빼 버렸기에 다행이었다. 이글거리는 미숙의 눈엔 증오가 있었다.

"순아 엄마, 내가 잘못했다."

미숙의 얼굴은 아연한 표정으로 바뀌었다. 구인상이 마음의 탓으로 그렇게 느꼈을지 모른다.

"구 서방, 구 서방이 잘못한 건 아무것도 없네. 구 서방 부끄러워 못 살겠다네."

등 뒤에 장모의 흐느끼는 소리가 있었다.

"죄송합니다만 저는 바로 문 밖에서 미숙이 하는 애길 다 들었습니다. 그래서 깨달았습니다. 제가 잘못했어요. 그러나 순아 엄마, 어쩌다 그렇게 된 거지 순아 엄마를 무시한 건 아니었소."

"그런 변명에 누가 속아 넘어갈 것 같아? 빨리 나가요. 보기도
싫어. 빨리 이혼수속이나 하세요. 그리곤 다신 나타나지 말아요."

미숙이 펄쩍 뛰었다. 그리곤 이어 갖은 욕지거리를 퍼붓기 시작
했다. 위선자, 냉혈동물, 삼류교수, 뼈가 없는 낙지 같은 인간…
용케도 그 어휘를 외고 있었구나 싶을 정도의 어휘를 구사했다.

장모가 말리려 들면 불에 기름을 쏟는 결과밖에 더 될 것이 없었
다. 구인상은 병자의 말이거니 하고 참으려고 했지만 끓어오르는
분노를 억누르기 힘들었다.

'나는 왜 이런 꼴을 당해야 하나?'

'뭣이 내가 나빴단 말인가? 나의 죄는 세상을 몰랐다는 죄밖에
없다. … '

계속 병실에 있다간 신경을 지탱할 수 없을 것 같았다.

"어머니의 수고를 덜어 드리려고 왔는데 제가 있으니까 더 곤란
하게 되는 것 같습니다. 전 가겠습니다."

장모는 그를 붙들 수도 붙들지 않을 수도 없는 낭패한 태도로 쩔
쩔맸다.

뭔가 한마디 미숙에게 해야 하겠다는 마음이 없진 않았으나, 구
인상의 마음이 그처럼 관대할 순 없었다.

'미숙이 바라는 것이라면 내일이라도 이혼수속을 하지.'

그런 마음과 아울러 오늘 밤에라도 대학에 사표를 써야겠다는
마음이 겹쳤다.

병원을 나섰다. 택시를 잡으려고 머뭇거리는데 길 건너 가로등 아래에서 한 여자의 그림자가 어른거렸다.

"혹시, 구인상 선생님 아니세요?"

가로등에 젊은 여자의 갸름한 얼굴이 떠올랐다. 여자의 음성은 곱고 부드러웠다.

"그렇습니다만."

구인상이 무뚝뚝하게 대답했다.

"선생님을 뵈러 왔습니다만."

여자의 목소리는 떨리는 듯했다.

"내가 여기 있는 줄을 어떻게 아셨죠?"

"오늘 오후 내내 이 병원 근처에서 서성거렸습니다. 혹시나 하구요."

"도대체 당신은 누구십니까?"

"어디 조용한 곳으로 가서 잠깐 시간을 내 주실 수 없을까요?"

여자의 얼굴이나 맵시가 천덕스럽지 않았다. 깊은 고민이 젊고 예쁜 얼굴에 그늘을 드리우고 있어 일종의 기품 같은 것이 풍겨지고 있기도 했다.

"나는 지금 J호텔로 갈 참입니다만 거기 가서 커피숍이나 로비에서 얘기를 들을까요?"

"어느 곳이라도 좋아요."

여자는 기어들어갈 듯한 대답을 했다. 택시를 잡았다. 여자는 앞좌석에 앉았다.

구인상은 J호텔에 가서 우선 명국회에게 연락을 해 두고 커피숍으로 이 여자를 데리고 가야겠다고 마음을 먹었다.

구인상은 차창을 스치는 밤거리에 시선을 돌리고 있었지만 본의 아니게 앞에 앉아 있는 여자의 뒷모습에 주의가 쏠렸다.

정확하게 빛깔을 판별할 수 없었으나 다갈색과 회색이 교차된 홈스펀의 교직(交織)으로 된 외투가 여간 세련된 취미가 아닌 성싶었고, 아무렇게나 목에 두른 실크 머플러도 우아하게 구색을 맞추고 있었다. 웨이브가 자연스럽게 흐르는 머리, 넓지도 좁지도 않은 어깨, 아무튼 흔히 아무 데서나 만날 수 있는 여자가 아닌 것만은 확실했다.

'도대체 이 여자가 누구일까?'

궁금증이 일었지만 택시 안에서 물을 순 없었다. 호텔에 도착하면 알 수 있는 것을 서두를 필요가 없었다.

구인상은 눈을 감고 병원에 있는 이미숙을 생각했다.

'그 여자는 나의 원수다.'

'나를 파멸시키기 위해 나타난 악마다.'

하지만 이미숙을 원수라고 하기엔 너무나 가냘프다. 이미숙을 악마라고 하기엔 너무나 가련하다.

'하물며 정신착란 직전, 아니 정신착란의 상황에 있지 않는가.'

잠시 동안 미숙을 원수라고, 악마라고 여긴 스스로가 만화처럼 느껴졌다. 구인상은 자세를 바꿔 앉으며 깊은 한숨을 쉬었다.

구내전화로 국회를 부르려다가 말고 구인상은 그 여자와 스낵바로 갔다. 커피숍은 불빛이 지나치게 환했기 때문이다.

"저는 기병열의 아내입니다."

구인상이 기겁했을 정도로 놀랐다. 다음 말을 하기까진 상당 시간이 걸렸다.

"기병열 씨의 부인이 제게 무슨 용무지요?"

"선생님이 관대하신 분이라고 들었거든요."

기병열의 부인은 하이볼 한 잔으로 대담해진 탓인지 발음을 또박또박 했다.

"제가 관대하면 어쩌겠다는 겁니까?"

구인상이 쌀쌀한 말투가 되었다.

"사람을 하나 살려 주셔야겠어요."

기병열의 부인은 고개를 떨어뜨렸다.

천하의 사기꾼, 음탕한 계교를 꾸며 여자를 농락하곤 돈까지 횡령한 기병열 같은 인간이 어떻게 이처럼 기품 있는 여자를 아내로 삼을 수 있었을까 싶으니 구인상은 여태껏 느끼지 못했던 맹렬한 분노를 느꼈다. 그 분노는 아내 미숙에게선 느끼지 못했던 질투의 불길이었으며, 정욕(情慾)을 동반한 증오였다.

구인상은 눈앞에 있는 이 여자의 옷을 갈기갈기 찢어 실 한 오라기 걸치지 않은 나신(裸身)으로 만들어 잔혹하게 학대하고 싶은 격렬한 충동까지 느꼈다.

"나는 관대한 사람이 아닙니다."

나지막하니 힘주어 말했다. 여자의 말은 없었다.

"내가 관대하다면 관대하지 않기 위해 관대한 척해 왔다는 것뿐입니다. 관대하지 않기 위해서 관대한 척한다는 뜻 아시겠어요?"

여자는 여전히 고개를 숙이고만 있었다.

246

"오만하기 위해 겸손할 수가 있는 겁니다. 불친절하기 위해 친절할 수도 있는 겁니다. 비정(非情)을 철저하게 하기 위해 다정스러울 때도 있는 겁니다. 모르시겠어요?"

여자는 손수건을 꺼내 고개를 숙인 채 눈물을 닦았다.

구인상의 흥분은 더해만 갔다. 여자의 눈물은 어떤 경우라도 사람의 마음을 약하게 한다. 구인상도 그 예외가 아니다. 억지로라도 흥분을 가라앉혀야겠다고 마음을 먹었다. 죄 없는 여자를 상대로 화풀이해 봤자 소용없는 일이다.

"근데 내가 관대하다는 걸 누구한테서 들었소?"

"선생님은 고발하시지 않았습니다."

"그게 잘못된 생각입니다. 내가 고발하지 않은 것은 나를 위해서지, 결코 그들을 위한 것이 아닙니다. 원래 그런 문제는 고발 같은 것, 처벌 같은 것으로 해결될 성질이 아니구요. 고발하지 않았대서 미움마저 없어졌을 것 같아요?"

"미움은 남겠죠."

"고발하지 않은 건 부인의 경우도 마찬가지 아닙니까. 그렇다면 부인도 관대하신 거로군요. 내가 관대하다고 치고 제게 무엇을 요구하십니까?"

구인상은 부드럽게 말투를 바꿨다.

"그만두겠습니다. 가능하지 않을 것 같아서요."

"그렇다면 나도 듣지 않기로 하겠습니다."

덤덤한 침묵이 흘렀다. 얘기는 끝났는데 여자는 일어서려고 하지를 않았다. 견디기 어려운 침묵이었다.

구인상이 먼저 입을 열었다.

"당신은 당신 남편을 용서할 수 있습니까?"

"용서하자는 게 아녜요."

"그럼 뭡니까, 남편을 위해 나까지 찾아온 건."

"그런 사람이 아니었어요. 음악대학 다닐 땐 장래를 촉망받기도 했어요. 오스트리아 비엔나에 가서 3년인가 있다가 돌아오더니 사람이 달라졌어요. 처음엔 몰랐는데 M대학 전임강사가 되자마자 제자와 사고를 쳤어요. 결혼을 약속하고 임신까지 했는데 속은 것을 안 여자의 집에서 문제를 일으켰어요. 대학에서 쫓겨나니까 갈 곳이 없어졌어요. 그때 저는 이혼하려고 했지요. 그 학생과 결혼할 수 있도록 하기 위해서요. 그렇게 나오자 저편에서 거절했어요. 인간 취급을 못 받은 거죠."

구인상은 잠자코 술을 마셨다. 스낵바의 피아노가 울렸다.

여자는 돌연 일어섰다.

"선생님, 다른 곳으로 가요. 여기가 싫어요."

"그럼 가십시오. 우리 얘기는 이 정도로 끝내는 것이 좋을 것 같습니다. 당신과 계속 같이 있으면 내가 위험할 것 같습니다."

의아한 표정으로 되더니 여자는 다시 자리에 앉았다.

구인상의 그 말은 정직한 고백과 같은 것이었다. 구인상은 평생 동안 여자를 상대로 이처럼 강력한 정욕을 느껴 본 것은 처음이었다. 그 감정을 어떻게 분석해야 할까. 구인상은 분석만이 극복과 해방이 된다는 사실을 알고 있었다. 신앙의 분석은 신앙의 부정에 이르기 마련이고, 돈의 분석은 부자가 되려는 의욕의 부정이고,

권력의 분석은 권력의 부정, 즉 권력을 멸시하기에 이른다.

그는 이 정체불명의 정욕을 진화(鎭火)하기 위해선 철저한 분석이 필요할 것이라고 느꼈다. 여자가 육감적 관능적으로 생겼단 말인가. 그런데 사실은 그와 반대였다. 고민을 견디어 온 탓인지 관능적인 것보다 정신적인 분위기를 두르고 있는 여자인 것이다.

그럼 나 자신이 성적 갈망상태에 있기 때문일까도 생각했지만 언제라도 접촉할 수 있는 명국희의 매력적인 육체가 바로 그 호텔에 기다리고 있다. 여자의 미모? 틀림없이 미모의 여성이지만 명국희의 미모에 비하면 다분히 손색이 있었다. 똑바로 말하면 청결하고 우아한 것이 매력일 뿐 조형적인 아름다움은 아닌 것이다.

그럼 어떻게 된 것인가. 기병열의 아내란 데 대해 자기도 모르게 이글거리는 복수심리의 작용이랄 수밖에 없다. 그놈이 내 아내를 능욕했으니 나도 그놈의 아내를 능욕해야겠다는 복수적 본능? 그러나 구인상은 그러한 본능만으로 좌우되는 비겁자일 수도 없었다. 설혹 그런 요소를 전혀 배제할 순 없더라도.

남는 것은 왠지 모르는 질투의 감정이었다. 기병열이라는 그 인간 이하의 동물 같은 녀석이 이런 여자의 사랑을 받고 있다는 사실에 대한 질투….

구인상은 이런 질투가 용납될 수 있을 것인가를 생각했다. 그런데 그런 생각은 고통이었다. 그 고통에서 벗어나려면 여자가 가 버리든지, 자기가 자리를 박차고 떠나든지 해야만 되었다. 그러나 구인상은 여자더러 가라고 하면서도 가길 바라지 않았고, 자기 자신도 떠날 수가 없었다.

"어떤 위험이라도 감수하겠어요. 다른 데로 가시지요 선생님, 저는 어떤 부탁도 하지 않겠어요. 말씀을 좀더 드릴 것이 있고, 선생님께 드릴 것이 있어요."

"왜 이 자리가 안 된다는 겁니까?"

"꼭 그것을 아셔야 하나요? 저는 피아노 소리가 듣기 싫어요."

"그것도 이상하군요."

구인상도 솔로 피아노를 들으면 불쾌한 구름이 가슴을 덮는 것 같은 느낌으로 되는 스스로를 여자의 그 말을 계기로 깨달았다.

"피아노 소리를 들으면 머리가 아파요. 구토가 나려고 하구요."

여자는 혼잣말처럼 중얼거렸다.

"좋습니다."

호텔 현관으로 나와 택시를 잡아 여자를 먼저 태웠다.

"어디로 모실까요?"

운전사의 말에 구인상이 아무런 작정도 없이 택시를 탄 스스로를 발견했다. 아직도 가슴속엔 광적인 회오리가 일고 있었다.

"인천으로 갑시다."

구인상이 당황했다. 그러나 뱉어 버린 말을 도로 쓸어 담을 순 없었다.

여자는 아무 말이 없었다. 자동차가 한강을 건너고 있을 때 구인상의 뇌리에서 '루비콘'이란 말이 떠올랐다. 시저가 자기의 운명을 걸고 건넌 그 루비콘강이다.

'그러나 내가 시저일 수 없듯이 한강이 루비콘이 될 수야 없지.'

이런 생각에 구인상이 다음과 같이 말할 마음이 되었다.

"왜 인천으로 가자고 했는지 모르겠습니다. 인천으로 가지 않아도 좋습니다. 내키지 않으시거든 차를 되돌려 세워도 좋습니다."

여자는 여전히 말이 없는 가운데 택시는 경인고속도로에 들어섰다. 밤이 깊은 탓인지 고속도로엔 자동차의 왕래가 뜸했다. 창밖으로 짙은 어둠이 깔렸고 가끔 멀게 가깝게 깜박거리는 전등불의 마을이 있었다.

기묘한 인생이 도무지 통분(通分)도 약분(約分)도 될 수 없는 3개의 인생이 어둠 속을 달려가고 있다는 감상이 야릇했다. 3개의 인생이란 운전사를 포함해서 구인상과 그 여자의 인생을 뜻한다.

구인상은 비로소 담배를 피워야겠다고 생각했다.

'그렇지, 담배를 피우면 마음에 질서가 잡힐지 모른다.'

그는 담배를 꺼내 라이터로 불을 붙였다. 묵직한 라이터의 감촉이 손바닥에 남았을 때, 구인상은 그 라이터는 바로 며칠 전 명국희가 자기에게 선물한 '듀퐁'이란 것을 깨달았다.

'국희 씨가 기다리고 있을 텐데.'

상념이 스쳤지만 택시를 되돌릴 박력으로까지는 되지 않았다.

'인천에 가서 어떻게 한담?'

무목적(無目的)으로 가고 있는 이상 인천에 이르자마자 곧 되돌아올 수도 있을 것이었다. 구인상은 이 밤에 있을 앞으로의 일은 여자의 뜻에 맡기기로 했다. 그러나 이렇게 말해 보지 않을 순 없었다.

"기묘한 드라이브가 아닙니까. 하실 말씀이 있다고 했는데 그걸 차 안에서 하시면 어때요. 왕복을 합치면 충분한 시간이 될 줄 아는데요."

"차 안에선 못할 얘기예요."

얼굴을 차창 쪽으로 돌리고 여자가 한 말이었다. 인천 시내에 들어설 때까지 침묵이 계속되었다. 톨게이트를 지난 지점에서 운전사가 물었다.

"어디로 모실까요?"

구인상이 뭐라고 답하지 못하고 있는데 여자의 말이 있었다.

"조용한 호텔로 데려다 줘요."

"나는 인천 지리를 잘 모르는데요."

운전사의 말이 무뚝뚝했다.

"송도 쪽으로 가세요. 그 근처에 가서 내가 찾겠어요."

"생소한 곳에 내리느니보다 서울로 되돌아갑시다."

구인상이 제안했으나 여자는 들은 척도 안 했다.

위스키 한 병을 탁자 위에 놓고 구인상과 여자가 마주 앉았다. 호텔방의 분위기는 두 사람의 심정과는 아무런 관련이 없었다. 일종의 대결장에 선 느낌이었기 때문이다. 구인상이 입을 열었다.

"말씀하시지요."

방으로 들어온 지 10여 분이 지났는데도 침묵이 계속되었던 것이다. 여자는 잠자코 핸드백을 열더니 그 속에서 하얀 봉투를 꺼냈다. 그리곤 그 봉투에서 예금통장과 도장을 꺼내 탁자 위에 놓았다. 구인상은 지켜만 보고 있었다.

"이것은 기병열이 선생님의 부인으로부터 사취한 돈의 일부분입니다."

경련을 일으킬 정도로 놀랐지만 구인상은 애써 평정한 태도를 유지했다. 입을 다물고 있었다.

"한번 펴 보십시오."

구인상은 그 통장에 손을 대기도 싫었다. 징그러운 주술(呪術)이 담겨 있는 것처럼 느껴졌다.

"8천만 원이 들어 있어요."

여자는 흐트러진 머리칼을 걷어 올리며 말을 이었다.

"고발장엔 1억 3천만 원을 사기 쳤다고 되어 있던데. 사실은 그 액수보다 훨씬 많지 않을까 해요. 제 짐작입니다만."

구인상의 뇌리에 혹시 이들 부부가 공모한 것이 아닐까 하는 의혹이 스쳤다. 그러나 구인상은 그 여자가 풍기는 분위기로 보아 도저히 그럴 수는 없을 것 같았지만 남편의 사기행각을 미리 알고는 있었던 것이 아닐까 하는 의혹마저 지울 수는 없었다. 단번에 불쾌한 기분으로 되었다.

"그래 이런 걸 내놓고 어쩌시려는 겁니까?"

"선생님께 돌려 드리려구요."

구인상은 어이가 없어서 웃었다.

"이것하고 고발 취하를 맞바꾸자는 겁니까?"

"그럴 의사 없습니다. 집을 나설 땐 그런 생각을 했지만 지금 와선 그럴 생각이 전혀 없습니다. 선생님이 그저 받아 주시는 것으로 고맙겠습니다."

"남편을 위하는 마음이시거든 이걸 법정에 내놓으십시오. 혹시 가벼운 벌로 낙착될지 모르니까요."

"그럴 수는 없어요. 기병열은 이런 돈을 남겨 놓은 것을 부인합니다. 사기 친 돈은 여자와 함께 유흥비로 다 써 버렸다고 진술했지요. 기병열 요량으로 징역을 살더라도 이 돈은 남기고 싶은 모양입니다. 내게도 이런 돈이 있다는 걸 감췄으니까요."

"그럼 부인은 어떻게 이 통장을 손에 넣은 겁니까?"

"경찰관이 가택수색을 했어요. 그땐 아무런 흔적이 없었습니다. 그런데 경찰관이 가고 난 후 그 사람의 여권이 없어졌다는 걸 발견했습니다. 제가 여권을 찾아 이곳저곳 뒤졌지요."

집 안을 이곳저곳 뒤졌는데 냉장고를 디딤으로 하고 서면 쉽게 손이 이를 수 있는 천정 판자에 보일 듯 말 듯 틈서리가 있었다. 조금 위로 밀었더니 판자가 수월하게 열리고 손에 무엇인가가 잡혔다. 그 비닐봉지 안에 여권과 통장과 인장, 그리고 미화 1만 달러가 들어 있었다.

"통장의 이름이 딴 사람이었어요. 기병열이가 아니었고요. 자기 딴으론 신중을 기해 변성명해서 예금해 둔 것이었어요."

"이 통장을 발견했다는 말을 본인에게 했나요?"

"안 했습니다. 면회 가서 물었어요. 사기 친 돈 반쯤이라도 마련해서 고발을 취하하도록 하면 어떻겠느냐구요. 그랬더니 그 사람 얘기가 자기로선 어떻게 할 수 없으니 장인과 장모에게 의논하라는 뻔뻔스러운 거였습니다. 장인과 장모가 돈을 만들어 주면 당신이 그걸 갚을 수 있겠느냐고 물었더니 10년쯤 여유를 주면 갚을 수 있을지 모른다고 했습니다. 다시 말했죠. 장인 장모에게 신세를 지려면 당신이 가진 쓸 만한 물건을 죄다 팔아 돈이 이것밖엔 안 된다고 내어놓곤 부탁해야 할 것 아니냐고 했더니 좋다고 하데요. 한 번 더 따졌죠. 당신에게 속한 모든 물건을 내 임의대로 처분해도 좋으냐고. 고개를 끄덕였어요. 그런저런 얘기를 하고 나서, 참 당신의 여권이 보이지 않던데 어떻게 된 거냐고 했더니 아마 술을 마시다 잃어버렸을 거라고 하잖아요. 찾아야 될 게 아니냐고 했더니 이 꼴로는 외국 여행도 틀렸으니 신경 쓸 필요 없다고 하더군요. …"

"그런데 그런 사람을 위해 나한테까지 찾아왔어요?"

"돈이 얼마라도 되거든 선생님을 찾아가라고 했어요. 구인상 교수는 너그러운 분이니까 주위의 사람들을 타일러 고발을 취하하게 해줄지도 모른다더군요."

"참으로 번번스런 사람이군. 뻔뻔스럽던 게 닳고 닳아서 번번스럽게 되었다는 얘깁니다."

여자의 얼굴에도 실소(失笑)의 자락이 스쳤다. 긴장된 공기가 풀렸다. 기선의 고동 소리가 멀리서 들렸다.

"기병열은 체포되지만 않았더라면 그 이튿날쯤 외국으로 도망칠 작정이었나 봐요. 그러기에 당장 들통이 날 사기를 친 것 아니겠어요?"

구인상이 여자가 아까부터 자기의 남편을 기병열이란 이름이 아니면 "그", "그 사람"이란 용어로써 지칭하고 있는 사실에 마음을 돌렸다. 그따위 사람을 사랑하느냐고 J호텔에서 물었을 때 여자의 대답은 "남편인 걸요" 하는 것이었는데….

구인상이 술병을 들어 여자의 잔과 자기의 잔을 가득 채웠다.

문제는 다시 본론으로 돌아갔다.

"이걸 도로 넣어 두시죠."

구인상이 통장과 도장을 턱으로 가리켰다.

"저는 선생님께 드리려고 이걸 가지고 온 겁니다."

"정 그러시다면 병원에 있는 미숙에게 갖다 주십시오. 나는 징그러워 그 물건에 손을 대기도 싫습니다."

구인상이 잘라 말했다.

"저는 그분과 만나기 싫습니다. 무슨 얼굴을 하고 그 앞에 나가겠습니까. 그리고 무슨 말을 하겠습니까."

"그래 당신 남편은 징그럽지가 않던가요?"

한동안 대답이 없었다. 침묵 속을 바람 소리가 지났다.

"불쌍해요. 자기의 천분(天分)에 대한 환멸이 그 사람을 그렇게 만들었어요. 천분에 대한 환멸이 양심의 받침대를 무너뜨렸는가 봐요. 게다가 처가살이를 한다는 게 얼마나 지겨웠겠어요. 그래 탈출극을 벌이려던 참인데 그 꼴이 되었으니···."

"안타깝다, 그 말씀입니까? 그 사람 탈출극이 성공하지 못한 게 안타깝다는 얘기인가요?"

"이왕 죄를 저질렀을 바엔 탈출극이 성공이라도 했더라면 하는 마음이 전혀 없는 것은 아녜요."

구인상은 맹렬한 분노와 더불어 다시금 정욕이 치솟아 오르는 것을 느꼈다. 여자가 기병열을 경멸하고 냉담한 말을 할 적엔 진정되었던 정욕이, 기병열을 두둔하는 듯한 말투로 바뀌자 다시 고개를 처들었다는 사실이 불가사의했다.

"여보시오, 부인!"

구인상의 말이 거칠게 나왔다.

"나는 그자 때문에 대학에 사표를 내게 되었소. 학자로서의 내 경력은 끝장이 난 거요. 그놈 때문에 말입니다. 그런데 내 앞에서 당신은 지금 무슨 소릴 하는 거요. 그래, 이미숙은 징그럽고 당신 남편은 징그럽지 않단 말이오? 그래, 그런 일을 알면서 같은 침대에서 잠자리를 했단 말이오?"

구인상은 치사스럽다고 뉘우치면서도 계속 말을 쏟았다.

"당신들은 공범이 아니었소? 부부가 짜고 물정 모르는 여자를 농락한 것 아뇨?"

구인상이 주먹으로 책상을 칠 듯하자 여자는 지친 표정으로 얼굴이 핼쑥해지더니 나직이 중얼거렸다.

"어머나! 저는 그 사람이 제자와 사고를 일으켰을 그때부터 육체적으로나 정신적으로나 남남이 된 사람이에요."

"그런데 왜 나를 찾아왔소?"

"그 사람을 그 꼴로 만들어 놓고 헤어진다는 게 너무나 매정스럽다고 생각한 때문이에요. 그밖엔 아무런 이유도 없어요. 그러나 지금은 어떻게 했어도 좋아요."

"기병열과 헤어지겠다 이거죠?"

"그렇습니다. 실질적으론 헤어진 거나 다를 바 없으니 형식적인 수속만 남았을 뿐예요."

"그럼 증거를 보여 주세요."

"증거요? 어떻게 보이나요? 증거를?"

"옷을 벗고 이 침대 위에 누우세요."

여자의 얼굴은 겁을 먹고 화석처럼 되었다.

"사람을 잘못 봤군요. 저는 구 선생이 이런 짓을 요구할 분으론 보지 않았어요."

"나도 짐승입니다. 당신을 갈기갈기 찢고 싶습니다. 아까부터 그 충동을 참느라고 애를 써 왔소."

"그로써 분이 풀린다면…."

여자는 일어섰다. 투피스의 웃옷을 벗었다. 새틴의 셔츠가 젖가슴의 융기를 드러내고 있었다. 그 새틴의 셔츠를 벗었다. 엷은 내의가 있었다. 그 내의를 벗었다. 슈미즈의 상부가 나타났다. 다음은 스커트. 슈미즈 차림이 되었다. 스타킹을 끌어내렸다. 슈미즈까지 벗었다. 기막힌 몸매의 완전한 나신이 드러났다. 남자를 모르는 처녀의 육체와 같았다. 구인상이 숨을 죽였다. 그런데 이상하게도 정욕은 식어 있었다.

"부인, 미안하오. 옷을 다시 입으세요."

"증거를 보여 달라고 하지 않았어요?"

"증거고 뭐고 필요 없습니다. 내가 잘못했소. 옷을 입으세요."

"저는 선생님의 명령에 따라 옷을 벗은 것은 아닙니다. 나의 자발적인 의사로서 옷을 벗은 겁니다."

여자가 침대 위에 몸을 누이는 소리만을 들었다. 구인상은 침대를 등진 자세로 그냥 술잔을 들었다. 바람 소리가 들렸다. 파도 소리가 높았다.

"저에게 창피만 주고 말 거예요?"

"잘못했다고 하지 않았소."

구인상은 진정 후회하고 있었다.

"아마 이게 운명인 것 같아요."

"아직 늦진 않았을 것 같습니다. 일어나셔서 옷을 입으시죠."

"저는 이 밤을 운명의 밤으로 치겠어요. 과거와 단절하는 밤으로. 저도 살아가야 하니까요. 과거를 단절하지 않곤 타성의 늪 속을 헤맬 뿐예요."

"이런 식으로 남편에게 복수하겠다는 것 아닙니까? 그런 짓은 맙시다. 그게 복수가 될 까닭이 없고 우리들 자신만 더럽히는 결과 이상으로 될 턱이 없으니까요."

"복수고 뭐고 그런 생각은 전혀 없습니다. 어떻게 무슨 동기로 만났건 이 밤을 단순한 남자와 여자의 만남의 밤으로 하고 싶을 뿐예요. 다시 있을 수 없는 제 인생에서나 선생님의 인생에서 꼭 한 번 있는 밤으로 하고 싶어요."

여자의 말소리는 관능적인 속삭임으로 되었다. 구인상의 정욕이 고개를 쳐들었다. 구인상은 자기를 사로잡으려는 정염(情炎)을 차가운 이성으로서 극복하려고 애썼다.

불순한 동기 또는 목적으로 여자를 농락할 수 없다는 것은 그의 확고한 양심이기도 했는데, 차츰 그는 어떤 동기와 목적을 따질 필요도 없이 그 여자를 안았으면 하는 욕망으로 바뀌는 스스로의 감정을 발견했다. 뭔지도 왠지도 모르게 풍겨 오는 여자의 매력에 대한 굴복이었다. 아름다운 육체에 대한 갈망이었다.

구인상은 어차피 비열한 행동으로밖엔 되지 않을 바에야 자연스러운 수컷의 본능에 맡겨 버리는 것이 위선을 피할 수 있는 길이 아닌가도 생각했다.

여자는 아무 말이 없어졌다. 구인상이 고개를 돌려 여자 쪽을 보았다. 나신(裸身)은 이미 담요에 덮였고 상아빛으로 윤이 나 있는 기다란 목에 받쳐진 얼굴이 눈을 감은 채 있었다. 긴 속눈썹이 그림자를 이룬 가운데 모양 좋은 콧날이 깎아 놓은 구슬처럼 고왔다. 구인상의 가슴이 설렜다.

'이처럼 기막힌 여자가 기병열 같은 놈의 아내라니.'

다시금 분노의 회오리가 일 것만 같았다. 자기 속에 그런 것이 있다고는 상상하지도 않았던 사디즘이 돌연 고개를 쳐드는 바람에 적이 당황했다.

"당신은 나를 끌어들여 같이 타락하고 싶은 거죠?"

자기도 모르게 구인상의 말이 신랄하게 되었다. 여자는 조용히 눈을 떴다. 구인상이 한 말의 뜻을 알아들을 수 없다는 순진스럽기만 한 표정이었다.

"당신은 나를 기병열과 꼭 같은 놈으로 만들고 싶은 거죠?"

"그 사람은 들먹이지 마세요."

여자는 다시 눈을 감고 속삭이듯 말을 이었다.

"저는 다만 남자를 원할 뿐이에요. 3년 동안을 수녀처럼 살았으니까요. 저도 여자가 될 수 있는지를 알고 싶어요. 그래서 오늘 밤과 같은 기회를 이용하고 싶은 것뿐예요. 그 상대가 우연히 선생님이었다고 생각하면 돼요. 이제 기병열 같은 자는 문제도 아닙니다. 그러니 저와 이 밤을 지냈대서 기병열에게 복수한 거라고 생각할 요량이면 그만두세요. 나와 그 사람은 상관이 없으니까요. 여자로서 저를 원하시거든 마음대로 하세요."

구인상이 할 말을 잃었다. 여자의 말엔 허망한 가운데 빛나는 진주와 닮은 것이 있었다.

구인상이 침묵해 버리자 다시 여자의 말이 있었다.

"선생님은 지금 비열한 행동이 될까봐 겁내고 계시는 거죠. 그런데 선생님은 벌써 비열한 짓을 했어요. 제게 옷을 벗으라고 요구한 사람은 누구죠? 그러나 걱정 마세요. 저도 꼭 같이 비열했으니까요. 병원 앞에서 선생님을 만났을 때 이런 상황을 요행스레 바라듯 했으니까요. 그런 기대를 선생님이 옷을 벗으라고 했을 때 비로소 발견한 것이지만 잠재의식으로 그런 게 있었다는 것은 사실이에요. 선생님이 이대로 돌아가신다면 저에게 망신을 준 것으로 되겠죠. 결국 비열한 걸로 될 겁니다. 아시겠죠?"

여자의 뺨에 빛나는 것이 있었다. 눈물이었다.

"당신 이름을 알아 둡시다."

구인상이 옷을 벗었다. 이름을 모르는 한 기병열의 아내라는 의식을 지울 수 없었기 때문이다.

"진숙영이라고 해요."

"진숙영 씨."

구인상은 입 속에서 되풀이해 보며 자기의 나신을 여자 옆에 뉘었다. 신부의 잠자리에 드는 신랑처럼 감동이 없지 않았다. 처음엔 주저주저하며 차츰 대담하게 그러나 부드럽게 애무하며 여자를 안았다. 여자의 몸은 경직하듯 했으나 차츰 유연하게 풀렸다.

'여자의 몸을 소유하기에 앞서 먼저 여자의 마음을 자기의 것으로 만들어라.'

구인상은 미국에서의 대학시절 어느 소설책에서 읽은 내용을 상기했다. 그 책엔 또 이런 대목이 있었다.

'사람이 동물과 다른 것은 동물적인 행동 이전에 성실한 애무로써 미리 황홀경에 이를 수 있다는 사실이다.'

'동물적인 행위, 그것은 그야말로 콘서메이션(完成)이다.'

구인상은 부드러운 애무를 계속하며 왜 이러한 상념을 아내 이미숙과의 관계에서나, 명국희와 관계에서도 하지 않았는데 무슨 까닭으로 진숙영과의 관계에서만 하게 되었는가를 생각했다.

사람이 홍분하면 이성을 잃는다는 말은 거짓말이다. 구인상은 거의 홍분의 극도에 달해 있으면서도 자기의 이성이 너무나 총명하게 작용하고 있다는 사실을 깨달았다.

구인상의 성실한 애무는 진숙영의 민감한 반응을 유도하는 데 성공했다. 진숙영도 구인상에 지지 않을 성실함으로 구인상을 애무했다. 그 황홀감 속에서도 구인상이 깨달은 게 있었다.

'경쟁의식.'

아내 미숙의 경우, 또는 명국희의 경우엔 경쟁자를 의식하지 않았다. 그런데 진숙영을 상대로 하곤 잠재의식 속에 경쟁자가 도사리고 있다. 기병열이라고 하는 경쟁자.

'그 경쟁자에게 이기기 위해서 나는 이렇게 성실한 애무를 하고 있다.'

서글픈 자조(自嘲)가 씁쓸한 웃음으로 될 뻔했지만 구인상이 현재 안고 있는 세계는 너무나 귀중했다. 이윽고 콘서메이션의 단계에 이르렀을 때 여자는 완전히 실신상태가 되었다.

그래도 구인상에겐 여력이 있었는지 여자는 실신상태 속에서도 호소했다.

"살려 주세요, 살려 주세요."

구인상이 몸을 여자 옆으로 뉘고 여자를 부드럽게 안으며, 정신을 차리라고 일렀다. 그러나 여자가 의식을 회복하기까진 시간이 좀더 걸렸다.

"세상에 이럴 수도 있나요?"

여자의 첫마디였다. 구인상이 대답하지 않았다. 말이 거듭되면 일체가 쑥스러워지겠기 때문이다.

'앞으로 어떻게 될까?'

구인상은 이 여자를 놓치고 싶지 않게 될 스스로의 마음을 예견하고 마음속으로 이렇게 되뇌고 있을 동안에 잠에 빠져들었다.

깊은 잠이었다. 근래엔 있어 보지 못한 깊고 깊은 잠이었다.

노크 소리에 잠을 깼다. 쾅쾅 하는 소리에 섞여 "손님, 손님" 하는 말소리가 있었다. 구인상이 일어나서 대강 옷을 챙겨 입고 방문을 열었다. 호텔 종업원이 서 있었다.

"12시가 넘었는데도 아무 소리가 없어서 걱정이 되어서 깨운 겁니다."

구인상은 어젯밤의 일들을 기억 속에 더듬으며 물었다.

"같이 온 여자 손님이 있었을 텐데."

"그 손님은 10시쯤 떠나셨습니다. 호텔비와 술값을 죄다 치르고 가셨어요. 깨우지 말고 실컷 주무시도록 하라는 말씀이 있었지만 12시가 넘고 보니…."

"좋아, 나도 곧 나갈 테니 걱정 말아요."

소파에 앉은 구인상의 눈에 메모 종이가 보였다.

운명의 밤이었습니다. 혁명의 밤이기도 했구요.

전 앞으로 멋지게 살아갈 자신을 얻었습니다. 내일 J호텔의 로비에서 저녁 6시경 기다리겠습니다. 부득이한 일이 있거든 다음에 적어둔 번호로 전화주세요. 그 전화번호에 하루 종일 있을 테니까요.

그 저금통장과 인장은 선생님의 상의 안 포켓에 넣어 두었습니다. 선생님 말처럼 하도 징그러워서 다시는 손대기 싫어요. 죄송합니다만 그걸 병원에 있는 분에게 전해 주십시오.

기병열에게 대한 고소취하 문제에 관해선 일체 개의치 마십시오. 저 자신도 전혀 개의치 않겠습니다. 선생님의 마음이야 어떻건 제게 소중한 사람은 선생님뿐입니다.

진숙영 전화 7X3-4XX7

하룻밤에 만리장성을 쌓는다지만 하룻밤의 인연으로 이런 편지를 쓸 수 있을까 싶었으나, 구인상이 자고 있는 진숙영을 두고 먼저 떠날 사정으로 되었더라면 자기도 이런 식의 편지를 쓰지 않았을까 하는 마음으로 되었다.

구인상은 인천의 호텔을 나와 택시를 타고 병원으로 달려갔다. 택시 안에서 별의별 생각을 다 해 보았지만 구체적인 결론을 얻지 못한 채 병실에 들어섰다.

　이제 막 점심을 먹은 모양으로 장모는 밥그릇을 챙기고 있었고 미숙은 냅킨으로 입을 닦고 있더니 구인상이 들어서자 고개를 돌렸다. 미안해서 어쩔 줄 모르는 기분으로 보였다. 제 정신이 돌아온 게구나 싶었다.

　구인상이 진숙영이 준 통장과 인장을 탁자 위에 꺼내 놓았다.

　"기병열인가 하는 자가 저 사람으로부터 받은 돈을 변성명하고 은행에 예치해 놓은 통장과 인장입니다."

　구인상이 미숙의 눈치를 살폈다. 미숙은 겁먹은 사람처럼 굳은 표정을 지었을 뿐 말이 없었다. 장모도 멍청한 눈으로 구인상을 바라보고만 있었다.

　"모두 해서 8천만 원입니다. 장인어른께 말씀드려 기병열인가 하는 사람에 대한 고발을 취하하도록 해주세요."

　구인상의 말이 명령조가 되었다.

　"8천만 원 갖고는 고소 취하 못해요."

　이미숙이 날카롭게 소리 질렀다. 구인상은 그 말을 들은 척도 않고 장모 상대로 말을 계속했다.

　"기병열이 가진 돈은 그것뿐입니다. 그 돈도 그자가 숨겨 놓은 것을 용하게 찾아낸 겁니다. 그 돈을 회수한 것만이라도 다행으로 여기고 고소를 취하하라고 장인어른께 이르세요."

　"그 돈 갖곤 어머님의 다이아도 못 찾을 텐데 취하하면 어떻게 해요?"

미숙의 이 말에 구인상이 벌컥 화를 냈다.

"어머니 다이아는 걱정 안 해도 돼. 강도에게 도둑맞은 척하고
있으니까."

구인상의 이 말에 장모가 새파랗게 질렸다.

"그 사람 징역 살려 봐도 별수 없어요. 어쩌면 참된 사람으로 갱
생할 수 있을 사람을 죽이는 꼴밖엔 더 될 것이 없습니다. 사기 당
했다지만 사기 친 사람이나 사기 당한 사람이나 다를 게 없어요."

"당신 그것 날 보고 하는 소리군요?"

미숙이 앙칼지게 뱉었다.

"당신이 한 짓을 생각해 봐. 어떻게 그 사람을 고소할 수 있어?
당신이 그 사람을 유혹했을지도 모르잖아? 궁지에 빠진 사람이 당
신의 유혹을 이용했다 해도 별로 이상한 일은 아냐. 물 쓰듯 쓰는
여자 돈 가로채서 외국 가 공부해서 성공하면 갚아 주자고 생각했
을지도 모르지. 그 사람을 그냥 붙들지 않았더라면 지금쯤 파리나
비엔나에 가 있을 사람이었어. 여권은 물론이고 비행기 표까지 준
비했어. 오히려 내가 그 사람에게 미안할 정도야. 그 사람은 마음
을 바로잡고 정진하면 훌륭한 피아니스트가 될 천분이 있었다고
들었어. 말하자면 당신에겐 과분한 사람이었어."

미숙은 새파랗게 질려 와들와들 떨었고, 장모는 낯빛이 백지장
처럼 하얘졌다. 구인상은 이미 분노에 제동을 걸 수가 없게 되어
버렸다. 상대방의 가슴을 휘저어 놓지 않고는 배겨 낼 수 없는 충
동을 어떻게 할 수가 없었다.

"당신이 기병열을 망쳤어. 천분이 있고 장래가 있는 사람을 당신이 사기꾼으로 만들었단 말이야. 그런데 고소를 취하하지 못해? 이 통장과 인장을 누가 가지고 왔는지 알어? 그자 부인이야. 남편이 숨겨 놓은 것을 찾아 가져왔더라구. 고소 취하를 바라지도 않았어. 남편이 지은 죄의 얼마라도 보상하겠다는 생각뿐이었지. 그렇다면 나도 내 여편네가 지은 죄의 얼마라도 보상하려고 노력해야 하지 않겠어? 아버지에게 말해요. 고소를 취하하라구."

구인상은 통장과 도장을 도로 호주머니에 집어넣었다. 어떤 생각이 그의 뇌리를 스쳤기 때문이다.

아무리 세상 물정을 모르고 철이 덜 든 사람이기로서니 제정신이 돌아온 지금에 와서 미숙은 구인상의 분노를 감당할 수 있을 까닭이 없었다. 그래 기껏 한다는 소리가 이랬다.

"이혼하면 그만 아녜요. 내게 상관 말란 말예요."

"좋아, 당신 소원대로 해주지. 그 대신 기병열에게 대한 고소는 취하해. 만일 고소를 취하하지 않으면…."

구인상이 얼른 입을 다물었다. 하마터면 "내가 당신을 고발하겠다" 는 마음에도 없는 소리를 할 뻔했다.

그때에 대강의 줄거리가 잡힌 장모가 어름어름 말했다.

"아직 저애는 제정신이 아니야. 제정신이 아닌 사람을 상대로 말을 어찌 그렇게 하는가."

구인상의 분노가 진정된 것은 아니었지만 나이 많은 사람에게 충격을 줄 수는 없었다. 말투를 부드럽게 바꿨다.

"책임은 피차에게 있으니 고소를 취하하라고 말했을 뿐입니다."

"자네는 성인인가 뭔가. 그놈이 어떤 놈이라고 고소를 취하하라고 노발대발하는가. 저애에게도 뱃이 있고, 자기 죄에 대한 뉘우침도 있지 않겠는가. 어찌 자네는 그놈과 미숙을 같이 취급하는가. 저애는 나이만 먹었다 뿐이지 철부지나 다를 바 없네. 저애는 자네가 용서할 까닭이 없을 테니 각오는 하고 있네만 며칠 전 자네가 한 말이, 말만이라도 얼마나 고마워 우리 모녀는 꼬박 울면서 밤을 새웠네. 그런데 그놈에 대한 고소를 취하하라니 도무지 영문을 모르겠네. 우리의 마지막 체면까지 없애버리려는구만. 저애가 자네 어머님께 끼친 손해만은 복구해 드려야 체면이나마 건지지 않겠나. 장인이 한 고소는 모르는 척하게나. 들으니까 그놈은 빈털터리지만 그놈 처가는 대단한 부자라고 하더구만. 저애가 사기 당한 돈쯤은 찾아낼 수 있다고 변호사가 말했네. 돈도 돈이거니와 그런 놈을 어떻게 용서할 수 있단 말인가."

구인상은 어이가 없었지만, 말만은 부드럽게 하려고 애썼다.

"8천만 원이란 돈이 돌아온 셈입니다. 사기 당한 돈이 1억 3천만 원이라고 하지만 그 가운데 5천만 원은 저 사람과 놀아나며 같이 쓴 돈입니다. 그런데 무슨 돈을 받겠다는 겁니까. 그자는 저 사람과 놀아난 구체적인 예를 들어 그 돈을 쓴 명세를 밝힐 겁니다. 장모님은 그 꼴을 보시겠다는 겁니까? 저 사람이 얼굴을 들고 다닐 수 있겠어요? 그리고 저는 어떻게 하구요? 그자의 처가는 들먹일 필요가 없습니다. 그자 부인은 이혼할 각오랍니다."

"그게 사실인가? 그놈 아내가 이혼하겠다는 말이."

"사실입니다. 지금쯤 이혼장에 도장을 받았을지 모르죠."

과장된 얘기다 싶었으나 구인상이 이렇게라도 말하지 않을 수 없었다. 장모는 뭔가를 생각하는 듯하더니 아무래도 석연치 않은 표정이었다.

"사기한 돈은 확고한 근거가 있는 것만으론 1억 3천만 원이나 사실은 2억 원 가깝다고 하던데."

"2억이고 3억이고 간에 없어진 돈을 어떻게 합니까?"

"얼마라도 사돈어른께 돈을 갚아 드리고 사과하려고 했는데."

"어머닌 돈에 관해선 별 말씀 없으십니다. 생각도 안 하시고 계시구요."

장모의 한숨이 깊었다.

"그러나 생각해 보세요. 아까 말했듯 고소를 취하하지 않고 그놈을 재판받게 한다고 해서 돈이 나오는 것은 아닙니다. 되레 창피만 당하게 됩니다. 그자와 저 사람의 사건은 몇 사람이 알고 있을 뿐인데 만일 재판이라도 해 보십시오. 어떻게 되겠습니까. 신문 방송에 난다 해 보십시오. 정말 저는 대학을 그만두어야 할 정도가 아니라 이 나라에선 살지 못하게 됩니다."

"아아, 저 몹쓸 년."

장모는 눈물을 흘리기 시작했다.

구인상이 그쪽을 보지 않는 사이 미숙은 이불을 머리 위까지 뒤집어쓰고 꼼짝도 하지 않았다.

"장모님, 이미 지난 일을 어떻게 합니까. 받지 못한 돈은 위자료로 준 셈 할 테니 아무튼 돈 문제 갖곤 걱정하지 마십시오."

"죄를 받아도 섬으로 받을 년에게 위자료가 가당키나 한 소린

가. 내 각오했네. 집을 팔아서라도 저년 때문에 자네가 입은 손해를 내가 갚겠다구."

아까까진 "저애", 저애"라고 하던 것이 "저년"이란 말로 바뀌는 것을 듣자 구인상은 가슴이 아팠다. 자식의 잘못 때문에 고민하는 부모를 보는 것은 누구의 부모이건 자식 된 처지에 있는 사람으로선 견디기 힘든 슬픔인 것이다.

구인상이 그럴 필요가 없다고 했으나 장모는 단호했다.

"나나 저년 아버지나, 경우에 빠진 사람은 아니야. 자네가 무슨 소릴 해도 사람의 체면은 차릴 참이야. 고소도 취하하도록 할 테니 안심하고. 그래서 부탁이야. 대학에 사표는 내지 않도록 마음을 돌리게. 의가 좋지 않아 이혼했다고 하면 그만 아닌가."

장모의 말로 미루어 미숙이 이혼은 이미 각오한 모양이었다.

이제 구인상으로서도 그 문제를 갖고 신경 쓸 필요가 없을 것 같아 조금 마음이 가벼워졌다.

"자넬 보면 민망하고 부끄러워 견딜 수가 없구만. 내 최선을 다해 처리할 테니 앞으론 우릴 만나지 않도록 해주게."

구인상이 일어서자 장모가 손을 잡았는데 구인상의 손 위에 장모의 눈물이 흥건히 괴었다.

'저런 훌륭한 어머니에게서 어떻게 저런 딸이 났을까' 하고 생각하니 가슴이 무거웠다.

어머니는 순아와 놀고 있었다.

구인상을 보자 꾸짖었다.

“어딜 가면 간다고 연락하지 않고 왜 그 모양이냐.”

한데 그 꾸지람이 어째서 그렇게 기분 좋은지 알 수가 없었다. 평생 들어 보지 못한 꾸지람이었다. 구인상은 난생 처음으로 어머니를 발견한 것 같은 기분이었다.

“내 이 집으로 이사를 왔다.”

말씀이 꾸지람 다음에 이어진 말씀이었다.

“환영합니다.”

구인상의 얼굴에 오래간만에 구김살 없는 웃음이 떠올랐다.

“야, 순아 좋겠구나. 할머니가 옆에 계시게 되었으니.”

구인상은 순아를 번쩍 들어 올려 한 바퀴 휙 돌렸다. 그리고 순아를 내려놓고 “어머니, 고맙습니다”라고 새삼스럽게 인사했다. 어미 없는 순아를 위해 어머니가 이사했기 때문이다.

구인상은 유모에게 순아를 맡기고 어제부터 있었던 일을 대강 설명했다. 어머니는 얼굴을 찌푸리며 듣더니 기병열에게 대한 고소 취하 문제에 대해 언급하고 미숙이 손해 끼친 돈에 대해 장모가 부담하겠다고 하더란 말까지 했다.

“그게 뭐 문제될 게 있겠나. 그런 걱정은 말라고 일러라.”

구인상의 얘기가 끝나자 어머니 말이 있었다.

“얘야, 외국 가서 살면 어떻겠니?”

“저 때문에 그러는 겁니까? 신경 쓰실 것 없습니다. 미숙과 아는 듯 모르는 듯 이혼하면 그만일 것이고, 그러면 대학을 그만두지 않아도 될 것 같고.”

“그처럼 대학에 미련이 있느냐? 내 심정은 외국에 나가 살고 싶구나."

"저를 생각해서라면 그런 생각 마세요."

어머니는 아무런 대꾸가 없더니 잠깐 후 뚜벅 말했다.

"널 생각한 게 아니고 나를 생각해서다."

"그것 무슨 뜻입니까?"

"난 이혼하기로 했다. 난 그 사람과 헤어져 살기로 했다."

어머니의 말은 조용했다.

"육십 가까운 어른들이 다소 비위를 상했기로서니…."

구인상이 중얼거려 보았다.

"그런 단순한 문제가 아니다."

어머니는 한숨만 쉬었다.

"아무리 단순한 문제가 아니기로서니 해결 못할 바 없지 않겠습니까?"

구인상은 동생 둘을 생각하며 이렇게 말했다.

"아니다. 나는 해결을 원하는 것은 아니고 일이 갑자기 생긴 것도 아니다. 네가 이 세상에 나면서부터 생각해 온 일이다. 35년 전에 했어야 할 일을, 우유부단해서 못 했던 일을 이제야 하려는 거다. 그러니까 아무 말 말고 나 하는 대로 내버려 둬라. 너와 같이 있도록 해 다오."

어머니는 울고 있었다.

"어머니, 그 까닭을 제가 알면 안 되겠습니까?"

"언젠가는 얘기하마. 그러나 지금은 시기가 아닌 것 같다. 꼭한 가지만 말해 두지. 나는 명호 아비에게 손톱만큼도 정을 느껴

본 적이 없다. 오늘 저녁은 모처럼 오랜만에 우리 모자 같이 식사를 해보자."

유리창 밖으로 겨울의 정원이 쓸쓸했다. 벌써 2월 말, 봄의 태동이 있을 만도 한데 아직 겨울 풍경이다. 담 쪽으로 오동은 나목(裸木)인 채로 있었고, 사철나무는 낙엽수에 섞여 그 퇴색된 푸르름이 더욱 안타까웠다.

봄이 되면 꽃이 만발할 화단도 황량한 빛깔뿐이다. 누가 보더라도 아담하고 아름다운 저 집엔 행복이 있겠지 하는 게 이 집의 인상인데, 그 속에선 몇 갈래의 비극이 도사리고 있다는 생각은 견디기 힘들었다.

미숙의 비극은 순아의 비극이 되는 것이며, 순아의 비극은 구인상의 비극이 된다. 구인상의 비극은 또한 어머니의 비극인데 어머니는 어머니대로 비극을 잉태하고 그 비극을 살아왔던 것이다.

그런데 어머니의 비극은 뭘까. 그 본질은 알 수 없다고 하더라도 손톱만큼의 정도 없는 남편과 아이를 낳으며 30여 년을 살았다고 하니 그 이상의 비극은 없는 것이다. 그리고 보니 구인상은 태풍의 눈 속에 있는 것 같은 스스로를 느꼈다.

그는 황혼이 깃들기 시작한 뜰에서 눈을 돌리고 천천히 2층 서재로 올라갔다. 서재 앞에 섰을 때 성을 오래 비워 두었다가 패전하고 돌아와 성 앞에 선 성주(城主)의 기분을 헤아릴 수 있었다.

서재는 싸늘했다. 그러나 스위치를 돌리자 전등불 아래 책들이 일제히 반기는 표정을 지었다.

"이곳을 두고 나는 너무나 많은 방황을 했구나."

뭐니 뭐니 해도 구인상이 있을 곳은 서재였다. 그는 닥치는 대로 책 한 권을 꺼내 들고 소파에 가 앉았다.

공교롭게도 그 책은 오리아나 팔라치란 이탈리아 여기자가 쓴 《생과 전쟁과 결핍》이라는 제목의 캄보디아의 비극에 관한 책이었다. 읽을 작정만 하고 읽지 않은 책. 구인상은 어느덧 책 속에 열중했다. 캄보디아의 비극은 너무나 엄청났다. 그런 비극에 비하면 현재 자기를 둘러싸고 있는 것쯤이야 센티멘털한 에피소드에 불과할 것이었다. 태풍이라고만 여겼던 것이 기실 찻잔 속의 바람이었던 것이다.

구인상은 역사철학의 학도로서 언제나 시점(視點)의 원근법을 익혀야 한다고 자성했는데, 이 며칠 동안 그것을 잊고 괜히 숨 가빠했다는 것을 뉘우쳤다.

'캄보디아, 슬픈 나라!' 이렇게 중얼거리며 담배에 불을 붙이려는데 도어 저편에서 식사하라는 가정부의 소리가 있었다.

식탁을 사이에 두고 어머니와 마주 앉으니 감개가 무량했다.

"너 이걸 좋아했지? 아롱사태 찜이다."

구인상이 젓가락으로 집었다. 기막힌 맛이었다.

"어머니, 술을 한 잔 해도 될까요?"

"술도 내가 준비했다."

와인을 글라스에 반쯤 따라 모자는 같이 건배했다.

"꼭 이런 날이 있을 것 같았어요."

"난 고향으로 돌아온 것 같다."

어머니의 얼굴에도 생기가 돌았다. 순아가 불쑥 한마디 했다.

"할무니는 아빠가 그렇게 좋아?"

"좋지 않고. 이 세상에서 할머니가 좋아하는 건 오직 순아의 아빠뿐이란다."

"그럼 순아는 미워?"

"순아는 가장 예쁘구, 아빠는 좋아하구."

순아는 조용히 숟가락질을 시작했다. 어린아이로선 너무나 조용한 태도에 구인상은 측은함을 느꼈다.

"이것도 네가 좋아하는 거지?"

어머니는 게찜을 구인상 앞에 밀어 놓았다. 생강 맛을 향긋하게 곁들인 게 맛이 그렇게 좋을 수 없다.

구인상은 빈 술잔에 포도주를 채우고 어머니에게도 권했으나 어머니는 사양했다. 너무나 기뻐 벌써 취해 있다는 말씀이었다.

"너무 기뻐 마세요. 사람이 너무 기뻐하면 귀신이 질투한대요."

"애두 별 말을 다 하는구나."

갑자기 유리창이 덜거덕거렸다. 바람이 인 모양이었다.

"금년 봄은 늦으려나?"

어머니가 바깥의 동정을 살피는 듯했다.

"왜 늦겠어요. 우리 집엔 벌써 봄이 온 거나 마찬가진데."

그때 돌연 순아의 말이 있었다.

"엄마는 봄이 오면 올까?"

구인상의 가슴이 썰렁했다. 어머니의 얼굴에도 긴장이 스쳤다.

"순아는 엄마가 보고 싶어?"

구인상이 가까스로 평정을 찾고 물었다.

순아는 살래살래 고개를 저었다.

인과(因果)의 갈림길

사람이 하루 사이에 그처럼 변할 수 있을까. J호텔의 로비에서 진숙영을 보았을 때 구인상은 분명 진숙영이긴 하나 혹시 그녀의 동생이 대신 나왔나 잠깐 생각했다. 얼굴은 보다 청결하고 눈매는 더욱 시원했다. 구인상이 다가서자 수줍게 웃었다.

"저리로 갈까요?"

인상이 스낵바를 가리켰다.

"오늘은 술 안 할래요."

숙영이 장난스럽게 눈을 찡그렸다.

"그럼 어떻게 한다?"

인상이 숙영의 앞자리에 앉아 담배에 불을 붙였다.

"하여간 이곳에서 나가요."

숙영이 일어섰다.

"잠깐 전화하고 오겠습니다."

구인상이 구내전화 있는 곳으로 갔다. 명국희의 방 다이얼을 돌렸다. 신호만 가고 받는 사람이 없었다. 한편 섭섭하기도 한데 마음이 놓이기도 했다. 호텔을 나와 택시를 탔다.

"저 좋은 데로 가도 되죠?"

숙영의 말에 인상이 고개를 끄덕였다. 숙영은 운전사더러 북악 스카이웨이로 가자고 일렀다. 차 속에선 말이 없었다. 사실 특히 말할 거리가 없었다.

팔각정에서 내려 세검정이 보이는 쪽에 자리를 잡았다.

"세검정도 대도시가 되었죠?"

숙영의 말이었다. 세검정이 대도시가 되었건 말았건 관심 없는 이야기였다. 구인상은 사람이 이렇게 변할 수가 있나 하는 심정으로 진숙영을 바라보기만 했다.

"왜 그처럼 사람을 보시죠?"

숙영이 부신 듯 웃었다.

"하도 이상해서요. 말 안 하는 게 좋을 듯합니다. 다만 그제와 오늘의 숙영 씨가 너무 변한 것 같아서…."

인상은 다시 담배를 꺼내 물었다.

"변할 수밖에요."

숙영이 장난스럽게 웃어 보이곤 덧붙였다.

"그저께의 저는 4, 5년 동안 축적된 중압 아래 잔뜩 움츠려 있었거든요. 보나마나 처참한 몰골이었을 거예요. 그러나 오늘은 달라요. 중압에서 풀려났거든요. 늪에서 올라왔어요. 해방된 여인이죠. 그러니 제가 변해 보이는 건 당연하죠. 속박에 몸부림치는 여자와 해방된 여자가 같을 수가 있을까요?"

그리고는 손가락으로 탁자 위에 놓인 인상의 손등을 건드리며 말했다.

"지껄이기도 잘 하죠?"

인상은 그 손가락을 손아귀에 넣었다. 행복을 닮은 뭔가를 잡았다는 느낌이 솟았다.

"어떻게 해방이 되었는지 그 경과나 알아봅시다."

구인상이 감정을 죽이고 덤덤히 물었다.

"해방의 열쇠는 당신이 준 거죠."

숙영이 서슴없이 '당신'이라고 한 데 인상은 어리둥절했다. 여간 활달한 여성이 아니면 요부형(妖婦型)일 것이란 생각이 들었다. 소박하고 수줍은 얼굴을 한 요부도 있는 법이니까.

"그러나 열쇠의 책임을 내 쪽에서 묻는 일은 없을 거예요."

아리송한 말이었지만 인상은 따져 묻지 않기로 했다. 그 대신 이렇게 말했다.

"구체적인 사실을 알고 싶을 뿐입니다."

"간단했어요. 오빠와 내가 그 사람 인감도장을 가지고 교도소로 갔죠. 교도관 입회하에 도장을 찍었죠. 그의 위임을 맡은 변호사가 동사무소까지 같이 가 주데요. 그래서 끝장난 겁니다."

"마지막에 그가 뭐라고 합디까?"

"구 선생을 만났느냐고 묻데요. 만났다고 했죠. 고소는 취하할 것 같으냐고 묻기에 자기가 한 짓에 책임질 줄 알아야 할 거라고 대답했습니다. 나오면서 보니까 눈물을 흘리고 있데요."

"측은한 마음이 듭디까?"

"아무런 느낌도 없었어요. 난 퍽이나 매정스러운 여자인가 봐요. 참, 은근한 기대를 할 것 같아서 천장에 숨겨 두었던 것 찾아서 이미숙 씨에게 전했다고 말했습니다."

"그랬더니?"

"일순 새파랗게 질린 표정이 되데요. 말은 없었어요."

"아마 오늘쯤 고소를 취하하는 서류가 들어갔을 겁니다."

인상이 조용히 말했다.

"취하한다고 곧 석방될 수 있을까요?"

"석방될 수 있겠죠."

그러자 숙영은 손수건을 꺼내 눈두덩을 눌렀다. 눈물을 쏟을 뻔했던 모양이다.

"구 선생님의 심성에 감동해서요. 어느 세상에, 어느 누가 선생님 같은 처지에서 그런 자를 용서할 수 있겠어요?"

"나는 그를 용서한 게 아닙니다."

"결과적으론 그렇게 된 게 아녜요?"

구인상은 과연 진숙영과 기병열의 관계가 말쑥하게 청산될 수 있을까 하는 의혹을 가졌다. 미숙과 단절할 결심으로 있으면서도 구인상의 마음은 왠지 석연치 않은 자기의 사정에 비춰 생겨난 의혹이다.

"앞으로 기병열 씨를 만나게 되겠죠?"

"만나게 되겠죠. 굳이 회피할 생각은 없으니까요."

"복잡한 감정이 되겠지요?"

"천만의 말씀. 내 마음은 카랑한 가을 하늘 같아요. 늪에서 빠져나온 기분이에요. 형식적으론 어제 끝장난 거지만 실질적으론 벌써 끝난 스토리입니다."

"숙영 씨는 앞으로 어떻게 할 작정입니까?"

"모든 것을 새로 시작해 볼 참예요. 외국에 나갈까 해요. 아마 공부를 다시 시작하게 되겠죠. 음대 전공은 오보에였습니다."

"외국에 가서 다시 오보에를 하실 작정이우?"

"그럴 생각은 없어요. 가끔 불긴 하겠지요. 음악을 직업으로 할 자신이 없어졌어요. 모처럼 배운 것이니 포기하지는 않겠지만. 막연하지만 이번에 외국에 나가면 디자인 공부를 하고 싶어요. 소리의 세계를 떠나서요. …"

갑자기 화재(話材)가 없어졌다.

팔각정의 손님들이 한 사람 두 사람 없어지기 시작하더니 젊은 남녀 한 쌍을 제외하곤 인상과 숙영만 남았다.

"어딜 가서 식사라도 합시다."

"어딜 갈까요?"

뒷일이야 어떻게 되건 숙영과 하룻밤을 같이 지냈으면 하는 욕망이 없지 않았지만 명국희가 기다릴 것과 어머니가 집에 있다는 것을 생각하니 그럴 순 없었다.

"아무튼 내려갑시다. 식사할 곳이야 어디라도 있겠지요."

택시를 타기에 앞서 진숙영이 속삭였다.

"인천 그곳으로 다시 한 번 갈 수 없을까요?"

그건 인상이 바랐던 말인 동시에 두려워한 말이기도 했다. 오늘 밤엔 무슨 일이 있더라도 어머니 곁으로 가야 한다는 결심이 단번에 흔들렸다.

택시를 타고 나서 인상이 말했다.

"전화할 곳이 있는데… 전화하고 그곳으로 갑시다."

숙영이 기쁘다는 듯 몸을 인상에게 바싹 붙였다. 남녀 간의 사이란 예측할 수 없는 계기로 하여 가속이 붙는가 보았다.

세종회관 앞에 택시를 세웠다. 먼저 어머니에게 전화를 걸었다. 부득이한 사정으로 인천엘 가야겠다고 했다.

"재미나는 일이 있니? 그러나 과음하진 말아라. 참, 대학에서 내일 오후 교수회의 한다는 통지가 와 있더라."

"예, 알겠습니다."

다시 다이얼을 돌렸다. 명국희에게 대한 전화였다.

인상의 음성이 울리자 명국희의 웃는 소리가 전해져 왔다.

"왜 웃습니까?"

"너무나 기막힌 광경을 보아서요."

명국희의 말엔 계속 웃음이 묻어 있었다.

"그럼 내일 듣기로 하죠. 저녁시간 비워 두십시오. 오후에 교수회의가 있다니까 끝나는 대로 호텔로 가겠습니다."

"내일 밤을 기다리죠. 그런데, 내일 밤은 바람맞히면 안 돼요. 전 모레 대구로 내려갈 참이니까요."

"알겠습니다."

인상이 전화를 끝내고 나오자 숙영도 전화박스에서 나오며 장난스럽게 투덜거렸다.

"우리 엄마는 항상 저를 어린애 취급이에요. 시집갔다가 이혼까지 한 인생 체험자를 몰라 보구."

택시가 인천에 들어섰을 무렵 구인상이 제안했다.

"이왕이면 올림피아 호텔로 갑시다."

인천에선 그곳이 제일 좋은 호텔이라고 들었기 때문이다.

"아녜요. 지난번 갔던 송도의 그 호텔로 가요."

뜻밖인 숙영의 고집이어서 인상이 그 까닭을 물었다.

"확인하고 싶어서요. 엊그제의 그 밤이 꿈이었나 사실이었나 확인하고 싶은 거예요."

귓전을 스친 숙영의 입김이 뜨거웠다. 뭔가 감이 잡히는 듯했다. 인상은 숙영이 하고 싶은 대로 맡겨 둘 수밖에 없었다.

송도의 그 호텔에 도착하자 숙영은 엊그제의 그 방이 비어 있는가를 물었다. 종업원에게 무슨 말인가를 속삭였다. 키를 받아 들고 커피숍에서 기다리라며 숙영이 인상의 소매를 끌었다.

"침구를 새 것으로 꾸며 달라고 후하게 팁을 주었죠."

숙영은 부끄러운 표정이었다.

인상은 의미도 없이 고개를 끄덕거리며 파도 소리를 들었다. 파도 소리를 들으며 숙영의 행동을 분석해 보는 마음으로 되었다. 어찌 보면 지나치게 대담한 것도 같고 어찌 보면 천진난만한 여학생 같기도 한 숙영의 언동(言動)이었기 때문이다. 이러나저러나 밉지 않은 것은 그녀의 타고난 성품 때문이었을 것이다.

엊그제 밤, 같이 이곳에 왔을 때 숙영은 자포자기한 몰골을 천성의 자존심으로써 겨우 지탱하는 처지였다면, 지금의 숙영은 운명조차도 스스로 지배할 수 있는 개성에 빛나고 있었다. 그때의 숙영과 지금의 숙영을 누가 같은 여자라고 할 수 있을 것인가.

남자도 그 예외가 아니겠지만 여자는 주어진 환경과 마음먹기에 따라 여왕과 하녀와의 거리를 단숨에 오갈 수 있는 요물이라고 보아도 과장이 아닐 듯싶었다.

"무엇을 생각하고 계셔요?"

숙영의 눈빛은 깊었다.

"파도 소리를 듣고 있을 뿐입니다."

덤덤한 대답이었지만 인상의 말엔 정감이 괴어 있었다.

"절해의 고도에 와 있는 기분이죠?"

그 사이로 파도 소리가 지나갔다. 파도 소리는 포말(泡沫)과 같은 상념을 지워 버리는 마력을 갖고 있다. 송두리째 몸과 마음을 맡겨 버릴 수 있는 시간의 흐름. 그 흐름의 악센트 있는 표현이기도 하다. 파도 소리는 사라지고 다시 살아난다. 그 영원하고 무궁한 반복은 불사(不死)의 비정(非情)이며 그 불사의 비정을 인식하는 생명의 비애가 곧 살아 있는 증거인 것이다.

인상이 물었다.

"슬프지 않아요?"

"아직은. 내일 아침 슬플 거예요."

숙영의 얼굴에 지오콘도의 미소가 남았다.

호텔방은 바로 그 방이었는데 분위기는 완전히 달랐다. 침대 위의 담요는 은근한 보라색으로 하얀 시트가 반 겹 씌워져 있었고,

284

방 한구석에 있는 항아리엔 한 아름 꽃이 담뿍 피어 있었다. 응접탁자 위엔 술병, 얼음, 오드블, 텀블러, 컷글라스가 준비되었고, 소파에마저 청결한 커버가 씌워져 있었다.

엊그제 밤의 그 방에 퇴패(頹敗)의 내음이 물씬했다면 오늘밤의 그 방엔 상사(相思)의 향기가 풍겨져 있다고나 할 것인가.

숙영이 인상의 잔에 술을 따랐다. 그 손이 신혼여행을 온 신부의 손을 닮았다고 아니할 수 없었다. 술을 따라 놓고 숙영은 장난스럽게 눈을 치켜떴다.

"엊그제의 밤이 아무래도 꿈만 같아서요. 어떻게 하건 확인하지 않곤 견딜 수 없는 심정이었어요."

인상이 뭐라고 대꾸할 수 없었다.

"뻔뻔스러운 여자지요? 이렇게 뻔뻔스럽기 위해서 대단한 용기를 낸 거지요."

인상은 말없이 술잔을 들이켰다. 숙영의 말을 듣는 밤으로 할 수밖에 없다고 마음을 정한 것이다.

"어떻게 엊그제와 같은 밤이 있을 수 있었을까, 그저 신비롭기만 해요. 철저하게 타락할 작정의 밤이, 새로운 여자를 만들어 내는 밤으로 되었으니 신비로울 수밖에요. 저는 그날 밤 저 자신을 발견한 겁니다. 파도 소리를 들으며 한숨도 잠을 이루지 못했죠. 선생님은 잘 주무시데요. 파도 소리와 선생님의 숨소리를 교대로 들으며 제가 무엇을 생각했는지 아세요?"

"……."

"진정 사랑할 수 있었을지 모르고 앞으로도 사랑할 수 있을지 모르는 한 남자를 만나기 위해서 겪어야 했던 역정을 생각한 거죠. 그 만남이, 타락을 각오한 순간에 이루어졌다는 사실, 그 의미를 생각했죠. 동시에 저는 결코 타락할 수 없다고 결심했어요. 지금 내 옆에 고른 숨을 쉬며 자는 이분을 위해서 난 타락할 수 없다고 생각한 겁니다. 아무리 생각해도 서로 결합될 수 없는 갖가지 조건이 쌓인 후에야 만날 수 있었던 이 사람이 제게 대한 의미가 뭘까 하는 것도 생각했지요. 저는 앞으로 기막힌 여자로서 살아볼 결심을 했어요. 사랑을 발견한 동시에 그 사랑은 내 가슴 속에서만 가꾸어야 한다는 것을 깨달았고, 그 사랑을 훌륭하게 가꾸려면 저 자신이 어떤 의미로건 훌륭하게 살아야 한다는 걸 깨달았습니다. 그렇게 되니 저를 얽어맸던 모든 속박에서 일시에 해방된 듯한 기분이 되었죠. 기병열은 물론 문제도 안 되고, 부모님이 제게 가진 관심 같은 것도 전혀 문제될 것 없다는 기분이었어요. 오늘 밤 제가 뻔뻔스럽게 구는 것은, 엊그제의 밤이 꿈이나 환상이 아니었다는 사실을 확인하고 싶어서요. 엊그제 밤이 해프닝에 가까웠다면 오늘 밤엔 정성껏 로맨스를 만들고 싶어요. 평생 동안 잊지 않고 꺼지지 않을 불씨가 될 수 있는 로맨스."

일생을 하룻밤에 산다는 말도 있고, 평생의 생명을 일순에 태워 올린다는 말도 있다. 숙영의 정열은 그런 비유를 필요로 할 만큼 격렬하기 짝이 없었다.

"아아, 평생 동안 잊지 못할 거예요."

마지막 신음소리와 함께 이렇게 말을 속삭이고 숙영이 인상의 품에서 잠에 빠져든 것은 새벽이 가까워서다.

그런데 오늘 밤은 인상이 좀처럼 잠을 이룰 수가 없었다. 세상이 끝나도록 이 여자와 동반하려면 어떤 방법이 있어야 하겠는가 하는 궁리 때문이었다. 그 궁리의 바닥에 명국희의 모습이 아른거렸다. 인상은 비로소 두 여자의 매력, 아니 마력에 사로잡힌 스스로를 발견했다. 이 발견은 또한 자신 속에서 뜻하지 않은 돈후앙의 존재를 확인한 결과가 되기도 했다. 인상은 그가 발견한 데카당의 경사(傾斜)에 놀라지 않았다.

'될 대로 되어라!'

언제나 의식이 지치게 되면 이렇게 체념하기 마련이다. 인상은 이 체념과 더불어 잠들었다. 아침에 깨어 보니 숙영은 인상의 품안에 그대로 있었다. 솟구쳐 오는 정감으로 해서 당연히 또 한 번의 애희(愛戲)가 있었다. 인상은 숙영으로부터 헤어날 수 없을 것이란 예감을 가졌다.

오전 10시가 넘어 해변을 걸었다. 서로 말이 없었다. 호텔로 돌아와 식사를 했다. 이 무렵부터 숙영의 표정에 변화가 일기 시작했다. 숙영은 차츰 침울하게 되어 갔다.

인상은 오후에 있을 교수회의를 의식하지 않을 수 없었다. 그 의식이 시계를 들여다보게 했다. 숙영이 물었다.

"바쁜 일이 있으세요?"

"오후에 일이 있습니다."

교수회의란 말은 꺼내지 않았다.

"그럼 서울 가서 제가 잘 가는 집에서 커피 한잔하고 헤어져요."

숙영의 눈이 빛났다. 눈물이 맺혀 있었다.

서울로 돌아오는 택시 안에서 숙영은 말이 없었다. 인상이 연도의 풍경을 가리키며 그녀의 흥을 일깨우려 했으나 숙영의 얼굴은 끝내 흐린 채 있었다.

"무슨 걱정이 있으십니까?"

숙영이 보일 듯 말 듯 고개를 저었다.

"그럼 혹시 편찮은 덴?"

숙영이 역시 고개를 저었다.

"대단히 침울하신 것 같아서요. 걱정이 되는데요."

"걱정하실 것 없습니다."

망설이다가 인상이 용기를 냈다.

"혹시 우리의 이런 관계를 후회하시는 것 아닙니까?"

"천만에요. 그런 무서운 오해는 하지 마세요. 저는 덕택으로 산 송장 같은 처지에서 되살아난 사람이에요. 선생님은 오히려 제게 은인이에요."

숙영의 손이 인상의 손을 강하게 잡았다.

"은인이란 말 어색합니다."

아무래도 궁금증을 풀 수가 없어 인상이 덤덤히 중얼거렸다.

"용서하십시오. 지금의 제 기분을 정확하게 전달할 수가 없네요. 아마 평생토록 선생님을 잊지 못할 거예요. 아시겠죠?"

숙영의 단골 카페는 K동에 있었다. 도로에 면한 편이 전부 유리창으로 되어 있어서 바깥에서 내부가 환히 들여다뵈는 파리의 번화가에서 흔히 볼 수 있는 카페테리아를 닮아 있었다.

아직 오전이어서 그런지 카페는 텅텅 비어 있는데, 아주 은근한 곡이 겸손한 볼륨으로 흐르고 있었다. 가수는 허스키 음성을 가진 여자, 그 노래의 무드는 지극히 감상적이었다. 가사 가운데 "투모로즈, 메모리즈"란 말이 빈번히 반복되었다. "내일의 기억"을 위해서란 뜻이다. 내일의 기억을 위해서란 가사는 나쁘지 않았다.

그런데다 노래의 중간에 독백 같은 것이 껴 있었다. 예컨대 "인생은 주고받는 것으로 이루어져 있다", "있어진 것은 있어진 것이다. 즉, 끝난 것은 끝난 것이다" 등.

구석진 자리에 앉아 블랙커피를 마시며 격렬한 밤을 여자와 같이한 사내가 듣기엔 기막히게 알맞은 가락이라고 생각하고 인상이 숙영의 표정을 살폈다.

"이 노래 참 좋은데요?"

"자넷 맨체스터란 여자가 부르는 노래예요."

숙영의 얼굴엔 표정이 없었다.

인상은 코니 프랜시스란 가수를 한창 좋아했던 학생 시절을 회상했다. 그 노래는 끝나고 다른 음악이 시작되었다. 구인상은 청각을 회수했다. 이제 시작한 것은 귀담아 들을 음악이 아니었기 때문이다.

"왓 이즈 던 이즈 던"(What is done is done).

숙영이 낮게 중얼거렸다. 그것은 이제 막 끝난 노래 가운데 있었던 독백의 한 대목 "있어진 것은 있어졌다. 끝난 것은 끝났다"는 뜻이었다.

"제 마음에 든 말입니다."

숙영은 마저 마신 커피잔을 놓곤 얼굴을 숙였다. 그리고 속삭이듯이 말을 했다.

"어느 책에서 보았어요. 남녀는 세 번 그런 밤을 가지면 헤어질 수 없다고 했어요."

그 말뜻을 채 짐작 못 하고 있는데 숙영은 계속했다. 얼굴을 숙인 채 낮은 소리로.

"한 번만 더 만나면 저는 선생님으로부터 헤어나지 못할 것 같아요. 지금도 그런 기분인 걸요. 이제부턴 만나지 않겠어요. 우리의 만남이 꿈이 아니었다는 사실만으로 만족할래요. 선생님의 부담이 되지 않기 위해서요. 구질구질한 여자가 되지 않기 위해서요. 어젯밤 말씀드렸죠? 저는 앞으로 그렇게 살 겁니다. 그러기 위해서 참아야죠. 지금 이별이 이렇게 슬픈데 다시 또 만났다가 어떻게 되겠어요. 다신 선생님을 만나지 않겠습니다. 선생님도 저를 만날 생각은 하지 마세요."

숙영은 얼굴을 들고 손을 인상에게 내밀었다. 인상이 그 손을 잡았다. 숙영이 손을 풀고 일어섰다.

"제가 나가고 난 다음 5분 후에 선생님은 나가세요."

이편이 말할 틈을 주지도 않고 숙영은 카운터에서 셈을 하고 뒤돌아보지도 않고 도어 저편으로 사라졌다.

어떤 영화의 끝장면 같은… 이처럼 허망한 종말이 있을 수 있을까. 도무지 실감이 나지를 않았다. 5분 후 인상이 카페에서 이른 봄의 햇빛이 깔린 거리로 나왔다.

오랜만에 대학에 나간 탓인지 캠퍼스의 분위기가 서먹서먹했다. 교수회의가 시작되기에 앞서 주임교수가 싱긋 웃었다.

"아무리 방학이기로서니 그처럼 종적까지 끊어 버릴 게 뭐요?"

"말 못할 사정들이 겹쳐서요."

"말 못할 사정이란 게 뭡니까?"

"말 못할 사정을 어떻게 말할 수 있습니까?"

서툰 만담 같은 대화를 나누면서 곧 회의실에 들어섰다. 새로 부임한 교수들과 조교수로 승진한 사람들의 소개가 있고 회의가 시작되었다. 주로 총장의 인사, 교무처에서의 요망사항이 있었을 뿐으로 전체회의는 끝나고 이어 단과대학별 회의로 들어갔다.

전체회의에서나 단과대학별 회의에서나 구인상은 듣고만 있으면 되었다. 하고 싶은 말이 없진 않았지만 사표를 내야 할 사태가 있을지 모르는 처지로선 잠자코 있어야만 했다. 구인상은 과목편성에 관한 학장의 설명을 들으며 불안한 기분이 되었다. 부득이 사표를 낼 형편이 된다면 후임교수를 물색하도록 사전에 일러두어야 하는 것이다.

교수회의가 끝나고 나서 구인상은 주임교수의 방을 찾아갔다. 주임교수는 구인상에게 교양총서 발간에 참여해야 할 것이란 말을 꺼냈다. 구인상은 건성으로 응낙하고 넌지시 말을 보냈다.

"혹시 내 후임을 찾아야 할 형편이 될지 모릅니다."

"구 교수, 그건 무슨 소리요?"

"확실치는 않으나 외국에 나가야 할 일이 있을 것 같아요."

"구 교수 후임은 구 교수가 만들어 놓고 나가야 할 겁니다."

"내 아는 범위에선 없는데요."

"그런 게 아니라 구 교수의 학생 가운데서 골라 구 교수만큼 할 교수를 만들어 놓고 나가란 뜻입니다."

"그건 억지인데요."

"요컨대 구 교수의 사표는 받을 수 없다 이겁니다. 외국에 나간 다고 해도 설마 영원히 거기서 사시진 않겠죠. 혹시 휴직원은 받 겠지만 사표는 안 받을 겁니다. 내가 안 받는 게 아니라 대학 당국 이. 그런데 외국엔 무슨 일로 가십니까?"

"아직은 말씀 드릴 수가 없습니다."

"굳이 듣고 싶진 않습니다만, 구 교수만 한 역사철학자를 한국 에서 구할 수는 없을 것이니까 1년 정도 외유한다고 해서 대학이 사표를 받을 순 없을 걸로 압니다."

"대단한 평가를 해주셔서 고맙습니다."

"천만에요. 대학에서 사표를 받지 않는 게 아니라 아마 못 받을 겁니다. 그것도 구 교수를 위해서가 아니고 대학을 위해서."

구인상이 얼굴을 붉혔다. 이처럼 자기를 아껴 주는 주임교수가 자기가 현재 놓인 사정을 알면 어떤 생각을 할까 해서.

약속대로 J호텔 명국희의 방에 구인상이 들어서자 국희는 놀란 표정을 지었다.

"왜 그렇게 놀라시우?"

"얼굴이 너무 수척해서요. 하루 사이에 무슨 일이 있었나요? 꼭 실연당한 사람 같아."

국희의 그 말에 멈칫했다. 이 여자의 눈은 정말 매섭구나.

"아닌 게 아니라 실연당한 기분입니다."

구인상이 반쯤은 솔직해야겠다고 생각했다기보다 이런 말이 수월하게 나왔다. 그런 만큼 명국희는 사람의 마음을 솔직하게도 만들고 수월하게도 하는 성격이다.

"기병열 씨 부인에 대한 감정이죠, 그게?"

국희의 말엔 구김살이 없었다.

인상이 어색하게 웃고 담배에 불을 붙였다. 국희가 냉수를 글라스에 따라 들고 인상의 옆에 앉았다.

"아마 그분이 기병열 씨의 부인이었죠? 어젯밤 요 아래 로비에서 만난 사람. 커피숍에서 사람을 만나고 올라가던 참에 보았죠."

"그럼 왜 부르질 않고."

"남녀가 같이 앉아 있을 경우, 말을 걸 경우도 있고, 말을 걸어선 안 되는 경우도 있죠. 말을 걸어선 안 되는 경우란, 뭔가 안개 같은 것이 피어오르는 경우이죠. 어제 선생님과 그분 사이가 그랬어요. 그래서 인사도 하지 않고 퇴장했죠. 각본에 없는 인물이 등장하면 드라마가 엉망으로 되니까요."

국희의 말은 어디까지나 담담했다.

"그래서 기분이 나쁘셨소?"

"선생님에게 대한 관심을 말하면 글쎄 비교할 게 없네요. 그러나 저는 선생님을 독점할 욕심은 없어요. 결혼을 단념하고 있으니까요. 결혼을 단념한 여자가 남자를 독점할 생각을 갖겠어요? 저는 팔자가 센 여자예요."

"국희 씨의 입에서 팔자란 말이 나오니 이상한데요."

"팔자란 건 있는 겁니다. 긴 인생을 살아보진 못했지만 전 본능적으로 알아요. 제가 선생님을 독점하려고 하면 선생님에겐 꼭 무슨 화가 닥칠 거예요. 내 팔자가 옮겨져서. 그러니 우린 운명 공동체가 되어선 안 되는 거예요."

국희의 표정도 말도 진지했다.

구인상이 국희의 손을 집어 들었다. 따스하고 섬세하고 정이 깃들어 있는 손이다. 그런데도 구인상은 왠지 쓸쓸했다. 자기의 손이나 남의 손이나 손을 응시하고 있으면 언제나 슬픈 마음으로 된다. 그것이 구인상의 버릇이었다.

"무식한 사람은 가끔 엉뚱한 표현을 하는 거예요."

국희는 혼잣말처럼 중얼거려 놓고 인상에게 붙잡힌 손을 빼어 탁자 위의 담뱃갑을 집어 들었다. 그리고는 담배 한 개비를 꺼내 입에 물었다. 인상이 일부러 국희가 선물한 라이터를 꺼내 불을 붙여 주었다.

두어 번 연기를 내뿜곤 국희는 담배를 재떨이에 버리고 글라스에 남은 물을 몇 방울 그 위에 쏟았다. 그 동작에 인상은 국희가지금 절실하게 하고 싶은 말이 있는데도 망설이고 있다는 걸 느꼈다. 그러니 그 말문을 열어줘야만 했다.

"무식해서 어색한 표현이 되는 게 아니라 하기 어려운 말을 하려면 어색한 표현으로 되는 것 아닐까?"

"쑥스러운 소리 해도 돼요? 당신 없인 못 살겠어요."

그러면서 국희는 얼굴을 숙였다.

"나도 그렇소. 국희 씨에게 내 감정을 속이겠소?"

"그럼 그분과 어떤 일이 있었기에 실연한 기분이 되었죠?"

구인상은 선뜻 대답할 수 없었다. 대답할 수 없다기보다 자기 마음을 알 수 없는 상황이었다. 인상의 대답이 없자 국희가 말을 이었다.

"당신을 독점할 생각은 없어요. 아까 말한 그대로예요. 그러나 다른 여자와의 관계로 해서 실연당한 사람처럼 된 걸 보는 건 고통이에요. 그분을 찾아가서 왜 이 남자를 이렇게 되게 했느냐고 따져 보고 싶어요."

인상은 실소를 터뜨렸다. 여자는 역시 여자다 하는 마음과 함께 아까 지나치게 내가 솔직했나 보다 하는 뉘우침이 섞인 결과였다.

"그 여자를 만나 이런 말 저런 말 듣고 나니 실연한 사람과 비슷한 이를테면 허전한 기분으로 되었다는 얘기지, 그 여자에게 실연당한 기분이란 뜻은 아니었소."

이렇게 말을 꾸미는 인상의 마음이 편할 까닭이 없었다. 모든 것을 꿰뚫어 보는 듯한 사람 앞에 구구한 변명이 통할 것인가. 그러나 국희는 구질구질한 성격이 아니다.

"쑥스런 얘긴 이쯤 해두고 우리 식사하러 나가요. 오늘 밤 집으로 못 돌아간다고 어머니께 전화하세요."

"바로 명령이군."

웃으며 인상은 다이얼을 돌렸다. 사정을 말했다.

"일이 있다면 별 도리가 없다만 되도록이면 잠은 한 군데서 자야 하느니라. 그보다도 서재가 텅 비어 있으니 어쩐지 기분이 이상하다. 내일 학교 수업이 있니? 없다면 되는 대로 곧바로 집으로 돌아오너라."

어머니는 이렇게 말하곤 인상의 대답도 듣지 않고 전화를 끊어 버렸다. 옆에서 지켜보고 섰던 국희가 물었다.

"어머니 화나셨어요? 말씀이 꽤 길던데요?"

"내일 학교 수업이 없느냐고 물으시고 없거든 빨리 집으로 오라고 하셨을 뿐이오. 의논할 일이 있는 모양이야."

"저는 내일 대구로 가거든요."

그러니까 오늘 밤은 붙들어 둘 수밖에 없지 않느냐는 언외의 뜻을 풍겼다. 식사는 호텔 스카이라운지에서 하기로 했다. 어떤 도시건 야경(夜景)은 모두 아름답다. 그 야경을 보며 와인을 마시고 있으니 외국에라도 온 것 같은 기분으로 되었다.

반 잔쯤 마신 와인 탓으로 국희의 약간 상기된 얼굴이 이 밤따라 특히 아름다웠다.

"내일 대구로 가시면?"

"실연당한 기분으로 되시진 않을 테죠?"

국희의 장난스런 눈이 노려보았다.

"다시는 만나지 않겠다는 뜻인가요?"

인상이 당황한 빛을 감추지 못했다.

"그럴 까닭이 있겠어요?"

국희의 웃음은 부드러웠다.

"아무리 대범하려고 해도 질투심은 어떻게 할 수 없는가 봐요."

"그분에게 질투를 느낀 게 사실이라면 말쑥이 지워 버려요. 그 여자는…."

그 여자는 영원히 떠나 버렸다고 할 참이었는데 그렇게 말할 수 없는 무엇인가가 제동을 걸었다.

"그 여자는 다시는 만나지 않겠다고 선언했소."

이 말이 실수였다. 아차, 했지만 때는 늦었다. 국희의 얼굴이 질린 것처럼 되었다. 그리고 눈을 둥그렇게 뜨며 물었다.

"어떤 사이인데 만나지 말자는 말을 꼭 했어야 했을까요?"

눈치 빠르기가 귀신같은 국희를 속인다는 건 불가능하다고 깨달았지만 인상은 도저히 솔직할 수는 없었다.

"자기는 기병열과 이혼했으니 다시 만나서 얘기할 문제가 없어졌다는 그런 뜻이겠지."

잠깐 동안에 침착을 되찾은 모양으로 국희는 평정한 표정으로 돌아가며 씁쓸하게 웃곤 덧붙였다.

"제 평생에 이처럼 신경과민해 본 적은 처음이에요. 아무것도 아닌 일을 갖고 말입니다. 그러나 이상하지 않아요? 자기 남편의 일로 엊그제 만난 남자에게 이제 다시는 만나지 않겠다는 말을 하는 상황 말입니다. 상반된 이해관계로 결별할 경우에도 그런 말이 있을 수는 없죠. 혹시 구 선생님이 그 여자를 모욕했을 경우에도 그런 말이 있을 수 없죠. 뭔가 자기도 괴롭고 상대편도 괴로운 상황이 되었을 경우에만 있을 수 있는 말 아닐까요?"

"그럴듯한 해석이긴 합니다만 그런 것도 아닙니다. 다만 더 이상 의논할 일이 없다는 그런 뜻이겠죠?"

'거짓말을 하는 자체가 나쁜 것이 아니라, 거짓말을 할 수밖에 없는 상황을 만들었거나 그런 상황에 빠져든 것이 나쁘다'는 어느

도학자의 말이 있다. 예사로 지나쳐 버린 이런 말이 기억 속에 되살아나는 것은 그만큼 구인상이 양심의 가책을 받고 있다는 증거일지 모른다.

"독점할 욕심이 없다고 한 것은 언제고, 말꼬리를 잡고 늘어져 질투하는 건 언제냐 그런 걸 생각하고 있죠?"

국희의 말은 장난스러웠다.

"얼굴에 그렇게 쓰여 있는 걸요. 그러나 걱정 마세요. 더 이상 신경질을 부리진 않을 테니까요."

국희가 병을 들어 인상의 잔에 와인을 따랐다. 곧 병이 바닥을 드러냈다.

"한 병 더 할까요?"

빈 병을 들어 보이며 국희가 물었다.

쑥스러운 얘기를 나누는 것보다 술에 흠뻑 취해 버리는 게 나을지 몰랐다. 브랜디가 오자마자 구인상은 한 잔을 단번에 마셔 버렸다. 국희는 따르기만 해놓고 마시진 않았다. 인상이 왜 안 마시느냐고 눈짓을 했다.

"한 사람은 깨어 있어야죠."

국희의 눈이 웃고 있었다.

거의 한 병의 와인을 마신 데다 브랜디를 보태고 보니 핑 도는 느낌이었다.

"대구에 가기 싫어지네요. 왠지 불안해요. 실연당할까 봐서요."

"실연?" 하고 인상이 헤프게 웃고 덧붙였다.

"불안할 것 없습니다. 우리는 절대로 헤어질 수 없으니까요."

"벌써 취하셨군요. 말씀이 커지는 걸 보니 취하셨어요. 그리고 절대란 말을 쓰는 걸 봐도."

"절대로 헤어질 수 없습니다. 만일 국희 씨와 헤어지면 적막강산에 나 혼자 서 있게 되니까요."

"그런데 왜 제가 대구로 가려고 하는데도 붙들지 않죠?"

"또 오실 것이라고 믿으니까요. 안 오시면 내가 갈 수 있고요."

인상은 자기가 취한 상태에 있다는 걸 깨닫고 앞으로 말을 삼가야겠다고 마음먹었다.

인상은 브랜디 잔을 거듭했다.

새벽녘에 잠을 깼다. 트윈베드의 한쪽에 잠든 사람이 명국희란 사실을 인식하기까지 4, 5분의 시간이 걸렸다.

자기의 주량을 대강 짐작하는 인상은 그처럼 갑자기 취해 버린 어젯밤의 자기의 취태가 아무래도 이상했다. 겹친 정신적 피로, 의식하지 않으면서도 명국희와 진숙영 사이로 동요한 일종의 정신적 방황, 그런데다 식욕이 없는 탓도 있어 어제는 식사다운 식사도 못한 사실을 감안하고서도 이상했다.

명국희에게 무슨 실수나 하지 않았나 하고 두려운 마음이었으나 기억엔 없었다. 국희에 대한 뭐라고 형언할 수 없는 애착 같은 것이 돋아났다. 어젯밤 진숙영을 두고 약간의 신경전이 있었는데 그로 인해 받았을지 모를 국희의 상처라기보다 불쾌감을 무마하기 위해선 뭔가 한마디쯤 있어야 한다고 판단하고 인상은 이것저것 궁리하기 시작했다.

어떤 기회를 포착해서 "그 여자와 당신을 내가 바꿀 것 같으냐?"고 말할까 했지만 진숙영에 대한 모독이 될 것도 같고, 이편이 너무 얄팍하게 보일지 모른다는 두려움도 있었다. 그러나 국희와는 이미 깊은 정으로 맺어졌고, 진숙영에겐 여수(旅愁)를 닮은 감정일 뿐이었다.

갈증이 났다. 일어나서 생수를 마시고 화장실에 갔다. 나의 이런 꼬락서니를 세상 사람들이 보았더라면 어떻게 생각할까. 대학 교수인 스스로를 반성해 보았다. 사생활 속에 숨겨진 갖가지 비루한 사실을 업고 학생 앞에서 '헤겔'을 들먹이고 '랑케'를 들먹일 정경을 상상하고 인상은 거울 속의 자기에게 혐오를 느꼈다.

도로 침대로 가서 누워 잠을 청했다. 잠은 부족한데도 좀처럼 잠을 이룰 것 같지가 않았다. 다시 일어나 국희의 침대 속으로 기어들었다. 네글리제를 제쳐 국희의 가슴에 손을 넣었다. 거짓말 하나 보태지 않고 하나의 세계를 인식한 기분이었다. 말없이 국희의 팔이 인상의 목을 안았다. 동물이 살아 있는 데 따른 충족감은 이 이상의 곳에 있을 것 같지가 않았다.

밝아지는 의식과 더불어 차츰 관능에 불이 켜졌다. 국희의 육체에서도 세포가 하나씩 하나씩 잠을 깨는 모양이었다. 심장의 댐이 일제히 수문을 연 것처럼 피가 소리를 내어 혈관 속을 달리기 시작했다. 그 세찬 피의 흐름으로써 일체의 오해, 불안, 계면쩍은 감정이 씻겨 내려갈 것이었다.

인상은 말할 필요를 느끼지 않았다. 국희 역시 마찬가지였다. 육체와 육체로 하여금 말하게 하라! 마음과 마음으로 하여금 말하게 하라!

인상은 자기가 대학교수임을 잊었다. 복잡한 사건의 와중에 있는 사회적 존재도 잊었다. 생명이 시작된 태고 이래의 짐승이면 족했다. 짐승으로부터 비약하기 위해 철학이 있었는데 그 철학이 짐승을 발견한 데서 비로소 인간의 철학이 될 것이 아니었던가. 이렇게 말하면 구인상은 국희의 육체 속에서도 철학을 한다고 되는데 철학자는 연애도 철학적으로 할 수밖에 없는 것이 아닌가.

사랑하는 남녀의 관계란 일련의 기상상태를 닮아 있다. 갠 날씨도 있고 흐린 날씨도 있고 비오는 날씨, 바람이 심한 날씨도 있다. 갠 날씨라고 해도 갖가지다. 봄날처럼 갠 날씨도 있고 여름처럼 갠 날씨도 있다. 흐린 날씨도 마찬가지다. 비 오는 날씨, 바람 부는 날씨도 예외일 수가 없다. 설혹 거센 폭풍우를 닮은 날씨라고 해도 돌연 평온과 청량을 되찾는 것이 기상이라고 할 때 남녀 간의 트러블도 마찬가지다. 생명의 불꽃을 닮은 정화(情火)는 웬만한 트러블쯤은 일시에 불태워 없애버린다.

인상과 국희는 상쾌한 기분으로 침대에서 일어났다. 같이 샤워하고, 서로가 서로의 젖은 몸을 닦아 주어 몸과 마음을 삽상하게 말리곤 남산의 조망으로 통하는 창을 열어젖히고 룸서비스가 가져다 놓은 커피를 마셨다.

"왓 이즈 던 이즈 던(What is done is done)이란 말이 있지요?"

한 모금 커피를 마시고 국희가 생긋 웃었다.

"지난 일은 지난 일이다 하는 뜻이겠지?"

"그러니까 어제까지 있었던 일은 없었던 걸로 합시다."

"감사하오."

"저는 오늘 대구에 갔다가 일주일 후에 오겠어요."

구인상은 포트를 기울여 빈 잔에 커피를 다시 보탰다.

"그렇게 많이 커피를 마셔도 돼요?"

국희가 상을 찌푸렸다.

"술에 취한 다음날엔 커피가 좋아요. 해독이 되니까요."

인상은 커피에 관해 발자크가 쓴 글을 기억에 떠오르는 대로 얘기했다. 발자크는 이렇게 썼다.

강렬하고 짙은 커피가 위장으로 들어간다. 그러면 일종의 소란이 시작된다. 전쟁터의 나폴레옹 대군단(大軍團)처럼 갖가지 관념이 행동을 일으킨다. 기억이 군기(軍旗)를 쳐들고 달려온다. 비교의 경기병(輕騎兵)이 민첩하게 산개(散開)한다. 논리의 포병(砲兵)이 정위치로 달려온다. 경구(警句)도 산개하여 달려온다. 작중 인물이 결연하게 일어선다. 원고지는 잉크로써 덮인다. 철야의 작업은 전투가 검은 화약에 의해 유지되듯 검은 액체를 마시는 데서 시작하여 그리고 끝난다. …

"커피에 대한 찬가로선 기가 막힌데요. 그 얘기를 들으니까 커피의 향그런 맛이 한결 더해요."

국희는 커피잔에 입을 갖다 대며 웃었다.

"커피와 나폴레옹의 군단이 연결되는 데가 멋이 있죠. 발자크의 연상력이 그처럼 강인하니까 역사의 진실이 역사가의 펜에서보다

302

그의 허구(虛構)를 통해 더욱 빛나게 되는 거지."

"구 교수님은 그런 소설 써 볼 의향 없어요?"

"나는 인류가 만들어 낸 최고의 책도 소설책 가운데 있고 최저의 책도 소설 가운데 있다고 보는 사람이오. 내가 소설을 쓰면 최저가 될 게 뻔합니다. 그래서 소설을 쓸 엄두도 내지 않는 거요."

"소설 말이 나왔으니까⋯."

국희는 남산 쪽으로 시선을 돌리며 중얼거렸다.

"우리 관계를 소설로 쓰면 로맨스가 될까요? 스캔들로 될까요?"

"그건 쓰기 나름이겠지."

"구 교수님이 쓴다면?"

"로맨스로 쓰겠어. 헌데 국희 씨가 쓴다면?"

"저는 스캔들로 쓰겠어요."

"그럼 우리의 관계를 불미스러운 걸로 간주한다는 뜻인가?"

"그런 건 아닙니다. 저는 제 입장에서 쓰게 될 테니까 부득이 스캔들로 된다는 겁니다. 제 자신이 스캔들적인 존재니까요. 기생의 사생아로부터 시작해서⋯."

"그런 얘기는 그만둡시다. 이렇게 청명한 아침엔 어울리지 않소."

"술장사하는 여자가 얌전한 대학교수를 유혹한 얘기만으로도 스캔들이 아닐까요?"

"유혹은 내가 한 것 같은데?"

"유혹은 양편에 계기가 있는 겁니다. 그 문제는 그만두기로 하고 상식적으로 보아 정상이 아닌 관계를 영원히 지속해야 한다는 사실 자체가 스캔들이 된다는 얘깁니다."

"상식을 넘어선 곳에 로맨스도 있다고 난 생각하는데?"

"누가 이런 말을 하데요. 비밀이 지켜지는 동안엔 로맨스였던 것이, 폭로하면 스캔들이 된다고…. 제 걱정은 우리의 관계는 영원히 비밀 속에 묻혀 있을 수는 없다는 데 있어요. 그렇다고 해서 정상적인 관계로 만들 수도 없을 테고."

"왜 정상적인 관계로 만들 수 없다는 거요? 적당한 시기가 오면 어머니에게 말씀 드릴 참이오."

"안 됩니다. 저도 그러기를 바란 적이 있고 그렇게 될 수 없을까 하고 궁리해 본 적도 있어요. 그러나 도저히 불가능하다는 걸 깨달았어요. 문제는 내 팔자, 내 경력, 또는 도덕에 있는 것이 아니고 내 심성(心性)에 있는 겁니다. 저는 가정주부 노릇을 할 수 없는 여자예요. 누구의 부인, 누구의 어머니가 될 수 없는 여자예요. 누구의 애인, 아니 구인상 씨의 애인은 될 수 있겠지만요."

"그렇다면 문제는 해결된 것 아닙니까? 결혼이란 형식을 빌려 애인으로서 있는 거죠."

"그게 안 된다니까요. 저는 이미숙 씨를 추방한 자리에 서고 싶질 않습니다. 순아를 사랑할 수 없다는 뜻에서가 아니라 순아의 계모란 자리에 있고 싶지 않습니다. 제 전력과 기박한 팔자를 제외하고라도 그런 의미로서 저는 인상 씨와 결혼할 수 없어요."

"꼭 그렇다면 평생을 친구로서 지내는 거지, 별수 있소?"

"그렇게 간단할 수 있을까요?"

"뻔뻔스러운 소리 같지만 사르트르와 보봐르처럼 지내죠."

그러자 국희는 인상의 어깨를 툭 치며 깔깔대고 웃었다.

"대학교수가 그처럼 세상 물정을 몰라요?"

"결혼할 순 없다, 그러나 헤어질 순 없다, 그러면 그런 결론밖에 낼 수 없는 것 아닙니까?"

"그래 그게 쉬울 것 같아요? 어머니는 며느리를 필요로 할 것이에요. 손자도 보고 싶을 거구요. 순아에겐 어머니가 있어야 해요. 그러니까 구 교수님은 결혼해야 합니다. 좋은 규수를 골라서."

"난 그럴 의사 없소."

"그게 단순한 생각이란 말입니다. 두고 보세요. 그런 상황으로 몰려들 테니까요. 제 고민은 나라는 존재 때문에 순리대로 되어야 할 형편을 방해하지나 않을까, 인상 씨가 결혼한 후엔 우리의 관계를 지속해선 안 될 것이 아닌가 하는 데 있어요. 그런데 우리가 애인으로서 평생을 같이 지낼 수 있다고 낙관할 수 있겠어요?"

"그런 걱정, 그따위 고민을 없애기 위해서 결혼하자는 것 아닙니까?"

"결혼은 절대로 안 돼요."

"국희 씨의 결심이 그렇다면 내 결심도 확실해. 나는 국희 씨 이외의 여자와 결혼할 의사가 전혀 없소."

"우리 이 얘긴 그만 해요."

국희는 말문을 닫아 버렸다. 긴 침묵이 흘렀다.

인상은 어머니가 기다리고 있을 것이란 생각을 했으나 자리를 뜰 수가 없었다.

대구로 가는 국희를 서울역까지 바래다주고 인상은 집으로 향했다. 개찰구를 걸어 들어가는 국희의 뒷모습이 묘하게 뇌리에 남았다.

'앞으로의 문제에 관해서 너무 신경 쓰지 마세요.'

'세상일은 될 대로밖엔 안 되는 거니까요.'

헤어지기 전에 한 국희의 말들이 되살아났다.

인상은 결혼할 수 없다고 한 국희의 심정을 모르는 바가 아니고, 자기와 국희와의 관계가 놓인 딜레마를 깨닫지 않은 바도 아니었으나, 그 관계가 정상적이 아니고 자연스러운 것이 못 된다고 해도 국희가 없는 자기의 앞날을 상상할 수는 없었다. 국희가 깊숙이 자기의 인생에 뿌리를 박아 버렸다는 사실을 새삼스럽게 느끼는 기분이었다.

인상은 어머니에게 국희와의 관계를 털어놓았을 경우를 예상했다. 어쩌면 순탄하게 받아들여 줄 것도 같고, 어쩌면 완강히 반대할 것도 같았다. 가장 좋은 방법은 자연스럽게 어머니와 국희가 서로 알게 하여, 어머니 편에서 해결의 실마리를 마련하도록 하는 것이라 싶었다. 그러나 당분간은 어려울 것이었다.

인상은 그 문제는 잠깐 보류하기로 하고 자기 집 문간에 섰다.

"너 어디 아픈 데가 있는 것이 아니냐?"

현관에 들어서는 아들의 얼굴에서 수척함을 발견했던지 어머니가 물었다.

"아닙니다. 술을 과음했더니….'

인상이 얼버무렸다.

아들이 놓인 현재의 정황으로선 과음할 만도 하다고 생각했던지 어머니는 더 이상 말을 달지 않았다.

"의논할 일이 있으니 서재에 가 있어라."

"순아는 지금 뭣합니까?"

인상이 서재로 가려다가 말고 물었다. 순아의 부재가 왠지 마음에 걸렸기 때문이다. 어머니의 입에서 뜻밖의 말이 나왔다.

"순아는 제 어미한테 갔다."

순간 인상의 얼굴에서 핏기가 가셨다.

"내 이따 얘기하마. 서재로 올라가라."

서재의 문을 열었다. 휑하게 냉기가 에워쌌다. 책상 앞에 놓인 응접 소파에 앉았다. 따라 올라온 어머니의 말씀은—

"애 어미가 퇴원한 모양이더라. 순아가 보고 싶다는 전갈이 와서 생각 끝에 보내기로 했다. 좋은 어미건 나쁜 어미건 어미는 어미다. 할미가 모녀를 못 만나게 할 순 없다고 생각했다. 유모에게 딸려 보냈는데 유모에게 일렀다. 순아가 오자고 하기 전엔 며칠이라도 그 집에 있으라고. 그 모녀는 언젠가 헤어져야 할 운명이지만 그 시기는 순아에게 맡기기로 했다. 제 어미의 사정에 따라 결정하겠지. 내 감정대로라면 어림이나 있는 일인가. 그러나 어미와 딸을 억지로 갈라놓을 순 없는 일이다."

인상은 뭐라고 말할 순 없었으나 어머니의 심정을 충분히 이해할 수 있었다. 그런데 그의 뺨에 눈물이 흐르고 있었다. 자기도 느끼지 못하는 사이에. 그 눈물이 어머니에게 끼칠 충격을 짐작한 것은 조금 뒤의 일이다.

"어머니, 그 어미가 순아를 키우겠다고 하면 어떻게 하실 작정입니까?"

곧 대답을 않고 있다가 어머니는 중얼거렸다.

"결국 불쌍한 건 순아다."

"그 불쌍한 순아를 불쌍하게 하지 않게 할 방법은 없을까요?"

"글쎄다."

어머니는 한숨을 지었다.

"순아를 불쌍하게 만든 여자에게, 설사 그편에서 원한다고 해서 순아를 맡겨 둘 수 있을까요?"

"내 마음 그대로 말하면 나는 반대다. 그 사람은 남의 어미가 될 자격이 없어. 나도 그런 말을 할 자격이 없는 여자지만."

돌연 어머니는 울먹거리는 소리로 변했다. 그러나 어머니는 곧 마음을 진정한 모양이었다.

"못된 어미라도 아이에겐 어미가 필요해. 어미가 데리고 있겠다 하고 순아가 그러길 원한다면 어떻게 하니. 그래도 아비는 울타리가 돼 줘야지."

하루에 한두 시간 보았을까 말까 했던 순아였지만 순아가 다른 집에 가 살게 된다는 사실은 견딜 수 없었다. 그렇다고 순아의 감정엔 아랑곳없이 어미 없는 집에 붙들어 둘 수도 없는 일이었다. 인상의 가슴속에 순아를 위해선 어떤 희생이라도 하겠다는 각오가 돋아났다. 설혹 같은 집에서 살 수 없더라도 미숙과의 이혼을 상대편이 원할 때까지 무한정 연기할 수도 있다는 생각이 들었다.

그런 생각의 연장선에 이때까진 생각하지도 않았던 아이디어가 떠올랐다. 순아는 유모를 따랐다. 그 애정은 혹시 어머니에 대한 이상의 것일지 올랐다. 순아를 위해서라면 그 유모를 붙들어 두는 수밖에 없다. 그렇게 하기 위해서라면 유모와 결혼해도 좋다는 생각이 떠오른 것이다.

그러나 얼른 그 생각을 지워버린 것은 아침에 있었던 국희의 말이 떠올랐기 때문이다. 그리고 보면 명국희는 구인상의 마음의 이러한 동요까지 지레 짐작하였는지 모른다. 순아의 계모 자리에 있고 싶지 않다는 것은 미숙을 전제한 것이 아니고 유모의 존재를 감안한 것이 틀림없는 사실인 것 같았다. 명국희는 유모와 순아의 관계를 누구보다도 잘 알고 있는 것이다.

가시덤불 속의 궤적

"순아의 문제는 추이를 보아 가며 생각하기로 하고….."

어머니는 일단 말을 끊고 인상에게 물었다.

"대학에 사표 내는 건 어떻게 되었느냐?"

"주임교수와 의논했는데 사표를 수리할 것 같지 않습니다."

"정승도 제 하기 싫다면 그만인데 수리하지 않는다고 그냥 눌어붙어 있을 셈이냐?"

"사표를 내더라도 후임을 결정한 연후에 해야 합니다. 학생들의 수업에 지장이 있으면 안 되니까요."

"그럼 지금 통고하면 학기 말에 가서 사표를 낼 수 있겠구나."

"그렇게 되죠. 그렇게 됩니다만 주임교수의 말로는 한 1년 외국에 가 있을 요량이라면 사표를 낼 것이 아니라 휴직계를 내라는 얘기였습니다."

"그건 대학의 사정인데 네 마음은 어떠냐? 대학교수란 직위에 미련이 있느냐?"

"미련보다는 거기서 떠나면 제가 할 일이 없어지는 걸요."

"할 일이 왜 없겠니. 네 마음에 드는 외국에 가서 공부를 더해도 될 건데."

"저의 처지 말고도 달리 꼭 외국에 나가야 할 이유가 있습니까?"

"국내에 있어서 안 될 까닭도 없지만 우선 내가 이 나라에서 떠나야 하겠다."

"영원히 떠나야 합니까?"

"한두 해쯤. 그런데 혼자 가긴 싫다. 너하고 같이 있고 싶다."

"그 이유를 제가 알아선 안 됩니까?"

"왜 안 되겠니. 사실은 오늘 얘기하려고 했는데 순아 때문에 마음이 상한 너에게 차마 그 얘기까진 못하겠구나."

"좋습니다. 그럼 어머님 마음이 내킬 때까지 기다리죠."

어머니는 먼 눈빛으로 되더니 한숨을 쉬었다.

"어머니, 한숨 쉬지 마세요. 듣기가 거북합니다."

"미안하구나. 그럼 난 내려가 있을 테니 편하게 쉬어라. 순아 걱정은 말아라. 내가 어떻게든 잘 해결하도록 할 테니까."

어머니는 서재에서 나갔다. 그 뒷모습을 보고 책상 위에 놓인 책을 집어 들었으나 읽을 기력이 없었다. 도로 책을 놓고 눈을 감았다.

'외국에 나가 살아야 할 이유가 무엇일까? 어머니의 고민이 무엇일까?'

자기 일에만 골몰하여 어머니의 답답한 심정을 적극적으로 알려고 하지 않은 스스로의 불효를 뉘우쳤다. 그러나 인상의 마음을 계속 점령하고 있는 것은 순아였다.

순아는 돌아오지 않았다. 유모의 전화가 한 번 왔을 뿐이다.

"순아는 엄마 곁을 떠나려고 하지 않아요. 순아 어머니도 순아와 같이 있는 게 좋은가 봐요. 그런 사정이니 순아를 억지로 데리고 갈 수가 없네요."

공중전화를 이용하고 있다는 유모에게서 더 자세한 얘기를 들을 수도 없고 이편에서 복잡한 얘기를 할 수도 없었다.

"형편 되는 대로 하세요."

이렇게 말할 수밖에 없었다. 구인상은 우울했다.

어른들의 협량(狹量)과 잘못으로 아이를 불행하게 하면 안 된다 생각하니 가슴이 답답했다. 어른들은 자기들이 한 짓이고 자기들이 원인을 만든 것이니 고통을 당해도 스스로 감당해야 하지만 어린 아이에겐 그럴 수 없다.

구인상은 비로소 이미숙에게 맹렬한 미움을 느꼈다. 여편네가 제멋대로 하는 것까지는 남이 무어라 할 수 없고 그녀 자신이 그 결과를 책임져야 하겠지만, 순아를 불쌍하게 만들면 안 되지 않는가. 바로 그 사실 때문에 그는 이미숙을 용서할 수 없었다. 그런데 그런 사실을 절실하게 깨닫고 있으니 순아를 위해서 그 여자를 용서하지 않을 수 없다고 하면 이것이야말로 기막힌 모순, 어처구니없는 딜레마가 된다.

철저하게 미워하면서도 용서할 수 없는 사정, 아니 도저히 용서할 수 없는데도 용서할 수밖에 없는 사정!

구인상은 양손으로 머리를 쥐어짜며 신음했다.

'순아를 위해서 모든 것을 참는다?'

그렇더라도 이미숙의 버릇이 고쳐질 것 같지 않았다. 그보다도 구인상 자신이 그녀를 아내로서 받아들일 수 없었다. 그런 까닭에 미숙을 용서한다는 것도 불가능한 일이다.

'순아 어미의 자리만 보장해 준다?'

아내로서의 미숙을 포기하고 순아 어미로서만 대접하고 살 수 있다면, 그것을 미숙이 승인한다면, 다시는 파렴치한 남성 편력을 하지 않고 순아 어미로서의 체면만 지켜 준다면….

'나는 신부처럼, 비구승처럼 살아갈 수 있다.'

그러나 미숙이 그런 조건을 용납할 까닭이 없고 그 버릇에서 풀려날 까닭도 없는 것이다.

이윽고 구인상은 지옥이란 것을 실감했다. 그런데도 될 대로 되라고 문제를 팽개칠 수 없는 것은 그 문제의 중심에 순아가 있기 때문이었다. 하나의 천진하고 무구한 어린아이, 바로 자기의 딸인 순아의 불행을 눈앞에 보면서도 그걸 구제하지 못한다면 학문이고 역사철학이고 한 푼의 가치도 없는 것 아닌가. 인간의 도리를 떠나 무슨 학문이 가능할 것인가 말이다.

양심 없이 가능한 학문이란 물론 있을 수 없다. 사람으로서의 도리니 뭐니를 전제하지 않고 진행되는 학문이 있기도 하다. 그러나 철학만은 그럴 수가 없다. 아니 그럴 수 없는 사람이고 성품이어서 철학에 대한 원망을 가꾸게도 된 것이다. 헌데 구인상은 스스로의 고민을 잊기 위해서 아카데믹한 성(城)을 구축해 보려고 애썼다.

대학 강의가 시작되었다. 교양과정을 마친 학생들을 금년에도 처음으로 맞이했는데 구인상은 강의 방향과 방법을 전혀 달리 바꾸기로 했다. 금년 신학기엔 프랑스의 볼테르로부터 시작하기로 했다. 역사철학의 내용을 말하기에 앞서 역사철학을 필요로 하게 된 시대의식의 발생과정에 중점을 두는 것이 중요하다고 판단했기 때문이다.

일반사회에선 전혀 무시되는 학문일지라도 이에 흥미를 갖는 학생들에겐 신선한 매력으로 된다. 구인상은 첫 시간부터 학생들의 왕성한 호기심을 만족시키려 진땀을 뺐다. 가벼운 흥분을 즐기기도 했다. 그래서 이런 말을 했다.

"같은 학문을 하게 되면 자연히 동류의식을 갖게 된다. 특히 역사철학을 평생의 업으로 하려는 사람이 적은 만큼 우리의 동류의식은 다른 학문과는 비교할 수 없을 정도로 강하다. 나는 여러분을 학생으로서 후배로서 생각하기에 앞서 평생의 맹우(盟友)를 만난 기분이다. 역사도 슬프고 철학도 슬프다. 그리고 이 길은 고독하기 짝이 없는 길이다. 같은 길을 걷는 우리는 학문적으로나 인간적으로 서로 도와 나가야 할 것이다. …"

이렇게 말을 엮어 나가다가 구인상은 돌연 이 학생들과 언제 헤어질지 모른다는 생각과 동시에 허무한 기분이 들었다. 역사철학이 현재의 그의 고민에 아무런 도움이 되지 못하는 것과 마찬가지로 이 학생들도 자기에게, 자기 또한 이 학생들의 운명에 아무런 도움이 되지 못할 것이란 생각에 이르자, 방금 자기의 말이 알맹이란 없고 그저 허사(虛辭)를 늘어놓은 것이라는 뉘우침으로 되었다.

한 학생이 질문했다.

"교수님이 역사철학을 시작하셨을 때 어떤 의도를 가지셨는지 그걸 알고 싶은데요."

"나는 인생을 알고 싶었다. 인생을 알고자 하는 덴 갖가지의 접근이 있다. 나는 그 가운데서 역사를 통한 접근이 가장 내 비위에 맞는다고 생각했다. 그래서 역사를 공부할 작정이었는데 역사란 방대한 사료를 섭렵하는 노력이란 사실을 알았다. 이윽고 나는 개개의 역사적 사실보다 역사의 본질을 알았으면 했다. 내가 역사철학을 시작한 의도는 거기에 있었다."

"교수님은 그 의도를 얼마만큼 충족시켰다고 보십니까?"

"충족? 어림도 없는 이야기다. 나는 이제 와서 역사철학은 부절(不絕)한 질문으로서만 가능하다고 본다. 답안은 언제 어떻게 얻어질지 모른다. 그저 묻고만 있는 것이다. 역사란 무엇이냐고. 이 문제 설정의 정열과 방법만이 현재 중요할 뿐이다."

학생들의 열띤 질문은 구인상의 우울을 잊게 했다. 가는 줄 모르게 시간을 보내고 강당에서 나왔다.

퇴근해 오니 집 앞에 고급차가 서 있었다. 동생 진상이 타고 온 차라고 짐작했는데 마침 집 안에서 동생이 나왔다.

"지금 돌아오십니까?"

구인상을 힐끔 보며 굳은 표정으로 이편이 무슨 말을 할 사이도 주지 않고 자동차 안으로 들어가 버렸다. 동생의 그런 태도가 유쾌할 리가 없어 덤덤히 보고 서 있는데 그 앞으로 진상을 태운 자동차는 휙 떠나버렸다.

집으로 들어섰다. 낌새로 보아 순아는 돌아오지 않은 것 같았다. 어머니가 나왔다. 성난 표정이었다. 인상을 보더니 자기 방으로 들어오라고 하곤 냉수를 마셨다. 진상과의 사이에 무슨 일이 있었던 것 같았다.

어머니 방으로 가서 인상이 물었다.

"진상이가 무슨 일로 왔었습니까?"

어머니는 그 말엔 대답을 않고 어깨로 크게 숨을 쉬었다.

"오늘 너하고 얘기 좀 해야겠다."

인상이 긴장했다. 어머니는 그리고도 말없이 서창(西窓) 쪽으로 시선을 돌리고 있더니 뚜벅 입을 열었다.

"나를 용서해라!"

인상이 다음 말을 기다렸다.

"너도 대강 짐작하고 있겠지만 구영화는 네 아버지가 아니다."

어머니 말대로 인상은 이미 그렇게 짐작했지만 직접 어머니의 입을 통해 듣고 보니 어리둥절했다.

"네가 초등학교 졸업할 때 말할까 하다가 기회를 놓쳤다. 중학교 졸업할 때, 고등학교 졸업할 때 그럴 적마다 얘기하려다 번번이 망설였다. 대학을 나와 네가 미국 유학을 갈 땐 영원히 그 얘기는 안 하려고 마음먹었다. 은근히 네가 미국 사람이 되기를 바랐기 때문이다. 네가 결혼하고 나니 며느리 앞에서 창피해서 그 말을 끄집어 낼 수 없었다. 그러나 언젠가는 얘기해야겠다고 마음을 먹었는데 뜻밖에도 네가 대구에서 얼마동안 지내겠다는 말을 들었다. 가슴이 쿵 하고 내려앉는 것 같더라. 나는 더 이상 죄를 지어선 안 된다고 생각했다. 그런데 순아 어미 사건이 생겼구나. 설상가상 네게 충격을 줄까 봐 당분간 보류하기로 했었다. 그런데 오늘은 넘길 수 없구나."

어머니의 눈에 이슬이 맺혀 있었다.

"어떤 일이 있어도 저는 어머니를 탓하거나 원망하거나 하지 않을 겁니다. 저도 대강은 알고 있습니다. 어렵게 생각하실 것 없이 옛 얘기를 들려주시는 셈 치고 마음 편히 말씀하십시오."

"네 가정이 이 모양이 된 것도 내 팔자가 기박한 탓인 것 같다."

어머니는 손수건을 꺼내 눈언저리를 눌렀다. 인상이 서툴게 말을 꺼낼 수가 없어 잠자코 있었다.

"네 아버지의 이름은 '한문수'라고 한다."

역시, 하고 구인상이 생각했다.

"네 할아버지, 할머니는 아직도 경상북도 의성에 살아 계신다고 하더라. 네가 이 세상에 있다는 것은 모르신다. 모든 게 다 내 잘못이다."

어머니는 북받쳐 오르는 격정으로 해서 말을 계속하지 못했다.

"어머니, 자리를 옮깁시다."

2층 서재로 가서 도어를 안으로 잠갔다. 코냑병을 꺼냈다.

"어머니도 한 잔 하시지요. 이 술은 약간 마셔도 뒤탈이 없을 겁니다."

유리잔에 코냑을 따라 어머니 앞에 밀어 놓았다. 어머니는 그

잔을 들어 맛을 보듯 하고 도로 내려놓았다.

"답답했던 가슴이 조금 후련해지는구나."

인상은 코냑이 들어 있는 잔을 만지작거리며 어머니의 얘기를 기다렸다.

"어디서부터 시작해야 좋을지, 네 앞에서 말하기엔 너무나 부끄러운 얘기지만…."

이런 서두와 함께 어머니는 말을 시작했다.

1943년이 저물어 갈 무렵, 이른바 학병(學兵) 소동이 있었다. 전문학교, 대학에 다니는 한국인 학생, 그해 졸업한 학생들에게 일본 군인으로 지원하라는 명령이 내렸다. 말이 지원이지 강제징집이었다. 당시 대구여학교 졸업반인 인상의 어머니 서창희는 친구 오빠가 그 지원병에 걸렸다고 듣고 위문하러 갔다.

서너 명의 대학생이 그 집에 와 있었다. 결국 여학생들과 어울렸는데 한문수는 그 가운데 한 사람이었다. 서창희는 첫눈에 한문수에게 끌렸다. 창희는 저 사람도 학병으로 가는구나 하고 생각하니 가슴이 무거웠다. 그런데 얘기 도중 한문수는 죽었으면 죽었지 학병에 나가지 않을 것이라고 냉담하게 말했다.

서창희는 그 말을 듣고 안심하는 자기가 민망할 정도였는데, 좌중의 한 사람이 "누가 가고 싶어 갈 놈이 있겠나. 가족들을 귀찮게 하니까 할 수 없이 가는 거지"하고 투덜댔다. 한문수를 보고 "아무리 버텨봤자 결국 가게 될 것"이라고 말하는 바람에 다시 우울해졌다. 그 말엔 대답을 않고 한문수는 술을 마시고 있었다. 침울한 분위기였다.

그런데 어떤 순간에선가 서창희는 한문수의 시선이 자기에게로 쏠리는 것을 느꼈다. 얼굴이 빨개져서 고개를 들 수 없었다.

1944년의 1월 20일이 학병의 입대일이었다. 대구시내의 남녀 중학교 학생들이 대구에 있는 80연대 영문 근처에 도열해서 그들을 환송했다. 서창희도 그 속에 끼어 있었다. 그녀는 앞을 지나가는 입대자들을 일일이 눈으로 좇았다. 마지막 한 사람이 영문 안으로 사라질 때까지 남아 있었으나 한문수의 모습은 없었다.

서창희는 안도의 숨을 내쉬었다. 그러나 완전히 안심할 수 없었던 것은 다른 부대로 입대한 사람도 있다고 들었기 때문이었다.

1월 27일, 80연대에 입대한 학병들이 만주에 있는 어느 부대로 간다고 하여 대구역에서 출발했다. 그때도 서창희는 대구역 근처에서 그들을 전송했다. 한없이 서글픈 광경이었다. 한문수의 모습은 보이지 않았다. 그러나 그런 사실과는 무관하게 눈물이 쏟아졌다. 손수건으로 눈물을 닦고 돌아서려는 찰나였다.

"여기까지 나오셨군요."

서창희는 소리 나는 쪽을 보았다. 거기 군중 틈에 한문수의 얼굴이 있었다.

"앗, 한 선생님!"

저도 모르게 창희는 소리를 높였다. 반가움에 겨워 한 번 만난 사람 같지가 않았다.

"다행이었습니다."

군중을 비집고 가까이로 간 창희는 학병으로 가지 않고 배겨 낸 한문수를 치하했다.

"다행인지 불행인지 아직은 모릅니다."

한문수는 앞장을 서며 말했다.

호젓한 거리에 이르렀을 때 한문수는 "사람들 눈에 띄지 않는 곳으로 가야 할 텐데" 하고 주변을 두리번거렸다. 창희는 왠지 한문수와 얘기를 나누고 싶었다. 이윽고 그들은 목로술집 같은 주막의 뒷방을 찾아들었다.

한문수는 경찰에 붙들리기만 하면 징용으로 끌려가게 된다는 얘기를 했다.

"오늘밤에라도 대구를 떠나겠습니다."

"집이 대구에 있습니까?"

집은 의성(義城)에 있다고 했다.

한문수는 서창희에게 여러 가지를 물었다. 집 주소, 여학교를 졸업한 후의 지망 등. 서창희는 여학교를 졸업하면 일본에 있는 상급학교로 가고 싶다고 했다.

"일본에 있는 학교나 조선 내에 있는 학교나 마찬가지겠지만, 조선 내에 있는 여자 전문학교로 가는 것이 좋을 거요."

한문수는 그 이점을 여러 가지로 설명했다.

"한 선생님은 어떻게 하실 겁니까?"

"당분간은 도망쳐야죠. 그러다가 용케 피할 수만 있으면 나는 조선 독립운동을 할 작정입니다."

한문수의 그 말은 서창희의 가슴을 짜릿하게 했다. 독립운동은 바로 감옥으로 통하는 길이며 죽음으로 통하는 길이기도 했다.

"위험하지 않을까요?"

"위험하다고 해서 맨날 이 모양으로 있어서 되겠어요?"

"조선 독립은 가망이 있는 일일까요?"

"가망이 있고 없고가 아니라 조선 사람이면 마땅히 해야 할 일 아니겠습니까. 더욱이 지식인의 양심으로선…. 그런데 일본은 길지 않습니다. 사방에서 일본은 패멸하고 있습니다. 일본의 연합함대는 전멸했습니다. 태평양은 완전히 미군 손에 들어갔습니다. 이탈리아도 항복하고 독일의 운명도 얼마 남지 않았습니다. 스탈린그라드에서 패배한 후 독일은 자꾸만 후퇴하고 있습니다."

"그렇다면 오늘 떠난 학병들의 운명은 어떻게 되겠습니까?"

"어리석은 자들이지요. 명분 없는 전쟁터에 죽으러 갈 각오를 할 수 있다면 그 힘을 합쳐 반항이라도 해야 하는 건데. 그걸 할 수 없었으니 우린 뱃이 없는 놈들이지요."

대강 이런 말을 주고받으며 해가 질 때까지 그 주막집에 있다가 한문수와 서창희는 헤어졌다. 헤어지며 한문수는 '한갑순'이란 이름으로 간혹 편지를 하겠다고 약속했다.

그날부터 서창희는 한문수에 대한 사랑을 가꾸기 시작했다.

서울에 가서 이화여전 입학시험을 치르는 동안에도 서창희는 한문수 생각만을 했다. 시험을 치르고 돌아오니 '한갑순'이란 이름이 쓰인 편지가 와 있었다. 편지는 짤막했다. 무사히 있다는 것과 공부 열심히 하라는 내용이었고 상대방의 주소는 없었다. 봉투엔 '부산'이란 스탬프가 찍혀 있었다.

학교가 시작되어 서울의 기숙사에 있게 되었을 때 창희는 집에서 심부름하는 아이에게 '한갑순'이란 이름으로 된 편지가 오거든 곧 서울로 부쳐 달라고 부탁해 두었다. 그렇게 해서 창희가 서울에서 받은 편지는 두 통이었다.

첫 번째 편지는,

이것은 T. S. 엘리엇의 시입니다.

다아! 닷타!

주어라! 우리는 무엇을 주었는가.

친구들이여, 내 마음을 들끓게 하는 피를 주어라.

일순의 자기포기의 엄숙한 용기는

분별 있는 사람도 결코 폐기하지 못한다.

그로써 그것만으로써 우리들은 살아온 것이 아니었던가.

창희 씨여, 이 시를 읽으소서. 여기에 내 마음이 있습니다.

하는 것이었고, 두 번째 편지는

용기 있는 자는 단 한 번 죽고, 용기 없는 자는 여러 번 죽는다는 말이 있습니다. 나는 단 한 번 죽을 각오입니다. 어두운 밤을 견디고만 있을 것이 아니라 높이 횃불을 들어야 합니다. 역사의 수레바퀴는 갈 곳을 향해 가고 있는 모양입니다. 백합화를 닮은 이에게 내 뜨거운 마음을 보냅니다.

하는 것이었는데 이로써 한문수로부터 온 편지는 끊어졌다.

여름방학 내내 기다려도 편지가 오지를 않아 초조한 마음 금할 수 없었는데, 가을학기, 서울로 올 차비를 차리는 서창희의 귓전을 스친 말이었다.

"대학생을 포함한 몇 사람이 독립운동하다가 경찰에 붙들렸대."

서창희는 어찌할 바를 몰랐다. 친척들 가운데 경찰서와 통하는 사람을 찾아 알아보려고 했으나 소식을 알 수가 없었다.

그러던 어느 날 친구의 어머니로부터 본정(本町) 여관, 하해(河海) 여관, 이화(李華) 여관 등에 독립운동, 사상운동을 하는 사람들이 많이 묵고 있는데, 지난 5월과 6월, 그 여관에서 많은 사람이 붙들렸으니 혹시 그 여관에 가서 물어보면 알 수 있을지 모른다는 말을 들었다. 서창희는 서울 가는 것을 연기하고 어느 날 이모를 앞세우고 여관을 돌아보기로 했다.

먼저 본정여관으로 갔다. 이모가 안주인을 찾았다. 안주인은 한문수란 이름을 듣더니 많이 들은 이름이긴 하나 자기 여관에서 묵은 적은 없다고 말했다.

"혹시 경찰에 있는지 없는지 알아볼 수 없을까요?"

서창희가 이렇게 애원하자 하해여관 주소를 가르쳐 주었다.

"나도 알아보겠습니다만 하해여관으로 가 보시지요."

하해여관의 주인 이동하(李東廈) 씨가 단순한 여관주인이 아니라 대동단(大東團)이라는 항일운동 단체의 지도인물이란 것도 서창희는 그때 들었다. 이화여관의 이봉로(李鳳魯) 선생이 경북유림단(儒林團)의 지도적 인물이란 것도 그때 알았다.

"나는 온 천지가 일본놈들에게 붙어 있는 줄만 알았는데, 그때야 독립운동의 줄거리가 지하수처럼 스며 있다는 것을 알았다."

얘기 가운데 인상의 어머니가 덧붙인 말이다.

서창희는 이화여관에선 이렇다 할 얘기를 듣지 못하고 하해여관을 찾았다. 창희와 이모는 여관 할머니를 통해 직접 이동하 선생을 만났다.

"한문수 군을 무슨 까닭으로 찾소?"

서창희는 뭐라고 답해야 할지 당황했다. 이모가 대신 말했다.

"이애가 여학교 시절 지도를 받았나 봅니다. 그래서 그분의 행방을 찾아 안부나 물으려는 겁니다."

그러자 이동하는 깊은 한숨을 쉬었다.

"한문수 군은 붙들려 지금 대구 경찰서의 유치장에 있소. 그 사람이 무슨 일을 꾸미려고 했나 봅니다. 부산, 진주, 광주, 대구 등지에 산재한 동지들을 규합해서 무슨 일인가를 하려다가 탄로 난 거지요. 붙들리기는 김천 어느 산골에서였다고 하오. 그런데 그때 공교롭게도 한 군은 단파(短派) 라디오로 미국방송을 듣고 있었다고 하오. 그래서 중죄인 취급인데 사식도 못 넣게 하고 면회도 일절 금지하고 있소."

"어떻게 할 수 없을까요?"

서창희는 울먹거렸다.

"우리 힘으로 어떻게 하겠소. 참으로 암담하오. 아까운 청년을 버릴까 싶어 겁이 나오."

한문수가 있는 곳을 알기는 했지만 써볼 수단이란 게 없었다. 서창희는 집으로 돌아와 이불을 뒤집어쓰고 누워 버렸다. 이모에게 절대로 이유를 말하지 말라고 부탁했기 때문에 영문을 모르는 부모는 딸의 돌연한 태도에 놀라 걱정했다.

학교는 갈 의욕도 잃고 이삼 일 드러누워 있다가 초등학교 시절 같은 반에 다니던 아이의 아버지가 경찰관이었다는 사실이 생각났다. 그 아이는 벌써 시집을 갔고, 그의 아버지는 경찰관을 그만두고 대구경찰서 앞에서 대서사(代書士)를 하고 있었다.

"한문수를 위해 뭔가 도움이 되어 주고 싶습니다."

서창희가 딸의 친구라는 사유를 밝히고 부탁했다. 그 퇴직 경찰관은 한참 생각하더니, 호사카(保坂)라는 일본인 경부보(警部補)를 만나게 해주겠다며 경찰서로 창희를 데리고 갔다.

"이런 일은 조선인 경찰관에게 말해 보았자 소용이 없어. 더 가혹한 꼴을 당하기 마련이야. 일이 되건 안 되건 일본인 경찰관에게 부탁해야지."

한문수와 면회하고 싶다는 말을 창희로부터 듣자 호사카 경부보의 얼굴이 굳어졌다.

"학생의 아버지가 누구지?"

서창희는 찔끔했으나 아버지의 이름을 들먹이지 않을 수 없었다. 그 이름을 듣자 호사카는 놀라는 표정으로 변했다.

"그분이면 우리 대구에서 대단한 명망가인데 그런 분의 따님이 어째서 그 불령(不逞)하기 짝이 없는 죄인을 만나려고 하오?"

"일시적인 과오일 것으로 압니다. 면회를 허락해 주실 수 없겠습니까?"

서창희는 애원했다.

"일시적인 과오가 아니오. 그 사람은 천황폐하의 병사가 되길

거부한 사람이오. 그런데다 사람들을 모아 불온단체를 만들고 단파 라디오까지 입수해서 유언비어의 재료를 마련하려고 했소. 그래도 일시적인 과오라고 하겠소? 그리고 그의 태도는 완강하기 짝이 없소. 아가씨는 그자에게 연정 같은 것을 느끼는 모양인데 빨리 청산하시오. 그런 사람을 마음에 두었다간 아가씨의 앞날이 뻔하오. 아가씨가 명망가의 딸이기에 이런 충고도 하는 거요."

호사카는 책상이라도 칠 듯 흥분했다. 그래도 창희는 애원을 거듭했다. 그러자 안타깝다는 생각이 일었던지 호사카는 부드러운 말투로 되었다.

"아가씨, 그놈이 아무리 괘씸한 놈이더라도 아가씨의 사정을 봐서 한 번쯤 면회를 시켜주고 싶지만 상부의 명령이라서 안 되오. 절대로 면회시켜선 안 된다는 검사의 엄명이 있었소. 꼭 면회를 하고 싶거든 아버지를 통해 사토(佐藤) 검사의 허락을 받아 오시오. 우리 재량으로선 어떻게 할 수 없소."

서창희는 돌아설 수밖에 없었다. 창피한 줄도 모르고 하염없이 눈물을 흘리며 경찰서에서 나왔다. 맑은 가을 날씨가 어쩌면 그처럼 을씨년스럽게 보였던지.

거리를 방황하다가 집으로 돌아간 것이 오후 7시쯤 되었는데 저녁 밥상을 받아 놓고 있던 아버지가 노발대발 호통을 쳤다.

"오늘 경찰서엔 뭣하러 갔더냐? 아비 망신을 시켜도 유분수지."

호사카가 아버지에게 연락한 것이다. 아버지는 끝끝내 노여움을 풀지 않고, 으름장을 놓았다.

"내일 당장 서울로 가라. 만일 대구에서 얼쩡거리고 있으면 광에 가둬 버리겠다."

대구에 있어도 면회할 가망이 있을 것 같지 않고 그밖에 도움이
될 일을 할 수 있을 것 같지도 않았다. 이화여관을 찾아 이봉로 선
생께 기회가 되면 사식(私食)이라도 넣어 달라는 부탁과 함께 돈
얼만가를 맡겨 놓고 서창희는 학교의 기숙사로 돌아왔다.

오랫동안 미결에 있다가 한문수가 3년 형을 받은 것은 1945년 2
월이었다. 기결수가 되어도 면회할 수 없었다. 직접 가족이 아니
면 한 달에 한 번 있는 면회도 할 수 없다는 것이다.

서창희는 봄방학 때 남몰래 대구형무소의 담벼락 밖을 돌았다.
상처받은 청춘의 나날이었다.

해방이 되어 옥문이 열리던 날. 그날 서창희는 형무소의 문을
지켜보고 있었다. 한문수가 나타났다. 그러나 가까이 갈 수는 없
었다. 한문수의 부모를 비롯하여 많은 친지들이 나와 있었기 때문
이다. 먼 빛으로나마 서로를 확인한 것만으로도 다행이었다.

한문수는 잠깐 고향에서 휴양하고 대구에 나타나선 곧 정치운
동을 시작했다. 건국준비위원회 대구지부의 어느 부서를 맡았다.
그것이 계기가 되어 한문수는 좌익단체에 가담했다. 한문수와 보
조를 맞추기 위해서 서창희도 어떤 여성단체의 일원이 되었다. 그
것이 탄로 나서 창희는 집에 있을 수 없었다. 집에 있으려면 여성
단체를 그만두어야 했기 때문이다. 솔직하게 창희에겐 정치의식
이란 조금도 없었다. 한문수와 같은 노선을 걷고 있다는 기쁨으로
서 한 짓이다.

동지인 친구 집에서 거처하며 서창희는 단체가 시키는 대로 열

심히 일했다. 벽보를 만들기도 했고 경찰의 눈을 피해 벽보를 붙이기도 했다. 가끔 한문수를 만나 열띤 토론을 듣는 것이 그 무렵 창희의 사는 보람이었다.

"우리가 승리하는 날 결혼합시다."

한문수는 힘 있게 말했다. 승리가 무엇인지, 승리하는 날이 언제 올 것인지 몰랐는데도 창희는 기뻤다.

그런데 언제부터인가 창희는 한문수가 하는 일에 대해 회의를 느끼기 시작했다.

한문수는 "신탁통치를 지지해야 합니다" 라고 했는데 그 정도엔 별반 이상한 생각을 갖지 않았지만, "그래야만 소련의 강력한 지지를 얻어 우리의 인민공화국을 육성시킬 수 있다" 는 말엔 걸렸다. 그래서 창희가 물었다.

"소련의 지지는 필요하고 미국의 지지는 필요하지 않습니까?"

"미국은 반동을 지지하는 사악한 세력이오."

그것은 창희의 이해를 넘는 말이었다. 창희는 소련보다 미국에 더 많은 애착을 느끼고 있었기 때문이다. 한문수는 갖가지 예를 들어 소련이 좋다는 말을 했지만 창희는 수긍할 수 없었다. 그러나 말로는 한문수를 이겨 낼 수 없었다. 그런데도 한문수에 대한 애착이 더해 갔으면 더해 갔지 줄어들진 않았다.

찬탁(贊託) 반탁(反託)이 대립되어 소용돌이를 일으킨 시국 속에서 서창희는 자기 마음과는 반대되는 찬탁의 편에 서서 활동하지 않을 수 없었다. 오직 한문수에게 대한 사랑 때문이었다. 사랑하는 사람을 위해 내 사상까지 희생한다는 의식은 비장해 보이기도 했다. 그만큼 한문수에게 대한 열정은 높아만 갔다.

드디어 이른바 10월 폭동이 터졌다. 그 폭동을 계획한 사람 가운데 한문수도 서창희도 들어 있었다. 폭동은 대구를 비롯해서 경북 일대를 휩쓸었지만 좌익은 그 목적을 달성하지 못하고 순식간에 수백 명의 사상자를 냈을 뿐이다.

한문수와 서창희의 도피행각이 시작되었다. 이 시기에 서창희는 한문수를 친소노선으로부터 친미노선으로 옮기려는 나름대로의 노력을 했다. 한문수의 사고(思考)가 차츰 바뀌는 것 같았다. 10월 폭동이 무모한 짓이었다고 반성함과 동시에 그가 지켜 온 좌익노선의 잘못을 인식했다. 그러나 때는 이미 늦었다. 자수하려고 해도 될 일이 아니었다. 이미 수천 명이 검거되었는데 명색이 주모자가 잘못했다고 경찰에 출두할 수는 없었다. 피할 때까지 피해 보고 시기를 기다리자고 약속이 되었다.

같이 도피생활을 했으니 자연스럽게 같은 방을 쓸 수밖에 없었다. 그래도 두 사람은 깨끗이 서로를 지켰다. 그런데 해를 넘긴 1947년 1월 한문수와 서창희는 대봉동 어느 집 골방에서 두 사람이 함께 행동하는 것이 위험하다는 의논을 했다. 동지들이 마지못해 숨을 자리를 제공하면서도 결혼도 안 한 남녀가 함께 있는 것을 보곤 이맛살을 찌푸리기도 하여 노골적인 불쾌감을 표시하는 경우가 있었다. 응당 있을 수 있는 일이었다.

한군데 오래 있을 수가 없어 전전하는 판이니 앞으로 더욱 곤란해질 것을 예상하고 내일부터는 따로따로 행동할 것과 연락방법 같은 것을 작정했다. 그러고 나니 슬픔이 왈칵 솟아올랐다.

"우리가 승리하는 날 결혼하자"고 했지만 승리하는 날을 기약할 수 없는 마당에서 헤어져야 하고 게다가 앞날이 불안하고 보니 애가 탔다. 그런 애타는 심정이 이심전심으로 슬픈 정열이 되었다. 한문수와 서창희는 그날 밤 사실상의 부부가 되었다.

그리고 대봉동의 그 은신처에서 사흘을 더 같이 눌러 있다가 나흘째 되는 날 한문수가 거처를 바꿔 먼저 나갔다. 남산동으로 가겠다는 얘기였다.

즉결재판 또는 약식 군법재판으로 총살당한 사람이 무더기로 나왔다는 풍문이 돌았다. 서창희는 공포에 지쳐 자기 집으로 돌아가 아버지 몰래 어머니만 알게 다락방에 숨었다. 그러고 나니 한문수와 연락할 방법이 없어졌다. 한 달을 다락방에 있다가 언제나 자기를 돌봐 주는 이모에게 부탁하여 기왕 같이 일하던 여자 친구들의 소식을 알아보았다. 세 사람은 이미 붙들려 처형되었고, 몇은 형무소에 갇혀 있거나 행방불명이란 절망적인 얘기였다.

서창희는 한문수의 행방이 궁금해서 견딜 수가 없었다. 2월의 어느 날 밤 통행금지 시간을 한 시간쯤 앞두고 한문수와 친하게 지낸 P라는 대학교수의 집을 찾아갈 요량으로 뒷문을 통해 빠져나갔다. 돌담을 오른편으로 꺾었을 때였다.

"창희 씨."

나지막한 소리가 옆 골목에서 들렸다. 움찔 그 자리에 섰다.

"겁낼 것 없습니다. 날 따라오시오."

가로등 아래서 그 사람을 보았을 때 창희는 안도의 가슴을 쓰다듬었다. 그는 우익 청년단에 속한 사람이었지만 간혹 아버지를 찾아오기도 해서 안면은 있었다. 그러나 발을 옮겨 놓을 수 없었다. 따라오라는 말뜻을 알 수 없었기 때문이다.

"태연하게 꾸미고 날 따라오시오. 이 근처에 형사가 깔려 있습니다. 붙들리면 창희 씨도 무사할 수 없을 것이오. 경찰이 창희 씨를 찾느라고 혈안이 되어 있습니다."

나직한 소리였다. 협박으로 들리기도 했지만 어쩔 수 없었다.

우익 청년단원이란 사실이 마음에 걸렸지만 아버지한테 자주 드나드는 인상이 그다지 나쁘지 않은 청년이어서 몇 걸음 따라가다가 와락 불안해졌다.

"어디로 가자는 겁니까?"

"안전한 곳으로 안내하려는 겁니다."

"그럼 저를 집으로 보내 주십시오."

"벌써 늦었습니다. 지금쯤 앞문으로 해서 형사들이 창희 씨 집에 들이닥쳤을 겁니다. 그러니까 빨리 걸읍시다."

창희는 등골이 오싹했다. 무조건 그를 따라 걸었다.

20분쯤 걸었을까. 그 사내는 어느 집 문을 두들겼다. 그러면서 창희에게 속삭였다.

"이 집은 내 사촌집입니다. 안심할 수 있는 곳입니다."

이윽고 문이 열렸다.

"얼른 들어가시오."

창희를 밀어 넣듯 해놓고 자기는 주위를 두리번거리곤 들어와서 문을 닫았다. 문을 열어 준 사람에게 무언가 귀엣말을 하더니 사내가 물었다.

"아랫방 불 지폈나?"

"제 방 옆방으로 가시지요. 아랫방은 추워서 안 돼요."

창희가 안내된 방은 아이들의 공부방 같았는데 아이들은 하나도 없었다.

"마침 저희 엄마가 외가에 갔습니다. 내일 아랫방을 치우기로 하겠습니다."

집주인인 듯싶은 사람의 말이었다. 양순하게 생긴 사람이라 다소 마음이 놓였다.

"이 아가씨는 서 대감의 따님이다. 거 있지 않나, 왜 10월 사건에 괜히 말려들어 경찰의 추궁을 받고 있어. 그래서 이리로 모신 거니까 잘 봐 드려."

이렇게 말해 놓고 사내는 창희에게 당부했다.

"다른 데 갈 생각 말고 당분간 이 집에 계십시오. 이 집이면 안심입니다. 댁에는 내일 내가 가서 걱정 말라고 이르겠습니다. 그럼 편히 쉬십시오."

사내는 주인을 데리고 옆방으로 갔다. 옆방에선 술이 시작된 모양이었다. 이 소리 저 소리가 미닫이 저편에서 들려왔다.

"폭동 주모자들은 얼추 다 잡았을 낀디 경찰들이 왜 자꾸만 야단법석인지 몰라."

"경찰에도 감정이 안 있겠나. 경찰이 얼마나 많이 죽었노!"

"아무튼 이 잡듯 할 모양이더라."

"이미 붙들어 놓은 것만도 수천 명이 된다며?"

"그런데 그게 모두들 피라미들인 기라."

"형님 같은 사람이 경찰에 협력을 안 하구 저런 거물을 숨겨 주려고 하니 거물이 잘 잡히겠소?"

'저런 거물'이라고 할 때 말소리를 죽인 것은 자기를 가리킨 말이었기 때문일 것이라고 창희는 짐작했다.

'과연 내가 거물일까?'

서창희의 직함은 여맹(女盟)의 문화부장이었다. 당의 지령대로 삐라를 쓰고 붙이는 일을 지휘했을 뿐이다. 그것도 당을 위해서가 아니라 오직 한 사람 한문수를 위해서. 한문수는 지금 어디에 있을까. 아직 체포되지 않았을까 체포되었을까. 뭉게구름처럼 이는 불안 때문에 창희는 옆방에서 지껄이는 소리가 귀에 들어오지도 않았다.

새벽녘에 잠이 들었던 모양이다. 창희가 눈을 떴을 땐 책상 위의 시계는 오전 10시를 가리키고 있었다. 자기가 지금 누운 곳이 어디인지 짐작하기에만도 몇 분은 실히 걸렸다. 자리에서 일어나 앉자 미닫이 저편에서 말이 건너왔다.

"깨셨습니까? 그럼 그대로 들으십시오. 아침 일찍 댁에 갔더니 댁의 아버지는 대단히 노하셨습니다. 아버지께선 창희 씨가 집에 있었던 줄을 몰랐던 모양이죠? 당장 그년을 잡아내서 경찰에 넘기라고 호령했습니다. 창희 씨는 내가 보호하고 있다고 여쭸죠. 그랬더니 당장 경찰에 넘기라고 성화였습니다. 그래도 그럴 수가 있느냐고 버텼습니다. 역시 따님 사랑하는 마음은 지극하시더구먼요. 혹시 필요할지 모른다면서 많은 돈을 주셨어요. 그 돈 여기 있습니다."

좁게 미닫이를 열고 사내는 돈다발을 밀어 넣었다.

창희의 눈에서 눈물이 핑 솟았다.

"자수하면 어떻게 될까요?"

"자수하다니, 창희 씨가 자수하려구요?"

"잘못을 했으니까 자수라도 해야지 않겠어요?"

"어림없는 말씀 하지도 마시오. 지금 자수해 봐야 소용없습니다. 체포된 거나 별 다를 바 없어요. 아마 창희 씨는 살인죄, 살인방조죄로 몰릴 게 틀림없습니다. 여맹의 평맹원(平盟員)들도 사형 무기징역을 받은 사람이 수두룩합니다. …"

창희는 기가 꺾었다. 창희가 말이 없자 사내가 말을 이었다.

"창희 씨는 걱정하지 마십시오. 내가 어떤 짓을 해서라도 창희 씨를 무사하게 할 테니까요. 어젯밤 내가 집 앞에 있었던 것도 창희 씨를 보호할 작정이었소. 창희 씨가 집에 숨어있다고 누군가가 경찰에 고해바쳤다는 사실을 알았거든요. 그래 창희 씨에게 알리러 가던 참이었는데 용케도 거기서 만난 겁니다. 창희 씨는 운이 좋았어요. 나만 믿고 안심하십시오. 이 집은 군(軍) 관계의 일을 보는 내 고종사촌집이라 아무도 의심할 사람은 없습니다. 식사하십시오. 오늘 안으로 아랫방을 깨끗하게 치우겠다니까 거기서 당분간 계시도록 하십시오."

그 말이 절반도 귀에 들어오지 않았다. 생각은 오직 한문수에게 가 있었다. 풍문으로 짐작건대 한문수는 붙들리기만 하면 사형될 것이 틀림없었다. 창희는 한문수를 그 사내에게 부탁해 볼까 하다가 말았다. 다시 자수할 마음이 생겼으나 한문수의 소식을 모르고

선 결행할 엄두가 나질 않았다.

"그럼 나갔다가 오겠습니다."

사내의 소리를 미닫이 너머로 듣고 사내가 나간 동정을 확인하곤 일어섰다. 입은 옷 그대로 잤기 때문에 매무새가 말이 아니었다. 바깥으로 나갔다. 일하는 아이가 말똥말똥 눈망울을 굴리며 창희를 보더니 세숫대야에 물을 가득 담아 와서 발밑에 놓으며 "세수하시지예" 하고 수줍게 웃었다.

창희는 안면은 있었지만 이름을 몰라 일하는 아이에게 그 사내의 이름을 물었다.

"이름은 잘 모릅니데. 성은 구(具)가라고 하대예."

세수를 하고 방으로 들어오자 일하는 아이가 밥상을 들고 들어왔다. 밥맛이 전혀 없어 가지고 가라고 했더니 그럼 안 된다고 우겼다. 체면상 밥술을 뜨는 둥 마는 둥 하고 멍청히 벽을 쳐다보고 앉았다. 자수해야겠다는 생각이 다시 일었지만 한문수의 안부를 알지 않고선 어떻게 할 수가 없었다.

점심때가 지났을 무렵 구(具)가라는 사내가 돌아왔다. 무언가를 한 꾸러미 들고 들어왔는데 알고 보니 벽지(壁紙)였다.

"아랫방이 추해서요. 어떻게 그런 곳에 창희 씨를 모실 수 있겠습니까."

일하는 아이에게 풀을 끓여라, 아랫방에 장작을 지피라 하고 수선을 떨었다. 저녁나절엔 도배를 끝냈다. 방에 온기도 돌았다.

그 무렵 윗방의 부인도 친정에서 돌아왔다. 구 씨가 서로를 소개했다. 그렇게 해서 서창희는 그 집에 있게 되었는데 그 이튿날 밤 구 씨는 심각한 얼굴로 창희에게 이런 말을 했다.

"지금 한문수 씨는 어디에 있습니까?"

창희는 소스라치게 놀랐다.

"어떻게 그 사람을 압니까?"

"창희 씨와 관련되는 사람으로서 내가 모르는 사람은 없습니다. 나는 창희 씨를 보호하기 위해서 노력하는 사람입니다. 그 이유는 묻지 마십시오. 그러나저러나 그 사람은 큰일 났습니다. 붙들리기만 하면 즉결처분입니다."

즉결처분이란 죽인다는 말이다. 창희는 가슴팍을 두드리고 싶은 충동에 사로잡혔다. 답답해서 견딜 수가 없었다. 구 씨의 말이 계속되었다.

"아마 남산동 근처에 있는 모양인데 수사망이 압축되고 있으니 지금쯤 붙들렸을지도 모르지, 경찰의 태도는 철저합니다. 어떻게 연락할 수 있는 방법이 있으면 좋겠는데."

"연락해서 어떻게 하는 거죠?"

창희가 숨 가쁘게 물었다.

"연락할 수 있다면 빨리 그 사람을 이리로 옮기는 거죠. 이 집은 절대로 안전하니까요. 혹시 알고 계시는 것 아닙니까?"

구 씨는 창희의 눈치를 살폈다.

"잘은 모릅니다."

창희가 모르는 것은 사실이었다. 만일 남산동에 있다면 그 집일 것이란 짐작만은 있었다. 그러나 그 짐작을 구 씨에게 말할 순 없었다.

"그렇다면 큰일났군. …"

중얼거리더니 구 씨는 다시 바깥으로 나갔다.

윗방에서 식사하러 오라는 전갈이 있었다. 내키지 않았지만 불안해서 혼자 앉아 있을 수도 없어 윗방으로 건너갔다. 선량하게 생긴 젊은 부인은 밥 먹길 권했다.

"무슨 일인지는 몰라도 아가씨가 난처한 모양이지만, 애 아빠와 구 씨가 끼어들면 해결 못할 일이 없을 거예요."

그 얘기를 듣고 보니 아까 구 씨에게 자기의 짐작을 말하지 않은 것을 후회하는 마음이 있었다. 그러면서도 '혹시 그 사람이 경찰의 앞잡이가 아닐지?'하는 의혹을 지워버릴 수는 없었다.

어머니는 한동안 말을 끊고 있다가 한숨을 쉬었다. 길고 무거운 한숨이었다. 그리곤 말을 이었다.

"그 구 씨가 진상의 애비다."

짐작은 했지만 어머니의 입을 통해 그 얘기를 들은 것은 고통이었다. 인상은 그쯤 해두시라는 말을 하고 싶었으나 그럴 수도 없었다. 다시 시작된 어머니의 얘기는 더욱 안타까웠다.

창희는 한문수 씨의 거처에 대한 자기의 짐작을 알리지 않았다. 그러나 '구영화', 그때의 이름은 '구만택'이 '남산동'이란 말을 들먹였을 때 창희가 결정적으로 부정을 안 했다는 사실에 근거를 두고 경찰에 고해바쳤다.

남산동은 상당히 넓은 지역이지만 경찰의 총력이 동원되면 수

색하기가 어려운 곳은 아니다. 한문수는 체포되었다. 창희가 그 사실을 안 것은 구 씨의 입을 통해서였다. 며칠 후 창희의 방에 들어서더니 침통한 표정을 꾸미고 구 씨가 큰일이 났다며 한문수가 체포된 것 같다고 했다. 그리고 혀를 끌끌 차며 탄식했다.

"미리 거처를 알았더라면 안전지대에 옮겨 놓을 수 있었는데."

하늘이 무너진 것 같아 정신을 차리지 못하던 창희가 물었다.

"어떻게 구출할 수 없겠습니까?"

"폭동의 주모자인데… 그럴 수가 있겠소?"

"구 선생이 사이에 들어 돈도 쓰고 하면 되지 않을까요?"

"돈을 쓴다고 해서 되겠소? 그러나 내가 서두르면 즉결처분을 면하게 할 수 있을지 모르지만."

창희는 그분을 살려만 달라고 애원했다. 그분의 목숨을 구할 수만 있다면 못할 짓이 없겠다고도 했다.

"그 후에 있었던 일은 내 입으론 말할 수 없다."

어머니는 눈물을 터뜨렸다. 구태여 들을 필요도 없었다. 결국 어머니는 구 씨와 결혼하지 않을 수 없는 궁지에 빠져들어 간 것이리라.

한문수 씨가 총살되었다는 사실을 안 것은 체포되었다고 듣고 한 달쯤 후의 일이었다. 창희는 한문수의 체포에 구 씨가 관계했으리란 의심도 하지 않았다. 끝까지 진정으로 한문수 씨의 구명을 위해 동분서주한 사람으로만 알았다.

"아버지, 그러니까 네 외할아버지가 구 씨의 구혼을 승낙한 것은 나를 안전하게 피신시킬 요량으로 한 일이었다. 결혼식도 없이 나를 구 씨에게 딸려 보내며 아버지는 나에게 백만 원이란 큰돈을 주었다."

그때의 백만 원이면 지금 돈으로 100억 원이 넘는 거금이다. 애지중지 키운 딸을 다시는 대구에 돌아올 생각 말고 살라고 쫓듯이 내보낼 때, 아버지의 심정이 어떠했겠느냐는 것은 그 거액의 돈으로서도 짐작할 수 있다.

"서울에 올라와 너를 낳았다. 나는 그때 구 씨에게 이 아이는 당신 아이가 아니니 헤어지자고 했다. 구 씨는 자기 아이로서 입적시키겠다고 우기고, 만일 내가 자기 곁을 떠나면 신원문제를 책임지지 못하겠다고 협박까지 했다. 그때 내게 조금이라도 지각이 있었더라면 오늘 내가 이 꼴로 되진 않았을 것이고, 너에게 큰 죄를 짓지도 않았을 것이다."

"어머니 왜 말씀을 그렇게 하십니까?"

인상은 분노도 슬픔도 아닌 묘한 감정이 가슴을 억누르는 것을 느꼈다.

어머니는 서울에서 살아온 얘기를 할 땐 평정을 찾고 있었다.

그때 1천 원 남짓한 돈을 주고 산 집이 지금 가회동 집의 터에 있었던 집이라고 했다. 개축을 한 그 집은 터 값만도 현재 10억 원 이상으로 호가된다고 했다.

어머니는 나머지 돈 가운데서 얼만가를 투자하여 광목 공장을 차리고, 남은 돈으로 서울 이곳저곳의 토지를 샀다. 그게 성공의 요인이었다. 그런데 어머니를 지독하다고 할 수 있었던 것은 모든 재산의 소유권을 어머니의 명의로 두고 있다는 사실이다. 이것을 어머니는 이렇게 설명했다.

"만일 네가 없었더라면 나는 재산에 별반 관심을 쓰지도 않았을 것이고, 가지고 온 돈 반쯤은 진상이 애비에게 주어버렸을지 모른다. 나는 너에 대한 죄를 보상할 셈으로 철저하게 재산을 관리하고 늘렸다. 그런 뜻에서 나는 진상이 애비를 용납하고 이용했다. 그런데 지금 그 한계에 왔다. 진상이 애비와 이혼하고 재산문제를 청산할 참이다. 내 지분의 대영산업 주식을 시장에 내놓을 요량이다. 가회동 집만은 그들에게 주고 나머지는 전부 회수한다. 그리고 그 돈은 전부 네 거다. 그러니 넌 생활의 필요만으론 대학에 있을 필요가 없다."

그러나 인상은 어머니의 그런 말엔 관심이 없었다.

"그런데 어머니, 진상의 아버지가 한문수 씨의 체포와 처형에 관련이 있다는 것을 언제쯤 아셨습니까?"

"한 10년쯤 된다. 의성으로 한문수 씨의 친척을 찾아간 적이 있다. 그분의 무덤을 알기 위해서였다. 그런데 뜻밖에도 한문수 씨의 아버지와 형님이 살아있다는 것을 알았다. 인사를 드렸지만 사실대로 말할 순 없었다. 옛날 제자라고만 말하고 지나는 김에 무덤에 참배하려고 왔다고 했다. 한문수 씨의 무덤은 마을 뒷산 양지바른 곳에 아주 잘 간수되어 있었다. 석물이 새로 된 것이라서 같이 간 그분의 형님에게 물었더니 이런 말을 하더라.

'대구에서 기생 노릇을 한 방화라는 여자가 종종 무덤을 찾아왔는데 어느 날 석물을 세우겠다고 했소. 우리는 집이 구차해 엄두

도 내지 못했으니 모처럼의 제안을 거절할 수가 없었소. 이 석물은 그 기생이 세운 겁니다.'

그 기생이 어디에 있는지 아느냐고 물었다. 영천 술도가의 안주인이 되어 있다고 하고 지난 추석에도 무덤을 찾아왔더란 얘기였다. 참으로 궁금했다. 어떤 여자이기에 죽은 지 20년이 넘었는데도 가끔 성묘를 할 뿐 아니라 남의 무덤에 석물까지 세웠을까 하고. 나는 그 근처에 팔려고 내놓은 논밭이 있는지 알아보라고 부탁하고 영천으로 갔다. 술도가로 직접 가기가 주저스러워 근처의 여관에 들어 여관의 안주인에게 짬이 나는 대로 여관으로 와 주시면 고맙겠다는 말을 그 여자에게 전해 달라고 부탁했다. 그 방화라는 여자가 나타났다. 시골에 이런 미인이 있었던가 하고 나는 정말 놀랐다. 기생 노릇했다는 흔적이 전혀 없는 우아하기조차 한 정숙한 부인이었다."

서창희와 방화의 만남은 극적인 장면으로 이루어졌다.

"무슨 일로 저를 찾으시는지?"

정숙한 모양새로 앉으며 방화가 물었다.

"저는 서울에서 왔습니다. 의성으로 한문수 씨의 무덤을 찾아갔더니 거기서 들은 말이 있어서 부인을 만나고자 왔습니다."

"댁은 누구신데요?"

"서창희라고 합니다."

"한문수 씨로부터 종종 들었습니다."

"뭐라고 하시던가요?"

"참으로 좋은 분이라면서 진정 사랑하고 계신다고 하셨습니다."

"방화 씨라 하셨죠? 방화 씨는 한문수 씨와 어떻게 아셨는지?"

"부끄러운 얘깁니다. 한문수 씨가 대학생 시절 제가 짝사랑을 하게 된 거죠."

"어찌 짝사랑만이었을까요. 부인처럼 아름다우신 분을."

"제게 다소의 호의는 가지셨겠지요. 그러나 그 이상의 것은 아니었습니다."

"그런데 어떻게 성묘를 하시고 비석도 세우시구…."

"어렸을 적의 순정은 좀처럼 지워지지가 않는 것이더군요. 그분을 생각하는 것이 그분 돌아가시고 난 후의 사는 보람처럼 되었어요. 그분의 무덤에 가서 앉아 있으면 시름을 잊게 돼요."

"남편 되시는 분을 모시고 있는데도 그렇게 돼요?"

"남편에 대한 감정과 그분에 대한 감정은 전혀 다르니까요. 그분에 대한 감정은 그저 순수할 뿐입니다. 꿈과 같은 기분입니다. 잡스런 것이 한 가닥도 없는 부처님을 대하는 감정이랄까요? 그러니까 그분을 사모한다고 해서 남편에게 미안할 것도 없습니다. 그런데다 저에겐 죄의식이 있습니다. 그분이 붙들린 장소가 바로 제가 소개한 곳이었거든요."

"어차피 붙들릴 운명에 있었는데 그런 걸 갖고 죄의식까지 느낄 필요는 없을 텐데요."

"남산동을 마구 휩쓸었으니까, 거기 계시지 않았어도 붙들렸을지 모르지만 제게는 큰 고통이었어요."

"남산동을 경찰이 휩쓸 생각을 어떻게 했을까요?"

"뒤에야 안 일이지만 밀고한 사람이 있었어요."

"그걸 어떻게 아셨어요?"

"하도 분해서 기를 쓰고 알아보았거든요. 기생 노릇을 한 덕분에 많은 기생들을 알고 있었죠. 그 아이들 가운덴 경찰관과 친한 아이도 더러 있습니다. 그 아이들을 통해 알아낸 겁니다."

"밀고한 사람의 이름을 아세요?"

"알구 말구요. 그 사람은 지금 서울에서 재벌이 되었다던데요."

방화는 "혹시…" 하며 얼굴이 새파랗게 질린 표정으로 되었다. 그리곤 신음하는 듯한 소리로 물었다.

"혹시 창희 씨는 구만택이란 사람의 부인 아녜요?"

"그렇습니다."

"어찌 그럴 수가. 한문수 씨를 죽인 사람이 그 사람인데…."

방화는 그 말을 마지막으로 자리를 박차고 일어섰다.

졸도할 것 같은 경황이었는데도 어머니는 방화의 치맛자락을 잡고 늘어졌다고 했다. 설명하지 않곤 살아 있을 수 없는 심정이었다는 얘기였다.

"한시바삐 그자와 헤어지는 것이 한문수 씨를 위하는 길이 될 겁니다."

방화는 이 말을 남기고 떠났다.

어머니는 그 자리에 쓰러진 채 병이 들었다. 그곳 병원에 입원시켜 놓고 병간호를 한 사람은 방화였다. 1주일 만에 건강을 회복한 어머니는 의성으로 가서 얼만가의 토지를 사서 한문수의 제위답(祭位畓)으로 쓰도록 했다. 그 까닭을 캐어묻는 한문수의 형에게 먼 훗날 알게 될 것이라고만 말하고 서울로 올라왔다.

전에도 정이 있어서 같이 산 것은 아니었지만 사실을 알고 나니 징그러워 구영화 옆에 가기도 싫었다. 그러나 그러고도 10년의 세월을 참은 것은 명호와 진상이란 아들이 있었기 때문이다.

그랬는데 얼마 전 의성에 어머니 명의로 구입해 실질적으로는 한문수 집안의 소유로 만들어 놓은 1만 평가량의 농장을 구영화가 무슨 야료를 부려 팔아 없애고 그 돈을 구영화의 본처와 본처 소생의 아이들에게 주었다는 사실이 알려진 것이다.

구영화로선 아내가 아직껏 한문수에 대한 미련을 버리지 않고 있다는 사실에 화가 나 부린 만용이었다. 아내의 인감을 도용(盜用)하는 것쯤은 그다지 어려운 일이 아니었고, 탄로가 났을 경우에도 정면으로 항의하지 못할 것이란 짐작도 했던 모양이다.

이 사건이 기폭제가 되어 어머니는 구영화와 완전히 결별할 결단을 내린 것이다.

어머니의 말을 듣고 나서 인상이 말했다.

"사실은 곧 그 방화 씨란 분을 찾아볼 참이었습니다."

"네가 그 사람을 어떻게 알았느냐?"

인상은 대구에서 계향이란 노기(老妓)를 만난 자리에서 한문수라는 이름을 들었다는 것과 방화라는 여자에 흥미를 느꼈다는 것 등을 얘기했다.

어머니는 고개를 끄덕거렸다.

"한 번은 만나 봬야 할 분이다."

"의성에 내려가서 네 할아버지를 찾아뵙고 무덤에 성묘도 해야 할 거다."

인상은 한(韓) 씨 성을 되찾는 법적 절차를 밟기로 결심했다.

"어머니, 그럼 제가 해야 할 첫째 일은 제 성을 찾는 데 있지 않겠습니까?"

"물론 그렇게 해야 할 거다. 변호사에게 물어 절차를 밟도록 하고 의성에 가서 의논도 해야 할 거다."

인상은 눈앞이 훤히 밝아 오는 기분이 되었다.

"어머니."

인상은 어머니의 손을 잡았다.

"가시덤불 속을 살아오신 거나 마찬가지였습니다, 어머니의 생애는. 그러니 지금부터라도 우린 밝게 삽시다."

감격이 벅차 울음이 되려는 것을 인상은 가까스로 참았다.

신라의 하늘

1주일의 결강계(缺講屆)를 내고 인상은 대구로 내려갔다.

역 앞에서 명국희에게 전화를 걸었다.

"어떻게 된 일이에요?"

국희의 들뜬 음성이 울렸다.

"국희 씨가 보고 싶어서 왔소."

인상은 농담할 수 있는 기분이 되었다. 국희는 바로 자기 집으로 올 수 없느냐고 물었다.

"호텔을 정해 놓고 또 전화하지요."

"우리 집이 호텔만 못하지 않을 텐데⋯."

금방 볼멘소리로 변했다.

"만날 사람이 있을지 모르니 호텔에 들어야 해요."

"저를 보고 싶어 왔다는 말씀은 생판 거짓이었군요."

"천만에, 제 1목적은 국희 씨를 만나는 일이고, 제 2목적, 제 3

목적이 있을 뿐이오."

인상은 먼젓번 들었던 H호텔로 갔다. 예약을 안 했는데도 방이 있었다. 널찍한 온돌방이어서 마음에 들었다.

다시 전화 연락을 받은 국희가 나타났다. 하얀 네크레이스를 단 보라색 원피스에 봄의 향기가 있었다.

"무슨 일로 오셨죠? 바른 대로 대세요. 대학일이 바쁘실 텐데."

"국희 씨 보고 싶어서 왔다니까."

"그럼 제2목적이 뭐죠, 구 교수님?"

"바로 그거요. 내 성은 구 씨가 아니고 한(韓)이오. 한나라 한."

"갑자기 어떻게 그리 되었죠?"

"이야기를 하려면 긴 스토리가 됩니다. 우선 내 성이 한이라고만 알아 두십시오."

"정말이죠? 한 씨라는 게? 저는 설명을 듣기까진 한 교수라고 부르지 않을래요."

"그래도 좋소. 어제까진 구 씨로 통했으니까."

국희는 원피스의 자락으로 원을 그리고 앉으며 세상엔 별일도 다 있다는 듯 말똥말똥하게 인상을 바라보았다.

인상은 일순 우울한 표정이 되었다. 한(韓) 가 성으로 태어난 사람이 구(具) 가 성을 쓰고 살았다는 것은 결코 자랑스러운 일이 아니다. 그런 만큼 그게 유쾌한 화제로 될 수는 없는 일이다.

국희는 살롱 '청마'를 추 마담에게 완전히 인계했고, 앞으로 출판사를 해볼 작정이라고 했다.

"기어이 출판사를 할 참이오?"

"제 생각이 그처럼 호락호락 바뀔 것 같아요? 그보다도 왜 성(姓)을 바꾸어야 하는지 설명이나 해주세요."

"우울하고 슬픈 얘기를 하라고 강요하는군."

"아까 구 교수님 말씀하시는 태도로 보아 별반 슬픈 것 같지도 않던데요."

"자기 성이 아닌 남의 성을 가지고 살아온 사람의 얘기가 슬프지 않을 까닭이 있을까."

"그건 바로 제 운명이에요."

아, 그랬었구나. 인상은 언젠가 한 명국희의 얘기가 생각났다.

"그리고 보니 우리의 운명엔 비슷한 데가 있었군."

"그러니까 더욱 듣고 싶은 거예요."

"좋아요. 그러나 앉아서 들을 것이 아니라 나와 함께 행동하면서 사실을 확인해 보는 것이 어떻겠소? 따라만 오시오."

방화! 본명은 최귀련.

계향을 앞장세우고 택시로 영천에 도착한 것은 오전 11시.

봄이 무르익은 쾌청한 날씨인데 영천의 그날은 마침 장날이었다. 거리엔 사람이 붐볐다. 마치 축제(祝祭) 같은 기분이었다.

인상이 거리에서 주변을 둘러보다가 영천을 멀게 둘러싼 연산(連山)의 능선으로 해서 문득 하늘을 보았다. 아슴푸레 젖빛을 섞은 듯한 다정스런 하늘은 무궁하기도 했다. 인상은 바로 그 하늘이 신라의 하늘이라고 느꼈다.

역 앞에 있는 여관에 방을 잡고 계향은 방화의 집으로 갔다. 인상과 국희는 여관에서 기다리기로 했다.

"가슴이 설레죠?"

장난스럽게 국희가 물었다.

"설레지 않을 바도 아니군."

"아버지의 옛 애인을 만난다는 기분이 어떨까?"

국희는 고개를 갸웃하며 생각하는 자세가 되었다.

"보통 인생에서는 쉽게 있는 일이 아니겠지."

인상이 중얼거렸으나 국희는 자기 생각을 좇는 듯 말이 없었다.

인상 자신이나 명국희나 기구한 팔자의 소유자인 셈이다. 두 사람 모두 나면서부터 남의 성을 자기 성으로 하고 살아온 사람이다. 같은 운명끼리 맺어져야 한다면 인상과 국희야말로 천생의 배필일지 몰랐다. 인상에게는 얼마간의 여성 편력이 있고, 국희에게는 얼마간의 남성 편력이 있으니 말이다. 각자가 지닌 과거 때문에 모처럼의 만남이 슬픈 결과를 빚을 수도 있는데, 인상과 국희는 각기 심각한 과거를 지니고 있으면서도, 그 과거 때문에 와해될 그런 사이는 아닌 것이다.

이런 뜻의 말을 전하고 싶었으나 쑥스러워 인상은 이런 말로 대신했다.

"차츰 나라는 존재가 어떤 것인가를 알게 되었지."

"그러나 동정하진 않아요."

국희로부터 엉뚱한 말이 돌아왔다.

"국희 씨가 그 언젠가 신상발언(身上發言)을 했을 때 내가 어떤 기분으로 듣고 있었던가를 짐작할 수 있겠소?"

"짐작이 가요."

"내 형편을 알고는 생각이 어때요?"

"동정하지 않겠다고 하잖았어요."

이 말을 듣고서야 인상은 국희가 "동정하지 않겠다"는 뜻에 무량한 감회를 담은 것임을 알 수 있었다.

"내가 한가 성을 가졌다는 사실을 안 이상, 구가란 성을 쓰기가 싫은데 학생들에게 어떻게 설명해야 좋을지 그걸 나는 지금 고민하고 있소."

"구 씨 성을 이미 등록되어 있는 펜네임, 필명 또는 예명(藝名)이라고 생각하면 될 게 아닐까요? 굳이 설명할 필요는 없을 줄 아는데요. 나는 명국희란 이름을 내가 맡은 배우의 예명이라고 여기고 살아가고 있어요."

밖에서 인기척 소리가 났다. 미닫이가 열렸다. 계향의 등 뒤의 여인이 눈을 둥그렇게 뜨고 화석(化石)처럼 멈춰 서 버렸다.

인상이 일어서서 방화가 방에 들어오길 기다려 그 앞에 큰절을 했다. 의식적으로 차린 예의가 아니었다. 자연스런 감정의 발로였다. 큰절을 받은 방화는 어리둥절한 표정으로 인상을 바라보고만 있더니 겨우 입을 열었다.

"왜 인제 오셨소?"

인상이 목이 메어 말이 나오질 않았다. 방화를 보고 있기가 눈이 부셨다. 어쩌면 저렇게 곱게 늙을 수가 있을까 싶은 감상이 앞섰다. 동시에 한문수란 사람의 비극을, 아니 그 비극의 의미를 확실히 깨달았다. 한문수는 이 여인과 맺어져야 했던 것이다.

핏줄을 이은 어머니에 대한 감정 이상의 감정이 끓어올랐다면 과장된 표현이겠지만, 인상은 뭐라고 말로선 형용할 수 없는 텔레파시 같은 것을 느꼈다. 이분이 내 어머니라야 했었다는 감정은 확실히 어머니에 대한 모독이지만 인상의 감정은 정말 그러했다.

'이분이 내 어머니였다면 한문수는 비참한 죽음을 당하지 않았을 것이고, 내가 남의 성을 쓰고 살지도 않았을 것이다.'

이런 마음으로 번져나갔다.

방화라는 여인의 얼굴과 몸매엔 미인이거나 아니거나 하는 그런 척도가 끼어들 틈이 없었다. 맑은 심성, 굳은 의지, 민첩한 재치, 겁낼 줄 모르는 용기, 어김없는 성실, 곧은 정절, 이를테면 여자가 지녀야 할 모든 미덕이 합쳐 다소곳한 하나의 여인을 만들어 놓았다는 표현이 정확할 만한 그런 여인이었다.

그런데 전체를 감싼 애수(哀愁)의 기분은 그러한 미덕이 그것에 상응하는 보람을 얻을 수 없다는 데서 비롯된 운명의 한탄인지 몰랐다.

"서로 얘기를 나누시지."

계향이 말을 꺼냈다. 그러나 인상은 할 말을 잃었다. 방화 또한 그런 느낌인 것 같았다. 계향이 답답한 침묵을 완화할 셈인지 이런 얘기를 했다.

"석 달 전엔가 고 영감의 소개로 이분을 만났을 때 성을 달리 말씀했는데도 난 당장 알았지. 한문수 씨의 아들임에 틀림이 없다고. 그런데도 내가 방화에게 얘기 안 한 건 두 분이 직접 만나기 전에 쓸데없이 감정의 파란을 걱정했기 때문이었소. 그러나저러나 방화는 좋겠다. 한 선생을 만날 수 있었으니. 정말 방화는 착하고 훌륭한 여자입니다. 사랑에 관한 소설도 많더라만 방화 같은 사랑은 없을 거요. 그 순정은 말도 못 합니다. 어찌 사람이 그렇게 곧을 수가 있겠습니까. 순애보(殉愛譜)도 기막힌 순애보지!"

"형님!"

방화가 계향의 손을 끌었다.

"기생 신분으로 오르지 못할 나무를 바라보았던 얘기일 뿐인데. 그리고 지금 남의 아내가 된 사람인데. 당찮은 말씀 마세요."

기어들어갈 듯 방화는 이렇게 말하고 고개를 숙이고 있더니 다시 고개를 들곤 인상에게 물었다.

"어머니가 서창희 씨인가요?"

"예."

그러나 조금 사이를 두고 다시 물었다.

"아버지 무덤에 성묘는 하셨소?"

그 질문에 인상이 움찔 놀랐다.

"차차 성묘도 할 작정입니다."

인상이 우물쭈물 대답했다.

"먼저 성묘부터 하셔야지요."

음성은 부드러웠으나 방화의 표정은 굳어 있었다.

언제 시켰는지 점심상이 들어왔다. 인상이 식사 전에 국희를 소개했다.

"앞으로 저와 사업을 같이 할 사람입니다."

방화는 무슨 사업이냐고 물었다.

"출판사를 할 계획입니다."

"대학에 계신다고 들었는데."

"성을 바꾸고 이름을 바꾸고 하려면 대학에서 나와야 되지 않겠습니까."

그 얘기를 심각하게 듣고 있더니 방화가 말했다.

"어떤 곤란이 있더라도 한 씨 성을 갖도록 해야지요."

식사를 시작했는데 방화는 수저를 들지 않았다. 인상이 권했다. 그래도 응하지 않았다.

계향이 웃었다.

"이 사람의 버릇입니다. 남자 손님이 함께하는 자리에선 절대로 식사하지 않고 지켜만 보는 게 이 사람의 버릇이지요. 그 버릇 고쳤는가 했더니 내내 그대로군."

"버릇 때문이 아니라 아침 식사를 늦게 해서 그래요."

방화는 남들이 식사하는 것을 지켜보고만 있었다. 식사 도중 인상은 방화의 시선이 줄곧 자기에게만 쏠리고 있음을 느꼈다. 그 눈엔 이슬까지 맺혀 있는 기분이었다.

"어쩌면 식사하시는 모습까지…."

식사가 끝나자 방화는 숭늉 그릇을 올리며 말꼬리를 흐렸다.

밥상을 물리고 나서 방화는 인상에게 제의했다.

"자동차까지 대기시켜 놓았으니 성묘하시는 게 어떨까요?"

"그렇게 합시다."

인상이 즉석에서 승낙했다.

방화가 국희에게로 시선을 돌리며 물었다.

"앞으로 부인되실 분인가요?"

"천만에요."

국희가 얼른 부인했다.

"그럼 형님은 이 손님 모시고 여기서 기다리십시오. 저는 한 선생하고 산소에 갔다 오겠습니다. 형님과 아가씨도 동행하면 좋지만 산골의 풍습엔 고풍이 남아 있어서 그 댁 어른들에게 설명하기가 거북할 것 같아서 그래요."

계향은 간단히 납득했으나, 국희는 같이 갔으면 하고 망설이는 표정이었다.

"혼자 기다리시기 지루할 테니 국희 씨는 여기 같이 계시오."

인상이 잘라 말했다.

출발까지엔 다소의 시간이 걸렸다. 방화가 이것저것 준비할 것이 있다고 했기 때문이다. 준비차 방화가 바깥으로 나간 뒤 계향이 국희를 상대로 이런 말을 했다.

"같은 여자의 처지로서도 상상하기가 힘들어요. 소싯적에 사모했다는 그 감정만으로 방화는 평생을 한문수 씨에 대한 정성으로 일관했어요. 시체를 찾은 사람도 방화인데, 무덤에 비석까지 세웠다니 참으로 대견하지 않습니까. 방화는 한문수 씨를 사모하면서부터 기생을 그만두고 연초공장에 다니면서 야학교에 다녔어요. 그 정성을 몰라 줬으니 한문수 씨는 복을 차 버린 사람이지. …"

들길을 달리는 택시 속에서 하늘을 보고 들을 보았다. 하늘은 아슴푸레 젖빛깔을 섞은 신라의 하늘, 들은 보리의 푸르름에 유채의 황금빛을 수놓은 신라의 들이다. 신라의 그 시절부터 천 수백 년을 되풀이해 온 봄이 또다시 생명의 찬가를 엮어 내는 것이다.

인상은 자꾸만 가슴속에서 피어오르는 신라라는 상념을 이상스럽다고 느꼈다. 그럴 만큼 감격이 벅찼다고 할 것인가.

'이 길은 내가 지금 아버지를 찾아가는 길이다', 하다가는 문득 '이 길을 한문수란 사람이 몇 번이나 오갔을까?' 하는 마음으로 바뀌었다.

'사람은 간 곳 없고 길만 남았다.'

그렇다고 해서 별다른 감회가 솟은 것은 아니다. 아버지라고 하나 애착이 있을 까닭이 없다. 세상에 나온 지 30여 년 만에 그런 존재를 알았다는 사실이 그저 야릇할 뿐이다. 그 또한 아들이 존재하는 것을 모르고 죽었으니 최후의 순간엔들 생각이나 했겠는가. 그러나 한문수의 아들은 실재하고 있다.

인상의 가슴에 복잡한 상념이 뭉게구름처럼 일고 있을 것을 짐작했는지 아무 소리도 않던 방화가 돌연 입을 열었다.

"조부님의 존함을 알고 계십니까?"

"모릅니다."

"조부님의 존함은 종(宗) 자 일(逸) 자이고, 백부님의 성함은 윤수라고 합니다."

인상은 그 두 이름을 마음속에서 되뇌었다.

자동차가 마을 앞에 섰다. 자동차에서 내려서자 방화는 마을 뒤쪽의 골짜기를 가리켰다.

"저곳에 한문수 씨의 무덤이 있어요."

인상이 그리로 눈을 돌렸으나 겹쳐진 능선만 보였을 뿐이다. 골목길로 들어선 방화의 뒤를 따랐다. 첫 번째 집 앞을 지났을 때 개가 요란스럽게 짖어 댔다.

골목의 어느 지점에서 방화는 들고 있던 짐 꾸러미를 말없이 인상에게 건넸다. 거기서 서너 발쯤 옮겨 놓았을 때 반쯤 열린 대문이 보였다. 인상은 직감적으로 그 집이라고 느꼈다.

한 발 앞에 들어선 방화는 인상을 잠깐 그 자리에 기다리게 하고 안채로 들어갔다. 초로의 여인이 나오자 방화는 무슨 말인가를 소곤거렸다. 사랑마루 앞에 섰다. 대문간에서 본 초로의 여인이 안뜰에 있는 문으로 해서 들어간 모양으로 사랑방의 미닫이를 열고 마루로 나왔다.

"할아버지께선 병환으로 누워 계시오. 마루에서 절을 올리고 들어가시오."

방화가 나직이 말했다. 인상이 마루에 올라갔다. 열린 문으로 벽 쪽에 기대 이불을 가슴팍까지 올려 덮은 노인을 향해 인상이 큰절을 했다. 이어 마루에서 역시 큰절을 한 방화가 먼저 방으로 들어가 인상을 들어오라고 했다.

90세 가까이 보이는 노인이 해맑은 얼굴로 맞이했다.

"자네가 또 왔는가?"

방화의 얼굴을 반가운 듯 바라보곤, 인상을 쳐다보았다.

"이 젊은 사람은 누군가?"

방화는 약간 장난스러운 표정이지만 정중한 말투로 답했다.

"아버님, 이분을 자세히 보시지요. 닮은 사람이 있을 겁니다."

노인은 돋보기를 찾아 쓰면서 인상의 얼굴을 자세히 살피곤 "나는 모르겠다" 며 돋보기를 벗었다.

"문수 씨 닮지 않았습니까?"

방화가 공손히 말했다.

"문수를 닮아? 나는 문수가 어떻게 생겼는지 벌써 잊었다."

노인은 고개를 힘없이 흔들었다.

"이분은 아버님의 손자입니다."

방화가 울먹거렸다. 노인의 답은 없었다.

"문수 씨의 아들입니다."

노인의 눈이 멍청하게 되었다. 역시 대답은 없었다.

"그렇게 들으시니 닮은 데가 있다고 생각하시지 않습니까?"

방화가 울먹이며 한 말이다.

"그런 말 듣지 못했는데 혹시 자네가 낳았는가?"

방화의 얼굴이 홍당무가 되었으나 대답은 뜻밖이었다.

"그렇게 생각하셔도 좋습니다, 아버님."

"그 말 또한 알아듣지 못하겠구나."

병중에 있는 90 노인으로선 놀랄 만큼 선명한 말이었다.

"아버님의 손자인 것만은 틀림이 없습니다."

방화는 고개를 숙이고 신음하듯 말했다.

"그렇다면 왜 이제서 찾아왔는가. 삼십수 년이 지난 지금 찾아와서 어떻게 하겠단 말인가?"

노인의 말엔 분노가 있었다. 분노라기보다 너무나 엄청난 일에 대한 놀람이 그렇게 표현된 것인지 몰랐다.

"어떻게 하겠다는 것이 아니라, 할아버님을 뵙고 아버지의 산소에 성묘하러 찾아온 겁니다."

몸둘 바를 모르는 것 같은 방화를 가만히 바라보는 노인의 뺨 위로 눈물이 굴러 떨어졌다.

"그런데 지금까지 뭣하고 지냈는가?"

방화가 대신 답했다. 서울에서 유명한 대학의 선생이란 간단한 답이었다.

"그렇다면 여태껏 무슨 성, 무슨 이름으로 행세했는가?"

노인의 말이 떨어지기가 바쁘게 방화가 대답을 꾸몄다.

"어쭙잖지만 제 성을 썼습니다. 이름은 인상이라고 합니다."

"알 수가 없는 일이군. 그런데 자네하곤 삼십수 년 동안 상종해왔는데 왜 그 말을 안 했을꼬?"

누구에게 묻는 것도 아닌 말을 중얼거려 놓고 노인은 "내 좀 누워야겠다"며 자리에 누웠다. 방화가 거들어 베개를 바로 베도록 돕고 이불을 매만졌다.

"얘기는 천천히 드리겠습니다. 성묘부터 하고 올랍니다."

방화의 이 말엔 대답을 않고 눈을 감은 채 노인은 보일 듯 말 듯 머리를 움직였다.

사랑에서 나와 골목으로 나섰다. 인상은 방화를 따라 묵묵히 걸었다. 할아버지 앞에서 한마디 말도 못했다는 것이 당연한 것 같기도 하면서도 가슴이 쓰렸다.

골목은 곧 끝이 나고 길은 산비탈을 기어오르고 있었다. 그 길을 따라 능선을 넘었다. 그리고도 30분쯤을 갔다.

이윽고 무덤에 도착했다. 무덤 앞에 조촐한 비가 '한문수의 묘'라고만 새겨진 채 서 있었다.

"상석을 못 한 것은 문수 씨 조부님의 산소에 상석을 못 했기 때문에 할 수 없다고 해서….”

방화의 말엔 변명하는 투가 있었다.

넓지는 않았지만 무덤과 무덤 주위의 잔디는 고운 담요처럼 편안했다. 마침 계절도 봄이었고, 여기에 더해 정성 어린 손질이 되어 있었다. 묘역 둘레의 숲도 자연생(自然生)만으로 된 것이 아니었다. 인상으로선 이름 모를 나무들이었지만 귀한 수목들을 정성껏 심고 가꾼 것만은 틀림없었다.

가지고 온 과일과 마른안주, 술 등을 차려 놓고 방화의 지시가 있었다. 인상이 절을 하고 우두커니 서자 "절을 한 번 더 해야지요" 하는 방화의 말에 인상은 다시 엎드려 절을 했다.

그리곤 비석 앞에 앉았다. 남향으로 된 그 무덤으로부터의 조망은 좋았다. 자그마한 분지가 눈 아래에 깔리고 사방을 병풍처럼 둘러싼 산은 우아한 굴곡으로 아름답기조차 했다. 만일 영혼이 이 무덤에 깃들어 있다면 자족할 만한 곳이라고 느꼈다. 이처럼 아담한 무덤이 있고, 무덤을 돌보는 사람이 있고, 가끔 찾아 주는 사람이 있다면 무덤 속에 있는 사람은 죽었다고 할 수 없다는 기묘한 상념이 일기도 했다.

인상은 한문수 씨가 이런 무덤을 가질 수 있게 된 것은 전적으로 방화의 덕택일 것이란 생각에 이르렀을 때, '한문수 씨야말로 행복한 사람이다'는 감회가 솟았다.

이 세상에 살다가 간 사람으로서 그리고 지금 산 사람 가운데서 누가 이처럼 사랑을 받을 수 있겠는가. 넋을 잃고 앉은 인상을 바라보는 방화의 마음에도 미묘한 파도가 일고 있었으리라.

"모처럼 아버지 무덤을 찾아오셨으니 술 한 잔쯤 하셔야지요."

마련해 온 단 하나의 잔에 방화는 술을 따라 인상에게 권했다. 인상이 단숨에 그 잔을 비우고 방화에게 돌렸다.

"한 잔 하셔야죠. 모든 것이 덕택으로 이루어진 것 같습니다."

방화는 술을 반쯤 마시고 잔을 조심스럽게 풀 위에 놓았다.

뻐꾹새 우는 소리가 들렸다. 그 소리가 사라지자 산 속은 적막을 더했다.

인상은 무덤 앞에 남아 있는 스스로를 납득할 수 없는 기분이 되었다. 자기가 간여하지 않은 일로 엉뚱한 일을 당한 사람이면 응당 느낄 수 있는 감정인지는 몰랐으나, 속수무책으로 운명에 희롱당할 것이 아니라 운명의 작용이 미치지 못하는 곳으로 도망쳐 버렸으면 하는 충동이 솟았다. 한 씨 성을 되찾는다는 것이 그처럼 간단한 일이 아닐 것이란 예감이 그를 우울하게도 했다.

"한문수 씨는 그때 상황에 비춰 꼭 죽어야 할 사람이었습니까?"

인상의 입에서 뜻하지 않은 질문이 나왔다.

"그렇진 않았을 겁니다. 한문수 씨가 주모자가 아니란 것은 곧 밝혀졌으니까요. 당분간 징역살이는 했겠지만 극형을 당할 처지는 아니었다고 생각해요."

"결국 구 씨의 농간으로 그렇게 되었다는 겁니까?"

방화는 한동안 생각하는 듯하더니 결연하게 말했다.

"그렇게밖엔 추정할 수가 없지요."

조금 사이를 두고 인상이 물었다.

"우리 어머니를 어떻게 생각합니까?"

방화의 대답이 없었다. 다시 이렇게 물었다.

"우리 어머니를 나쁜 여자라고 보십니까?"

"한땐 그런 생각도 했지요. 어머니는 세상을 몰랐던 거지요. 세상을 모르고 자란 숙녀였으니…. 어찌 그게 죄가 되겠어요. 댁의 어머니는 불행한 분입니다. 어머니를 원망하셔선 안 됩니다. 불쌍한 분입니다."

"실례가 될지 모르겠습니다만. 어떻게 해서 한문수 씨를 그처럼 위하게 된 겁니까?"

방화는 빙그레 웃었다. 그리고 대답을 찾는 듯하더니 이렇게 말했다.

"그저 그렇게 되어 버린 건데 어찌 설명할 수 있겠소."

'그저 그렇게 되어 버렸다'는 말이 인상의 마음에 들었다.

"한문수 씨의 태도는 어떠했습니까?"

"저를 무척 생각해 주었어요. 그러나 우린 손 한번 다정하게 잡아 본 적이 없어요. 이런 쑥스러운 얘기를 하는 건 선생께서 추호의 오해도 해선 안 된다고 생각하기 때문이에요. 그러나 많은 은덕이 있었지요. 저는 그분의 감화를 받고 기생을 그만두었고, 올바르게 살도록 노력하겠다는 각오도 배웠구요. 제가 사람이 된 것은 그분 덕택이에요. 그분은 제가 살아가는 데 용기의 원천이나 다름없지요. 담배공장의 직공노릇을 하면서 열심히 야간 중학에

다니게 된 것도 그분 때문이었으니까요.”

이렇게 말하는 방화의 눈에 이슬이 맺혀 있었다.

인상은 가슴을 꽉 채운 감격을 어찌할 줄 몰랐다. 평생을 짝사랑만 하다가 죽어서도 정절한 아내 이상의 정성을 다하는 이 여인에게 한문수를 대신해서 뭔가를 하고 싶었다. 돈으로 될 일이면 자기 몫이라고 어머니로부터 들은 모든 재산을 그 여인 앞에 바치고 싶었다. 방화의 사랑엔 보람이 있어야 하는 것이다. 그 보람을 내가 만들어야 하겠다고 작심하니 가슴속에 청풍이 이는 것처럼 상쾌하고 후련했다.

“혹시…·.”

인상이 망설이자 방화의 이슬을 머금은 눈이 빛났다.

“아까 할아버지 앞에서 저를 아들인 것처럼 하셨죠? 어머님이라고 부르고 싶은데 허락해 주시겠어요?”

인상의 이 말에 방화의 얼굴이 순간 헬쑥해졌다. 그리고 이슬이 맺혀있던 눈이 눈물로 흥건하게 되었다.

“어머님!”

인상이 불러 보았다. 쑥스럽다는 기분은 전혀 없었다. 방화도 잔디 위에 엎드렸다. 그 어깨가 격렬하게 동요하고 있었다.

얼마를 그대로 있더니 방화는 눈물을 닦고 일어서서 한문수의 무덤을 향해 큰절을 두 번 했다. 인상도 따라 절을 했다.

어머님이라고 불러도 좋다는 말도, 안 된다는 말도 없이 방화는 무덤 앞에 놓인 과일과 마른안주를 숲속 이곳저곳에 뿌리고 내리막길을 걷기 시작했다. 인상도 말없이 그 뒤를 따랐다.

할아버지 집으로 갔다. 뜨락에 선 초로의 여인에게 방화는 방안으로 들어가라고 이르고 인상을 돌아보고 말했다.

"인상아, 마루 위에 올라가서 백모님에게 인사해라. 백모님을 뵈올 땐 백모님을 방에 모셔 놓고 마루에서 절을 올려야 한다."

조용했으나 의연한 음성이었다. 인상은 시키는 대로 했다.

백모도 벅찬 감동이었던 모양으로 울먹거렸다.

"어디에 계시다가 이제사 돌아왔소!"

"말씀 놓으시지 왜 그러십니까?"

옆에 앉은 방화의 말이었다. 그러고는 자세한 사정은 후일에 다시 얘기하겠다며 방화는 인상을 일으켜 세워 사랑으로 나왔다.

방화와 인상이 들어가자 할아버지는 가까스로 일어나 벽에 기대앉았다. 방화가 후일에 와서 모든 얘기를 다 하겠다고 하자 노인은 무감동한 표정으로 두 사람을 쳐다보았다.

"손을 이리로 내 봐라."

인상이 오른손을 내밀자 노인은 돋보기를 끼고 인상의 손바닥과 손가락무늬를 자세히 살피고는, "왼손" 하고 인상의 왼손을 펴들고 아까처럼 살폈다. 그리고는 "휴우" 하고 한숨을 쉬었다.

동시에 늙은 눈에서 눈물이 한꺼번에 쏟아져 흘렀다.

"그놈 얼굴은 기억에 없다만 그놈 손가락의 무늬만은 외우고 있다. 네 손가락의 무늬가 문수의 그것을 영판 닮았구나. 문수의 손가락무늬는 한 개도 흐르지 않고 전부 원을 그리고 있었다. 그런데 너도 꼭 같다. 도대체 이게 어떻게 된 일이냐? 어디에서 누구한테서 자라 이제사 찾아왔느냐!"

그러자 방화의 말이 있었다.

"인상아, 할아버지 하고 한번 불러 봐라."

"할아버지, 늦게 찾아뵙게 되어 죄송합니다."

인상의 말이 떨렸다.

"이놈아! 어떻게 된 일이고? 이게 어떻게 된 일이냐 말이다."

"아버님, 인상을 데리고 다시 곧 오겠습니다. 그때 설명 드리겠습니다."

방화가 인상을 재촉해 세웠다.

"삼십몇 년 만에 겨우 돌아온 놈이 또 어디로 간단 말이고?"

노인은 만류했으나 방화는 시급히 해결해야 할 일이 있다면서 억지로 인상을 데리고 나왔다. 마을 앞으로 나와 기다리던 택시를 타기 전에 인상의 귀에 나직이 말했다.

"할아버지가 납득할 수 있도록 준비해야 하니 오늘은 이대로 돌아갈 수밖에 없어요."

영천으로 돌아오기까지 방화는 한마디 말도 없었다. 인상도 말하지 않았다. 영천에 도착했어도 방화는 말이 없었다. 여관에 들어서자 방화는 계향을 불러내어 어디론가 가 버렸다.

인상이 방에 들어가자 국희가 오늘의 경과를 물었다. 인상의 대답이 없자 국희는 걱정스런 표정을 지었다.

"좋지 않은 일이라도 있었수? 그 아주머니의 표정도 매우 굳어 있던데요."

"좋지 않은 일이 있을 턱이 있소. 차차 얘기하리다."

인상은 담배에 불을 붙였다.

참으로 납득할 수 없는 일이었다. 인상이 "어머님!"이라 불렀을 때에 방화가 보인 그 감동적인 동작, 그리고 백모님이란 여인 앞에서, 또 할아버지라고 하는 노인 앞에서 한 언동은 어머니라고 불러도 좋다는 승낙과 같았는데, 택시를 타자마자 방화는 돌처럼 굳은 표정으로 침묵해 버렸으니 말이다.

그리고 보니 인상이 방화를 향해 "어머님"이라고 불러 본 행동은 너무나 쑥스럽고 경박한 짓이 되었다. 인상은 한문수의 무덤에 대한 방화의 정성에 대해, 그렇게라도 해서 고마운 마음을 표시하고 싶었거니와, 별세한 지 삼십수 년을 지났는데도 아직도 잊지 못하는 사랑, 이를테면 도저히 범상하지 않은 여심(女心)에 감동했기 때문이었다.

이 세상에 나서 처음 만난 여인을 향해 "어머님"이라고 불렀다는 그 사실, 그리고 전혀 엉뚱한 반응이 나타나고 보니 인상은 얼굴이 붉어지는 부끄러움을 느꼈다.

인상의 심정이 예사롭지 않음을 눈치 챈 국희는 인상을 지켜볼 뿐 입은 열지 않았다. 따분한 분위기였다.

얼만가를 지나자 방 밖에서 계향의 소리가 났다.

"자, 우리 대구로 돌아갑시다."

인상과 국희는 바깥으로 나갔다. 계향 혼자만 마당에 서 있었다. 대기시켜 놓은 택시를 타며 인상은 방화를 눈으로 찾았다. 인사 한마디쯤은 해야 했기 때문이다.

"방화는 긴한 일이 생긴 모양입니다. 전송을 못한다고 서운해

했어요."

계향의 말이었다. 택시가 영천의 시가를 벗어나 들길을 나섰을
때 계향이 물었다.

"산소에 가 보시니 마음이 어떠했소?"

"그저 어리벙벙한 기분입니다."

인상이 그야말로 어리벙벙한 대답을 했다. 계향의 얼굴에 불만
의 표정이 있었다. 그것이 마음에 걸려 한동안 지난 뒤에 인상이
이런 말을 했다.

"아담한 무덤이 있고, 그 무덤을 돌보는 사람이 있고, 가끔 그
무덤을 찾아 주는 사람이 있을 동안엔 죽었다고 해서 결코 죽은 것
이 아니란 느낌을 가졌습니다."

"무덤이 잘 간수되어 있던가요?"

계향의 물음이었다.

"예, 잘 간수되어 있었습니다. 좋은 나무가 많이 심어져 있었구
요. 잔디도 아주 좋은 잔디던데요."

인상은 망막에 남아 있는 무덤의 풍경을 세밀하게 설명했다.

"불쌍한 여자…."

계향은 들릴 듯 말 듯 중얼거리며 한숨을 쉬었다. 그리고 계향
은 인상을 힐끔 보더니 뚜벅 말했다.

"오늘을 마지막으로 방화도 한문수 씨 무덤엔 앞으로 가지 않겠
다고 합디다."

인상의 가슴이 쿵 하고 울렸다. 그 까닭을 택시 안에선 물어볼
수 없음을 직감적으로 깨달았다. 계향도 더는 말하지 않았다. 운

전기사까지 합쳐 네 사람의 침묵을 싣고 황혼의 들길을 택시는 달려가고 있었다.

같이 저녁식사를 하자는 인상의 제의를 물리치고 계향은 택시를 자기 집 근처로 돌려 달라고 했다. 택시에서 내려선 계향은 인상에게 말을 남겼다.

"너무 피로해서 실례하겠소. 모레 오후 내 집을 한번 찾아 주시오. 드릴 말씀이 있습니다. 혹시 방화가 나올지도 모르구."

피로한 것은 인상도 마찬가지였다. 곧바로 호텔로 갔다.

호텔 방에서 식사를 하며 인상은 오늘 있었던 일을 대강 간추려 얘기하고 국회의 의견을 물었다.

"방화 아주머니가 너무나 큰 충격을 받은 것 같네요."

"다소 충격은 있었겠지."

"그런 뜻의 충격 말구요. 어머님이라고 부르는 바람에 느낀 충격이죠."

"그렇다면 그 충격이 사라진 후에 무슨 말이라도 있어야 하지 않았을까?"

"아직껏 사라지지 않은 거죠."

"그럴 리가. 대단히 침착한 분이시던데."

"인상 씨는 여자의 심리를 몰라요. 인상 씨는 한문수 씨와 놀랄만큼 닮았다고 하잖아요. 방화 씨는 한문수 씨의 아들이라고 생각하기 이전에 옛날의 애인을 만난 기분이었을 거예요."

"설마?"

"설마가 아닙니다. 삼십수 년 동안이나 가꾸어 온 사랑이 오죽했겠어요? 그런데 한문수 씨가 옛날 모습 그대로를 하고 나타났는데 마음에 파도가 일지 않겠어요? 쬐그만 아이가 나타났으면 한문수 씨의 아들이란 납득도 되겠지만 그분이 돌아가셨을 때와 꼭 같은 얼굴과 몸매를 하고 나타났으니….'"

"그 정도로 해 두시구려."

인상은 자기도 모르게 퉁명스러운 말투가 되었다.

"싫으셔도 제 말은 들어 보세요. 방화 씨도 자꾸만 마음속에서 되뇌었을 거예요. 이 사람은 한문수 씨의 아들이다 하구요. 그런데도 한문수 씨에게 대한 모정(慕情)과 꼭 같은 모정이 불길처럼 활활 타올랐을 겁니다. 그렇다고 해서 인상 씨를 어떻게 할 생각은 전혀 없었는데두요. 사랑하는 사람을 삼십수 년 만에 만난 감격과 황홀감에서 헤어날 수 없었을 거예요. 그런 정황에 당신이 '어머님'하고 부른 겁니다. 그 찰나, 환상이 깨어진 거죠. 그러나 그 충격을 무마하기 위해서 백모님 앞에서 인상아 하고 부르기도 하고, 할아버지 앞에서 어머니인 양 행세하기도 한 겁니다. 그러나 환상이 깨어진 충격은 어떻게 할 수 없었던 거죠."

"그 정도로 해 두슈."

"여자의 마음은 그런 거예요. 물론 연애의 가능을 전제로 한 것은 아니겠지요. 어쨌거나 애인을 다시 만난 기분이었던 것은 사실입니다. 이건 추측만이 아닙니다. 당신과 방화 씨가 의성으로 떠난 후, 내가 만일 방화 씨의 처지였다면 지금쯤 어떤 심정일까를 골똘하게 생각했어요. 죽고 나서도 삼십수 년 동안 그분을 잊지 않고 살아온 여자예요. 그 여자가 돌연 애인을 만난 거지요. 무덤에 들어가 있는 줄은 백 번 알고 있는데도 그 애인과 꼭 같은 사람이 나타났다면 난 미칠 지경이 되었을 겁니다. 의성에서 돌아오는 차 안에서 한마디 말도 안 했다고 하셨죠? 또 우리가 영천을 떠나올 때 그분은 전송도 안 했죠? 충격 때문이기도 하고, 그런 충격을 받았다는 게 부끄러워 당신의 얼굴을 볼 수 없는 심정이 되었기 때문입니다. 내 의견은 이래요."

계면쩍은 느낌이지만 인상은 국희의 말을 듣고 보니 그럴싸하다는 생각으로 기울었다. 착잡한 감정이었다. 국희의 말이 이어졌다.

"만일 방화 씨와 한문수 씨 사이에 육체적 관계라도 있었더라면 또 달랐겠죠. 당신을 한문수 씨의 아들로서 대접할 수 있는 마음이 들기도 했을지 모르죠. 그런데 사실은 한문수 씨와의 사이는 순전한 플라토닉한 관계라고 하잖았어요. 그런 관계였고 보니 방화 씨의 환각에 죄의식이 끼어들 수 없었던 거죠. 사랑을 대(代)로 물려도 양심에 부끄러울 것이 없다는 그런 상황을 짐작할 수 있잖아요? 어차피 플라토닉한 사랑이니 말예요."

"그만 합시다."

진정 인상은 국희의 의견에 항복하는 심정이었다. 그러니 그런 얘기의 연속은 고통이었다.

"그러니까 당신은 마음에 부담을 가질 것 없어요. 어머님을 대하듯 하세요. 한 번 어머님이라고 불렀으면 그렇게 일관하면 되지요. 언젠간 그분은 당신을 아들처럼 여기게 될 거니까요."

"우리 그 얘긴 그만하구 술이나 마시러 갑시다. 오랜만에 청마에 가보고 싶소."

"왜 하필 청마예요? 이 호텔에도 스낵바는 있을 텐데."

국희는 내키지 않는 투로 말했다.

"우리가 그곳에서 만났으니까."

"술집 주인이란 걸 다시 인식시키고 싶어서인가요?"

"천만에, 오랜만에 추 마담도 보고 싶구."

"좋아요, 그럼."

'청마'를 향해 걸음을 옮기며 인상은 문득 바흐의 '토카타와 푸가'를 듣고 싶었다. 포성(砲聲)처럼 울려 퍼지는 페달음의 혼란에 이어 진행되는 페달 키의 독주가 자아내는 장중한 음향으로서 복잡한 상념을 잊어버리고 싶은 충동이었다.

"청마에 바흐의 '토카타와 푸가' 있소?"

인상의 질문에 국희의 대답은 오만했다.

"있고 말구요. 바흐의 곡은 죄다 있어요."

약속된 시각에 계향의 집을 방문했다. 꽃이 만발한 좁다란 뜰에 봄볕이 가득 차 있었다. 어수선한 거리를 거쳐 온 인상의 눈에 대구의 봄이 그 뜰에 집약된 것처럼 느껴졌다. 겨울에 보았을 땐 앙상한 가지로만 있던 매화나무는 싱그러운 잎으로 치장했고, 그 잎사이로 완두콩 크기만 한 매실이 완두빛으로 맺혀 있었다.

계향의 모습은 보이지 않았다. 뜰 가운데 우두커니 서 있다가 일하는 아이가 인도하는 대로 방으로 들어갔다. 지난 2월 고 영감과 같이 왔을 때 안내된 그 방이었다. 둘러친 병풍도 눈에 익었다.

"손님이 오셔서 잠깐 나갔심더. 곧 돌아오실 끼라고 하고 선생님 잘 모시라고 했심더."

일하는 아이가 찻잔을 인상 앞에 놓았다.

사람을 오라고까지 하고 손님을 따라 나갔다면 여간 중요한 사람이 아니겠구나 하고, 문득 그 손님이 방화가 아닐까 싶었다.

'아무래도 이상하다.'

인상은 계향의 태도에 대한 생각에 골몰했다. 그것은 어젯밤부터 줄곧 마음에 걸렸던 문제였다. 더욱이 국희의 짐작하는 바를 듣고 나서는 불안하기까지 했다.

"손님을 기다리게 해서 죄송스럽게 되었구나."

중얼거리며 계향이 마루에 올라서는 기척을 들었다.

"내일 경주로 갈 짬이 없겠습니까?"

자리에 앉자마자 계향이 한 말이다.

"짬이야 만들면 되지 않겠습니까. 그런데 왜 그러십니까?"

"그럼 짬을 만드셔서 내일 오전 9시까지 경주역으로 가십시오."

"그럴 필요가 있다면….''

"방화가 거기서 기다리겠다고 합디다."

"그렇다면 가겠습니다."

인상이 그 까닭을 물을 수가 없는데 계향이 말을 보탰다.

"경주 가실 땐 혼자 가도록 하십시오."

"그렇게 하겠습니다."

하지만 궁금한 마음은 남아 있었다. 계향이 담배를 피워 물고 조심스럽게 연기를 내뿜었다. 할 말이 많은데 섣불리 말을 꺼내 놓을 수 없다는 마음의 움직임이 연연하게 눈에 보이듯 했다.

"방화 아주머니가 아까 여기에 오셨지요?"

"어떻게 아셨수?"

"그저 짐작입니다."

"왔었습니다."

계향이 한숨을 쉬었다. 그리곤 뚜벅 물었다.

"어제 방화더러 어머님이라고 불렀다지요? 그게 방화에겐 큰 충격이었던 모양입니다."

"제가 잘못했을까요?"

"잘하고 잘못하고를 따질 문젭니까. 백 살을 먹어도 여자의 마음은 어떻게 할 수 없는 일인가 봅니다."

그게 무슨 뜻이냐고 묻고 싶었으나 인상의 입이 열리지 않았다.

"방화는 한문수 씨에게 아들이 있었다는 사실을 어제야 안 모양입니다. 당연한 일이지. 어머니의 이름이 서창희 씨라고 하신다면서요?"

"그렇습니다."

"서창희 씨와는 두세 번 만났는데 한문수 씨의 아들이 있다곤 말씀하지 않았다는 겁니다. 방화는 한문수 씨가 동정(童貞)의 몸으로 죽었다고만 알았답니다. 그래서 영천으로 시집간 것까지도 죄스럽게 생각했던 모양이죠. 그런데다 선생님 같은 아들이 불쑥 나타났으니 기겁하지 않았겠습니까. 게다가 어머님이라고 불리고 보니 착잡했겠죠."

"나는 아버지에게 대한 정성이 대단한 분이니 어머님이라고 부를 뿐만 아니라 어머님으로서 모셔야겠다는 마음으로 그렇게 한 건데…."

"선생님이 잘못했다는 얘기가 아닙니다. 방화가 충격을 받았다는 얘기뿐이지요."

그 충격을 납득할 수 없다는 말이 목구멍까지 올라왔으나 인상은 발설할 수 없었다. 계향 또한 그 미묘한 사정을 설명할 수 없는 처지가 안타까운 모양이었다.

"여자의 마음이란 그런 겁니다."

그런 말만 되풀이했다. 그리고는 이런저런 말이 있었으나 요령부득한 말이 오갔을 뿐이다. 인상이 하직하려 하자 계향이 마지막 말을 덧붙였다.

"경주에서 방화를 만나거든 어머님이라 말고, 남자로서 여자를 대하듯 하십시오."

계향의 말은 인상의 가슴에 끊이지 않을 메아리를 남겼다. 어쩌면 명국희의 짐작이 그대로 들어맞았다는 사실을 증명한 말일지도 몰랐다. 그런데 계향은 방화를 어머님으로서 대접하지 말라고 했고, 국희는 방화에게 일관해서 어머님으로 대하라고 했다. 결론은 다르나 사유(思惟)의 과정은 비슷한 것이라고 판단했을 때 인상의 등에 식은땀이 괴었다.

"내일 경주엘 갔다 오겠소."

"저는 데리고 가지 않구?"

국희는 더 이상 보채지 않았다. 뿐만 아니라 국희는 계향이 무슨 애기를 하던가를 묻는 것조차 안 했다. 영리하다고 할까, 지독하다고 할까, 매사를 꿰뚫어 보는 것 같아서 인상이 섬뜩한 느낌마저 가졌다. 국희는 화제를 바꾸어 물었다.

"언제쯤 서울로 가실 예정이죠?"

"그건 왜?"

"그 예정에 따라 저도 준비하겠어요."

"그렇다면 사흘 후로 정합시다."

"사흘 후? 그럼 경주서 주무실 작정이세요?"

"그렇게 될지도 모르지."

"그건 안 돼요. 사흘 후 떠나는 건 좋지만 경주서 주무시는 건 안 돼요."

국희의 말이 너무나 단호한 데 인상이 놀랐다. 아직껏 국희로부터 "안 된다"는 뜻의 말을 들어 본 적이 없었다.

"이상할 것 없어요. 33년을 기다리게 한 여자를 당신은 만나러 가는 거예요. 내일. 제 말 뜻 아시겠죠?"

인상이 깜짝 놀랐다.

"어떻게 방화 씨를 만나러 간다는 걸 알았소?"

"저를 데리고 가지 않고 경주에 가신다면 뻔한 일 아니겠어요? 그러니까 저는 안 되는 겁니다. 언젠가 말씀드렸죠? 저는 너무 앞질러 알기 때문에 불행하다구요."

인상은 놀라서 어떤 반응도 할 수 없었다.

국희는 다음과 같이 계속했다.

"내일 그분을 만나시거든 시종일관 어머님으로서 모셔야 해요. 상식으로 돌아가게 하기 위해서죠. 그러지 못하면 무슨 불행이 닥칠지 몰라요. 불행이란 그분의 불행을 말하는 겁니다."

방화는 경주역 입구의 사람이 붐비는 곳을 약간 피한 자리에 서 있었다. 연한 보랏빛 치마저고리를 입고 있었다. 인상은 먼 빛으로 방화를 보았을 때 이상스럽게 가슴이 떨렸다.

국회로부터의 얘기가 선입감을 만든 탓도 있었겠지만 엊그제의 모습과는 전혀 다른 젊은 분위기가 감도는 몸매와 얼굴에 눈이 부셨기 때문이기도 했다.

가까이 가서 보아도 방화는 50을 넘은 여자 같지 않았다. 30을 갓 넘긴 중년여인의 우아함이 그냥 그대로 남아 있다고나 할까. 동시에 너무나 젊게 치장한 그 모습에 당혹하는 마음이 일었다.

"오셨군요."

방화가 미소를 지었다. 인상이 용기를 냈다.

"어머님, 반갑습니다."

그러면서 방화의 얼굴이 수줍게 물드는 것을 놓치지 않았다.

"차나 한잔 하시고."

방화가 인상의 눈치를 살폈다.

"말씀 놓으시지 왜 그러십니까?"

인상의 이 말엔 반응이 없이 방화는 앞장서서 역 앞 커피숍으로 들어갔다. 차를 마시고 난 후 방화가 말했다.

"반월성을 같이 걸어보고 싶어서 오시라고 한 겁니다."

376

"말씀 낮추시라니까요. 어머님."

방화의 얼굴에서 표정이 사라졌다. 탈을 쓴 얼굴처럼 되었다.

"반월성엘 가시지요, 그럼."

두 사람은 바깥으로 나와 택시를 탔다. 택시 안에선 서로 말이 없었다. 반월성에 도착했을 때 방화는 반월성으로 오르는 길을 바라보며 나직이 중얼거렸다.

"대구에 살았으면서도 반월성에 와 보긴 처음이에요."

연녹색 숲에 둘러싸인 반월성터를 걸으며 인상이 물었다.

"이곳에 오시라고 한 데 무슨 까닭이 있는 겁니까, 어머님?"

"까닭 없이 오라고 했겠어요?"

깊은 감정이 서린 목소리였다.

인상은 잠자코 걸으며 방화의 말을 기다렸다. 방화의 말은 없었다. 성터를 거의 한 바퀴 돌았다. 벤치를 찾아 손수건을 깔고 인상이 방화에게 앉으라고 권했다.

"천 년 전에 신라라는 나라가 있었다지요?"

벤치에 앉아 방화가 한 말이다.

"그쯤 되었을 겁니다."

"세월은 천 년이고 만 년이고 흐르는 거지요."

인상은 대답할 필요를 느끼지 않아 잠자코 있었다.

"어쩌면 음성까지도 설명하시는 말투까지도 그분을 그처럼 닮았을까?"

방화의 눈에 이슬이 맺혔다. 방화도 잠자코 있더니 인상에게 담배를 달라고 했다.

"담배는 벌써 끊었는데 가슴이 답답하면 피우고 싶어져요."

반월성터에 관광객들이 차츰 몰려들기 시작했다. 그 가운데는 젊은 남녀들도 더러 있었다. 방화는 햇빛에 부신 눈을 가느다랗게 뜨고 중얼거렸다.

"33년 전인가 34년 전인가 한문수 씨와 나는 이 반월성에 놀러 오기로 약속했었지요. 그땐 가을철이었는데 뜻밖의 일로 무위로 끝나고 말았지요. 만일 그때 이곳에 같이 올 수 있었더라면 혹시 … 그분은 아직도 살아 계시게 되었을지도 모르는 일이고… 그 만일이 없었기 때문에 오늘 내가 인상 씨와 같이 여기 있는 것인데… 아무튼 소원풀이를 한 셈이네요."

인상은 비로소 수수께끼가 풀린 느낌으로 되었다. 애인과 같이 하지 못한 반월성 산책을 방화는 애인의 아들과 같이 해보고 싶었던 것이다. 인상은 경건한 마음으로 되었다.

무거운 침묵이 흘렀다. 인상은 화제를 바꾸어 무거운 침묵을 깨뜨릴 요량으로 제안했다.

"어머님, 대구로 돌아가서 오늘 밤엔 계향 씨와 함께 한바탕 파티를 합시다. 어떻게든 어머님을 기쁘게 해드리고 싶어요."

"파티는 좋아요. 그런데 그 '어머니'란 말이 듣기 거북합니다."

방화의 표정은 다시 쓸쓸하게 변하고 있었다.

"어머님 이외의 이름으론 부를 수가 없지 않습니까?"

인상이 조용하게 말했다. 방화는 보일 듯 말 듯 고개를 끄덕거렸다. 자신의 마음을 살피고 있는 듯했다. 그러더니 물었다.

"국희 씨란 분하곤 어떻게 되는 관계죠?"

인상은 한마디로 설명할 수 없었다.

"긴 얘기가 될 것 같은데 들어 주시렵니까?"

인상은 방화 앞에 모든 얘기를 다 털어놓았다. 순아의 얘기, 순아 엄마에 관한 얘기, 국희와 만난 경위, 진숙영의 얘기, 어머니 서창희가 놓여 있는 처지, 대학교수 직을 그만두어야겠다는 얘기, 성을 바꿔야겠는데 갈피를 잡을 수가 없다는 얘기, 그리고 덧붙였다.

"앞으로 어떻게 할지 정말 모르겠습니다."

갑자기 슬픔이 솟아올랐다. 방화의 손이 뻗어 왔다.

"손이나 한번 잡아 봐요."

인상이 방화에게 오른손을 맡겼다. 방화는 그 손을 꼬옥 쥐고 중얼거렸다.

"나는 한문수 씨의 손 한번 잡아 보지 못했어요."

"어머님" 하고 인상이 왼손을 뻗어 방화의 손 위에 얹었다. 약간 거친 듯했으나 그 촉감은 정다웠다. 진정 어머님의 손으로 느껴졌다. 평생을 순일(純一) 한 정열을 품고 살아온 여인의 손이라고 생각하니 신성하기조차 했다.

방화는 조심스럽게 자기 손을 빼며 상냥하게 웃었다.

"이제 내 한을 푼 것 같아요."

쓸쓸한 표정이었다가 상냥한 표정으로 바뀔 때 인상은 방화의 지혜를 느꼈다. 이처럼 스스로의 감정을 컨트롤한다는 건 예삿일이 아니다. 눈물겨운 마음이 되어 무언가 한마디 하고 싶었지만 제대로 말이 되지 않았다.

"어머님, 저 하늘을 보세요."

방화도 멈춰 서서 하늘을 보았다.

"신라의 하늘입니다."

방화는 눈을 가느다랗게 뜨며 웃었다.

"신라 때에도 우리와 같은 모자가 있었을까."

인간의 길

열차는 엷은 안개 속을 달렸다.

화려한 아침은 벌써 산마루에서부터 시작되어 있었다. 산하(山
河)는 하루 두 번 특히 아름답다. 해가 돋을 무렵과 해가 지려는
무렵이 그렇다.

어젯밤 방화는 계향의 북소리에 곁들여 춘향전의 긴 노래 전곡
을 다 불렀다. 누구보다도 계향이 놀랐다. 어릴 적 권번(券番)에
서 배웠을 뿐 그 후 부르지도 않았을 것인데 어떻게 그 사설과 가
락을 그처럼 빈틈없이 외고 있었냐고 감탄했다.

"내가 기생 노릇을 하며 얻은 유일한 것이 춘향전인 걸. 한문수
선생이 이 노래를 좋아했지. 그래서 그분의 산소엘 갈 때마다 나
는 마음속으로 춘향전을 불렀어요."

그런 까닭이 있었을 것이다. 방화의 노래는 성색(聲色)과 호흡
에서 한(恨)이 그대로 노래가 된 듯 듣는 사람의 가슴을 치고 울렸

다. 그 감동의 여운이 아직도 인상의 마음속에 서려 있었다. 하나의 진실을 지니고 사는 것이 얼마나 착하고 아름다운 것인가.

'나도 진실을 지니고 살리라. 내게 관계된 모든 사람의 가슴에 슬픔을 남기지 않도록 하며 살리라!'

인상의 뺨 위로 눈물이 흘렀던 모양이다.

"왜 그러세요?"

명국희의 나직한 말이 있었다.

"아, 아니."

인상도 당황해서 얼른 손수건을 꺼냈다.

생각할수록 복잡한 문제뿐이다. 순아를 생각하면 미숙과 다시 한 지붕 아래 살 각오를 해야 하고 미숙과의 이혼을 단행하면 순아가 불쌍하고… 뿐만 아니라 구(具) 씨 성을 한(韓) 씨로 바꾸려면 형식적으로나마 소송을 제기해야 한다는데 그때 구영화 씨의 반응이 어떨지, 그렇잖아도 어머니와 구영화 씨 사이에 이혼 문제가 제기된 마당인데….

그러나 이런 문제는 그처럼 개의할 것이 못 된다. 한 씨로서 인생을 다시 출발하면 되는 것이니까. 대학교수를 그만두면 되니까. 구 씨가 한 씨로 되었다고 해서 학문을 계속하지 못할 바는 아닌 것이다.

문제는 순아와 미숙에게 있었다. 암수술을 받으러 가는 사람의 심정을 닮았다고 해도 무리가 아니다. 이런 마음의 파도를 대강이나마 알기에 국희는 따지고 묻지 않는 것 같았다. 국희는 얼마 동안 인상을 지켜보다가 들고 있는 신문으로 시선을 옮겼다.

서울 집에 도착해 보니 어머니는 변호사와 함께 나가고 안 계셨다. 구영화 씨와의 관계가 급박하게 된 것이라고 짐작했다. '혹시'하고 바랐는데 순아는 돌아와 있지 않았다. 뿐만 아니라 유모까지 그곳에 가 있다고 들었을 때는 인상의 가슴은 철렁했다.

　마음을 진정하고 전화를 걸었다. 미숙이 찔끔하는 것이 눈에 보이는 것 같았다.

　"순아는 잘 있소?"

　"잘 있어요."

　"순아를 바꿔 줄 수 없어?"

　"순아는 유모하고 대공원에 놀러 갔어요. 나도 곧 갈 참예요."

　전화를 끊어 버리려다 말고 인상이 물었다.

　"나중에 순아가 돌아오면 집으로 보내줄 수 없을까?"

　"왜요? 어미 옆에 있어선 안 되나요?"

　말투에 약간 가시가 돋쳤다. 인상이 울컥하는 기분으로 되었지만 억지로 말을 평온하게 꾸몄다.

　"아니, 보고 싶어서 그래."

　이 말엔 반응이 없었다. 인상이 용기를 냈다.

　"당신 뜻대로 할 것이니 어떻게 하면 좋을지 의견을 말해 봐요."

　"내겐 의견이 없어요."

　"순아를 위해 피차 희생할 각오로 살아가면 어떨까?"

　"희생?"

　미숙이 묘하게 웃었다.

　"순아가 불쌍하지 않은가? 순아를 위해서 당신만 좋다면 같이 살아도 무방하다는 얘기요."

"날 용서한다는 거예요?"

"용서구 뭐구 없어. 순아를 위해 같이 살아도 좋다는 거지."

"대단히 너그러우시군요."

"너그럽지 않으면 어떻게 할 거요?"

"당신은 나에게 너그러울 수 있을지 몰라도 나는 나에게 너그러울 수가 없어요."

"그래서 어떻게 할 셈인가?"

"그냥 이대로 있어 보는 거죠, 뭐."

"순아는 당신이 데리고 있고?"

"안 되나요? 그럼 내버려 둬요. 보낼 때가 되면 보낼게요."

"그러나 언제까지나 이런 상태로 있을 순 없잖은가?"

"그렇다면 서류를 보내세요. 이혼서류 말예요. 도장 찍어 드릴 테니까요."

"순아는 어떻게 하구?"

"자꾸 순아, 순아 하지 말아요. 순아에게 물어 보고, 가고 싶다고 하면 지체 않고 보낼 테니까요."

인상의 분노가 가슴속에서 이글거렸다. 당장에라도 순아를 데려오고 이혼수속을 끝내 버리고 싶었다. 그러나 목구멍을 통과한 말을 입술을 깨물고 참았다.

밤늦게 돌아온 어머니는 약간 흥분상태에 있었다. 순아 문제를 의논하려던 인상은 그것을 보류하고 물었다.

"어머님, 무슨 일이 있었습니까?"

"네가 알 일은 아니다만 대강 말해 두지."

구영화 편에서 소송을 제기했다. 어머니가 가지고 있는 모든 유가증권을 되돌려달라는 소송이었다. 어머니는 분격해서 맞고소하는 동시에 구영화 이하 구영화 계열의 임원에 대한 직무정지가처분을 신청했더니 그 가처분 결정이 오늘 내려졌다. 그래서 회사 운영에 관한 지시를 하고 돌아오느라고 늦었다는 얘기였다.

법률엔 전혀 문외한인 인상은 가처분 결정이 무엇인지 알 수가 없어 물었다.

"번거롭게 네가 그런 걸 알 필요가 없다. 아무튼 구가라는 사람은 불쌍한 사람이다. 가만있었더라면 회사와 운영자금은 보태 줄 작정이었는데 욕심이 지나쳐 자기 무덤을 판 거지. 백에 하나 이길 승산이 없는 소송을 하는 걸 보니 환장한 거다. 자기 딴으론 소송을 하면 내가 귀찮아서라도 굽힐 줄 알았던 모양이지만 천만의 말씀이다. 그자를 거지꼴로 만들어 놓고야 말 거다."

어머니는 말하는 도중에 흥분이 고조되는 모양으로 말 내용과 투가 차츰 거칠게 되었다.

"진상이도 있고, 미국 가 있는 동생도 있는데 어머니께서 너그럽게 마음을 가지셔야 할 것 아닙니까."

"넌 내 심정을 전혀 모르는구나. 내 인생을 망친 놈도 그놈이고 네 인생을 병들게 한 것도 그놈이다. 그러나 나는 최악의 상태를 피하기 위해 얼굴에 철갑을 두르고 참고 살았다. 그런데 그놈은 제 할 짓 다 했더구나. 그러고도 모자라 내 몫의 재산까지 탐하는 그런 자를 가만둬? 어림도 없다. 그래서 어제 나는 그자가 사는 집을 중개사무소에 내놓았다. 시가의 반에 팔아넘기고 명도신청을 할 판이다. 회사의 모든 서류를 감사하도록 했다. 배임과 횡령 사실이 수두룩하게 나올 거다. 네 애비를 밀고해 죽음터까지 보낸 자이니 감옥살이를 하는 것도 당연한 일이지….”

“그렇더라도 진상의 형편은 생각하셔야죠.”

“독사의 자식이 별게 있겠나. 낳은 어미로서 죄 많은 소릴까 몰라도 그놈들 보기도 싫다.”

“그래도 어머님.”

“제 애비 감옥에 보내놓고 일이 말끔히 수습되면 그때 가서 얼만가 돌봐 줄 참이니 걱정하지 말아라. 그리고 내가 하는 일에 일체 신경 쓸 거 없다. 그보다도 네 일이나 빨리 청산해라.”

인상은 되도록이면 너그럽게 일을 처리해야 한다고 하고 싶었으나 어머니는 인상의 말을 중도에서 막아 버렸다. 어머니에게 그런 불 같은 성격이 있었다는 것은 뜻밖이었다. 그러나 그런 분노를 막상 이해하지 못할 바는 아니라고 생각하기도 했다.

밤이 깊어서였다. 인상은 서재에서 책을 읽고 있었다.

어머니의 기침소리가 났다.

“들어가도 되겠니?”

“예, 들어오세요, 어머니.”

인상은 쾌활하게 소리를 높였다. 아들이 있는 방에 들어오면서 그처럼 조심스러워하는 어머니의 마음이 안타까웠기 때문이다.

"너도 잠을 이루지 못할 줄 알고 왔다."

어머니는 응접탁자 앞 소파에 앉아 담배에 불을 붙였다.

"어머니 우리 코냑 한 잔씩 할까요?"

"그렇게 하자꾸나."

"코냑 한두 잔은 자기 전에 참 좋은 것 같아요."

인상이 잔 하나를 어머니 앞에 밀어 놓았다. 어머니는 엷게 담배연기를 뿜어냈다.

"네가 대구에 갔던 얘기를 들으려고 왔다."

"방화라는 분을 만났습니다."

인상이 조용히 말하고 어머니의 표정을 살폈다.

"좋은 분이지?"

"예, 뭐라고 형언할 수 없습니다. 세상에 그런 분이 있다는 건."

어머니는 눈을 멀게 떴다.

"그분 얘길 들으니 한문수 씨완 손 한번 잡아 본 적이 없다고 하던데요."

"글쎄 말이다."

"뭣이건 도와드리고 싶고, 원하는 게 있으면 다 해드리고 싶은데 내게 아무것도 원하는 게 없고 다만 내가 잘 사는 것만 바란다고 하더군요."

"내게도 그런 말을 하더라. 그분을 생각하면 나는 얼굴을 들 수가 없구나."

"그게 어디 어머니 책임이겠습니까. 이젠 그런 문제를 두곤 상심하지 마십시오."

"상심한들 무슨 소용이 있겠냐만 내가 저지른 죄는 내가 보상해야 하지 않겠느냐. 그런데 방화 씨가 너에게 특별히 하는 말은 없더냐?"

"저를 만나니 이젠 원도 한도 없어졌다고 하셨어요. 그리고 참, 앞으론 한문수 씨의 무덤을 찾지 않겠노라고 말씀하시데요."

"그건 또 왜?"

"내가 나타났으니 자기가 참견할 바 아니란 뜻 아니었을까요?"

어머니의 태도가 갑자기 침울하게 변했다.

"할아버지와 큰아버지는 뵈었나?"

"할아버지만 뵈었습니다. 처음엔 납득이 안 가는 것 같더니 제 손금을 보시곤 틀림없이 자기의 손자임을 확인하신 모양이데요, 제 손금이 한문수 씨의 손금을 닮았나 봐요."

"네 입으로 한문수 씨라고 하니 어색하게 들리는구나."

"아버지라고 하는 것도 어색하지 않아요?"

"어색하더라도 아버지라고 해야지."

어머니는 코냑을 단숨에 마시고 한 잔을 더 따르라고 했다. 인상이 시키는 대로 하면서 다음과 같이 화제를 바꾸었다.

"어머니, 좋은 게 좋은 것이 아니겠습니까? 진상이 아버지와의 시비는 적당하게 그만두는 게 어떨까요?"

"그건 안 돼."

"고집을 피워 결과가 어떻게 되겠습니까?"

"결과는 뻔하지. 그자는 알거지가 되어 감옥살이를 해야지."

"그렇게 해서 좋을 게 뭐 있겠습니까?"

"세상이 호락호락하지 않다는 것을 가르쳐야지."

"그건 안 됩니다. 어머니의 위신이 문제지요."

"너를 위해서 나도 무척 고민했다. 대학교수인 아들의 체면이 있으니까 굽히고 들어올 거라고 짐작한 거지. 그 꾀에 내가 넘어가? 이런 일이 있을 줄 알고 대학에 사표를 내라고 한 거다. 이런 치사스런 일이 있을 줄 알고 외국으로 가려고 했던 거고. 그러나 지금 와선 어떻게 할 수 없다. 네가 학문을 하려면 얼마든지 해라. 일시적으론 치사할지 모르지만 모든 게 밝혀지면 내 태도가 정당하다는 것을 모두들 알게 될 거다. 회사 고문변호사가 나를 상대로 소송하는 건 부당하다고 한사코 말렸단다. 그런데도 도전했어. 지금쯤 후회하고 내일쯤 사람을 시켜 무슨 소릴 해오겠지만 나는 각오했다. 천만 가지 소릴 해도 나는 듣지 않겠다. 아까 법정에서 진상일 만나 따끔하게 얘기해 줬다. 서투르게 조정할 생각 말라구."

"그래 진상은 뭐라고 하던가요?"

"어머니께서 화내시는 건 당연하다고 하고 절대로 조정이나 화해를 서두를 생각이 없다고 하더라. 이 일에 관해선 그애도 내 편이다. 그러니 아까도 말했지만 넌 이 일엔 일체 상관하지 말아라."

"그러나 어머니, 용서할 줄도 알아야 합니다. 돈이란 건 필요한 만큼 가지면 그만 아닙니까. 세상일을 감정만으로 처리하려고 그러십니까. 양보하시고 편안히 사시도록 하세요. 어머니 모시고 외국으로 갈게요. 진상이 아버지가 달라는 것 다 주고 우린 떠납시다. 가난하게 살면 되잖아요. 가난하게 착하게, 어머니 모시고 그렇게 한번 살아 보았으면 합니다."

"이 일은 끝난 거나 마찬가지다. 일을 저지른 것은 내가 아니라 저편이고, 분명히 얘기해 두거니와 이건 한문수 씨의 복수를 내가 대행하는 거다. 나도 한문수 씨에게 체면을 세워야 하지 않겠냐. 이런 얘긴 그만 하자."

들었던 잔을 놓고 어머니는 일어섰다.

이튿날 아침, 식사자리에서 인상은 어머니의 눈치를 보아가며 다음과 같이 말을 꺼냈다.

"어머니, 관대한 게 좋은 겁니다. 용서할 수 있는 데까지 용서해야죠."

"내가 용서할 게 없다. 싸움은 저편에서 걸어온 거다."

"그렇더라도 어머니가 양보하시죠. 동생 진상의 아버지가 아닙니까."

"날더러 굴복하란 말이냐? 그 사람은 양보라고 생각하지 않고 굴복이라고 으쓱할 사람이다. 아무튼 그 사람과의 얘기는 내 앞에서 다시 꺼내지 말아라. 독사에 휘감겨 한평생을 산 것 같다. 징그러워 견딜 수가 없다. 그걸 생각하면 기름을 둘러쓰고 불 속에라도 뛰어들고 싶다. 제발 더 이상 말하지 말아라!"

인상은 이제는 어머니의 구영화 씨에 대한 감정이 증오의 정도를 훨씬 넘어 있다는 사실을 새삼스럽게 깨닫고 입을 다물었다.

동생 진상이 인상의 대학 연구실로 찾아온 것은 그날 오후였다. 진상의 얼굴은 놀랄 정도로 수척해 있었다.

"네 얼굴이 왜 그러냐?"

진상은 쓸쓸하게 웃을 뿐 대답이 없었다. 소파에 앉아 담배를 꺼내 물었다. 그리곤 말이 없었다.

"무슨 일이냐? 여기까지 찾아오구."

"별로 할 얘기도 없습니다."

진상의 말은 뜻밖이었다. 인상은 어머니에 대한 복잡한 얘기가 있을 것으로 짐작했기 때문이다. 덤덤한 침묵이 흘렀다.

"어떤 일이 있어도 형님은 내 형님이지요?"

"쑥스러운 소릴 하는구나."

"나는 형님의 동생이구요."

진상이 돌연 울먹이는 소리를 냈다. 인상은 진상의 다음 말을 기다렸다. 그런데 그것뿐으로 진상은 잠잠해졌다.

인상은 그 침묵을 감당해야만 했다.

"속 시원하게 말을 해보지."

"할 말 없습니다. 형님이 보고 싶어 찾아왔을 뿐입니다."

진상의 이 말에 인상은 형으로서의 책임감을 느꼈다.

"어머니 고집 때문에 회사 일이 곤란해진 게 아닌가?"

"회사가 무슨 소용입니까. 그런 건 물거품 같은 겁니다. 그러니까 나는 그런 데 개의하지 않습니다. 가난해도 화합(和合)이 있으면 그로써 되는 것 아닙니까. 화합이 안 되면 회사가 잘 된들 그게 무슨 소용입니까? 그런데 우리 집안의 화합은 불가능합니다. 유리그릇 깨어지듯 깨져 버렸어요."

진상의 말엔 흥분의 흔적조차 없었다. 그것이 인상을 또한 놀라게 했다. 아마 생각을 몇 번 되풀이하고서 얻은 무감동의 상태가 아닌가 싶었다.

"그 책임이 누구에게 있는 걸까?"

"책임? 책임은 아버지에게 있습니다. 내 입으로 말하긴 죄송하지만 아버지는 나쁜 사람입니다. 정말 나쁜 사람입니다. 그런데도 추호의 반성도 없어요. 내가 모든 사실을 알게 된 것은 최근의 일입니다. 사태의 진상을 알기까지는 어머니를 원망했습니다. 알고 보니 어머닌 당연한 일을 당연하게 하신 겁니다. 인생의 마지막 길에서나마 아버지에게 자기의 죄를 뉘우치게 할 반성의 기회를 주어야 않겠습니까. 나는 철저하게 어머니 편입니다. 나는 오늘 그야말로 아버지에게 치명적인 타격이 될 서류를 어머니의 변호사에게 넘겨주고 오는 길입니다. 하기야 그 서류가 없어도 아버지는 끝장나게 돼 있지만."

인상은 아버지가 아무리 나쁜 사람이기로서니 아들이 아버지에게 불리한 서류를 폭로한다는 것은 좋은 일이 아니라고 타일렀다.

"지금도 늦지 않았으니 변호사를 찾아가 그 서류를 돌려받자."

그러나 진상은 듣지 않고 울었다.

"형님은 호적등본을 보신 적이 있습니까?"

인상이 잠자코 있었다. 진상이 다음과 같이 늘어놓았다.

"우리 형제는 형님과 나, 그리고 지금 미국에 가 있는 명호 세 사람밖에 없는데 호적등본에 9남매로 되어 있습니다. 우리 말고 남자가 넷, 여자가 둘 있습니다. 그 가운데 하나는 어머니와 결혼하기 이전에 낳은 아이이고, 나머지는 전부 어머니와 결혼한 이후에 생긴 아이들입니다. 그것까진 그렇다고 합시다. 지금 회사의 방계사업체 가운데 수익성이 있고 장래성이 있는 회사는 모두 그 아이들이 과반 주주로 되어 있습니다. 교묘하게 어머니를 속인 거죠. 그런데 어머니는 속지 않았어요. 어머니는 아버지의 배임(背任)을 이유로 증거를 들이대고 가처분 신청을 해버린 겁니다. 어머니의 대비가 어떻게 치밀했던지 아버지의 변호사 말로는 주먹으로 철벽을 때리는 거나 마찬가지라고 합디다."

"그렇다면 그 서류는 더욱 필요 없는 게 아닌가. 아들이 아버지를 배신했다는 자료밖엔 더 될 것이 없지 않은가. 지금이라도 늦지 않을 거다. 변호사한테 가서 그 서류 도로 찾자."

"형님 왜 이러십니까?"

진상이 화를 버럭 냈다.

"진상아, 부자의 윤리라는 것이 있는 것이다. 부자간에 그럴 순 없어."

"꼭 그렇다면 형님은 어떻게 되는 겁니까. 내가 듣기론 형님의 아버지가 죽게 된 이유는⋯."

"그 얘긴 그만둬. 그 문제와 지금 문제를 혼동할 필요가 없어."

"그렇다면 내가 한 일에 더 이상 간섭하지 마십시오. 나는 어머니의 소망을 알고 있습니다. 어머니는 단 하루라도 더 그 사람을 징역 살리기를 원하고 있습니다. 내가 제출한 증거는 어머니의 소원을 푸는 데 도움은 될 겁니다."

인상은, 진상이 자기 아버지에게 대한 어머니의 태도에 대해 반발을 느껴 그런 짓을 한 것이로구나 하고 순간 아찔한 심정이 되었다.

그런데 그런 것이 아님을 곧 알 수 있었다. 진상의 말이 결연했다.

"나는 철저하게 어머니 편입니다. 아버지를 미워합니다."

인상은 진상의 고민을 이해할 수 있을 것도 같았고 이해할 수 없을 것도 같았다. 그렇다고 해서 이것저것마저 물어서 어떤 결론을 낼 생각은 없었다. 같이 술이라도 한잔 하자는 진상의 제안을 물리치고 곧바로 집으로 돌아왔다.

인상은 산더미 같은 문제를 갖고 있는 사람이다. 인상이 결심하고 전화기를 들었다. 다이얼을 돌리자 곧바로 이미숙의 목소리가 울렸다.

"나요" 하는 인상의 목소리를 확인한 모양으로 찔끔하는 시늉이 느껴지더니 "또 그 말씀인가요?"했다.

또 그 말씀인가요, 하는 말뜻은 얼마 전 인상이 순아를 위해 모든 일을 순아 중심으로 해결하자고 한 제의를 가리킨 것이다.

"당신은 나를 용서한단 말인데 내가 나를 용서할 수 없어요."

미숙의 말은 차분했다. 언젠가도 들었던 말이다.

"그럼 순아를 어떻게 하겠단 거요?"

"순아가 있고 싶은 데 있도록 하면 되잖아요. 아빠 옆으로 가겠다면 언제든지 돌려줄게요."

"순아를 바꿔 줘."

"순아는 집에 없어요."

"그럼 유모를 바꿔."

"순아하고 같이 나갔어요."

"그렇다면 순아는 어미 옆에 있는 게 아니리 유모와 같이 있는 것이 아닌가?"

"내 집에 같이 있으면 나와 같이 있는 거죠."

인상이 유모를 데리고 와야겠다고 마음을 먹었다. 순아가 그 집에 그냥 눌러 있는 것은 유모 때문인 것으로 짐작했다.

"유모 돌아오거든 내게로 오라고 하시오."

"순아는 어떻게 하구요?"

"순아가 유모를 따라 오고 싶다면 오는 거지 별 말 있겠소."

"순아를 위하겠다면 유모를 이곳에 둬요."

미숙의 말은 얄미울 정도로 차분했다. 그리고 말을 이었다.

"변호사를 보내세요. 내 도장 찍어 드릴 테니까. 그러나 순아는 내 옆에 둔다는 각서와 교환합시다."

인상은 고함을 치려다가 전화기를 놓아 버렸다. 아무리 좋게 해결하려고 해도 상대방이 응하지 않으면 안 되는 것이다. 인상은 진정 분노를 느꼈다.

인상은 미숙과의 이혼을 단행키로 결심했다. 그러나 순아를 포기하겠다는 각서를 쓸 수는 없었다. 변호사를 보내기에 앞서 직접 행동해야겠다고 작정하고 인상은 어머니의 승용차를 빌려 미숙의 집을 찾아갔다.

다행히도 미숙은 집에 없고 방금 순아와 유모는 어린이 대공원으로부터 돌아왔다고 했다. 순아는 인상에게 매달리며 "아빠, 왜 인제 왔어" 하고 울음을 터뜨렸다. 인상은 순아를 안은 그대로 바깥으로 나오며 유모더러 따라오라고 했다.

집으로 돌아와 차근차근 물어본 결과 순아는 엄마와 같이 있으면서도 한방에 같이 잔 적도 없고, 유모가 그곳으로 간 후로는 쭉 유모와 같이 있었다는 사실을 알았다. 어머니라고 하는 체면, 일시적으로 느낀 안타까움은 있었을지 몰라도 순아에 대한 깊은 애착이 있었던 것은 아님을 확인할 수 있었다.

그날 밤 미숙으로부터 격렬하게 항의하는 전화가 있었지만 인상은 다음과 같이 조용히 응수했다.

"미숙 씨가 순아를 잘 키울 것이란 심증이 들기만 하면 언제건 순아를 그곳으로 보내겠소. 그런데 나는 그런 심증을 가질 수가 없소. 아이를 엄마로부터 떼어 놓는 것은 슬픈 일이지만 그 대신 유모가 있으니 순아는 불행하지 않을 거요. 순아는 엄마인 미숙 씨보다 유모와 같이 있는 것을 좋아하는 것 같소. 내일부터 순아더러 유모를 엄마라고 부르라고 할 참이오."

바로 그 전화가 인상의 가슴에 환하게 불을 켰다.

유모를 순아의 어머니로 만들어야겠다는 아이디어!

순아의 유모 유진희는 대학의 유아교육과를 나온 이래 줄곧 순아를 양육한 관계로 혈연관계 이상의 정이 순아에게 들어 있었다. 그런데다 결코 잘 생겼다고 할 수 없으나 못 생겼다고도 할 수 없는 용모와 맵시는 되레 여성다운 매력을 풍기기까지 했다. 과묵하고 온순하고 충실한 여인이다. 과장해서 말하면 유진희는 어머니의 모범이 되기 위해 이 세상에 태어난 사람이었다.

인상은 바로 자기 집에, 자기 옆에 순아의 진정한 어머니, 어쩌면 자기를 가장 잘 이해해 주고 행복을 마련해 줄지도 모르는 여자를 발견한 느낌이었다.

그러나 많은 난관이 있었다. 첫째, 유진희가 인상의 마음을 받아 줄지가 문제였다. 둘째, 명국희와의 관계를 어떻게 청산하느냐. 셋째, 어머니의 태도가 어떨까 하는 것이 문제였다.

유진희에게 자기 의사를 전달하는 것은 미숙과의 이혼이 결정나고 명국희와의 사이가 청산되었을 후로 할 작정이었다. 가능하다면 유진희와의 결혼신고는 한 씨 성으로 바뀐 다음에 했으면 하는 희망도 있었다.

인상이 이러한 시름 속에 있었을 무렵, 봄은 무르익어 갔다. 어느 날 오후, 진홍섭이라는 철학과 학생이 연구실로 찾아왔다. 반갑게 맞이한 인상에게 상냥한 얼굴로 진홍섭이 입을 열었다.

"선생님, 봄에 관한 감상이 없으십니까?"

"감상이 없을 수가 있겠나?"

"그러시다면 가장 봄다운 봄 경치 속에서 2박 3일쯤 하실 수 없겠습니까? 다음 금요일이 노는 날 아녜요? 토요일을 합치면 일요일까지 사흘 동안의 연휴가 됩니다. 어떻습니까. 그만한 시간을 만드시면?"

"어디로 가자는 얘긴가?"

"소백산 근처로 갔으면 합니다."

인상은 소백산에 순아를 데리고 갔으면, 그러려면 유모도 동행할 것이라고 보고, 오늘 밤 생각해 보고 내일 대답하겠노라고 했다.

학생들과 같이한 소백산 여행계획에 어머니의 말이 있었다.

"나도 가고 싶다만 형편이 그렇겐 안 되는구나. 순아와 유모를 데리고 갈 참이거든 내 자동차를 써라."

순아는 먼 곳으로 나들이 간다고 좋아서 어쩔 줄을 몰랐다.

2박 3일 동안 여행을 떠나는데도 심리적 부담이 쌓였다. 변호사와 이미숙과의 절충 결과도 마음에 걸렸다.

소백산으로 떠나려고 하는 날 변호사로부터 연락이 왔다. 이미숙이 순순히 이혼서류에 도장을 찍었다는 것이다. 바랐던 바인데도 인상의 가슴이 뜨끔했다. 인상은 그 이유를 알 수 없었다. 종말이라는 것은 원래 슬픈 것인지 모른다. 그러나 그런 이유만으로 납득할 수는 없었다.

하나의 드라마가 끝나고 이제 비극이 시작된다는 상념이 가슴에 괴었다. 분명히 순아에겐 비극이었다. 그 비극을 앞으로 어떤 방책으로 보완하고 희석시키는가가 문제였다. 되도록이면 같이 있는 시간을 많이 가져야 한다는 생각밖엔 없었다.

그런데 인상의 가슴을 뜨끔하게 한 것은 순아에 대한 문제만이 아니었다. 앞으로 그 여자, 미숙이 어떻게 살아갈 것인지 염려되었다. 내가 알 바 아니라고 해버리면 그만이지만, 미숙의 장래가 문제다 하는 걱정을 지워버릴 수 없었다. 자유의 몸이 되었으니 분방하게 놀아나겠지, 하고 예상하려 해도 그렇게 되지 않는 것이 이상했다. 미숙은 앞으로 누구도 사랑할 수가 없을 거고, 사랑을 받을 수도 없을 게다 하는 결론 같은 것이 맺혔다.

미숙과의 부부생활 5년간을 회상해 보았다. 단란한 가정이었다고 믿었던 것이 엉뚱한 환상이었다. 미숙은 자기 재능에 대한 환멸 때문에 방황했다. 그 환멸이 그녀를 타락의 늪으로 몰아넣었다. 그것을 재빠르게 파악하지 못한 것은 인상의 실수였다. 음악가의 민감한 감수성은 보통의 상식으로선 가늠하기 어려운 것이라고 해도, 인상의 사랑이 좀더 진지하고 알뜰했더라면 화를 미연에 방지할 수 있었는지 모른다.

'그러나 이제 와서 이런 후회를 해본들 무슨 소용일까.'

인상은 초라하고 작은 빌딩의 밀실에서 기병열과 더불어 연출한 미숙의 추태를 상기하고 자기의 회한을 지워버리려고 했으나 측은한 마음을 자극하기만 했다. 돌연 불안한 예감이 들었다. 몇 달 전에 있었던 미숙의 자살소동이 생각났기 때문이다. 만일 그런 일이 생기기라도 한다면 인상은 평생 동안 고개를 들지 못할 것이란 짐작을 했다. 순아의 어미를 죽인 셈으로 되기 때문이다.

인상은 황급히 변호사에게 전화를 걸었다.

"이혼서류를 처리하는 건 며칠만 기다려 주세요."

변호사는 납득이 안 가는 것 같았으나 알았다고 했다.

미숙에게 전화를 걸었다. 내키진 않았지만 어쩔 수가 없었다. 우선 불안한 마음부터 진정시켜야 했다.

"다 끝났을 텐데 어쩐 일이죠?"

뜻밖에도 카랑한 목소리라서 일단 안심했다.

"마지막 인사쯤은 있어야 할 것 같아서."

인상은 우물쭈물 말했다.

"신사시군요. 누가 잘못 들으면 위선자라고 욕하겠어요."

미숙은 웃었다.

"나야 무슨 욕을 먹어도 돼. 무엇보다도 당신에게 앞으로 행복이 있길 빕니다."

"고맙습니다. 저는 행복하게 될 거예요."

"그럼 됐소."

이미숙의 입 안에 품은 듯한 묘한 웃음소리가 들렸다. 인상이 말을 이었다.

"순아가 보고 싶으면 언제라도 연락해요."

미숙의 소리가 차가워졌다.

"앞으로 순아를 볼 기회는 없을 거예요. 그러니 내가 순아를 낳은 어미가 아니라고 말해 주세요."

"그럴 수야… 어디 있어도 어미가 있는데 보고 싶을 땐 볼 수 있도록 신경을 써줄 의무가 있지 않겠소?"

"우리 일을 번거롭게 말아요. 설혹 순아가 나를 보고 싶다고 해도 난 응하지 않을 거예요. 나도 곧 결혼해야 하니까요. 순아가 왔다 갔다 하면 내 결혼에 지장이 될 것 아녜요? 내가 순아를 데리고 있었던 것은 모녀간의 정을 완전히 떼어 놓고 돌려보내려고 했는데 성급하게 데리고 갔더구먼요. 그래도 좋아요. 말을 안 해도 순아는 반쯤 어미에게 정이 멀어졌을 거예요."

인상은 미숙의 이 말에 약간의 무리를 느꼈으나 그런 것을 갖고 따질 성질의 것은 아니었다.

"그럼 더 이상 할 말이 없으니 전화 끊겠소."

"그렇게 하시죠. 앞으론 편안하게 사십시오."

미숙이 먼저 전화기를 놓았다.

이만 해두었으면 됐다는 생각과 함께 너무나 태연한 미숙의 태도가 의심스럽기도 했지만 이제 엎질러진 물을 도로 담을 수는 없는 것이다.

변호사를 불러 이혼수속을 잠시 멈추라고 이르고, 순아가 노는 방으로 갔다. 순아는 유모와 함께 색종이를 가위로 자르는 놀이를 하고 있었다. 인상을 보자 순아는 색종이와 가위를 내밀었다.

"아빠도 한번 해 봐."

인상이 색종이에 그려져 있는 원과 삼각형 등을 조심스럽게 도려냈다. 순아가 옆에 앉아 "아, 이건 동그라미다", "아, 이건 세모꼴이다" 하고 좋아했다.

'영영 어미를 보지 못할 것을 알면…' 하는 마음과 더불어 이미숙에게 대한 미움을 새삼스럽게 느꼈다.

산을 좋아하는 마음이 철학을 선택하게 했다는 진홍섭은 특히 구인상 교수를 모시기 위해 청량산(清涼山)을 골랐다며 웃었다.

"청량산 이름만 들어도 청량하지 않습니까."

"청량리라고 들어도 조금도 청량하지 않다."

청량리 근처의 어수선한 거리를 뇌리에 떠올렸다.

청량산은 경상북도 봉화군에 있으며 소백산맥의 지맥(支脈)에 속한다는 사전 설명이 있은 다음 진홍섭이 덧붙였다.

"경치는 가 보시면 알 것입니다."

진홍섭과 일행 다섯 명은 중앙선을 타고 가기로 하고, 자동차로 가는 인상과 순아와는 영주(榮州)에서 만나기로 하여 장소와 시간을 정했다.

유모 유진희와 인상의 자리 사이에 순아를 앉히고 집을 떠났는데 시가를 벗어나 자동차가 6월의 전원 속으로 접어들자 순아는 창가에 앉으려고 보챘다. 차창에 전개되는 풍경이 너무나 신기로웠던 모양이다.

네 살 난 순아는 보이는 것마다를 물었다. 이제 막 모내기가 끝난 논을 보곤 저것이 무엇이냐고 물었다. 길가의 꽃을 보면 꽃 이름을 물었다. 산허리를 지날 적엔 눈에 띈 나무 이름을 물었다. 푸른 하늘을 보곤 "하늘이 왜 저렇게 푸르지?"하고 물었다.

"순아의 질문에 만족스런 대답을 하려면 식물박사에 동물박사에다가 천문학박사까질 겸해야겠구나."

인상이 당황해 하는 반면 유진희의 대답은 요령이 있었다. 뿐만 아니라 순아와 유진희와의 응답은 감탄할 만큼 호흡이 맞았다.

"저 풀?"

"저건 풀이 아니고 아카시 나무란다."

서슴없이 말하는 것을 보면 진희의 눈은 순아의 눈으로 화(化)해 있음을 알 수 있었다.

"물 마시고 싶지?"

진희가 말한 땐 순아의 목이 말라 있었다.

"쉬 하고 싶지?"

물으면 순아는 소변을 보게 돼 있었다. 자동차를 세워야만 했다. 그만큼 진희는 순아의 심리와 생리에 통해 있는 것이다. 인상은 놀람을 넘어 슬며시 감동하고 있었다.

'미숙, 아니 어미 없이도 순아를 잘 키울 수 있다' 는 자신감이 더해감에 따라 인상은 안심감보다도 미숙에게 대한 측은한 느낌이 짙어 가는 것을 어쩔 수가 없었다.

'불쌍한 여자!'

인상은 어제 전화로 몇 마디 말을 주고받았을 때 미숙이 보인 태연한 태도, 쾌활한 척한 말들이 모두 기를 쓰고 얽어 댄 꾸밈이 아니었을까 하고 짐작했다. 그 생각이 자칫 불길한 예감에 사로잡히게 하기엔 6월의 산하가 너무나 신선하고 순아의 재잘거림이 너무나 순진했다.

행복한 부녀를 태운 고급 승용차가 행복한 산하를 누비며 달린다. 행복한 시간엔 실컷 행복하면 된다. 인상이 이렇게 다짐하며 순아의 시선 방향으로 자기의 시선을 맞추려고 했다.

봉화읍에서 하룻밤을 묵기로 했다.

순아는 그 시골 여관이 신기로운 듯 이곳저곳을 졸랑졸랑 걸어 다니면서 기웃기웃했다. 그러나 항상 유진희가 옆에 따라다녔기 때문에 인상은 신경을 쓰지 않아도 좋았다.

"공주님을 모시고 청량산에 오르게 되었으니 이런 영광이 없습니다."

학생들은 유진희를 "사모님"이라 부르며 예우했다.

인상이 미리 유진희에게, 유모라는 사실을 밝히지 말라고 일러 두었기 때문에 진희는 얼굴을 붉혔다.

이튿날 아침, 인상은 순아와 진희를 여관에 남겨 두려고 했는데 학생들이 듣지 않았다. 배낭 한 개분을 적당하게 처리하면 순아 하나쯤은 너끈히 모시고 올라갈 수 있다는 것이 그들의 일치된 의견이었다. 그런데다 승용차를 몰고 온 운전기사가 순아는 자기가 맡아 동행하겠다고 나섰다.

봉화에서 1시간쯤 버스를 탔다. 그곳의 지리에 익숙한 진홍섭이 청량산 어귀가 되는 남면리(南面里)라고 설명했다. 거기서 청량사의 여봉(渾峯) 일부분을 바라볼 수 있었다.

남면리에서 약 4킬로미터 떨어진 휴게소에서 10분가량 쉬었다가 오름길에 들어 잠시 걸었다. 고추밭과 담배밭이 나타나고 초가집 대여섯 채가 있었다. 그 부락 뒤쪽에 초라한 사풍당(祠風堂)의 집이 공민왕당(恭愍王堂)이라고 했다. 공민왕을 설명한들 순아가 알까만 그곳에서 사진을 찍기로 했는데 순아는 운전기사의 등에서 어느새 잠들어 있었다.

잠자는 순아를 진희와 더불어 그곳 민가에 머물게 하려 했지만 학생들이 듣질 않았다. 진홍섭이 순아를 업고 축융봉(祝融峯)으로 오르기 시작했다. 이윽고 축융봉의 정상에 섰다.

청량산 전경이 한눈에 들어왔다. 남쪽으론 안동댐으로 흘러드는 낙동강의 굽이굽이 물줄기가 보였다. 이것만은 순아에게 보여주고 싶은 경색(景色)이었다. 순아를 깨웠다. 진희는 들고 온 외투로 순아를 감쌌다.

"순아야, 저기 보이는 저 흐름이 낙동강이다. 그리고 저 넓은 호수가 안동댐이구…."

순아는 진희가 가리키는 대로 말똥말똥 눈망울을 돌리며 진희의 설명을 들었다. 그 의젓한 태도가 인상의 가슴에 새로운 감동을 일으켰다. 인상은 그의 그 감동까지를 새겨 넣는 마음으로 안동댐과 그 주위를 배경으로 하여 순아와 진희의 모습을 카메라에 담았다.

축융봉에서 점심을 먹고 다시 휴게소로 내려와 청량사를 향하기로 했다. 부득이 운전사와 유진희와 순아는 거기서 봉화읍으로 돌려보내기로 하고 인상은 학생들과 같이 행동했다.

오산당 위쪽 절벽에 신라의 김생(金生)이 서도(書道)를 닦았다는 이른바 김생굴이 있고 바로 그 가까이에 김생 폭포가 있다. 거기서 응진전으로 가는 어풍대(御風台)의 길은 절벽 중허리에 나 있는 아슬아슬한 길이다.

이 아슬아슬한 길을 통해 응진전에 이르렀을 때 진홍섭이 인상 옆에 앉았다. 그리곤 이렇게 말을 걸어왔다.

"오늘 청량사에서 유하시고 내일 의상봉(義相峯)까지 가 보실 생각이 없으십니까?"

"아이를 봉화읍에 두고 나 혼자 갈 수가 있겠는가?"

"아이는 유모님이…."

인상이 놀라 물었다.

"그분이 유모라는 것을 자넨 어찌 알았나?"

"미리 알고 있었습니다. 친구들에겐 말 안 했지만. 사실은 진숙영 씨가 저의 누님이십니다. 이번 산행(山行)엔 누님이 같이 올 예정이었습니다."

구인상은 뜻밖의 사실에 당황하지 않을 수 없었다. 자신이 아끼던 제자 홍섭이 진숙영의 동생이라니. 그렇다면 이 같은 산행을 계획한 홍섭의 의도는 무엇인가.

"누님은 요즘 어떻게 지내시는가?"

"내달쯤 외국으로 가시게 될 겁니다. 그런데 누님은 왠지 선생님께 관심이 많으신 것 같아요. 그래 제가 외람되게도 이번 산행을 계획한 건데 누님은 선생님이 아기를 데리고 온다고 하자 사양했습니다."

"나와 같이 오고 싶지 않겠다는 거지. 아기는 구실일 뿐이고."

"그럴지도 모르죠. 그러나 누님이 외국으로 떠나기 전에 한 번쯤 만나 보실 의향은 없으십니까?"

"자네의 속셈을 알 수가 없군."

"누님이 쓸쓸해 뵈서 그렇습니다. 선생님도 어쩐지 그렇구요."

진홍섭은 더 이상 말을 잇지 못하고 머뭇머뭇하다가 친구들 있는 쪽으로 돌아섰다. 인상은 진홍섭이 꼭 하고 싶은 말을 못 한 것이라고 짐작했다.

"진 군. 괜히 안개만 피우지 말고 할 말이 있으면 속 시원하게 털어놓게."

진홍섭은 결심한 듯 인상의 옆으로 되돌아와 섰다.

"엉뚱한 추측을 제가 하고 있는지 모릅니다. 그러나 마음에 걸려 어떻게 할 수 없습니다. 아무래도 누님이 자살하지나 않을까 두려워요. 누님의 태도가 이상하거든요. 병적으로 자존심이 강하다고나 할까요? 그런데다 이혼한 자형이 여간 치근대지 않거든요. 자꾸만 만나자고 하구요. 자형은 누님을 외국에 가도록 버려둘 것 같지 않아요."

자살!

인상은 여태껏 가슴 밑바닥에 감돌던 정체 모를 상념이 바로 자살임을 알았다. 그리고 그것은 진숙영의 자살이 아니라 이미숙의 자살이었다.

진홍섭은 단번에 핏기가 가신 인상의 얼굴을 보자 당황했다.

"아닙니다, 아닙니다, 저의 오버센스일 뿐입니다."

인상은 홍섭의 오해를 시정할 필요도 여유도 없었다. 미숙과의 마지막 전화에서 미숙이 취한 태연한 말과 기분이 돌연 하나의 빛깔을 띠고 와 닿았다. 그것은 분명히 어떤 각오를 한 여자의 태도였다. 미숙의 방탕도 자신과 자존심의 상처에 기인한 것이었다. 자신을 잃고 자존심을 잃은 미숙이 갈 곳은 뻔했다.

'내가 왜 그것을 몰랐던가.'

"나는 서울로 돌아가야겠다."

"그런 게 아니래두요. 제 오버센스라니까요. 설혹 그렇더라도 오늘 내일의 문제가 아닙니다. 먼 훗날의 일을 걱정하는 겁니다."

홍섭이 인상의 앞을 막았다. 무슨 일이냐고 학생들이 몰려왔다.

"아니다. 나는 갑자기 급한 일을 생각한 거다. 자네들은 예정대로 산행하고 돌아오너라."

인상은 버스 정류소를 향해 뛰다시피 내려오기 시작했다. 진홍섭이 따라왔다. 가까스로 마지막 버스를 탈 수 있었다. 무슨 죄나 지은 듯 진홍섭은 아무 말도 없이 옆에 앉아 있었다.

봉화읍에 도착하기 바쁘게 인상은 운전기사를 재촉해서 차를 몰도록 했다. 해는 이미 서산에 저물었지만 그런 것에 관심을 쓸 마음의 여유가 없었다. 급작스런 인상의 행동이 이상하다고 느꼈지만 유진희는 말이 없었다. 순아도 차 안에서 잠들었다.

조수석에 탄 진홍섭의 뒷모습이 굳어 있다는 것을 느낀 인상은 설명하지 않을 수 없었다.

"내가 지금 황급히 서울로 돌아가는 것은 자네 짐작과는 전혀 다르다. 나는 순아 어미에게 혹시 무슨 일이 있을 것 같아서 초조하게 된 거다."

차가 영주에까지 왔을 때 운전기사의 말이 있었다.

"밤이 되어서 길을 찾기 어렵기 때문에 서울에까진 오늘 밤 안으로 돌아갈 수 없습니다. 영주에서 묵고 내일 새벽 출발하는 것이 어떻겠습니까?"

인상은 영주에서면 서울에 전화할 수 있겠기에 그렇게 하기로 하고 역 근처의 여관에 묵기로 했다.

즉시 서울로 전화했다. 순아 어미의 동정을 알아달라는 말에 어머니는 어리둥절한 것 같더니 인상이 불안해하는 이유를 듣자 알아차리고 여관의 전화번호를 말하라고 했다.

진홍섭을 불러 술판을 벌였다. 술이라도 마시지 않고 견디어 낼 수 없는 심정이었다. 순아는 옆방에서 잠들고 있었다. 앞으로 어미 없이 살아야 할 순아의 운명이 인상의 의식을 물들이고 있었다. 밤의 고요 속을 벌레 소리가 누볐다.

진홍섭은 본능적으로 누님의 위기상황을 느끼고 있다며 진숙영에 관한 이야기를 했다.

"가장 가까운 처지에 있으면서도 누님에게 도움이 될 수 없는 것이 안타깝습니다."

최근에 와서 사람이 달라져 뵐 정도로 성격이 변했다고 했다. 외국으로 떠날 비자까지 받아 놓았는데도 최후의 결심을 하지 못하는 것 같다고도 했다.

"설마 기병열인가 하는 사람에 대한 미련은 아니겠지?"

인상이 이런 말을 한 것은 무슨 까닭인지 자신도 몰랐다.

"저도 그 문제를 알아보려고 했지요. 그런데 그런 것은 아니었습니다. 맹렬하게 증오라도 한다면 미움의 안쪽이나 바깥에 미련이 있겠지만, 기병열 씨에 대한 누님의 감정은 뱀이나 버러지를 볼 때 느끼는 생리적 혐오감 이상도 이하도 아닌 것 같아요. 어쩌다 전화라도 받게 되면 구토증을 느낄 정도로 불쾌해 하니까요."

"꼭 그렇다면 빨리 외국으로 가셔야 하겠구나. 새로 공부를 시작하면 심정도 차차 달라질 테니까."

"그런데 현재의 상황으로선 그렇게 권할 수도 없어요. 누님이 외국에 가서 완전히 혼자가 되었을 때 그 고독을 견뎌내지 못할 것 같습니다. 그럴 경우 최악의 사태가 있지 않을까 걱정도 되구요."

인상은 무어라 말할 수가 없었다. 술잔을 들이켰다.

"누님은 외국으로 떠나기에 앞서 치러야 할 뭔가를 가지고 있는 것 같아요. 그게 선생님을 만나는 일이 아닌가 해요. 이건 순전한 제 짐작에 불과합니다. 선생님을 만나 무언가 해둘 말이 있지 않은가, 그렇게 안 하면 자기의 마음을 진정시킬 수 없는 그런 게 아닐까 해요. 선생님과 같이 산행(山行)할 기회를 만든 것도 결국 그런 짐작 때문이었습니다."

"나도 자네 누님을 만나고 싶어. 그러나 그게 무슨 해결이 되겠는가? 나는 자네 누님을 생각할 때, 5년 전에 만나 뵐 기회가 있었더라면 얼마나 좋았을까 하는 심정이다. 나나 자네의 누님은 각각 좌절한 인생이다. 그런데 그 좌절을 서로 보완할 수도 없는 처지다. 그러나저러나 한 번쯤은 만나고 싶다. 하지만 지금은 안 돼."

홍섭의 눈빛이 왜 안 되느냐고 묻고 있었다.

"난 지금 순아 어미에게 무슨 일이 있지 않나 하고 걱정이다."

인상은 홍섭에게 무슨 말이건 할 수 있는 우정을 느꼈다.

인상이 시계를 보았다. 밤 11시가 가까워졌다. 지금쯤 서울로부터 전화가 와야 할 텐데 싶으니 마음이 초조해지기만 했다.

기다리다 못해 인상이 집으로 전화를 걸었다. 수화기를 든 어머니는 토라진 말투였다.

"아줌마를 시켜 몇 번인가 전화를 걸었는데도 받는 사람이 없구나. 다시 한 번 더 걸어 볼 참이다만, 도대체 무슨 까닭으로 안달이니?"

"아까 말씀드리지 않았습니까. 자꾸만 최악의 일이 생길 것 같아서요."

"최선이건 최악이건 이제 와선 네가 상관할 것 없지 않느냐?"

"그런데 그게⋯."

인상은 말꼬리를 흐릴 수밖에 없었다.

"12시 넘어서 또 전화를 해보마. 시간 늦도록 놀러 돌아다니는 여자에게 무슨 일이 있을 거라고 걱정이니. 계속 응답이 없으면 나는 그냥 자겠다."

"예, 그렇게 하시지요."

밤늦게까지 미숙이 놀러 돌아다닌다면 그야말로 걱정할 필요가 없다. 그러나 예감이 엉뚱하니 답답한 것이다.

인상이 용기를 내어 미숙의 친정집으로 전화를 걸었다. 미숙의 아버지가 딸을 보기 싫어하는 바람에 미숙은 아파트로 나와 있었던 것이다. 신호는 가는데 받는 사람이 없었다. 그것이 또한 인상의 마음을 불안하게 했다. 무슨 변고가 없인 노부부가 같이 집을 비울 까닭이 없었다.

인상의 헬쑥한 표정을 보자 홍섭이 물었다.

"좋지 못한 소식이라도 있습니까?"

"아니, 전화를 받지 않는대. 그럴 까닭이 없는데 말야."

"그렇다고 해서 불안해 하실 건 없지 않습니까?"

인상은 대답 대신 술잔을 들이켰다.

"자꾸만 불안하게 여기시는 이유가 뭡니까?"

막상 이런 질문을 받고 보니 이유가 막연했다. 터무니없는 상상이 이유의 전부였다. 그런데 그 불안을 벗어날 수 없으니 딱했다.

"진군은 〈안나 카레니나〉를 읽은 적이 있는가? 안나가 자살로 휘말려드는 과정을 기억하는가?"

"대강 기억하고 있습니다."

"안나는 세상의 여자가 모두 자살하더라도 그 여자만은 자살하지 않을 거라는, 그런 여자가 아니었던가. 아름답고 총명하고 명랑하고 자존심이 강하구."

"심정이 델리케이트하기도 하구요."

"그렇지. 그런데 그 여자가 자살하고 말지 않았나."

"톨스토이가 의도적으로 만든 거지요. 교훈을 목적으로."

"그런 게 아니야. 그랬다면 어째서 그 소설이 명작이 되었겠나. 보상할 방도가 없는 자존심. 분명히 잘못을 저질렀는데도 아무에게도 용서를 빌고 싶지 않은, 자기가 자기를 벌하는 행위로서만 겨우 자존심을 살릴 수 있는 그런 지경에 말려든 거야. 나는 순아어미의 마음이 꼭 안나 카레니나의 그때 마음일 것 같아…."

"선생님은 참으로 관대하십니다."

홍섭의 말은 건성으로 한 것이 아니었다. 인상은 홍섭이 어느 정도로 자기 가정 일을 알고 있는지 궁금한 생각이 없지 않았으나 그런 걸 따져 물을 기분으로 되진 않았다.

"내가 관대한 건 아니다. 관대하려고 애쓸 뿐이지. 아무튼 극악한 불행의 발생은 최선을 다해 막아야 하지 않겠나. 나에겐 미운 아내이지만 순아에겐 절대적인 어머니니 말이다. 최악의 사태를 피할 수만 있다면 무슨 짓이라도 하겠다. 정조다, 정숙이다 하는 것은 어쩌면 사치일지도 몰라. 자포자기하는 기분이 되었을 때 퇴폐적인 행동, 방종한 행동에 빠져드는 경우가 있는 것이 아닌가. 정절과 정숙은 숭앙받을 덕이기는 하지만 그것을 지키지 못했다고 비난받아야 할 죄는 아니겠지?"

"선생님은 이미 그런 생각을 마스터하셨단 말씀입니까? 그렇게 노력하겠다는 말씀입니까?"

"내 지금의 심정은 모든 것을 용서하고 싶어."

"사상적으로는 선생님을 긍정합니다만, 미학적(美學的)으론 그렇게 될 것 같지 않습니다, 저는."

"그게 정직한 감정일지 모르지. 그러나 어린 자식이 그 사이에 있다고 생각해 봐."

"저는 그런 처지가 아니니까 상상할 수 없습니다."

"그럴 테지. 솔직하게 고백하면 내 최대의 실수는 결혼한 데 있는 것 같아. 결혼하지 말았어야 할 것을."

"살기가 어렵다고 세상을 회피할 수 없는 것 아닙니까. 그런 도피는 사나이다운 행동이 아니겠지요?"

"그런 뜻으로 한 말이 아니다. 좋은 남편이 되려면 어떻게 해야 한다는 것쯤은 알고 결혼했어야 하는데 그걸 모르면 결혼하지 말았어야 했다는 뜻이다."

"모두 칸트가 될 수는 없는 일이 아닙니까?"

"내게 희망이 있었다면 어디까지나 인간적인 인간이 되고 싶었다. 성자는 전체를 사랑하기 위해 특정인을 사랑할 수 없게 된 사람이 아닌가. 본질적인 것만을 살리기 위해 잡스러운 것을 무시하는 사람이 아닌가. 나는 어느 특정한 사람을 사랑하고 싶고 잡스러운 것 가운데 가장 잡스러운 술도 마시고 싶고 담배도 피우고 싶으니 어찌 성자가 될 마음이 생기겠는가."

이런 말을 하는 동안에도 인상은 불안을 진정시킬 수가 없었다. 좀처럼 술에 취할 수도 없었다.

마지막 강의

인상의 예감은 불행하게도 적중했다.

미숙은 인상이 서울로 돌아간 그날 그녀의 아파트에서 싸늘한 시체로 발견되었다. 그 전날 가정부를 고향집으로 돌려보내고 도어를 굳게 잠그고는 치사량의 수면제를 먹었다. 하얀 잠옷을 입고 얼굴엔 화장까지 했다고 하니 말짱한 정신으로 의식(儀式)을 집행하듯 미숙은 그녀 자신에게 사형을 집행한 것이었다.

철도 자살은 아니었지만 미숙은 안나 카레니나처럼 죽었다. 그녀에게 한스러운 것은 안나가 지녔던 열애(熱愛)의 상대, 즉 브론스키 같은 애인이 없다는 사실이다. 하찮은 남자들 사이로 우왕좌왕하다가 어느 날 돌연 날개가 부러져 버렸다.

미숙은 누구보다도 먼저 자기 자신을 배신했다. 사랑 흉내를 낸다 해서 진정한 사랑이 생길 까닭이 없다. 사랑 없는 관능(官能)의 쾌락은 스스로를 추하게 만들 뿐이다. 파멸로 이끌 뿐이다.

그런데 미숙은 마지막에 가선 인생에서 가장 소중한 것이 재능도 아니고 자존심도 아니란 것을 알았던 모양이다. 그녀의 시신 옆에는 단 한 통의 유서가 있었다. 인상에게 남긴 것이었다. 이렇게 적혀 있었다.

이 하늘 아래서 가장 훌륭한 남자가 내 남편이라는 사실을 확인했을 때는 이미 시기가 늦어 있었습니다. 그래도 당신은 나를 용서하려고 했지요. 그러나 나는 나를 용서할 수가 없습니다. 나 같은 여자는 용서받아선 안 됩니다.

그래서 나는 나 자신을 재판하고 스스로 사형을 선고하고 스스로 사형을 집행하려고 합니다. 이렇게 함으로써 당신에게 심한 상처를 남길 것이라는 두려움이 있습니다만, 내가 굳이 이 길을 택한 이유는, 당신이 그처럼 소중하게 여기는 순아에게 있습니다.

이런저런 짓을 했기 때문에 엄마가 쫓겨났다는 사실을 아는 것보다 엄마는 병들어 죽은 걸로 아는 것이 순아를 위해 좋은 일이 아닐까, 이렇게 판단한 것입니다.

각오를 하고 나니 편한 기분입니다. 생전에 용서하실 마음이 내가 죽었다고 해서 변할 까닭이 없다고 믿고 떠납니다. 순아에게 남길 말은, 네 아버지 같은 남자를 발견하면 생명을 다해 사랑하고 그러지 못하거든 평생을 독신으로 살며 남자 같은 것은 거들떠보지도 말라는 것입니다.

유진희 씨에게 순아를 잘 부탁한다고 전해 주십시오. …

인상은 담담하게 유서를 읽었다.

그처럼 회피하려고 애썼던 최악의 사태인데도 인상의 마음이 담담할 수 있었던 것은, 미숙의 추함은 말끔히 사라지고 가장 아름다운 부분만이 편지로 남았다는 느낌 때문이었다. 그런 만큼 깨끗한 청산이었다. 이혼수속을 서두르지 않은 것을 다행이라고 생각했다.

인상은 장지에서 돌아와 혼자 서재에 앉아 하염없이 뜨거운 눈물을 흘렸다. 아내를 자살케 한 남편처럼 비열한 남자는 없을 것이란 감상(感傷)은 물결 위의 거품과 같은 것이었고, 출생의 불행에 또 하나의 불행이 겹쳤다는 데서 운명의 가혹함을 새삼스럽게 느낀 것이다. 자기의 전공인 역사철학으로서도 감당할 수 없는 운명에 대한 나약한 인간으로서의 눈물이었다.

미숙의 장례식이 있고 열흘쯤 지난 뒤 어머니의 말이 있었다.

"지금 당장이라 말하진 않는다. 언젠간 재혼해야 하지 않겠느냐. 네 의중에 있는 사람이 있으면 난 반대하지 않겠다. 만일 없다면 내가 서둘러 보아야겠다."

이미 예상했던 바여서 인상은 분명히 말했다.

"어머니, 저는 앞으로 독신으로 지낼 작정입니다. 변변치 못해 아내를 자살케 한 주제에 재혼을 어떻게 하겠습니까. 저는 최소한도의 체면을 지키렵니다."

"그게 무슨 소리냐? 그 여자는 스스로 무덤을 판 것이니 네 잘못은 아니다. 무슨 체면을 지킨단 말이냐? 말도 안 되는 소리 하지도 마라."

이렇게 어머니는 단번에 역정을 냈다.

"솔직하게 말씀드리면 순아 어미가 죽기 전까진, 순아를 위해서 순아의 유모에게 구혼해 볼까 하는 마음도 있었습니다. 그 문제를 두고 어머니께 의논하려고도 했지요. 그런데 순아 어미가 죽고부턴 생각이 바뀌었습니다. 충분하게 사랑이 성숙하지도 않은 사정에서 순아의 편리를 위하는 마음만으로 결혼을 청하는 것은 유진희 씨를 모욕하는 것이라는 사실을 깨달았습니다."

"모욕이 또 뭐냐? 이편의 의사를 전달해 볼 뿐인데 그게 무슨 모욕이 되겠냐? 싫으면 싫다고 할 게 아닌가. 아닌 게 아니라 나도 유모를 생각했다. 고등교육도 받았겠다, 게다가 얼마나 행실이 점잖은가. 그보다도 순아를 위해선 꼭 필요한 사람이다. 만일 그 사람이 거절하지만 않는다면 그 이상으로 좋은 일이 있을 것 같지 않구나."

"순아는 자기의 숙명대로, 팔자대로 살아갈 수밖에 없지 않습니까. 어미 없는 딸에 대해 아비로서 최선을 다할 각오도 있습니다. 내 딸 때문에 유진희 씨를 이용할 수는 없는 것 아니겠습니까."

"별소리를 다 듣겠구나."

어머니는 짜증을 섞어 재혼하길 원했으나 인상은 완강하게 거절했다.

"내가 너무 일찍 말을 꺼낸 거로구나."

입을 다물어 버렸으나 인상의 태도에 승복한 것은 아니었다.

인상의 이런 각오에는 물론 명국회에 대한 애착이 있었다. 유진희와 결혼하면 명국회와의 관계는 청산해야 한다. 인상은 그러한 사태를 견디어 낼 것 같지 않았다. 그렇다면 유진희를 모욕하는 셈이다.

'결혼만이 남녀의 결합이 아니다' 하는 마음을 가졌을 때 사르트르와 보봐르와의 관계를 염두에 두었다면 경박한 얘기가 되지만, 이제 독신인 인상으로선 국희와의 그런 관계를 죄스럽게 여기지 않아도 되었다. 그것은 국희가 바라는 바이기도 했다.

"당신이 싫다고 하지 않는 한 나는 영원히 당신의 친구로서 살 것입니다."

국희의 진정은 추호도 의심할 수 없는 것이었다. 국희는 또한 장차 순아와도 좋은 친구가 되도록 노력하겠다고 했다. 불행한 출생의 숙명을 나눠 가진 두 사람의 인연은 이를 소중히 해야 하는 것이다.

여름이 무르익었다. 어느덧 학기 말이 되었다.

인상은 9월에 한(韓) 씨 성으로 복구하기 위한 수속을 시작할 요량으로, 학기 말을 기하여 대학을 그만두기로 했다. 비록 가능한 방도가 있다고 해도 어제까지 '구 교수'로 불렸던 사람이 오늘 '한 교수'란 이름으로 학생 앞에 나설 수는 없는 노릇이었다.

학장, 총장까지 방법을 강구해 보자며 만류했지만 인상의 각오는 굳었다. 국내와 국외의 각급 학교의 학적부, 동창회 명부를 다 고쳐야 할 판이니 번거롭기 짝이 없는 노릇이었다. 인상은 그런 번거로움을 피하고, 한 씨 집안의 항렬을 따라 한경주(韓京柱)로서 새 출발할 작정을 했다.

이렇게 작정하고 나니 구인상이란 이름이 저주받은 이름처럼 느껴져 한시바삐 그 이름에서 벗어나고 싶었다.

"구인상을 필명(筆名)처럼 생각하고 그대로 사용하면 될 것 아니냐."

인상과 친한 교수는 의견을 말했지만 인상은 응하지 않았다.

"모략과 협잡으로 얼버무려진 것 같은 이름을 필명으로선들 어떻게 쓸 수 있겠는가."

인상은 지금까지 아비 노릇을 한 구영화라는 사람에게 증오를 느끼진 않았다. 한문수와 관련시켜 억지로라도 증오심을 불태워 보려고도 했으나 그의 성격이 그렇게 되질 않았다. 그러나 생리적인 불쾌감은 어쩔 수 없었다.

방학을 사흘 앞둔 날 인상의 마지막 강의가 있었다. 인상의 당초 심경으로서는 평상시와 마찬가지로 강의를 끝내고 일신상에 관한 일엔 일언반구의 언급 없이 연기처럼 사라질 작정이었다. 그런데 이 시간을 마지막으로 영원히 강단을 떠난다는 생각이 들자 걷잡을 수 없는 감상에 사로잡혔다.

창문 밖 교정의 숲이, 그 잎사귀마다 눈이 되어 자기를 응시하는 것 같은 환각이 생겼다. 성하(盛夏)의 열기를 품은 푸른 하늘이 금방이라도 폭발할 것처럼 팽팽하게 느껴지기도 했다. 교실 이곳저곳에 앉아 있는 20여 명의 학생들이 돌연 시야에서 사라졌다가 다시 나타났다가 했다.

인상은 자신도 모르게 눈물을 흘렸다. 인상은 손수건을 꺼내 땀을 닦는 척 꾸미고 눈물을 닦았다. 그런데 학생들은 재빠르게 인

420

상의 눈물을 보았던 모양으로 모두들 의아한 표정이었다.

"이 시간이 여러분에게 하는 나의 마지막 강의다. 이번 학기의 종강이란 뜻이 아니고, 내 인생 최후의 강의라는 뜻이다."

학생들의 표정이 놀라서 일제히 굳어진 것이 역력히 보였다. 무슨 까닭이냐는 질문이 터져 나올 찰나의 긴박감이 고였다. 인상이 조용히 말을 이었다.

"나는 오늘을 마지막으로 이 대학을 떠난다. 이 대학을 떠나 다른 대학으로 가는 것이 아니고 나는 영원히 대학 강단을 떠난다. 그 이유는 묻지 말아라. 누가 떠나라고 권했기 때문에 떠나는 것이 아니고 내 스스로의 결정에 의한 것이다. 그러나 나는 학문을 포기하진 않을 것이다. 어찌 학문을 포기할 수 있겠는가. 인간을 운명적인 존재라고 할 때 그 비리(秘理)는 이 지구가 멸망할 때까지를 기다려도 이해할 수 없을 것이다."

인상은 이렇게 말해 놓고 무슨 까닭으로 이런 얘기를 시작했는지 분간 못 하게 되었다. 그러나 내친 말은 계속해야만 했다.

"그런 까닭에 운명이란 말은 아예 입 밖에 내지 말아야 한다. 인간의 힘으로 어떻게 할 수 없는 것을 들먹여 뭣 하는가 말이다. 그러나 여러분과 헤어져야 하는 이 운명적 순간에선 운명을 들먹이지 않을 수 없다. 모든 결정은 운명이 한다. 세네카는 '운명은 순종하는 자는 태우고, 거역하는 자는 끌고 간다'고 했다. 사정이 정말 그렇다면 우리가 전공하는 역사철학은 파산(破産)이다. 그러나 그냥 승복할 수는 없다. 운명이 만사를 결정하더라도 그것을 받아들이는 방식과 태도는 우리의 자유에 속한다. 운명이 사형선고를 내렸다고 하자. 그 결정에는 우리가 관여할 수 없지만, 돼지처럼 죽을 것인가, 소크라테스처럼 죽을 것인가는 우리의 선택에 달려 있다."

인상은 폭풍처럼 뇌리를 스쳐가는 상념 어느 부분을 효과적으로 학생들에게 전달할 수 있을까 하고 숨을 몰아쉬었다.

"역사가 우리의 고통을 진정할 수 없다는 사실로써 역사철학은 비정(非情)의 학문일 수밖에 없다. 우리는 그 일반론을 신뢰할 수는 없다. 그러나 역사철학을 불패(不敗)의 의지라고 생각할 때 인생의 지혜로서 빛날 수가 있다. 이 지혜엔 운명애(運命愛)가 있다. 운명애엔 방법과 의지가 있어야 한다. 그 방법은 친화(親和)의 화(和)를 관철하는 것이다. 화를 관철한 인생은 성공한 인생이다. 그런데 화는 언제나 악의(惡意)의 도전을 받게 마련이다. 그래도 굴하지 않는 게 화의 의지이다.

단적으로 말해 화(和)의 의지란 사랑하는 것을 위해선 어느 때 어느 곳에서 죽어도 좋다는 결의이다. 이 결의 앞엔 운명도 무색하다. 운명이 내리는 최후의 결정은 기껏 죽음일 것이니까. 자네들은 젊다. 화의 의지를 가꾸고 그 의미를 탐색하기 위해 충분한 시간을 가지고 있다. …"

편집인 노트

운명, 사랑, 역사 … 절묘한 3중주

고승철 / 나남출판 주필 · 소설가

1984년 7월초, 제법 무더운 어느 여름날로 기억한다. 당시 〈경향신문〉 경제부 막내 기자이던 필자는 그날 내근 당번이어서 출입처인 동력자원부에 나가는 대신 신문사 사무실에서 근무했다. 외근 기자들이 원고지에 쓴 기사를 팩스로 보내거나 긴급 뉴스는 전화로 불러주던 때였다. 주식시세를 증권거래소 기자실 여직원이 전화로 불러주었으니 '호랑이 담배 먹던 시절' 풍경이다.

오후 6시쯤 지방판 마감이 끝나면 데스크나 당번기자 모두 녹초가 된다. 애기가(愛棋家)인 경제부장이 1만 원짜리 지폐를 꺼내 "점심시간에 바둑 이겨 딴 돈인데 아이스께끼 사 와서 편집국원들에게 나눠 주시오!"라며 내 손에 건넸다.

빙과류를 잔뜩 넣은 비닐봉지를 들고 엘리베이터를 탔는데 여러 방문객 가운데 흰색 상하의 양복을 입은 노(老) 신사가 돋보였다. 굵은 뿔테 안경, 멋지게 기른 '카이젤' 콧수염! 단박에 알아보

았다. 당대 최고 인기를 누리던 소설가 이병주(李炳注, 1921~
1992) 선생이었다. 그때 〈경향신문〉에는 선생의 〈서울 1984〉란
작품이 연재되고 있었다. 제목에서 조지 오웰의 〈1984〉가 연상되
는 화제작이었다. 독자로서 작가에게 경의를 표했다.

"〈서울 1984〉 잘 읽고 있습니다. 선생님 작품, 골수 애독자입
니다."

"어이구! 고맙습니다! 경향신문에 계십니까?"

"예. 경제부 기자입니다."

"아! 경제가 중요하지요. 문화부장을 만나러 갑니다."

나는 선생을 문학평론가인 이광훈(李光勳, 1941~2011) 부장 자
리로 안내해드렸다. 빙과류가 녹기 전에 나눠줘야 한다는 좀스런
의무감 때문에 곧바로 경제부로 돌아왔는데 문호(文豪)와 고담준
론을 나눌 일생일대의 기회를 잃은 것을 훗날 두고두고 후회했다.

1970~1980년대는 소설가 나림(那林) 이병주의 전성기였다.
1965년 〈소설·알렉산드리아〉로 데뷔한 나림은 언론인(〈국제신
문〉 주필), 대학교수 등의 지식인 경력을 바탕으로 역사의 도도한
분류(奔流)에 맞서는 인물을 주로 그린 작품을 신문, 잡지에 연재
해 주목을 끌었다. 웅대한 스케일과 현란한 박람강기(博覽強記)
가 돋보이는 그의 소설을 읽기 위해 그 신문이나 잡지를 새로 구독
하는 독자 군(群)이 형성될 정도였다. 나도 그런 독자였다.

월간 〈신동아〉는 1974년 1월~1979년 8월 〈산하〉(山河), 1979
년 9월~1982년 8월 〈황백의 문〉, 1982년 9월~1988년 8월 〈그

해 5월〉을 각각 연재해 숱한 독자들을 '이병주 소설 읽는 재미'에 푹 빠지게 했다. 군사정권의 철권(鐵拳) 통치에 질식할 듯한 청년들은 이병주 소설이 펼치는 광대한 벌판에 들어가 큰숨을 쉬며 파천황(破天荒)을 꿈꾸었다.

〈조선일보〉는 1977년 2월~1980년 12월 연재한 〈바람과 구름과 비(碑)〉라는 대하소설로 독자를 크게 늘렸다고 한다. 〈한국일보〉는 1981년 2월~1982년 7월 〈유성(流星)의 부(賦)〉를, 〈중앙일보〉는 1981년 3월~1982년 3월 〈미완의 극(劇)〉을, 〈동아일보〉는 1982년 4월~1983년 7월 〈무지개 연구〉를 연재했다. 작가는 1인이니 소설을 공장에서처럼 대량생산할 수 없기에 이병주 작품을 확보하려 신문, 잡지끼리 쟁탈전이 벌어졌다.

한꺼번에 5~6개 작품을 연재할 때도 있었다고 한다. 가히 초인적(超人的)인 집필 능력이다. 〈인간희극〉 등 방대한 작품을 남긴 프랑스 소설가 발자크를 사숙했음인지 나림은 '나폴레옹 앞에 알프스가 있다면 내 앞에는 발자크가 있다'는 글을 써서 책상 앞에 붙여놓고 집필했단다.

지방신문도 팔짱 끼고 앉아있을 수만은 없었다. 대구에서 발행되는 유력지 〈매일신문〉도 드디어 대구 시내를 작중 무대로 한 이병주 소설 〈화(和)의 의미〉를 1983년 한 해 동안 연재했다. 작가는 "인류의 오랜 염원인 화(和)를 탐구하겠다"고 연재 직전 인터뷰에서 밝힌 바 있다. 이 작품은 《비창》(悲愴)이란 제목으로 1984년 문예출판사에서 단행본으로 출판돼 베스트셀러가 됐다. 1987년엔 유영진 감독, 이영하·이미숙·김교순 주연의 영화로도 제

작돼 주목을 끌었다.

〈경향신문〉도 1983년 가을, 이병주 작가와 각별한 인연을 지닌 이광훈 부장을 앞장세워 교섭에 성공했다. 그리하여 1984년 신년 초부터 〈서울 1984〉가 연재된 것이다.

고려대 국문과를 졸업한 청년 이광훈은 20대 중반에 벌써 유력한 종합교양지 월간 〈세대〉의 편집장, 발행인으로 활약한다. 1965년 늦봄, 이광훈 편집장은 신동문(辛東門, 1928~1993) 시인에게서 〈알렉산드리아〉라는 제목의 두툼한 원고뭉치를 건네받았다. 작가는 이병주. 필화(筆禍) 사건으로 2년 7개월 옥고(獄苦)를 치른 전직 언론인이란다. 부산에서 상경해 대학 시간강사로 전전하는 이병주에게 신동문이 소설을 써보라고 두세 번 권유하자 1주일 만에 후닥닥 중편 하나를 완성한 것이 이 원고였다. 천재가 신필(神筆)로 쓴 이야기 같았다. 이광훈은 당시 상황을 '우리 시대의 거인'이란 글에서 회고한 바 있다.

당시 300페이지 안팎의 잡지에 무려 550장에 이르는 중편을 한꺼번에 싣는다는 것은 처음부터 무리한 일이었다. 그러니까 게재 여부에 대한 내 대답도 시큰둥할 수밖에 없었다. 게다가 나는 그때까지도 '이병주'란 이름 석 자도 제대로 모르는 풋내기 편집장이었고, 그때까지만 해도 이병주 씨는 중앙 문단에 정식으로 데뷔한 적이 없는 '무명작가'였다. 그 무명작가에게 지면의 거의 4분의 1을 할애해야 한다는 것은 그야말로 '결단'이 있어야 했다.

신동문 씨는 일단 한번 읽어보기만 하라면서 원고를 맡기고 갔다.

낮에는 도저히 볼 시간이 없어 결국 퇴근 뒤 집에 갖고 와서 읽기 시작했다. 한번 읽기 시작하자 좀처럼 놓지 못한 채 550장을 한꺼번에 읽어버렸다. 지금도 나는 그 당시에 받았던 충격적인 감동을 잊지 못하고 있다. 우리나라에 이런 소설도 있었구나.

이광훈 편집장은 이 글의 장르가 소설이라는 점을 강조하기 위해 원제목 앞에 '소설'을 붙이고 소설 다음에 방점(·)도 찍었다. 1965년 6월호 〈세대〉에 실린 〈소설·알렉산드리아〉에 대한 반응은 가히 '폭발적'이었다. 이 작품으로 이병주는 일약 '스타 소설가'로 부상했고 전업 작가의 길로 들어선다.

세월이 흘러 2008년 여름 어느 날 이광훈 선배와 마포 홀리데이인 서울 호텔의 커피숍에서 오랜만에 만나 담소를 나누었다. 이 선배와 새카만 후배인 필자가 친하게 된 것은 필자가 파리 특파원 시절인 1993년 2월에 방불(訪佛)한 이 선배를 하루 종일 안내한 인연이 계기였다.

"파리는 이미 여러 차례 오셨으니 다른 곳으로 모실까요?"

"자동차로 두어 시간 달려갈 곳?"

"도빌(Deauville)이 어떨지요? 노르망디 지방 해안도시인데 영화 〈남과 여〉 촬영지….."

"그 영화장면이 나오는 바닷가… 갑시다!"

도빌 해안도로에서 바다로 연결되는 기다란 나무 판잣길을 걸으며 이 선배는 이병주 선생과의 일화 한 토막을 들려주었다.

"〈남과 여〉에 나오는 여배우 아누크 에메, 〈쉘부르의 우산〉의 주연 카트린 드뇌브… 두 여배우 가운데 누가 더 미인이냐를 놓고 입씨름을 벌였어. 부질없는 논쟁이지만 나림은 아누크 에메 대변인 역할을 톡톡히 하더구먼!"

이광훈 선배를 만날 때마다 나림이 화제의 인물로 떠올랐다. 한국의 사마천(司馬遷)이 되고자 한 야심찬 작가 이병주! 역사는 산맥을 기록하고 나의 문학은 골짜기를 그린다! 햇볕에 바래지면 역사가 되고 월광(月光)에 물들면 신화가 된다! 나림의 도저(到底)하고도 날카로운 잠언(箴言)은 중년인 필자의 낡은 심장을 문학청년의 팔딱거리는 심장처럼 힘차게 박동시켰다. 이 선배도 필자에게 "본격적으로 소설 써보소!"라고 부추겼다.

2008년 가을, 경남 하동군 북천면 소재 '이병주 문학관'을 찾아 인근에서 출생한 나림의 아스라한 체취를 맡았다. 이때 취재한 내용을 〈신동아〉 2008년 10월호에 '재조명 받는 이병주 문학'이란 제목의 르포르타주로 게재했다. 19쪽에 이르는 제법 긴 글이었다.

북천면 산야를 헤맬 때 환청이었겠지만 나림의 우렁찬 목소리가 내 귓전을 울렸다.

"어디 멋진 소설 없소?"

모세의 귀에 들리는 메시아의 준엄한 목소리나 마찬가지였다.

필자는 나림처럼 '언론인 출신 소설가'가 되겠다는 터무니없는 야심을 품고 2008년 12월말 신문사를 홀연히 떠났다. 몇몇 지인들에게는 '공맹(孔孟)의 정원(庭園)'인 언론계를 떠나 '노장(老莊)

의 황야'인 창작판에 뛰어든다고 알렸다.

혼자 집필실에서 다듬은 장편소설 〈은빛 까마귀〉를 2010년 7월에 내며 작가후기에서 '이병주 선생에 대한 나의 작은 오마주 (hommage)'라 밝혔다.

이광훈 선배에게 〈은빛 까마귀〉를 자택으로 우송했으나 응답이 없어 졸작에 대한 질책이려니 여겼다. 나중에 안 일이지만 그때 이 선배는 투병 중이었다. 2011년 1월 2일 신정연휴 기간에 이광훈 선배는 유명(幽明)을 달리했다.

2011년 10월 필자는 나남출판사에 몸담으면서 나림 문학의 재조명에 일조하기로 작정했다. 우연도 반복되면 필연이라 했던가. 나남 창업자인 조상호(趙相浩) 회장도 이병주 소설의 골수 애독자였다. 또 이광훈 선배와 조 회장은 주역 대가 남동원(南東園) 선생 문하에서 함께 주역을 공부한 도반(道伴)이었다. 조 회장의 적극적인 후원 아래 '나림 문학 르네상스 프로젝트'를 추진했다. '나림'과 '나남'이 같은 항렬(行列)처럼 보이기도 하다.

걸출한 역사인물을 그린 《정도전》, 《정몽주》, 《허균》 등 장편소설 3권을 깔끔한 편집체제로 새로 내 '이병주 마니아'들에게 갈채를 받았다. 이어 마산에서 발행되는 〈경남매일신문〉에 1968년 연재된 《돌아보지 말라》를 단행본으로 출간했다. 이 작품은 나림의 초기 작품이어서 이병주 문학 연구자들도 그 존재를 모르던 문제작이었다. 또 〈한국일보〉에 연재된 〈유성의 부(賦)〉를 《천명》(天命)으로 개제(改題)하여 냈다. 임진왜란 때 활약한 의병대장 홍계

남 장군의 장쾌한 일대기를 그린 명작이다.

해마다 열리는 '이병주 문학 학술세미나'에도 기회가 닿을 때마다 참석하려 노력했다. 문학평론계의 태두(泰斗)인 김윤식 서울대 명예교수는 끊임없이 기조발제를 해주어 참석자들에게 감동을 주었다.

2017년 4월 8일 하동 이병주 문학관에서 열린 학술세미나에서 김윤식 교수는 '운명에 관한 한 개의 테마-이병주의 장편 〈비창〉을 중심으로'라는 기조강연을 했다.

이 세미나 직후에 이병주 선생의 장남인 이권기 교수가 《비창》의 재출간을 타진하기에 누렇게 바랜 옛 책을 구해 읽어보았다. 30여 년 전에 발표된 작품이지만 오늘날에도 여전히 큰 울림을 주는 명작임을 확인했다. 아내의 외도를 눈치 챈 대학교수가 복잡한 심경을 정리하고 자신의 뿌리를 찾을 겸해서 대구로 떠나 겪는 파란만장한 스토리다. 우연과 필연이 절묘하게 교차하면서 주인공 운명의 심연(深淵)엔 한국 근현대사의 이념대립이 자리 잡고 있음이 드러난다. 이병주 문학의 고갱이가 오롯이 담긴 걸작이다. 강력한 흡인력을 지닌 스토리와 욕망의 내면세계를 집요하게 파헤치는 플롯을 겸비한 작품이어서 발표 당시 왜 그렇게 각광받았는지 알 만하다. 운명, 사랑, 역사가 절묘한 3중주를 빚어낸다.

나림 선생을 정신적 대부(代父)로 모신다는 김종회 경희대 교수(문학평론가)는 2015년 10월 제16회 이병주국제문학제를 진행하면서 "허만 멜빌의 〈모비딕〉이 거의 잊혔다가 작가의 사후에 새로운 조명과 더불어 되살아나고 마침내 세계적인 고전이 되었듯이, 이 문학축제 또한 그렇게 작가를 살려내는 역사적 계기가 되기를 기대한다"고 밝혔다.

모쪼록 《비창》 재출간을 계기로 이병주 문학의 불멸성이 재확인되고 르네상스를 맞기를 기원한다.